宋人笔记选读

自在与通透

卷一

郭国谦 著

作家出版社

图书在版编目（CIP）数据

自在与通透：宋人笔记选读 / 郭国谦著. -- 北京 : 作家出版社，2023. 11

ISBN 978-7-5212-2239-5

Ⅰ. ①自… Ⅱ. ①郭… Ⅲ. ①随笔 - 作品集 - 中国 - 当代 Ⅳ. ①I267.1

中国国家版本馆CIP数据核字（2023）第062337号

自在与通透：宋人笔记选读

作　　者：郭国谦
责任编辑：杨兵兵
特约编辑：丁　历
装帧设计：奇文雲海 Chival IDEA
出版发行：作家出版社有限公司
社　　址：北京农展馆南里10号　　**邮　　编：**100125
电话传真：86-10-65067186（发行中心及邮购部）
86-10-65004079（总编室）
E-mail:zuojia@zuojia.net.cn
http://www.zuojiachubanshe.com
印　　刷：河北京平诚乾印刷有限公司
成品尺寸：170×240
字　　数：970千
印　　张：60
版　　次：2023年11月第1版
印　　次：2023年11月第1次印刷
ISBN 978-7-5212-2239-5
定　　价：98.00元

序言

我与南阳有缘。

早在20世纪90年代，我就与南阳作家二月河熟稔，他的“落霞三部曲”每次成书，都要签名送我一套；我每有拙作出来，总也不揣浅陋，或送或寄请他指正。我的《六十春秋》付梓前，贤弟他还为我作序呢。

我俩对坐品茗，说得最多的是南阳作家的作品和南阳文化人的事。只要一说起南阳作家群，二月河便神采飞扬，总有说不完的话题。浸润日久，乔典运、周同宾、行者、廖华歌、秦俊、李天岑等一连串南阳籍作家的名字便深深地印在我的脑海中。因为有这个基础，我结识了不少南阳籍文人，家中常有南阳朋友送我的六味地黄丸和猕猴桃等特产，所以对南阳籍的作者也格外关注，一有机会，就想为他们做点事，感谢南阳朋友们的深情厚谊。

前不久，一位在作家出版社工作的老友联系我，说他们在计划出一本新书，书名为《自在与通透——宋人笔记选读》（以下简称《宋人笔记选读》），作者在书中对精选出来的宋代笔记不仅有注释、解读，还写有个人的阅读感想，角度挺新颖，文字质量也不错，建议我看看给写几句话。现在年龄大了，精力也远不如从前，原本想推辞掉的，可一听说作者是南阳人，感觉立马亲切起来，于是便来了精神，赶快让人把样书送了过来。见到书稿，我首先被作者严谨的治学态度和刻苦精神所深深感动。作者叫郭国谦，多年在省辖市政法机关做领导工作，2022年刚退休。《宋人笔记选读》书稿厚厚两卷，都是他平时读史学史记下的心得，能在浩繁的政务之余，这么勤奋地阅读和写作，并且坚持十数年如一日笔耕不辍，确实难能可贵。

诚如作者在本书前言中所说，宋人笔记最大的特点就是卷帙浩繁，据学者顾宏义统计，宋代笔记多达1000余种。《宋人笔记选读》虽然目前只选了七本书的内容，但每一本书都有成百上千甚至几千则笔记，能在普遍阅读的基础上，选出三百多则精读并阐发心得体会，其中苦心孤诣盖可知矣。郭国谦的这本《宋人笔记选读》，堪为广大读者精心烹制的一份极有营养的文化大餐，作者所选宋人笔记有不少让人读后留下深刻印象。《渑水燕谈录》里有一则笔记，说一帮人坐在一起侃大山，一个人语出惊人，提出要把梁山泊的水抽干改造成农田，当听者质疑水往哪里流时，曾任秘书少监的刘贡父在一旁替他回答说："于泊之傍凿一池，大小正同，则可受其水矣。"这个故事，喻古讽今，对当今一些不切实际的社会现象，也是一种鞭笞。

同时，郭国谦这本《宋人笔记选读》，对我们研究宋辽金夏政治、经济、文化，了解宋代社会世相百态，继承祖国优秀文化遗产，提高文言文阅读能力等，俱大有裨益。

作者多次谦虚说自己古文水平很低，对笔记原文的翻译不得不用"原文我读"来标明，意思说笔记的译文只是他自己读出来的意思，不一定都正确；而读笔记形成的心得体会则标以"一时谬想"，说自己的这些想法不仅是一时的，还很可能是有错误的。在我看来，作者文字功底颇为深厚，关于宋人笔记的"我读"既忠于原文，又精当达意；其"谬想"其实不谬，既能发思古之幽情，也有缘时事之议论。

文言文阅读，正确理解虚词至关重要。在一个句子里，如果把虚词的作用弄错了，对句子的整体翻译必然会出现讹误，甚至影响读者对全文的理解。作者在这方面深有所得，书中绝大多数的"原文我读"，都能根据笔记文意和语境来把握虚词的含义，做到精准翻译，字通句顺。

作者读笔记译白话文，除了对字词有比较准确的把握外，特别注重对笔记所用典故和史实的正确理解。在苏轼的《东坡志林》里，有一则笔记叫《本秀非浮屠之福》，开头一句话是"稷下之盛，胎骊山之祸"，意思并不难理解，说稷下学宫规模太宏大，稷下学派言论太狂悖，播下了后来骊山之祸的种子。但骊山之祸指的是什么，则众说纷纭，不少版本都说指的是秦始皇焚书坑儒一事。作者大胆怀疑，认真查证，最终从太宗朝编纂的《太平御览·古文奇字》中找到答案：苏轼笔记中的骊山之祸，指的是秦始皇改文字为大篆及隶字，“苦天下不从”而于骊山温谷种瓜，诱杀书生七百人事，它和焚书坑儒发生的起因、地点以及后果均不相同。作者这种严谨作风和求是精神，是很值得钦佩的。

作者对每则笔记作“我读”之后，都要阐发自己的一些感想。我觉得作者这些感想都是基于笔记原文，联系生活实际有感而发的。全国政协常委、中国作家协会副主席白庚胜先生赞扬《宋人笔记选读》是“微言大义振金声”，我亦深以为然。

好书如香茗。宋人笔记恰如祖国大地万千文学茶园中的片片春叶，作者妙手采撷、哲思杀青、慧心甘润，蔚然而收香远益清之效。在熙熙攘攘之隙，如能凝神一两个钟头仔细品味当然更好，即便是轻啜浅呷三杯两盏也可以满口生香。

“智山慧海传真火，愿随前薪作后薪。”南阳哲人冯友兰这两句诗，道出了当地文人的担当与奉献情怀。概而括之，《宋人笔记选读》也可以说是一本传播“真火”的好书，建议大家认真地读一读。同时也希望作者再接再厉，继续读继续写，把宋人笔记中所蕴含的中华文化精髓咀嚼好、发扬好，再出好作品。

是为序。

万伯翱

2023年5月25日于北京苹花书屋

（万伯翱：中国作家协会会员，著名红色作家。曾任中国传记文学学会会长，中国体育杂志社社长兼总编辑，在河南黄泛区农场劳动十年，其钓鱼散文开辟了中国散文先河，在《人民日报》《新民晚报》等媒体发表作品二百多万字。）

前言

笔记是我国古代散文大系中的一种常用文体。文学意义上的笔记二字，和我们平时听课、听报告、读书读报时所作的记录是不一样的。南朝梁刘勰在《文心雕龙·总术》中说："今之常言，有文有笔，以为无韵者笔也，有韵者文也。"笔记之"笔"，就是和"文"相对应的"无韵者"，"笔记"的本义即执笔记叙。笔记作为一种文体，泛指随笔记录不拘体例的作品，其异名有随笔、笔谈、杂识、札记等。笔记渊源于先秦而形成于魏晋，在唐宋两代得到充分发展，逐步"由附庸蔚为大国"。入宋之后，笔记受到文人的普遍喜好和推崇，上自宰相大臣，下至布衣寒士，几乎人人都以笔记写作为乐事。

笔记的突出特点是"杂"，不拘类别，不拘形式，有见、有闻、有思，即随笔记下，既有对社会重大事件的详细记录，也有对微观生活的生动叙述。一般来说，笔记可以分为三个大类。第一是小说故事类的笔记。内容多为记录鬼神显形、因果报应、讼事审理等情节简单、篇幅短小的故事，其中有少部分略具短篇小说的规模，但仅是"粗陈梗概"，只能粗线条记叙故事的轮廓，且所记故事大多来自民间传说，很少是作者自己刻意创作。小说故事类的笔记，人们通常也称为"笔记小说"。第二是历史琐闻类的笔记。主要是记录典章制度、风土人情、野史掌故、逸闻琐事以及神鬼怪异、医卜星象的杂录丛谈。如着重记载国家大事的《涑水记闻》，记时事而间杂谐谈、琐语的《归田录》，专录师长、朋辈言行的《师友谈记》，叙述北宋逸闻、掌故的《渑水燕谈录》等都属此类笔记。第三是考据、辩证类的笔记。这类笔记多标以随笔、札记、笔谈等书名，其内容也并不完全限于考据、辩证，往往叙事之中间杂考辨，考辨之外兼记杂事。广大读者所熟悉的沈括《梦溪笔谈》，除了关于天文、历法、气象、医学、制造、技艺等自然科学方面的记述、考辨外，还有不少关于神怪异事、当朝掌故、语录随感的篇目。历史琐闻和考据辩证两类笔记共同之处是“短”，尽管也有少数像《师友谈记》中苏轼要王宁兄弟传话那样的长文，但绝大多数篇幅都很短，有的甚至只有几句话三两行字。著名语言学家吕叔湘称“搜神志异与传奇小说”和“证经考史与诗话文评”之外的笔记为“笔记文”。本书所选读的，多属此类笔记。

陈寅恪先生说：“华夏民族之文化，历数千载之演进，造极于赵宋之世。”宋朝在军事上软弱，但在经济、社会、文化方面却空前繁荣发达，是中国历史上最具人文精神、最有教养、最有思想的朝代之一。进入宋代，随着“寒俊”崛起，文人地位提高，士大夫阶层逐步发展壮大，读书著文成为社会风尚，笔记文学也出现了空前繁荣的局面。宋代笔记，首先是数量大。由于参与者众多，加之雕版印刷业的兴盛，有数目庞大的笔记结集成书并传之于世。上海师范大学戴建国教授主编的《全宋笔记》，整理出版宋人笔记五百八十多种；华东师范大学顾宏义教授所著的《宋代笔记录考》，收录宋人笔记一千一百余种。宋代笔记的显著特点是质量高，读来饶有趣味。入宋以后，过去笔记中的志怪传奇逐渐减少，注重社会现实成为笔记的主流，尤其是史料类的笔记占据了重要位置。加之宋代笔记绝大多数“出士大夫手”，作者集官僚、文士、学者于一身，备考的苦读、官场的历练，尤其是社会风气的感染，都使他们别具才学识见、胸怀气度与人格品位。这些人笔下的文字虽不能说是字字珠玑，篇篇锦绣，但其流畅、通顺、达意、真实、准确，包括笔记选题、遣词造句等都是一流的。所以，宋人笔记具有很强的思想性、艺术性和巨大的史料价值、学术价值，是我国传统文化宝库中一颗璀璨的明珠。

读宋人笔记，可以使我们得到一份意想不到的慰藉。命途际遇，是宋人笔记的主题之一。有不少笔记中所记的人和事，虽与我们相隔千年，但读起来依然十分亲切，令人感动。当我们读到被贬为黄州团练副使且“不得签书公事”的苏轼，却依然能悠闲地夜游承天寺，自嘲世间缺少像他那样的“闲人”的时候；当我们读到流放儋州，食不果腹的苏东坡，感叹想吃顿饱饭竟像求取功名富贵那样艰难的时候，多少郁积于心中的块垒，都会冰雪消融。

司马光《涑水记闻》里有一则笔记说，仁宗亲政后，重新起用被章献太后免职的李迪做宰相，感激涕零的李迪，殚精竭虑、夙兴夜寐于政事，欲报答仁宗知遇之恩，然而宰相仅当了一年多，便因吕夷简构陷而被罢相。“迪谓人曰：‘迪不自量，恃圣主之知，自以为宋璟，而以吕为姚崇，而不知其待我乃如是也。’”读着这些文字，你会发现，一千年前的先辈们，和今天的你我竟然是如此的心心相通、心心相印。

读宋人笔记，可以让我们的身心在谐趣幽默中得到愉悦。积极乐观、旷达超逸，是宋代文人的群体性特征，他们在交往中，同僚、门人、文友常以谈笑打趣、竞才斗志的方式，沟通思想感情，调和人际关系，增进相互了解，讥讽错误言行。所以，宋人笔记中记有很多当时文人的谐趣幽默逸事，读来令人忍俊不禁，从心底里笑出声来。《东坡志林》中有一则笔记，是苏轼记他在贬所儋州时，一故友跋山涉水数千里来看他，苏轼问他带了什么礼物，友人先是“展两手”，又“顺作荷担势”，然后“信步而去”。苏轼便明白朋友尽管什么实物也没带，却肩负着深厚的友谊。读着这些文字，我们怎能不为这种真诚的友谊所感动呢？想想来客那接连三个动作，相信每个读者都会报之以会心一笑。再如《渑水燕谈录》里记载的“士大夫好讲水利”故事，有人说应把梁山泊的水抽干改造成农田，当有人质疑到了雨季水往哪里流时，刘贡父在一旁替他回答说：“于泊之傍凿一池，大小正同，则可受其水矣。”这个故事，既是对好说大话、空话者的讽刺，也是对急于改革见效的王安石委婉的讽劝，显现了宋代文人极高的政治智慧。

读宋人笔记，可以陶冶性情，让我们的情趣、品位得到提升。有宋一代，名人辈出，群星灿烂，赵普、王旦、吕端、寇准、富弼、蔡襄、李迪、庞籍、韩琦、秦观、沈括、文彦博、范仲淹、欧阳修、苏轼、司马光、王安石、黄庭坚……在这个群体中，有的豁怀大肚，能容天下难容之事；有的小事糊涂，关键时刻却能力挽狂澜；有的忠于职守，朝乾夕惕而无怨无悔；有的心在黎民，先天下之忧而忧；有的严于律己，分外之物毫厘不取；有的愈挫愈坚，穷困潦倒仍不失幽默风趣……明人评论历代笔记，说“惟宋则出士大夫手，非公余纂录，即林下闲谭。所述皆生平父兄师友相与谈说，或履历见闻、疑误考证，故一语一笑，想见先辈风流”。读宋人笔记，看他们行事，听他们议论，我们就会不知不觉地置身其中，受到熏陶，被他们感染。在司马光的《涑水记闻》中，我们会读到北宋初年名臣王旦的诸多事迹，其中有件事很小却意味深长：王旦见肉羹里有脏东西，就只吃米饭，说自己不想吃肉；有人为试其度量专门把他的饭弄脏，他又说不想吃米饭了，端一碗粥给我吧。在欧阳修的《归田录》里，博学多才、官至宰相的钱惟演，虽然官阶、功勋、品秩都是当世第一，却始终以自己未经科举考试就入仕做官为憾，他那句“平生不足者，不得于黄纸书名”，现在读来仍让我们脸热心跳。想想钱惟演的一生，我们怎能不为自己的安于现状和甘于平庸而羞愧呢？

读宋人笔记，能让我们学到很多人生至理，使我们的生活简约、纯粹。在宋人笔记中，记有不少关于宋代士大夫不为外物所累，防微杜渐，洁身自好的人和事。在欧阳修的《归田录》里，记有吕蒙正的一个故事，说他做宰相的时候，有官员要送给他一面古镜，并说这宝镜能照二百里远。吕蒙正笑答：“我的脸面只不过一个碟子一样大小，何必要用照二百里远的镜子呢？”欧阳修还把他听到的一件事也记到了《归田录》，说后唐一名叫杨玢的官员，以工部尚书职位退休回到长安，因其旧居被邻里侵占，家人要去衙门告状，杨玢知道后提笔在状纸末尾写道：“四邻侵我我从伊，毕竟须思未有时。试上含元殿基望，秋风秋草正离离。”家人见后便不再去告状了。这和“六尺巷”的故事相比，其格调和讽劝功效，明显高出一筹。“试上含元殿基望，秋风秋草正离离。”往日的繁华，已经随风而逝；秋风秋草，萧瑟迷离，似在诉说过往，也在警示后人。这诗句，任你千般颟顸，读罢也不能不为之所动。

读宋人笔记，可以启迪我们的智慧，增长我们的才干。因宋人笔记多记唐五代故事及当朝见闻，有很多有效管用的治事理政方法都被记录下来，至今仍有很好的参考价值。在《梦溪笔谈》中，我们可以读到被列为北宋“五鬼”之一的丁谓比较正面的一个故事。宋真宗大中祥符年间，丁谓主持重建一座被烧毁的宫殿，因制砖需要的黏土用量大、运距远，丁谓便决定直接从大街上取土，街道被挖成了大渠，又命人挖通汴河水进入渠中，通过汴河和大渠运送建筑所需要的材料，随后又用工程废弃的瓦砾回填渠中，使水渠又变成街道。这一举三得的方法，不仅省下数以亿万的费用，还大大缩短了工期。丁谓这种做法，我们未必要照抄照搬，但其中隐含的系统观念和统筹原理，对我们做好今天的工作依然有着一定的启发意义。司马光在《涑水记闻》中还记有许多宋代健员能吏善处民间纠纷、巧破刑事案件、打击豪强恶霸的故事，阅读这些笔记，汲取其有益成分，在我们工作遇到困难的时候，会有一些帮助作用。

读宋人笔记，我们还可以学到许多识人辨物的知识和技巧。识人辨物故事，在宋人笔记中占有不小的分量，笔者往往不惜笔墨，详述事由，经过大量铺衬后给出点睛之笔，读来意味深长。在沈括的《梦溪笔谈》中，有两则笔记都很有意思。一个是尚书右丞、扬州知州盛度，通过一个信封的落款，即判断出写信的新任郑州推官夏有章"止于此官"——他一辈子不会再升职了。第二个是礼部侍郎、淮南转运使蒋堂，在看到来送信的某县衙一名皂隶，拿不到回执坚决不走的场景时，即做出"令必健者"——那个县令必定是一个非常能干的人的判断。看清坏人，防止被坏人暗算陷害，是封建社会官员的必备技能，宋代笔记这方面的记载很多，有不少读来能让人惊出一身冷汗。比如司马光在《涑水记闻》记载的王钦若巧谲中人，丁谓假传圣旨等诸多手段，都是很好的反面教材，认真研读，大有裨益。

读宋人笔记，有助于我们提高文言文阅读能力。大家知道，培养阅读文言文的能力，不仅是批判地继承文化遗产的前提条件，而且对提高阅读现代书报和写作的能力也十分重要。吕叔湘先生说，笔记作者不刻意为文，风格质朴自然，于语体较近，学习起来比较容易，现代青年学习文言文，还是笔记文"这一路笔墨更加有用些"。经过唐宋古文运动的洗礼，宋代的散文作品，更多地朝着"文从字顺"的方向发展，笔记文更是进一步缩短了与口语的距离，和魏晋南北朝风行的骈体文相比，佶屈聱牙的语句和冷僻怪异的字词明显减少，更有利于表情达意，我们今天读起来更好懂也更容易接受。宋代作笔记的人很多，但经过近千年来的淘汰，能流传下来存世的大都是优秀作品，其作者个个是遣词造句、谋篇布局的高手，加之这些文章都是因时随笔记之，刻意用典故意掉书袋的很少，在文言字词的使用和古汉语语法的遵从方面，宋代笔记都堪称典范。宋人笔记读多了，文言文中常见的字词和句式就会慢慢熟悉起来，阅读能力不知不觉也就跟着提高了。

读宋人笔记，对我们学好历史会有所帮助。学习历史，我们往往苦于朝代变迁和人事更迭的记忆，笔记里那一个个鲜活的人物和风趣的故事，就像串在历史长河中的一盏盏明灯，让我们的记忆清晰而恒久。学习历史，对一些重大历史问题，我们往往知其然而不知其所以然，笔记中既有作者的亲身经历，也有亲友和坊间传闻；既有“时人”对某事某人共同的评价，也有作者自己的所思所评。这些“历史”的信息，可以让我们读着读着眼前便现出一片光明。

……

我是因一个偶然的机缘爱上宋人笔记的。读到惬意之处，忍不住讲出来与朋友、同事分享。不久，便有朋友撺掇，把笔记译成白话，把体会写成文字，让更多人受益。于是，便有了这三百多篇小文。因本人古文水平很低，所以对笔记原文的理解，我不得不用“原文我读”来标明——这段文字仅是我个人对这则笔记的理解，错误之处在所难免。关于读笔记阐发的议论，也都是信马由缰，想到哪儿就写到哪儿，所以叫“一时谬想”——不光是这想法荒诞不经，而且还是“一时”的，经不起推敲的。

宋人笔记，版本颇多。各版本之间文字、标点均有不同，本书除有特别说明的地方外，所“读”笔记大部分已根据上海师范大学古籍整理研究所编辑、大象出版社出版的《全宋笔记》改定，错讹之处，敬请读者指正。

西班牙伟大的思想家奥尔特加·伊·加塞特曾经说过，每一位受过高等教育的人都应成为本国文化的继承者，这是他们的义务之一。我觉得，把自己读宋人笔记的心得与大家分享，是我的责任，我应当这样做。奉献给大家的这本书，于我，正如著名作家路遥所言，是“苦役般的劳作”，但愿对喜欢宋人笔记，甚或喜欢读史的人会有所帮助。

目录

第一章 读《东坡志林》

第三章　读《师友谈记》

第四章　读《梦溪笔谈》

—第五章—读《涑水记闻》—

—— 第七章 —— 读《归田录》——

第一章

读《东坡志林》

《东坡志林》

《东坡志林》是宋人笔记的一部代表性作品，作者是北宋著名文学家苏轼。志，记事的书或文章；林，聚集在一起同类的人或事物。志林，作者杂说史论文集是也。《东坡志林》书名，由苏轼的号和志林二字串列而成。有史料记载，《东坡志林》在宋代称《东坡手泽》，但是从其他一些资料中也发现，“志林”二字确为苏轼本人所拟。比较确切的是，该书在苏轼生前并未结集出版，甚至连创作也未能全部完成，我们现在读到的不管是《志林》还是《手泽》，都是在苏轼死后，由其后人裒录其遗墨编辑成书的。

《东坡志林》所载各篇笔记，有相当一部分记录了写作年代，较早的在宋神宗元丰年间，最晚的延续到宋哲宗元符年间，前后历二十多年，大体上是从被贬黄州开始，到元符三年（1100）遇赦内徙截止，共二百零三篇。《东坡志林》内容丰富，选题广泛，除了记载作者的日常生活外，还有对政治、历史事件的评述。谈天说地，出游交友，入仕致仕，在笔记里都体现得淋漓尽致。笔记行文则长短不拘，或千言或数语，皆信笔写来，挥洒自如，体现了作者行云流水涉笔成趣的文学风格，从中可以窥见东坡先生的学养、思想、世界观等诸多方面。

苏轼，字子瞻、和仲，号铁冠道人、东坡居士，世称苏东坡、苏仙。四川眉州眉山人。北宋著名文学家、书法家、画家，历史治水名人。苏轼不但是北宋中期文坛领袖，而且是卷入北宋政治斗争旋涡的中心人物之一。苏轼出生于宋仁宗景祐三年十二月十九日（1037年1月8日），宋仁宗嘉祐二年（1057）中进

士，宋神宗熙宁二年（1069）任职史馆，熙宁三年（1070）上书宋神宗反对王安石变法，出为杭州通判，嗣转知密、徐、湖三州。元丰二年（1079）因作诗讽刺新法，自湖州任上被追赴诏狱，十二月出狱后责授黄州团练副使。元丰三年（1080）二月到达黄州，元丰七年（1084）离开黄州，宋哲宗元祐元年（1086），旧党秉政，苏轼还朝任起居舍人，后升任翰林学士知制诰。时司马光为相，尽废新法，苏轼则主张保留新法中的免役法和裁抑贵族特权、增强国防力量等措施，因此又招致旧党里程颐一派的攻击排挤，从哲宗元祐四年（1089）开始，先后出知杭州、颍州、扬州、定州。元祐八年（1093）九月，高太后病死，哲宗亲政，新党东山再起，宋哲宗绍圣元年（1094），已经五十九岁的苏轼，先后被贬至岭南惠州和海南儋州。宋哲宗元符三年（1100），哲宗病逝，徽宗继位，大赦元祐党人，苏轼遇赦内徙，次年（1101）病卒于常州，年六十六岁。

苏轼苏东坡，大家都不陌生，不过，你心中的苏东坡，可能是吟诵着“明月几时有？把酒问青天”的诗词大家，或者是正在奋笔疾书“古之所谓豪杰之士者，必有过人之节”的文章高手。总之，苏东坡的形象是高大上的。当你读过几则《东坡志林》中的笔记之后，你就会发现，苏东坡既是一个豪放的人，还是一个极有情趣的人，一个非常随和的人。林语堂曾说：“吟东坡诗、食东坡肉、读东坡志林，苏东坡自有其迷人魔力。”抽点时间，读读《东坡志林》，读罢，你会领略到一个全新的精神境界。

苏轼——只是缺少清闲之人

笔记原文

记承天寺[1]夜游　元丰六年十月十二日夜，解衣欲睡，月色入户，欣然起行。念无与为乐者，遂至承天寺寻张怀民[2]。怀民亦未寝，相与步于中庭。庭下如积水空明，水中藻荇[3]交横，盖竹柏影也。何夜无月？何处无竹柏？但少闲人如吾两人者耳。

词句简释

1 承天寺：在今湖北黄冈市城南。2 张怀民，名梦得，时正谪居黄州。3 藻荇：水草，多年生草本植物，多浮于水面。

原文我读

元丰六年十月十二日夜晚，当我解开衣带准备睡觉时，看见一片银色的月光照进门来，我十分高兴，重新穿好衣服，起身走出门外。考虑到没有和我一起游乐的人，于是便前往承天寺寻找张怀民。恰好怀民也没有睡，我们便一同在庭院中散步。月光照在庭院里，像积满了清水一样澄澈透明，只见藻荇在水中纵横交错，走近才发现，原来是竹子和柏树投在地上的影子。

哪一个夜晚没有月光？又有哪个地方没有竹子和柏树呢？只是缺少像我们两个这样清闲的人罢了。

一时谬想

元丰六年，也就是公元1083年，这已经是苏轼被贬到黄州做团练副使的第三个年头了。苏轼在黄州四年零五个月，可以说是他一生最清闲的时光。宋代对官员的贬谪处分，常见的有五种情形。一是编管。首先要革职除名，追毁入仕以来的官告文书，编入地方户籍，接受地方官的监督与管制。二是除名。要削去官爵，消除官籍，课役从本色，“无荫同庶人，有荫从荫例”。三是安置。给予有名无实之官，同时附加某处安置字样，“安置”意味着官员活动要受到监视限制。四是居住。官员被贬后被指定在某州居住，不得随意迁移到他州，其责罚轻于“安置”。五是降职降级类处分。多被派到边远之地任职，仍有职守。在所有这些处分中，附加某处安置和指定某州居住的官员是比较潇洒的，虽说俸禄少些，但有职无责，难得清闲。苏轼于元丰二年七月因“反对新法、讪谤朝廷”被拘捕，一百三十多天后宋神宗下旨，贬他为“检校水部员外郎，黄州团练副使，本州安置”，并且明确其“不得签书公事”。所以，在黄州“安置”的苏轼，便天天优哉游哉了。

“念无与为乐者，遂至承天寺寻张怀民。”苏轼见月光照进门来，已经高高兴兴地来到院中，但总觉得少点什么。那一刻，他是一个什么样的心境呢？毕竟，在黄州这地方，他已经熬到了第三个年头，就是内心再强大，但总归还是孤寂的。现在好了，张怀民也被贬到这里来了，同是天涯沦落人，冷清的月光下，也许只有我俩最相知。所以，他首先想到了寓居承天寺的张怀民。等找到了朋友，他是多么高兴啊！“怀民亦未寝”，不经意间喊出的“怀民”两个字，足见其当时的喜悦之情。困境中的心灵，是多么需要友情的慰藉啊！

“何夜无月？何处无竹柏？但少闲人如吾两人者耳。”问也问得好，答也答得妙。月夜常有，竹柏更不稀罕，但少了像我和怀民两个这样的“闲人”，任你月光“如积水空明”，竹柏影似“藻荇交横”，便都没有任何意义了。此时此刻，面对此情此景，苏东坡心中是敞亮的。看，月光皎洁、竹影婆娑，芸芸众生竟不得见，唯有我们两人有幸领略这美景，这是多么让人快乐的一件事啊！但另一方面，我猜想，苏轼的内心深处，也一定充满了酸楚。在黄州这几年，他真是够“闲”了，一个满腹经纶且有着远大政治抱负的人，在黄州却“不得签书公事”，在这有职无权也无事的团练副使位上，能做什么呢？他自称“闲人”，其实是一种自我解嘲、自我安慰，他何尝愿意做一个“闲人”呢？一个“闲”字，包含了他内心深处多少的悲凉啊！

但苏东坡毕竟是苏东坡，他既没有牢骚满腹，更没有自暴自弃。从承天寺赏月这则小记可以看出，他已经修炼到宠辱不惊、进退自如的崭新境界。正是在黄州，苏轼给自己取号东坡居士，他从此便开始了一种全新的生活。

“庭下如积水空明，水中藻荇交横，盖竹柏影也。”苏东坡不愧是文章高手，只用十八个字，就营造出一个月光泻地、树影斑驳、幽静迷人的美丽景色。读到这里，忽然想到，自己已经很久没有踏着月光走路了；再想想，哪里还有月光呢？哪里还有月光下如“积水空明”的景象呢？不久以后，那些描写月光月色的词语还有用吗？比如：月光如水、山高月小、月色如银、月明风清、月影婆娑、月笼轻纱、月光融融……

月亮亲人，月光静心。等月圆了，去找一个没有灯光的地方，随便走走，任凭思绪天马行空，那将是一个何等美好的情境啊！

苏轼——这里为什么不能休息呢

笔记原文

记游松风亭　余尝寓居惠州嘉祐寺，纵步[1]松风亭下。足力疲乏，思欲就亭止息。望亭宇尚在木末[2]，意谓是如何得到？良久忽曰："此间有甚么歇不得处？"由是如挂钩之鱼忽得解脱。若人悟此，虽兵阵相接，鼓声如雷霆，进则死敌，退则死法，当恁么[3]时也不妨熟歇[4]。

词句简释

1 纵步：散步。2 木末：树梢。亭宇在树末，意为林木所蔽。3 恁么：这样。4 熟歇：好好地、着实地歇息一番。

原文我读

我曾经寓居在惠州嘉祐寺，一日，在松风亭附近散步，觉得双脚疲乏，就想到林中亭子里休息一下。

远远望见松风亭的屋檐还在树梢之上，我心想，什么时候才能走到啊？过了好长一段时间，我若有所悟，忽然对自己说："这里为什么就不可以是休息的地方呢？"于是身心一下子都放松了，就好比上钩的鱼儿忽然得到解脱一样。如果人们能悟到这一点，即便是在短兵相接的战场上，战鼓响如雷霆，想到冲上去就会死于敌人之手，退回来又要死于军法，在那个时候，一样可以放下顾虑好好歇息一会儿。

一时谬想

从《记承天寺夜游》到《记游松风亭》，我们可以看出，苏轼的游记，非为叙事，重在明理。他这篇小记，是想告诉我们当行则行、当止则止，随遇而安、把握当下的道理。

按说，先设定一个目标，然后努力去实现它，中途不管遇到多大困难，都要千方百计去克服，咬紧牙关，坚持、再坚持，那才是人生至理。但是，当你已经尽到最大努力仍然达不到目标，或者是不可抗拒的外力使你行进受阻的时候，就不能执着于一途、拘泥于一事，该停下来歇歇脚时，不要管它什么地方，尽管坐下来休息，这世间原本就没有"甚么歇不得处"。明白了这一点，人一下子就会变得轻松起来，如"挂钩之鱼忽得解脱"，顿时都豁然开朗。

苏轼在这篇《记游松风亭》的末尾将自己的感悟升华，说就是在短兵相接、鼓声如雷的战场上，遇上进则死敌、退则死法的情况，倘若困了，也不妨碍躺下来"熟歇"。这道理是对的，但真的在战场上，我相信是没有人会这样做的。苏轼这几句话到底是什么意思呢？这是不是苏轼对自己一生的追悔呢？起初，他因反对新党改革被贬职，经过六年的漫长等待后才被起复；可仅仅过去才四年，又因为不能见谅于旧党被排挤出京城，最后干脆又被贬到这惠州来。既不能容于新党，又不能见谅于旧党，我还不如躺下睡觉呢！这表明，此时年近花甲的苏东坡，已经丝毫不把官场进退和个人荣辱放在心上了！

人这一辈子不容易，该停下脚步歇歇时，就坐下来喘口气儿，不碍事的，天塌不下来。

王彭——恶行和善举，历史都不会忘记

笔记原文

涂巷[1]小儿听说三国语　王彭尝云："涂巷中小儿薄劣[2]，其家所厌苦，辄与钱，令聚坐听说古话。至说三国事，闻刘玄德败，颦蹙有出涕者；闻曹操败，即喜唱快。以是知君子小人之泽，百世[3]不斩。"彭，恺之子，为武吏，颇知文章，余尝为作哀辞[4]，字大年。

词句简释

1 涂巷：道路，街坊。2 薄劣：顽皮，顽劣。3 世：古称三十年为一世，引申为一代、世代。4 哀辞：哀悼死者的文章，多以韵文形式写成。

原文我读

王彭曾说："街坊里有些小孩子顽皮，家里大人嫌烦的时候，便经常给

点小花钱让他们去听说书的讲述古时候的事情。等说到三国的事情，一听见刘玄德打了败仗，小孩子们就皱着眉头，甚至有伤心流眼泪的，听到曹操打了败仗，就高兴地又跳又唱、拍手称快。由此我们可以知道，君子的功业和小人的恶行所造成的影响，历经百代千年也不会湮灭。”

王彭，王恺的儿子，是个武官，也很会写文章，他死后我曾经为他写过哀辞，他表字大年。

一时谬想

近些年，好多人为曹操翻案，说他文武兼备、雄才大略，为中国北方的统一做出了重大贡献。虽然炒得很热闹，但我看顶多也就是一些历史学者开会说说，或者在期刊上发表几篇文章而已。在老百姓那里，这个案很难翻，因为曹操的形象在老百姓心中已经定格了。或者说，老百姓心中的曹操和历史上真正的曹操并不是一回事。

可能有人会说，没有对比就没有伤害，人们之所以尊刘贬曹，是历代艺人把刘备和曹操作为正反两个方面的典型，不断地进行褒扬和丑化，使民众在强烈的对比中，逐步形成了截然不同的人物形象。我个人倒觉得，一部《三国演义》，包括作为史书的《三国志》，对刘备形象的塑造是不成功的，他所谓的仁爱、厚道、重义气，我总是费了好大劲也想不起有哪些典型事例来说明。相反，对曹操这个人物形象的塑造，那简直是棒极了！应当说是曹操的恶与坏，衬托出刘备的善与良。

对老百姓来说，一个历史人物在文化、经济等领域的贡献，大家不会太在意，或者说不会记得太牢。但对于他道德败坏、性情残忍到超越人们所能忍受的底线而做出的种种恶行，人们会深深地刻在记忆里，那些恶人也会被打入人类历史的狗屎堆，而且万劫不复，永无出头之日。

对曹操，人们最痛恨的首先是他的残忍。曹操攻破徐州，就因为他父亲当年避难被害于此地，就屠杀了徐州十万百姓。《三国演义》里讲，泗水为之不流，自是数县人无行迹。曹操和陈宫一起逃跑，来到他父亲的好友吕伯奢家中。人家好意招待他，他却误以为要杀他，掂起刀来把人家全家都杀了。等到半路遇到了打酒归来的吕伯奢，知道误会了，不仅没有丝毫后悔之心，反而说“宁教我负天下人，休教天下人负我”，抬手连老汉也给杀了。这样的人，哪个说起来不恨得咬牙切齿！

其次，人们最不能容忍的是曹操的忘恩负义。且不说他曹家世受皇恩，就是曹操本人的势力也是借着迎奉汉献帝，成为汉室代言人后才逐步强大起来的。然而，从汉室那里获得巨大利益的曹操，却用残酷手段对待汉献帝和汉室宗亲。曹操的行为，不管用古代还是现代观念看，都是对公理和正义的肆意践踏，注定为人们所不齿。

第三，人们最反感的是曹操的奸诈和多疑。三国故事中有很多这方面的故事，大家都耳熟能详。曹操为了防止在他睡着的时候有人刺杀他，便编造出梦里杀人他自己并不知道的谎言，为了让人相信，竟假装睡着杀掉了好心为他服务的近侍。和这样的人在一起，不就跟狼虫虎豹生活在一起一样可怕吗！

从三国到北宋，时光走过了八百年；从小儿涂巷听书到《三国演义》书成，又有三百多年过去；三国故事从有版本流传到搬上银幕，七百年里家喻户晓、传唱不衰。真叫王彭老先生说准了——君子小人之泽，百世而不斩。君子的恩泽百代之后仍然被人们记在心中；小人的坏名虽千年之后依然还在历史的耻辱柱上！

孟子说：“君子之泽，五世而斩；小人之泽，五世而斩。”王彭说的和孟老夫子所说的正好相反。怎样理解先辈们说过的话，值得深思。

苏轼——车子和肉食还在你心中

笔记原文

赠张鹗　张君持此纸求仆书，且欲发药[1]。不知药，君当以何品？吾闻《战国策》中有一方，吾服之有效，故以奉传[2]。其药四味而已：一曰无事以当贵，二曰早寝以当富，三曰安步以当车，四曰晚食以当肉。夫已饥而食，蔬食有过于八珍，而既饱之余，虽刍豢[3]满前，惟恐其不持去也。若此可谓善处穷者矣，然而于道则未也。安步自佚[4]，晚食为美，安以当车与肉为哉？车与肉犹存于胸中，是以有此言也。

词句简释

1 发药：开药方。药，药方。2 奉传：恭敬地相传。3 刍豢：指美味的肉食。4 佚：安逸、舒服。

原文我读

张鹗拿着这张纸求我给他写一幅字，还说想让我写个药方，但我不了解药性，他应当用什么品味的药呢？

我知道《战国策》中记有一个药方，我已经服用过了，觉得效果很好，所以就恭恭敬敬地把这个药方呈送给他。这药方只有四味药：第一味是“把平安无事当作身份显贵”，第二味是“把早早休息当作家庭富裕”，第三味是“把缓步徐行比作乘车一样舒服”，第四味是“把推迟用餐当成吃肉那样可口”。当人饥饿的时候，粗茶淡饭胜过美味佳肴，而在吃饱以后，就是把再好的肉食放在他面前，他恐怕也巴不得把那些东西快些拿开去。

如果能这样做的话，就是一个善于在困窘中生活的人了，然而，这和“道”的要求还有很大差距。徐步缓行让自己感到安逸舒服，推迟用餐有如享受饭菜的美味，怎么真的把步行当成坐车、把晚食当是吃肉呢？这说明车子和肉食还在我们心中，我们心里还经常惦着吃肉和坐车，所以才会有这样的说法。

一时谬想

这则笔记的前半部分很浅显，苏轼把自己记得的《战国策》中一个药方转抄给张鹗，所谓的四味药大家也都不陌生。如能记牢这四句话并付诸行动，不久之后，也会像苏东坡一样“服之有效”。

笔记的后半部分才是苏东坡真正要表达的思想。

他先从一个人人皆知的现象说起：人饿狠了，再难吃的东西也好吃；吃撑了，再好的食物也不稀罕。

由此，苏轼首先得出自己的判断：能做到这些，不过是善于过穷日子罢了，这和养生之道的“道”还有差距，“于道则未也”——放在“道”这个法则上衡量，还有很大差距。

缓慢行走感觉舒服，饿了再吃觉得味好，但为什么总拿坐车和吃肉作比喻呢？根本原因是车子和肉食依然存在于我们的心中，这样，我们才会产生“安步当车”“晚食当肉”的感觉。这充分说明我们还没有超凡脱俗，还没有做到物我两忘，这还不是真正的旷达，不符合“道”所要求的境界。

从元丰二年十二月被贬到黄州，到元丰七年四月离开，苏轼在黄州生活了四年多时间。这则笔记，应当是苏轼在黄州前期思想的反映。这时他已经认识到，所谓的安步以当车，晚食以当肉，是因为人们内心深处总还存着无车无肉的遗憾，所以才会想出这样的精神胜利法来欺骗自己。这就如功名利禄还在心中一样，嘴上说是不稀罕，可灵魂深处还是难以割舍的。等到写作《赤壁赋》的元丰五年，苏轼在自己的儒家困境中，已经找到了佛家和道家两条出路，实现了与内心的和解，内心深处不同的自我之间不再对抗。我们今天所认识的苏轼，应该是在经过黄州四年洗练，凤凰涅槃后的苏东坡。

深陷儒家困境的苏东坡，是怎样从佛、道两家找到出路的呢？耐着性子往下读他的笔记，也许可以找到答案。

苏轼——你超标准招待，我不参加了

笔记原文

记三养　东坡居士自今日以往，不过一爵一肉[1]。有尊客，盛馔则三之[2]，可损不可增。有召我者，预以此先之，主人不从而过是者，乃止。一曰安分以奉福，二曰宽胃以养气，三曰省费以养财。元符三年八月二十七日。

词句简释

1 一爵一肉：喝一爵酒，吃一种肉食。2 盛馔则三之：丰盛的饮食就增至原来的三倍。

原文我读

东坡居士从今以后，每餐只喝一爵酒，只吃一种肉食；有尊贵的客人来访时，可以按这个标准的三倍来准备较好的饭食，但只能减少不能增加。

有邀请我赴宴的，要预先把这个标准告诉他，主人要是不遵从这个标准而有超过了的，我就停下来不吃不喝了。这样做一来安守本分可以颐养福分，二来让胃宽松可以蓄养正气，三来节省开支可以聚养财富。元符三年八月二十七日记。

一时谬想

这则笔记苏轼是什么时间记下的呢？

我手头有三种版本的《东坡志林》，一本是1981年中华书局出版的，一本是2019年海峡文艺出版社出版的，第三本是2021年大象出版社出版的《全宋笔记》的第十六卷，三本书都有《记三养》这则笔记，而且落款都是元符三年八月，大象版的后边还加了个“二十七日”。但我总是怀疑，觉得在这个时间段，苏东坡不可能写出如此淡然的话来。

元符，是宋哲宗使用的第三个年号。元符三年是公元1100年，这年的正月，宋哲宗驾崩，六月二十日，苏轼结束海南儋州三年的流放生活，登舟渡海，踏上了北归之路，九月到达广西桂林，十一月到达南雄，因旅途劳顿而身染重病，第二年七月，便在路途中的常州去世了。苏轼北归之旅的前几个月，基本都是在颠沛中度过，他哪里顾得上去“宽胃”“省费”呢？

我认为这则笔记应当是记于元丰三年八月，“元符”应为“元丰”之误，抄书者以讹传讹，校书者熟视无睹，致使谬误得以相传。苏轼是元丰二年年底到的黄州，在此他虽然无实权，但日子是安逸的，大名也很快传扬开来。这个时候，苏东坡是很有资格矜持一把的。

苏轼这则笔记，实际是对自己提出的一个饮食准则：平时每顿饭只喝一杯酒，只吃一种肉，有了重要客人，可以丰盛一点，我也必须有一个限度。不光自己是这样，就是别人请吃饭也是这样。

最让我感佩的，是苏轼在这则笔记中所表现出来的率真和决绝。他严格要求自己，但毫无扭捏做作之态。酒我是要喝的，肉我也是要吃的，只不过是数量有严格限制而已。而且，这个标准是公开的，是内外一致的。要请我吃饭吗？好，我就去，但我定的规矩不能坏。你要不按我的规矩办，对不起，我不吃了！唯有如此，“不过一爵一肉”“盛馔则三之”的规矩才能贯彻下去，才能和我明誓的初衷不相背离。

苏轼严格限制酒肉摄入量，从浅处看，是省钱养财、健康体魄之措，往深处看，则是清心寡欲、淡泊明志之举。修养品行，从小事做起，从吃饭饮酒做起，是这则笔记的要义，也是苏东坡先生所践行的修行理念。苏东坡先生所提倡的少食“三养”，今天依然有重要意义。

“有召我者，预以此先之，主人不从而过是者，乃止。”这句话中的“乃止”怎么讲？有人说可以译作“就劝止他”；也有人说，应当译作“我就不去了”。我倒觉得，理解为“我就停下来不吃不喝了”更符合实际情况。要不坏规矩，就得有这样的断然措施！

苏轼——今后咱都吃衣穿饭吧

笔记原文

记服绢　医官张君传服绢方，真神仙上药也。然绢本以御寒，今乃以充服食，至寒时当盖稻草席耳。世言着衣吃饭，今乃吃衣着饭耶？

原文我读

医官张先生传给人们一个把丝绢当药用的方子，这真是神仙一般的灵丹妙药啊！

然而，丝绢本来是用来御寒的，现在却把它当作食物，那我们到寒冷时应当盖上稻草席了。人们经常说穿衣吃饭，现在是不是要改成吃衣穿饭了呢？

一时谬想

过去读鲁迅《父亲的病》，对那个名医陈莲河要用“原配”的“蟋蟀一对”和“平地木十株”做药引子，就颇感不解，现在看苏轼介绍这位神医张先生，竟然用丝绢做一味上好的药来使用，便知自己真的是少见多怪了。清代这位姓陈的名医和大宋朝这位姓张的相比，原是小巫见大巫。看来，用“神仙上药”治病，还真是有历史传承的呀！

中医好，是科学，可就是有些所谓的“名医”不争气，硬是把中医的形象给败坏了。从民国时期的废除中医事件，到前些年中医的衰微，虽然原因和背景都很复杂，但好多中医不会治病、治不好病的确授人以柄，成为那些“专家”们攻击中医的口实。实践是检验真理的唯一标准，要是我们的中医大夫诊病都像邓铁涛、施今墨、任应秋先生那样，手到病除，甭管是谁，他还能睁着眼说瞎话吗？胡适早年原本也是反对中医的，后来因身患糖尿病、肾炎，在协和医院被宣告为不治之症，经朋友介绍请名医陆仲安医治后痊愈，便改变看法，又撰文拥护中医了。

苏东坡好辩才。——人家都说穿衣吃饭，按你张先生的做法，以后咱都改成吃衣穿饭吧！要是张先生张神医看到苏东坡这篇小文，不知道他能作何辩解呢？

把本该用来做衣服穿在身上御寒的丝绢，拿来当药用、当饭吃，简单看，是一个庸医的荒唐之举，而实际生活中，类似的事情是不是也有很多呢？我想，这应当是苏轼这则笔记所要表达的原意。

张耒——治眼医齿，方法不同

笔记原文

治眼齿　　岁日，与欧阳叔弼、晁无咎、张文潜同在戒坛。余病目昏，数以热水洗之。文潜曰："目忌点洗。目有病，当存之，齿有病，当劳之，不可同也。治目当如治民，治齿当如治军。治民当如曹参之治齐[1]，治军当如商鞅之治秦。"颇有理，当追录之。

词句简释

1 治民当如曹参之治齐：据《史记》载，（曹参）其治要用黄老术，故相齐九年，齐国安集，大称贤相。

原文我读

元旦那天，和欧阳棐、晁补之、张耒一起在戒坛闲聊。

当时，我正患眼病，视物不明且两眼昏花，曾多次用热水洗眼。张耒张文潜说：“眼病忌讳用水清洗。眼睛有病，应让它休息；牙齿有病，应该多使用；二者治疗的方法应当不同。治眼应当像治理百姓，治牙齿应当像治理军队。治理百姓应当和当年曹参任齐国丞相治理齐国那样，治理军队应当如战国时期商鞅之治理秦国一样。”

张耒的这一说法，颇有道理，所以我事后把它追记下来。

一时谬想

欧阳文忠公在《醉翁亭记》中说，醉翁之意不在酒，在乎山水之间也。这里，目昏病人苏东坡居士所要表达的真正意图，也并不在如何治疗眼病，而是怎样治理江山社稷。

《苏诗总案》有言：“自《目忌说》（即本篇）以下七条皆元祐间事。”结合文中交代的时间人物地点，这则笔记应当记于元祐元年（1086）到元祐三年（1088），即苏轼从黄州回到汴京在朝廷任职期间。这一时期，苏轼虽然身居高位，但因政见与执政的旧党并不相同，苦闷之下，不得不自请外放杭州任职。这三年中，苏轼一定是时时刻刻都在思索，究竟怎样才能治理好国家，实现自己富民强国的政治抱负。门生张耒关于治眼治齿不可同法的见解，让他深受启发，茅塞顿开。那一刻，听到门生一番高论的东坡先生，一定是非常高兴的！

谦虚好学，山容海纳，是苏东坡高贵品格的重要组成部分。从这则笔记我们可以看到，即使对自己门生的话，他一样高度重视，还因怕时间久了忘掉，专门追录下来。这种精神，在今天也是难能可贵的。

治民宜宽，治军当严，这是一条重要的历史经验。

措大——他日得志，只做两件事

笔记原文

措大[1]吃饭　有二措大相与言志，一云："我平生不足惟饭与睡耳，他日得志，当饱吃饭，饭了便睡，睡了又吃饭。"一云："我则异于是，当吃了又吃，何暇复睡耶！"吾来庐山，闻马道士善睡，于睡中得妙。然吾观之，终不如彼措大得吃饭三昧[2]也。

词句简释

1 措大：也叫"醋大"。宋代俗称士人为"措大"，含轻视意，和现在讲的"穷酸"同义。

2 三昧：佛教用语，"正定"之义，俗称办事之要诀。"三昧"为译音，"三"字无义。

原文我读

有两个贫寒的读书人在一起谈论人生志向，其中一个说："我这辈子最缺的只有吃饭和睡觉，等有朝一日得志了，一定要先吃得饱饱的，而且吃饱了之后就睡，睡足了之后还吃。”另一个说：“我和你想法不一样，我认为应该吃饱了接着还吃，哪有工夫顾得着去睡觉啊！”

我来到庐山，听说马道士善于睡觉，并且能在睡眠中悟得道家的真谛。然而我仔细观察他，觉得他还不如那两个贫寒的读书人能深得吃饭的要诀。

一时谬想

早些年，有一类读来令人感到心酸的俚语颇为流行，比如，等我有钱了，豆浆买两碗，喝一碗，倒一碗；再如，等我有钱了，房间里面空调安两个，全开着，一个制冷，一个制热。大家听了，付之一笑，知道是自嘲，是冷幽默。但看苏轼笔下两个措大的对话，竟是一副认真的样子，这就发人深思了。

仔细读这则《措大吃饭》，就会发现，在两位穷书生畅谈完人生理想之后，在故事的结尾处，苏轼又给我们添了一个“善睡”的马道士，这样一来，《措大吃饭》就不单单是一个幽默故事了。

苏轼反对瞎折腾扰乱百姓正常生活，但也不赞成片面理解无为而治的含义，他要用手中的笔杆子鞭挞那些名为百姓父母，实则尸位素餐，无所事事，不给老百姓办一点实事的懒官、庸官。所以，他说那个善睡的马道士，还不如只知道睡觉吃饭的穷措大。说他能在睡觉中悟得道家的真谛，简直是荒谬至极！

为官一任，造福一方，是苏轼入仕的基本价值取向。他无论是在杭州、扬州等地做知州，或者被贬到惠州、儋州等地为犯官，都竭尽全力为当地老百姓排忧解难，做了很多好事大事。在杭州太守任上，他组织疏浚西湖工程，用淤泥筑堤栽树，给后人留下了“苏堤春晓”的西湖胜景；还创办了中国历史上第一所官办医院——安乐坊，使无数的老百姓解除病痛。

吃饱了睡，睡足了吃，是穷汉的理想，懒人的哲学，吾等必当引以为戒。只知道睡觉的人，也悟不透“道”的真谛，所谓善睡，不过是懒汉的托词罢了，不要信他！

欧阳修——勤读多写，文章自工

笔记原文

记六一[1]语　顷岁[2]，孙莘老识文忠公，尝乘间以文字问之。云："无他术，唯勤读书而多为之，自工。世人患作文字少，又懒读书，每一篇出，即求过人，如此少有至者。疵病不必待人指摘，多作自能见之。"此公以其尝试者告人，故尤有味。

词句简释

1 六一：欧阳修号，欧阳修晚年自称"六一居士"。欧阳修在自传性散文《六一居士传》中写道：吾集古录一千卷，藏书一万卷，有琴一张，有棋一局，而常置酒一壶，吾老于其间，是为六一。2 顷岁：近年；昔年。

原文我读

早些年，孙莘老认识了欧阳修，曾趁机就写文章的事向欧阳修请教。欧阳修说："没有什么别的方法，只要勤奋读书并且经常动笔去写，文章自然就会写得精妙。但是世上一般人的通病是文章写得很少，又懒于读书，而且一篇文章一写出来，就希望它超过别人。这样做，很少有获得成功的。文章毛病也用不着别人指出来，自己多练笔自然就能发现。”这是欧阳修把自己在亲身实践中得出的感悟告诉别人，所以特别有意味。

一时谬想

欧阳修这段话有两层意思，一是勤读书、多动笔，就可以把文章写好，也可以发现自己写文章存在的问题并加以改正。二是批评有些人总不作文又很少读书，有一篇东西出来便敝帚自珍，希望能超过所有人；劝诫这些懒人，这样做是很少能够获得成功的。

欧阳修这话说得非常正确，想把文章写好，只有多读书、勤动笔这一条路子。除此之外，你就是得了作家老爹的真传，甚或把教导写作的书读得滚瓜烂熟，也是枉然。

记得一位大作家说过，写作没有捷径，也没有窍门，《如何写小说》《怎样当作家》《写作秘诀》一类的书不过是盯上了学生家长的钱包而已。如果真有秘诀，那作家的儿子不都是作家了吗？

光读那些教导写作的书也是不行的。中国古代文化灿烂，但真正讲作文方法技巧的书却凤毛麟角，十分稀少。比较有名的著作《鬼谷子》《文心雕龙》和《文则》，被称为是中国古代的三大修辞著作。但是，那么多的古代作文大家、文章高手，没有听说过有谁是读了这些著作才写好文章的。

老作家孙犁在《谈修辞》一文中回忆道：“我在中学时，读过一本章锡琛的《修辞学概论》，也买过一本陈望道的《修辞学发凡》。后来觉得，修辞学只是一种学问，不能直接运用到写作上。”孙老是我崇拜的作家，我相信他的话，并且我也有切身体会。

苏东坡是文学大家，能这样重视欧阳修的这条治学经验，并引为良训，我们还有什么理由不相信呢？

欧阳修这些话，增添了我学习写作的勇气，笨点儿也不要紧，只要肯勤练多写，最终也能把文章写好。

苏轼 你走后，我如何打发时光

笔记原文

别姜君[1]　元符己卯闰九月，琼守姜君来儋耳，日与予相从，庚辰三月乃归。无以赠行，书柳子厚《饮酒》《读书》二诗以见别意。子归，吾无以遣日，独此二事日相与往还耳。二十一日书。

词句简释

1 姜君：姜君弼，字唐佐。于元符二年（1099）九月自琼州来儋耳从苏轼学。

原文我读

元符己卯年闰九月，琼州太守姜唐佐来到儋耳，每天陪伴我游玩，到庚辰年三月才回去。我没有东西作礼物给他送行，我就抄写了柳宗元的《饮酒》《读书》两首诗，用来表达我的惜别之意。

他回去后，我就没有什么事情可以用来消磨时光了，只有读书和饮酒这两件事还可以反复做一做。二十一日记。

一时谬想

读这则笔记，我们能强烈地感受到两个字眼，一是友谊，二是孤寂。姜唐佐对苏轼的友谊是真挚的、无私的，曾给落难的苏轼以极大的慰藉。尽管如此，苏轼那颗心依然是孤寂的，心中竟有了如何打发时日的想法。

在苏轼这个姓姜的朋友身上有两个谜，我查了很多资料都没有解开。中华书局出版的《东坡志林》在注释中说，苏轼笔下的姜君就是姜唐佐。很多资料都讲到，姜唐佐是海南历史上第一个举人，而且是在经过苏轼指点后，学问大有长进，后来在广州参加考试中举的，不过，这已是苏轼离开海南后的事情。可在这则笔记中，为什么苏轼称他为“琼守”呢？难道那时候朝廷对海南就有特殊政策，没有通过省试、殿试的人也可以当官吗？这是我搞不懂的第一个问题。第二，姜唐佐既是琼州太守，他的工作地点就应当在琼州衙门。可苏轼说，姜唐佐头一年九月从五百里以外的琼州来到了儋州跟苏轼学习，一直到第二年三月才走，这前后足有半年时间。这半年时间，姜太守他不处理公务吗？朝廷会同意他这样做吗？

丢下手头的事不做，专门跑来向苏东坡学习，半年之中，日与相从，虽说是向苏东坡求学，但这番耐心、这种持守、这般恭敬，一般人是绝对做不到的。这就无怪乎苏轼在给姜唐佐送行时，千方百计要送给他礼物了！据说，苏东坡遇赦离琼时，还赠给姜唐佐两句诗：“沧海何曾断地脉，白袍端合破天荒。”并对姜唐佐说，等你将来科考及第，我再为你续写成完整的一首诗。姜唐佐和苏东坡这种亦师亦友的亲密关系，谱写了一曲传唱千古的中国古代文人佳话。

这则笔记还有一个奇特处。对姜唐佐，一开始，苏轼记的是“琼守姜君”，到最后一句，突然改成第二人称：“子归，吾无以遣日。”——“你走后，我没有什么事可以拿来打发时日。”为什么会有这个变化呢？我想，笔记写到这里，苏轼的思绪一定是涌起了阵阵波澜，从内心深处向离去的姜唐佐发出了一声呼唤。默念着这位年轻朋友曾给他带来的诸多快乐和安慰，对其突然间的离去，苏轼真是一千个不舍，一万个不忍。

举目北望，哪里是眉山？哪里是汴京？哪里是杭州？姜唐佐走了，在这茫茫大海包围着的孤岛上，谁与我言诗？谁和我同饮？

石塔长老——砖塔可容蝼蚁

笔记原文

别石塔　石塔别东坡，予云：“经过草草[1]，恨不一见石塔。”塔起立云：“遮着[2]是砖浮图耶？”予云：“有缝塔。”塔云：“若无缝，何以容世间蝼蚁[3]？”予首肯之。

词句简释

1 草草：匆忙、急遽。2 遮着：即“这个”。遮，通“者”，这。3 蝼蚁：蝼蛄和蚂蚁，比喻力量微弱、地位低贱但善于钻空子的小人。

原文我读

石塔长老前来给我东坡送别，我说：“这次来去匆忙，遗憾的是我还没有看到过一座真正的石塔。”石塔长老听了，马上站起来严肃地对我说：“我这难道不是一座石砖砌成的塔吗？”我说：“是有缝隙的塔。”石塔长老回答说：“如果塔没有缝隙，怎么能包容世上像蝼蚁一样的小生命在里边生活呢?”我点头表示同意，认为他说的很有道理。

一时谬想

乍读这则笔记，竟然一头雾水，读了好多遍也没有弄明白到底是谁跟谁在说话。既然题目叫《别石塔》，就是苏轼去和石塔告别，怎么开篇第一句话便是“石塔别东坡”？一座硬邦邦的没有生命的石塔，它会走吗？它怎么会来与东坡辞别？还有文中的“塔起立云”，塔怎么能“站起来说话”呢？真是不可思议！

反复查找相关资料，忽然发现一句话，说这记的是苏轼和石塔长老的对话，一下子便豁然开朗：原来苏轼是借着和石塔长老说石塔故事，来讽喻人生啊！

苏轼这则笔记记于何时，我手头的两个本子都不显示，有资料说是记于元丰八年八月二十七日，我觉得这是不准确的。宋神宗元丰八年即公元1085年，这年年初，苏轼得朝廷诏旨，允许其在常州居住，从黄州到常州不久，朝廷即下旨任命其为登州知州。他六月从常州启程，十月到达登州，也就是说，元丰八年八月，苏轼还行走在常州到登州的路途上。因笔记中有“石塔别东坡”句，总观文义，应是苏轼居于某地一段时间后即将离开，友人石塔长老来送行。另据考证，苏轼当年与石塔长老所议之石塔，就是扬州惠昭寺内的石塔。我认为，苏轼这则《别石塔》应记于宋哲宗元祐七年七月。那一年，也就是公元1092年，五十七岁的苏东坡三月间到扬州上任，七月又被调回京师。临别之际，石塔长老前来给苏轼送行，于是，两人便有了这样一番对话。

这则笔记，苏轼两陈述，石塔长老两设问，巧用概念转换之法，颇有禅宗机锋之妙。

虽然命途多舛，但在苏轼的心中，理想的火焰依然没有熄灭。做一个儒家文化所推崇的立德立功立言的完人，始终是他一生的追求和梦想。所以，当他看见石塔长老那一瞬间，脑海里立刻便涌现出一个念头：石塔，石塔，那浑然一体、异常坚固的石塔，不就是自己苦苦追寻的完人形象吗？现实生活中，我怎么就见不到这样的楷模呢？于是，他脱口说出自己的遗憾：“经过草草，恨不一见石塔。”

智慧的石塔长老并不从正面对接苏轼的话茬，故意偏转方向，把目标引向自己，向苏轼问道：“那你看看我，是不是一座石砖砌成的塔呢？”

于是，砖塔有缝，砖塔能包容蝼蚁的话题便引出来了。

石塔长老最后这一问——“若无缝，何以容世间蝼蚁？”——是想引导苏轼用什么样的态度看待世界呢？是想让苏轼不要因自己成不了石塔遗憾，还是让苏轼明白我们大家不过都是一只小小的蝼蚁呢？九百多年前的苏轼，听到石塔长老问话，已经点头称是了。而我呢？我觉得，还需要再想想！

盛度——钱惟演所行皆攀高结贵之举

笔记原文

记盛度诰词　盛度，钱氏婿，而不喜惟演，盖邪正不相入也。惟演建言二后并配，御史中丞范讽发其奸，落平章事，以节度使知随州。时度几七十，为知制诰，责词云：“三星之媾[1]，多戚里之家；百两所迎[2]，皆权要之子。”盖惟演之姑嫁刘氏，而其子娶于丁谓也。人怪度老而笔力不衰，或曰：“度作此词久矣。”元祐三年十二月二十一日讲筵，上未出，立延龢殿中，时轼方论周穜[3]擅议宗庙，苏子容因道此。

词句简释

1 三星之媾：代指结婚。媾：连合，代指婚姻。2 百两所迎：百辆遣嫁迎娶的车里乘坐的人。古时车凡两轮，故以两计数。百两，即百辆车。《诗·召南》毛传：“百两，百乘也。”

3 周穜：北宋泰州人，神宗熙宁九年进士及第，曾上疏以王安石配享神宗。

原文我读

时任右谏议大夫、翰林学士的盛度，本是吴越钱氏的女婿，但对吴越王钱俶的儿子，当时已经是同中书门下平章事的钱惟演，盛度却并不喜欢，这大约是两人邪正不两立不相为谋的缘故吧。

钱惟演建议让庄献太后、庄懿太后同时祔祀于宋真宗的宗庙，御史中丞范讽揭发钱惟演的奸邪行为，宋仁宗罢免了他的宰相职务，让他以节度使为本官，担任随州知州。

这个时候，盛度已经将近七十岁了，作为知制诰，在其撰写的责备钱惟演的文书中说："你家中男女的婚配，联姻的大多是皇亲贵戚；上百辆迎亲香车里乘坐的，都是权贵的女子。"盛度所写的这两句话，应当是指钱惟演之姑妈（一说为惟演妹）嫁给了刘太后的哥哥刘美，他的儿子又娶了宰相丁谓的女儿这两件事。当时人们都很奇怪，盛度年纪都这么大了，笔下的言辞仍然如此犀利。有人说："盛度很久以前就写下这篇责词了。"

元祐三年十二月二十一日，宋哲宗举行经筵，哲宗出来之前，我们站在延龢殿中等待，当时我刚说到周穜擅自议论宗庙的事情，苏颂苏子容便接着讲了这件事。

一时谬想

苏轼这则笔记，所记主要是三件事：第一，钱惟演给仁宗建言让二后并配真宗庙，御史中丞范讽认为这是擅议宗庙，参劾了钱惟演；第二，宋仁宗认为范讽参劾有理，罢了钱惟演宰相职务；第三，盛度撰写的责词直指其要害，语言尖刻犀利，似为早已准备好的。

钱惟演"建言二后并配"，其实并没有什么错，三十年后，也就是在他去世后的第十一年，朝廷还是采纳了他的建议，让刘、李两太后一起配享真宗庙廷。为什么当时从仁宗到群臣对他的这个建言如此反感呢？

笔记中的“二后”，一位姓刘，一位姓李，刘氏后来被宋仁宗追谥为庄献明肃皇太后，李氏被追谥为庄懿皇太后。据史料记载，李氏本是刘后做妃子时的侍女，后来被真宗看中，成为后宫嫔妃之一。李氏与已经成为皇后的刘氏几乎同时怀孕，但刘氏所生之子夭折，李氏所生之子即后来的宋仁宗，则交由刘太后抚养。

仁宗是在养母刘太后的权力阴影下一天天长大的，他一直不知先皇嫔妃中的李氏就是自己的亲生母亲。仁宗即位后，刘氏以皇太后身份垂帘听政，权倾朝野，两人之间的矛盾日益加深。仁宗明道二年（1033），刘太后薨，仁宗亲政，知道了自己的身世，便立即着手肃清刘氏党羽。

很快，与刘太后有姻亲关系的钱惟演，就接到仁宗要他回河南（此前钱判河南府）的诏命。他在惊恐之中，想起了讨好仁宗的主意：请求让仁宗的母亲——庄懿太后李氏，与庄献太后刘氏一起配享真宗庙室。这个主意，也可以说是钱惟演的一次政治赌博。他没有想到话一出口，便招来了包括宋仁宗在内的所有人的一致反对。

其实，钱惟演原本是一个不错的官僚。他随父归宋之后，虽然不经科举考试即被授予官职，但他“平生唯好读书，坐则读经史，卧则读小说，上厕则阅小词，盖未尝顷刻释卷也”。他博学多才，善写文章，应试学士院时，以笏起草诏令，挥笔而成，深得宋真宗赞赏。

钱惟演的一生，吃亏就吃在野心太大上，他为了实现“官至宰相”的奋斗目标，趋炎附势、攀高结贵、阿谀奉上，四处奔波、不择手段、机关算尽，其德行为士林所不齿。“范讽发其奸”，盛度做责词，因为代表了民心民意，所以被广为传颂。

如果不是一门心思要做宰相，钱惟演可能也是宋朝文学天空上一颗明亮的星。然而，我们现在所见到的，尽是他并不怎么引人发笑的笑料。

苏轼——我愿两家都无事

笔记原文

改观音咒　《观音经》云："咒咀[1]诸毒药，所欲害身者，念彼观音力，还著于本人[2]。"东坡居士曰："观音，慈悲者也。今人遭咒咀，念[3]观音之力而使还著于本人，则岂观音之心哉？"今改之曰："咒咀诸毒药，所欲害身者，念彼观音力，两家总没事。"

词句简释

1 咒咀：诅咒。2 还著于本人：送回给发咒的人。3 念：希望。

原文我读

《观音经》里说："诅咒如同害人毒药，就是想加害别人身体，盼望观音施出力量，把伤害送还给发出咒语的人。"东坡居士说："观音，是大慈大悲救苦救难的菩萨。现在有人遭到了诅咒，却盼望着观音发出力量，使诅咒折返回去施加于发咒语的人，这怎么能符合观音菩萨的心意呢?”现在，我把它修改为:“诅咒如同伤人毒剂，本欲残害别人身体，企盼观音施出力量，护佑双方都平安无事。”

一时谬想

谁做出的诅咒，最后再返拐回来施加到谁身上，让诅咒者自食其果，这就是佛教教义里所讲的因果报应吗?有施必有报，有感必有应，因种善因而招感善报，因种恶因而招感恶报，《观音经》里这几句话，讲的就是这个理儿。由此看来，佛教教义里的报应，和老百姓心中的报复，相去也不是太远。

可是，苏东坡从《观音经》里发现了悖论——把诅咒“还著于本人”，不符合菩萨的慈悲之心。既然观世音菩萨大慈大悲、救苦救难、普度众生，他还会让犯错误的人承受错误的恶果吗?他那么慈悲，至少，他不应该主动运用自己的力量，去掉转伤人的枪口吧?还是儒家说得好，既不以德报怨，更不以怨抱怨，我们提倡以直报怨，提倡用公正无私来对待恶行，推动善长恶消，实现社会大同。苏东坡虽然尊崇佛学，但他的底色是儒家思想，当他看到《观音经》里这个悖论后，立刻表现出儒家的博大胸怀，喊出了自己的心声:念彼观音力，两家总没事——请大慈大悲的观音菩萨来保佑每一个人吧，让每一家人都能过上太平的日子!

苏轼心系天下苍生，反对侵害老百姓利益，抵制违反常规的瞎折腾，新党把他视为眼中钉;苏轼客观看待新党主张，主张采纳部分正确变革措施，旧党必欲除之而后快。他一生多次被贬谪，以至最后流放到海南岛，罹受仅比处斩稍轻的处罚，但他始终没有嫉恨过一个人，更没有想到要报复哪一个人。他这不是逆来顺受，而是超越自我的大德至善。他始终微笑着面对这个世界，歌唱自然，讴歌人间真善美。他也有过抗争的时候，他反对过王安石，也反对过司马光，但这都是因为政见不同所进行的论辩，用现在的话说叫主义之争。他，和鲁迅先生一样，“没有一个私敌”!

“人有悲欢离合，月有阴晴圆缺，此事古难全。但愿人长久，千里共婵娟。”我仿佛又听到了，九百四十年前苏东坡先生那满怀激情的吟诵。

我有赌博不输——道人妙方

笔记原文

记道人戏语　　绍圣二年五月九日，都下有道人坐相国寺卖诸禁方[1]，缄题其一曰：卖“赌钱不输方”。少年有博者，以千金得之。归，发视其方，曰：“但止乞头[2]！”道人亦善鬻术矣，戏语得千金，然亦未尝欺少年也。

词句简释

1 禁方：珍秘的药方或其他妙方。2 乞头：约人去赌，从中抽取头钱曰乞头或曰抽头。《清稗类钞》载：“召集博徒于家而饮食之，伺其既胜，或二十取一焉，……谓之抽头。俗所谓囊家者是，宋苏东坡所谓赌钱不输方也。”

原文我读

宋哲宗绍圣二年（1095）五月九日，在京都汴梁城，有一个道人坐在相国寺卖各种秘方，其中一个封着的禁方信皮上写着：卖“赌钱不会输的秘方”。有个喜欢赌博的年轻人，花千金买了这个秘方，回家后打开一看，发现里面写道：“仅只抽取头钱！”这道人算得上精于贩卖之术了，一句戏语便赚得千金，而且这样做也不算是欺骗了那个少年。

一时谬想

这则笔记，乍一看，就是个笑话。我把它讲给朋友听时，大家都觉得挺有趣的。但仔细想想，东坡居士恐怕应该不屑于如此，是不是另有一番深意呢？

苏轼在笔记中说得很清楚，这件事记于宋哲宗绍圣二年。这时，王安石的新法停止运行已经整整十年，翻身上台的旧党也作了充分表演。两相比较，究竟什么样的方法有利于强国富民，苏轼很可能还在反复地比较、苦苦地思索。机缘巧合，苏轼恰好听说了道人在相国寺卖“赌钱不输方”的故事，他便联想到了王安石的青苗法。

青苗法是王安石变法新制的重要内容。这项改革原本是为了防止富户高利贷盘剥，帮助贫苦农民生产而进行的，但因为在制度设计上不够周严，执行中严重偏离初衷，最终遭到了各方面的反对。

所谓青苗法，就是在每年青黄不接时，将原本要无偿发放给灾民的救济粮，折算成银两，然后以贷款方式借给需要的穷困百姓，到每年夏秋两个收获季节，要借户按二分利息连本偿还官府。但是，在实际执行过程中，却出现了严重的问题。一是地方官员为了向上邀功，强行让本不需银钱的百姓向官府借贷；二是有的官员为了中饱私囊，随意提高利息，额外增加收费名目；三是地方官员为了保证按时收回本息，实行十户联保制度，使无需借贷的富户承担还款风险，因此而致贫；四是因为官府资本金不足，为不影响下期借贷，对无力按时偿还借款的百姓强行催缴，致不少贫困人家卖儿卖女，流离失所。这样，青苗法就变质成为官府辗转放高利贷、收取利息的苛政，遭到了全国上下一致反对，不得不在元祐元年停止执行。

这样看来，一部青苗法，不就是教官府做“囊家”“乞头”、坐收渔利、只赚不赔的“禁方”吗？

卖禁方的道人固然“善鬻术”，但他还有回头客吗？由此看来，王安石变这“法”，有问题，所以，长不了！

苏轼

此去也往死地走一遭

笔记原文

寿禅师放生　　钱塘寿禅师本北郭税务专知官，每见鱼虾辄买放生，以是破家。后遂盗官钱为放生之用，事发坐死，领赴市矣。吴越钱王使人视之，若悲惧如常人，即杀之；否，则舍[1]之。禅师淡然无异色，乃舍之。遂出家，得法眼净[2]。禅师应以市曹[3]得度，故菩萨乃见市曹以度之。学出生死法，得向死地走一遭，抵三十年修行。吾窜逐海上，去死地稍近，当于此证阿罗汉果[4]。

词句简释

1 舍：通“赦”，赦免。2 得法眼净：指得小乘法眼净道。3 市曹：商肆集中的地方。4 阿罗汉果：指小乘之极果。

原文我读

吴越国钱塘寿禅师，原本是城北负责税务征收的官员，每次看到有人售卖鱼虾，他就买来放生，由此弄得倾家荡产。后来他便窃取公款用于放生，事发后被判处死刑并押赴市曹斩首。

在寿禅师行刑前，吴越国钱王命人前去观察，吩咐那人说，如果寿禅师像普通人那样悲哀恐惧，就把他处死；如果情况相反，就赦免了他。结果寿禅师没有一点害怕的神色，钱王便下令把他释放了。寿禅师随即出家，不久便得小乘法眼净道。这位寿禅师本来就应该在市曹得度的，所以，菩萨就在市曹现身，引导他入了佛门。

修习离开生死的法门，得向死亡之地走一趟，这样可以抵得上三十年的修行。如今我被驱逐到这海南儋州，距死亡之地越来越近，我也应当在这里得道修成阿罗汉果。

一时谬想

这则笔记可以分为三个层次来读，一是寿禅师作为一名专门税务官员，因执着于放生而破家，后来因为用公款放生被判死罪；二是寿禅师就刑前面无异色，被钱王赦免后出家得道；三是苏轼认为寿禅师原本就在市曹得度，所以即使是“赴市”斩首也并不惧怕。他自己被流放海南，离“死地稍近”，恰好可以修成正果。

苏轼在笔记中说，寿禅师破家后“盗官钱为放生之用”。从这一个“盗”字的使用可以看出，苏轼对寿禅师在放生问题上的恣意，是不赞成的。放生作为佛教所倡导的一种善举，若是机缘巧合，刚好有了施以援手的条件，你不忍眼看小动物性命受到伤害，放之回归自然，当然是好的。如果是专门买了再放，不仅显得做作，而且会引发对生灵的一种更为严重的戕害。正如国际环保组织的公益广告所说：“没有买卖，就没有杀害。”既然有人买，我就抓来卖给你，然后就是更多的生灵跟着遭殃。“每见鱼虾辄买放生”，苏轼不提倡，我则反对！

吴越钱王那一番嘱咐，富有宗教意味，发人深思。一个人，甭管他做的事情是不是真的正确，只要他能坚信不疑、长期持守，无怨无悔、无惧无畏，我们就可以说，他是一个有“信仰”的人，他是为信仰而生，为主义而做，他就值得让人尊重，他就比那些平时道貌岸然，一派虔诚，临危却失色发抖、变节媚敌的人，要强上许多倍。寿禅师临杀头而“淡然无异色”，钱王赦之，赦得意味深长。

修习离开生死的法门，最好是向死亡之地走一遭。这条佛家修行的经验，也同样适用于社会各个方面、各个阶层。“文王拘而演《周易》；仲尼厄而作《春秋》；屈原放逐，乃赋《离骚》；左丘失明，厥有《国语》；孙子膑脚，《兵法》修列……”司马迁列举的这些例子，讲的也是这个理。在苏轼一生中，每一次罹难，每一回贬谪，都是他学问、心性、见识的升华和蜕变。没有多舛的命途，就没有今天我们所熟知的“东坡居士”。苏辙曾经感叹：少时我俩文采不相上下，但兄长黄州归来，我已望尘莫及。

在困难的时候，可以多想想苏轼讲的这个故事。既然苦难不能避免，就把它作为一次难得的修行，也不见得能修成什么“正果”，但它会使你成熟得更快一些。

苏轼——为这不过是自欺罢了

笔记原文

僧文[1]荤食名　僧谓酒为“般若[2]汤”，谓鱼为“水梭花”，鸡为“钻篱菜”，竟无所益，但自欺而已，世常笑之。人有为不义而文之以美名者，与此何异哉！

词句简释

1 文：文饰，掩饰。2 般若：智慧。

原文我读

僧人把酒叫作“般若汤”，把鱼叫作“水梭花”，鸡叫作“钻篱菜”，这最终没有任何益处，不过是自己欺骗自己罢了，因此也经常被世人取笑。一般的人做了不义之事，千方百计找一个好听的借口来作掩饰的，与僧人的这种做法又有什么区别呢！

一 时 谬 想

什么“般若汤”“水梭花”“钻篱菜”，僧人们这点花招不光骗不了别人，就是他自己也不会认为这样一叫，就真的不算吃到腥荤了。这样一种说法，无非是一种短暂的自我麻痹，聊以遮人耳目罢了。

其实，这则笔记的焦点，仍在讥讽那些“为不义而文之以美名者”上。在记下这则笔记的过程中，苏轼可能心里一直在念叨：“介甫（王安石字）公啊，你说那些什么为了增加国库收入啊，为了实现富国强兵啊，对老百姓统统都是‘无所益’的！你要知道，你那变法，让老百姓跟着受多少罪啊！”

时光走过九百年之后，“为不义而文之以美名者”，依然比比皆是。你看那卖老年保健品的商家，明明是两眼死盯着老年人的钱包，卖的都是一无用处的伪劣产品，却一个个嘴上抹蜜，把要推销的东西说得天花乱坠，好似包治百病的灵丹妙药！

“为不义而文之以美名者”，不仅中国有，外国也有。比如那个大言不惭公然声称自己优先的国家，明明是想掠夺人家的矿产资源，却打着民主人权的旗号，把一个个主权国家搞得民不聊生，战乱频仍。

列宁早就说过：“在市场上叫卖得最凶的人，往往是想把最糟糕的货物推销出去的商贩。”在生活中，那些对自己手中的东西过分夸耀的人，你得防着点儿，他可能别有所图。

苏轼 —— 带来什么土特产啊

笔记原文

卓契顺禅话　苏台[1]定慧院净人[2]卓契顺，不远数千里，陟[3]岭渡海，候无恙于东坡。东坡问："将甚么土物来？"顺展两手。坡云："可惜许数千里空手来。"顺作荷担势，信步而去。

词句简释

1 苏台：姑苏台，用以称苏州。2 净人：寺院中担任守护及杂役的居士。3 陟：登高。

原文我读

在苏州定慧禅院做杂役的居士叫卓契顺，不远数千里，翻山越岭，涉水渡海，来问候我苏东坡是不是身体健康。见面后我问他："你来看望我，带有什么土特产啊？"卓契顺把双手一摊，表示什么也没有。我感叹道："可惜了你走数千里的路，却空着手来。"卓契顺听我说罢，做一个挑着很重担子的姿势，然后没事人儿一样迈步离开了。

一 时 谬 想

这则笔记，题目叫《卓契顺禅话》，卓契顺一句话没说，但他的动作形体语言的确是充满禅意。

在世俗的眼光看来，不远数千里来看故人，无论贵贱，一定是要带上一些礼物的，但卓契顺就是什么也没有带，空手而来还泰然自若，一个“荷担”动作，便是告诉苏轼，我肩负着朋友的深情厚意而来，满载着亲人的无限思念而来，这些比多少礼物都重。

在世俗的眼光看来，就是想要礼物，也是绝对不能张口相问的，但苏轼不仅问得直白，还对卓契顺的空手而来，表示出深深的遗憾和稍稍的不满，竟然脱口而出：“可惜许数千里空手来。”想一想，这一问一叹，包含了多少对苏杭故旧、江浙风物的思念啊！

卓契顺既然空手来，我猜想，他也绝对没想着要苏轼给他办什么事，从苏轼这里带什么走。正所谓“相见亦无事，不见常思君”，来时肩挑两筐白云，去时了却万千思念！人这一辈子，能有几个朋友会啥事也没有，不远数千里专程来看望你？恰恰是这种什么东西也不带，什么事情也没有的朋友，最难得，最珍贵！这友谊，看似淡，却久长、醇美，我赞美这样的友谊。

苏轼还有文《书〈归去来辞〉赠契顺》，所记与《禅话》稍异，我则更倾心于此。

苏轼——他因自重难合而老死乡野

笔记原文

白云居士　张愈，西蜀隐君子也，与予先君游，居岷山下白云溪，自号白云居士。本有经世志，特以自重难合[1]，故老死草野，非槁项黄馘[2]盗名者也。偶至西湖静轩，见其遗句，怀仰其人，命寺僧刻之石。元祐五年九月五日。

词句简释

1 自重难合：过分看重自己的言行，难以与人相合。2 槁项黄馘：枯槁的颈项、黄瘦的面容。馘：guó，脸，面容。

原文我读

张愈，是西蜀一位品德高尚的隐士，和我的父亲来往多年，两人是好朋友。

张愈住在岷山脚下的白云溪，自号白云居士。他原本怀有治理国家的雄心壮志，却因为过分看重自己的学问和德行，难以和众人相处，最后只能一个人老死在乡野。张愈并不是那种颈项干瘦、面色焦黄，没有真才实学却自命清高来盗取虚名的人。

我偶然到西湖静轩游玩，看见了张愈在那里留下来的文句，心中怀念他，也敬仰他，就让寺里的僧人把他遗留下来的句子雕刻在一块石头上保存下来。元祐五年九月五日记。

一时谬想

苏轼这则笔记中所说的白云居士张愈，历史上留下的资料不多，对后世也没有什么影响，他的这个故事读完本来已经翻过去了，可文中那句“本有经世志，特以自重难合，故老死草野”的话，总是萦绕在脑际挥之不去，似乎于年轻人成长有些启发意义，于我自身也有自警的意味，不由得回过头来再“谬想”一番。

张愈这样的情形称得上独善其身吗？我看不是！自重难合，表面上看，是清高自负，是落落寡合，实质上是害怕矛盾、逃避现实，不敢融入社会，不敢接触实践，不敢让自己的见解与其他别的思想交锋和碰撞。张愈的一生，空怀经世济民大志，虽然不是槁项黄馘，扭捏作态，但也只能是常年挂在墙上的都塔尔（维吾尔民族乐器），总听不见它弹出个什么调调来，所以，临终只落得个老死乡野，空让后人扼腕叹息的结果。工作生活中，类似于张愈的人也不在少数，他们恃才傲物，孤芳自赏，总认为自己能力比领导强，本领比同事高，整日愤愤不平，殊不知存在即合理，你就是真的才高八斗，也必须面对现实，只有积极融入社会，适应周围环境，取得大家支持，然后才可能有所作为，去革除那些你认为不合理的东西。鲁迅先生说过：“天才并不是自生自长在深林荒野里的怪物，是由可以使天才生长的民众产生、长育出来的，所以没有这种民众，就没有天才。”你不去融入社会，你将一事无成；你就是真的天赋异禀，也最多是长成一个“怪物”。

好可惜的白云居士啊！他活着时交游，能和苏洵做朋友；他死后留下文字，又可以让苏轼敬仰。有那么好的才学在身，可大宋的史册上，却不见有关他的只言片语。

这不能不让我们深思。

苏轼

我看这仨人和蜉蝣朝菌没有区别

笔记原文

三老语　　尝有三老人相遇，或问之年。一人曰："吾年不可记，但忆少年时与盘古有旧。"一人曰："海水变桑田时，吾辄下一筹，尔来吾筹已满十间屋。"一人曰："吾所食蟠桃，弃其核于昆仑山下，今已与昆仑齐矣。"以余观之，三子者与蜉蝣朝菌何以异哉？

原文我读

曾经有三个上了年纪的人碰到了一起，有人问起他们的年龄。

其中一位老人说："我也不记得我有多大岁数了，只记得小时候和一个叫盘古的人有些交情。"

另外一位老人说："每当沧海变成桑田的时候，我就投下一根小棍儿做一次记录，现在我用来计数的小棍儿已经积满十间屋子了。"

第三位老人说："我所吃过的蟠桃，桃核都丢在了昆仑山下，现在这些桃核已经垒得和昆仑山一样高了。”

在我看来，这三位老人的寿命与生命极短的蜉蝣、朝生暮死的菌类生物还有什么区别呢？

一时谬想

这仨老头儿显然是在吹牛，而且，这样吹牛，水平也不算高。

俗语说：“有志不在年高，无志空活百岁。”一辈子庸庸碌碌，一无建树，就是活上千年万年，又有什么用呢？什么也拿不出来跟别人比，只拿年龄炫耀，其实是很可怜的！东坡居士说得好，虚掷光阴与朝生暮死是没有本质差别的！苏轼讲的这个“瞎话儿”，实质上是对那些喜欢吹牛皮者的无情鞭挞。

人生只是一个过程，长短自有天意，不可强求，但在有限的时间、空间里，我们该怎么去理解存在的意义呢？臧克家说：“有的人活着，他已经死了；有的人死了，他还活着。”我的理解就是做一个对社会有用的人，做一个对他人有益的人。不知在哪本书里曾读过这样一句话：我不想成为一棵树本身，只想成为它的意义。是啊！意义才是存在的价值。只以年岁相夸的人，正是不懂得人生价值的可怜虫。

回过头来，再看那仨老头儿，你就是再吹，你那岁数，和无始无终的宇宙相比，又算得了什么呢？这世上原本就没有天长地久，就连长命百岁也极稀少。把握当下，多读一些有用的书，多做一些有益社会的事，你觉得生活充实、身心健康，就足够了。

苏轼

我一生遭遇谣言太多

笔记原文

东坡升仙　吾昔谪黄州，曾子固[1]居忧临川，死焉。人有妄传吾与子固同日化去，且云：“如李长吉[2]时事，以上帝召他。”时先帝亦闻其语，以问蜀人蒲宗孟，且有叹息语。今谪海南，又有传吾得道，乘小舟入海不复返者，京师皆云，儿子书来言之。今日有从黄州来者，云太守何述言吾在儋耳一日忽失所在，独道服在耳，盖上宾也。吾平生遭口语无数，盖生时与韩退之[3]相似，吾命在斗间而身宫在焉。故其诗曰：“我生之辰，月宿斗直。”且曰：“无善声以闻，无恶声以扬。”今谤我者，或云死，或云仙，退之之言良非虚尔。

词句简释

1 曾子固：曾巩，字子固，唐宋八大家之一。2 李长吉：李贺，字子吉，唐代诗人。3 韩退之：韩愈，字退之，唐代文学家、思想家、教育家。

原文我读

我当初被贬谪到黄州的时候，恰好曾巩曾子固也住在临川为母亲守孝，后来他也病死在临川了。于是就有人妄传我和曾巩在同一天死去，而且还煞有介事地说："就像唐代诗人李贺死后的情况一样，从天上下来一位绯衣人引领着他走的，这是上帝在召唤他！"当时，神宗也听说了这件事，还专门向原籍为西蜀的蒲宗孟打听过，对我所谓的死表示惋惜。

现在我谪居海南，又有传言说我得道成仙，乘坐一叶扁舟驶入大海后就没有返回，京城的人都这样说。这是我儿子来信告诉我的。

今天，有一个从黄州来到海南的人对我讲，太守何述在黄州对人们说，我在儋耳有一天忽然失去踪迹，只留下一身道服，可能是升天了。

我一生遭遇的谣言这么多，大概是因为我出生的时间与韩愈韩退之一样，命在斗牛之间而且生日干支八字属摩羯宫。韩愈曾在诗中写道："我生之辰，月宿斗直。"他又说："我没有好的名誉可以传闻，也没有坏的名声足以传播。"现在毁谤我的人，或者说我死了，或者说我升仙了，韩愈说的话确实不是虚言。

一时谬想

一个人若在社会上有一些谣言相传，他须是名人、要人。市井引车卖浆者流和乡野耕田砍柴之人，可能会有故事，但不会有谣言相传。因为传一个人的谣言，需要有几分神秘在里头，传起来才有劲头。

谣言之起，多附会于一件稍微有点牵连的小事。苏轼被贬谪到海南后，写了一首词牌叫《临江仙》的词，词中有“小舟从此逝，江海寄余生”的句子。人们就是从这两句话里揣测他有意乘船入海，进而得道成仙的。

热衷于传谣言者大体有两种动机，一是炫耀自己，想让大家注意他、抬举他，夸他知道得多，能联系枢要机关；二是嫉恨他人，寻机添油加醋发泄不满，想通过舆论把别人搞臭弄垮。传言苏轼得道成仙者，大致属于第一种情况，他们听人说苏轼成仙了，觉得这是天大的新闻，自己能首先得到消息很不得了，得赶紧让人们都知道。传播的时候再胡诌一些诡异的情节，增加一些神秘色彩，好像自己很能接触那些核心的、不为普通人所知的机密，让大家的眼球都滴溜溜地跟着自己转，这样，便得到了很大的满足。编派苏轼和曾巩一起死掉这个消息的，应该属于第二种情况。他们心中不知对苏轼怀有多少羡慕嫉妒恨！一旦听到一个谎信儿，说苏轼死了，便按捺不住自己激动的心情，恨不得见人都说上一遍。

苏轼对传他谣言的人，是很生气的，称他们为“谤我者”。在我看来，这些人还是给苏轼留着口德的，其中两次是说他成仙了，一次是说他死了，是不是成仙甚或死掉，是很好证明的，官场上露个面，或者给朝廷上个奏折，问题就解决了。如果像当年有人造谣说欧阳修和外甥女不清白那样来造他的谣，那又该怎么办呢？你能找老天爷说理去！

面对谣言，尽管苏轼拿韩愈的话来宽慰自己，但依然耿耿于怀，不能释然。如果能想到被人造谣，也得有些资格，有些成就，这样心里会不会稍稍好受些呢？

凡是非正规途径得来的消息，不信，不传，是对一个厚道人的最低要求。稍微注意一下，就能做到。

苏轼——这样做肯定不行

笔记原文

桃花悟道　世人有见古德见桃花悟道者，争颂桃花，便将桃花作饭五十年，转没交涉。正如张长史见担夫与公主争路而得草书之气，欲学长史书，便日就担夫求之，岂可得哉？

原文我读

人们从史籍中看到，古代一位有德之人，参禅三十年都没能悟道，后来他看到桃花盛开，便顿悟——一下子什么都清楚了。于是争相赞颂桃花，有的甚至把桃花做在饭里连续吃了五十年，也丝毫不见变化。这就像唐朝大书法家张旭张长史，他看见挑夫与公主争着过路而悟出写好草书的精髓一样，如果想学张旭的草书，即便是天天跟在挑夫后面研究，难道就可以得到写好草书的诀窍吗？

一时谬想

吃桃花饭学道的故事，是苏轼听来用以说事的。看挑夫走路学草书这个比喻，进一步说明了吃桃花饭希图悟道的荒谬。

现在，类似于吃桃花学道、看走路学书的事情依然不少。比如，想当一名歌唱家，却不肯去下苦功夫练嗓子学乐理，只学明星忸怩作态、拿腔捏调，甚至一个劲儿在穿奇装异服上求出新；再如，想当一名书画家却不从一笔一画、素描写生做起，专弄些旁门左道，一味在傻、大、黑、粗上求异求怪等等。早些时候，听到一个在某单位当领导的朋友诉苦，说他们单位有一名技师，在外地一个企业学习后进步很大，接着竟有三四个根本就没有什么基础的人都提出要求，非要也去那个企业学习不可。

北宋著名书法家、文学家黄庭坚说，张旭的草书极端正，字字入古法。他之所以能“见担夫与公主争路而得草书之气”，那是他几十年铁砚磨穿，几度洗黑门前池水后才可能有的顿悟，哪能是只看看担夫的动作，就可让自己的水平突飞猛进呢？同样的道理，那“古德”能“见桃花悟道”，包括朋友单位的那位技师能一次学习水平大增，一定都是青灯黄卷，在凉桌子冷板凳上下足苦功后才能发生的飞跃。一定要懂得，不下功夫修行，再吃五十年桃花饭也无用；没有平时的苦读和积累，就是找到同一个老师学习也是白搭。

苏东坡批评的现象，现在要是用“批判的武器”来批判，很容易，这个武器就是量变质变规律。试图违反这个规律走捷径，一定成功不了。

苏轼——相传石普以杀人为娱乐

笔记原文

石普[1]见奴为祟　相传石普好杀人，以杀为娱，未尝知暂悔也。醉中缚一奴，使其指使[2]投之汴河，指使哀而纵之。既醒而悔，指使畏其暴，不敢以实告。居久之，普病，见奴为祟，自以必死。指使呼奴示之，祟不复出，普亦愈。

词句简释

1 石普：其先幽州人，徙居太原。宋仁宗时累官左屯卫大将军。《宋史》载：太宗尝曰："普性刚骜，与诸将少合。" 2 指使：宋代将领或州县官属下供差遣的低级军官。

原文我读

相传，石普喜好杀人，并把杀人作为一种娱乐，而且从未因此有一丝的后悔。

石普有次喝醉了酒，把一个奴仆捆绑起来，命令其指使官把他丢到汴河里去。指使官同情这个奴仆，就私下把他放了。石普酒醒以后对杀死奴仆这件事很后悔，而那个被派去杀人的指使官却因为畏惧石普的残暴，不敢把放掉那个奴仆的事告诉他。

这件事过去了很久以后，石普患上了一种病，梦中常常看见他命令杀掉的那个仆人来难为他，他以为自己肯定是活不成了。石普的指使官听说了，就喊上那个仆人去见了石普，于是石普就再也看不到仆人的鬼魂来找他，他的病马上也好了。

一时谬想

这个石普，竟以杀人为乐，真叫人恨得咬牙切齿。很想看看他究竟是个什么样的家伙，竟如此惨无人道，难道他是东晋他那本家石崇的翻版！

查了很多资料，没有找到关于石普嗜杀的记载。《宋史》里反而对石普有很多溢美之词，比如“倜傥有胆略”，“颇通兵书、阴阳、六甲、星历、推步之术”等等。其实，苏轼这则笔记本身也有令人难以置信的地方：既然“以杀为娱”，死在他手里的人应该不计其数，怎么就单单这个仆人上了他的心呢？那么，苏轼为什么会记下这样的文字呢？

石普是太宗手下的战将，苏轼于仁宗嘉祐二年进士及第，这则笔记应当是在嘉祐二年之后记下的。这样算来，从石普到苏轼，中间至少隔着上百年的时间。这个时候，正是人们听信传言，正史尚未得以传布的一个阶段。那么，石普究竟是怎样一个人呢？也许，我们可以从太宗对石普的评价中找到答案。

太宗对石普的评价是这样九个字：“普性刚骜，与诸将少合。”因为刚骜，他必然得罪很多人；因为与诸将少合，必定没有一个人出来替他说句真话来以正视听。所以，恶毒的事都加在他的头上，而且愈传愈玄。石普嗜杀成性的故事，应该和陈世美杀妻灭子的故事一样，陈世美吃亏吃在两个昔日同窗好友身上，石普吃亏吃在曾和他一同出生入死的同僚身上。

鸟儿爱惜自己的羽毛，人应珍视自己的名声，平等待人是基本要求，瓜田李下的事尽量不做。最难办但又不得不做的事情，是出现了误会要想办法及时消除，尽量避免以讹传讹，坏了自己的清名。

话说回来，石普要是真的“好杀人”，虽然“奴”不“为祟”了，但别的冤魂还是会来找他“作祟”的。

欧阳修——那僧人说得很准

笔记原文

僧相欧阳公　欧阳文忠公尝语："少时有僧相我：'耳白于面，名满天下；唇不着齿，无事得谤。'其言颇验。"耳白于面，则众所共见，唇不着齿，余亦不敢问公，不知其何如也。

原文我读

欧阳文忠公曾经对人说："小时候有个僧人给我相面，说：'耳朵比脸白，未来会名满天下；嘴唇挨不着牙齿，会平白无故被人造谣、诽谤。'说得十分灵验。"耳朵比脸面白，众人都看得见；至于嘴唇挨不着牙齿，我也不敢去询问他，不知道究竟是什么样子。

一时谬想

欧阳修1007年出生，1030年进士及第，1057年担任主考官时，让苏轼的名字登科及第。欧阳修一生的际遇，苏轼是十分清楚的。

苏东坡真是个厚道人，就是在个人笔记这样私密的文字中，也给自己的座师留着口德。“耳白于面，名满天下”，显然是好听话，所以苏轼说：这没有问题，大家都看到了，文忠公耳朵的颜色的确比脸色白，他就应该天下共知，万众敬仰，名满天下。而“唇不着齿，无事得谤”，可不是什么好事，苏轼当然也不愿意看到它是真的，老师遭人毁谤的事，他虽然知道一些，但还是不想说透。所以，他便写道：至于文忠公是不是真的嘴唇挨不着牙齿，我不敢问他，也无从知道。那些毁谤文忠公的话到底有没有呢？似乎有，也似乎没有，就给大家留点想象的空间吧！

算命看相，如果能正确对待，也不一定都是谬误。比如，一件事你本来就准备放弃了，可算命的说，某年某月你还能如愿以偿。这样，你就会去继续努力。功夫下到了，可能就真的有了收获。再比如，你真的遇到了十分不如意的事情，会看相的人告诉你，按你的相貌，你合该有这样的劫难，眼下因为有贵人相助，这情形已经非常好了。这样，你心理上是不是会稍稍好受一些呢？

“耳白于面，名满天下；唇不着齿，无事得谤。”欧阳修在对人讲这十六个字时，定然已是名满天下的一代文宗了。一位功成名就的人，说这话时他会是一个什么样的心态呢？我想，他不会是炫耀，他要表达的重点应该在后四个字——无事得谤。尽管他是那样地达观知命，听到那些毁谤自己的言语，可以坦然受之，也会没有怨尤，但无奈、酸涩之情那一刻肯定也溢满了心头。那样伟大、高尚的人格尚且如此，我们普通人就一切随缘吧！

苏轼

张君宜比仇鼎强得多

笔记原文

医生　近世医官仇鼎，疗痈肿为当时第一，鼎死，未有继者。今张君宜所能，殆不减鼎，然鼎性行不甚纯淑，世或畏之。今张君用心平和，专以救人为事，殆过于鼎远矣。元丰七年四月七日。

原文我读

早些年有一个名医叫仇鼎，治疗痈肿的技术在当时堪称天下第一，仇鼎死后，技艺却没有流传下来。

现在有一位名叫张君宜的医生，他治病的技术丝毫也不比仇鼎差。不过仇鼎的性情品行不够和善，有不少人见他便感到畏惧。现在的张先生用心平和，只以救人为职责，这些超过仇鼎很多啊。元丰七年四月七日记。

一时谬想

在民间，有一个把人和人区别开来的简单方法：一等人，有本事，没脾气；

二等人，有本事，有脾气；三等人，没本事，没脾气；四等人，没本事，有脾气。这里的“没脾气”，大家可不要曲解，可不是性格像“烂泥”“没原则”“不知好歹”的老好人，而是指不摆架子，不自傲自大，不轻易训斥别人的大家风范。

照这个方法分，很清楚，仇鼎只是二等人，有医无术；张君宜才是一等人，医技一流且仁心仁术。有人说，“医”只是一种技能，“术”则是指品德操守，“医”强“术”不良的医生不算好医生。从笔记中的文字不难看出，苏轼是赞成后者而反对前者的，多多少少还对姓仇的有些厌恶情绪。要知道，苏轼对医药也是有深入研究的，他深谙“医乃仁术”的道理，常存恻隐、慈爱之心。据史料记载，苏轼曾经精研《伤寒论》《千金要方》等诸多医学书籍，还著有《苏学士方》以及数十篇医药学文章，是一个精通医理、懂得医术、熟稔药材的学人。所以，他有资格鄙视那些虽然有点医病的手段，但“性行不甚纯淑”的人。

俗语说“医者父母心”，而这个仇鼎呢，却弄到病人和病人家属畏惧的程度，如果这样，即便医技再高，也难得到世人的敬重。苏轼笔记中有六个字很有意思：“鼎死，未有继者”——这人竟自重难合到连一个徒弟都容不下，最后只好带着他的疗痈医术，一个人孤零零地钻进坟墓里去了。人世间所有的技术，只有能为人类造福时，技术本身才有意义。美国医生特鲁多的墓志铭，道出了医疗的本质，这句话是：有时治愈，常常帮助，总是安慰。

的确，不光做医生的要有仁心仁术，各行各业的从业者都要秉持职业操守，因为人和人之间的感情是相通的，大家都来争做像张君宜那样有本事没“脾气”的人，这个世界就会更加美好。这一点，应该是苏轼这则笔记要告诉我们的道理。

苏轼——贫穷是掩盖不住的

笔记原文

论贫士　俗传书生入官库，见钱不识。或怪而问之，生曰："固知其为钱，但怪其不在纸裹中耳。"予偶读渊明《归去来辞》云："幼稚盈室，瓶[1]无储粟。"乃知俗传信而有征。使瓶有储粟，亦甚微矣，此翁平生只于瓶中见粟也耶？《马后纪》：夫人见大练[2]以为异物；晋惠帝问饥民何不食肉糜，细思之皆一理也，聊为好事者一笑。永叔[3]常言："孟郊[4]诗，'鬓边虽有丝，不堪织寒衣'，纵使堪织，能得多少？"

词句简释

1 瓶：应指瓨甕一类容器。2 大练：大帛，较粗的丝织衣料。3 永叔：欧阳修，字永叔。4 孟郊：字东野，唐代著名诗人。

原文我读

民间有这样的传说，一个穷书生进入官府的钱库，看见钱却不认识。有人感到奇怪，便问他为什么连钱都不认识，书生说："我本来知道这是钱，只是奇怪它为什么不用纸包裹着罢了。"

我偶然翻读陶渊明先生的《归去来辞》，发现它里面有这样的句子："小孩子挤满了屋子，瓶里边没有储存粮食。"才知道民间传言贫士入官库不识钱是可信的。"瓶"本来是用于打水或者盛酒的小型容器，即使里面储存有粮食，那也是十分有限的！难道陶渊明老先生这辈子只是见过"瓶"里边装的粮食吗？

《后汉书·明德马皇后纪》里记载说，宫中妃嫔看到皇后穿着粗帛，以为是奇异的物品。《晋书·惠帝纪》里记载说，晋惠帝问没有饭吃的饥民，为什么不吃肉糜来充饥。细细想来，这两件事反映的都是同一个道理，这里说出来不过是让好事的人一笑罢了。

欧阳修（字永叔）常说："孟郊在诗中写道，'鬓边虽有丝，不堪织寒衣'，即便那发丝能够拿来编织衣物，又能织得多少呢？"

一时谬想

读这则笔记，不知道大家有什么感受？我看了以后不仅没有笑出来，反而有一种苦涩的感觉充满心头。穷人之难，不光难在日子过得紧巴，更难在人上不了台面，常常担心被人耻笑。尽管苏轼还算是一个厚道人，但因为他出身世家，所以，面对穷人他还是有着极强的优越感。你看，他对陶渊明的诗那么赞赏，可一说到财富，他便来精神了，忍不住挖苦上一句：我看这老头，活一辈子，大概也就见过在瓶子里储藏粮食吧！他这笔记，有意无意之间，又往穷人心头插了一把刀子。

穷书生诧异钱为什么不用纸裹上，包括做过县令的陶渊明感叹瓶里没有藏粮，显然是穷人因为没有见过世面才会说的"傻话"。马皇后着粗帛的故事告诉我们，穷人穿粗布衣是因为穷，而皇后穿粗布衣则是一种情怀。而苏轼要说的是：这一点，一般的嫔妃们是不懂的，她们竟因为皇后穿了，便把这粗糙的衣料当作“异物”。晋惠帝问饥民何不食肉糜，表面看笑的是这个人不懂事理，实质上还是拿穷人开涮。

人人都不愿生活贫苦，缺衣少食。但贫困也不是一无是处，孟子就说，“天将降大任于是人也，必先苦其心志，劳其筋骨，饿其体肤”。清代诗人黄景仁曾说，“未曾清贫难成人，不经打击老天真”。贫穷不可怕，可怕的是在贫穷中失去志气、心性、眼界和希望。

如果我们有幸，正身处富贵，一定要心怀悲悯，善待他人，富贵才有价值，为富不仁，不会长久；如果我们不幸，正为生活所困，也不要气馁，坚持再坚持，阳光总在风雨后，再说办法也总比困难多。生活嘛，以平常心去对待，按“五柳先生”的话去做——不汲汲于富贵，不戚戚于贫贱，就会少出洋相！

金无足赤，人无完人，苏东坡也会办错事。这里，还有现成的例子，“鬓边虽有丝，不堪织寒衣”，明明是贾岛写的，苏轼却张冠李戴说是孟郊写的。尤其不好的是，他还说这是欧阳“永叔常言”。看来，这世界上还真的是没有完人。

苏轼

你如不害我，我也不害你

笔记原文

记天心正法[1]咒　王君善书符，行天心正法，为里人疗疾驱邪。仆尝传此咒法，当以传王君。其辞曰："汝是已死我，我是未死汝。汝若不吾祟，吾亦不汝苦。"

词句简释

1 天心正法：道教的一个派系，出于天师道，强调内外兼修，以传天心正法得名。

原文我读

王君擅长画符，施行天心正法给邻居们治病驱邪。我曾经传扬这样的咒法，我觉得应当把这一咒法传给王君，让他更好地为众乡邻祈福禳灾。我的咒法文辞是："你是已经死去的我，我是还没死的你。你若不作祟来害我，我也不会让你受苦楚。"

一时谬想

“汝是已死我，我是未死汝。汝若不吾祟，吾亦不汝苦。”这四句咒辞跟佛门的偈语一样深奥、诘屈，说的是什么意思呢？好像知道一点，但又说不很清楚，只能胡乱猜测了。

头两句，“汝是已死我，我是未死汝”，是不是苏轼在看待人际关系时，所持的一个态度呢？如果是，这种态度用现在的话说，应该叫设身处地，换位思考。举例来说吧，假如你是一个医生，对待来就诊的患者，你便可以这样假设：患者就是已经生病的我（医生），我（医生）就是没有生病的患者。这样，我当医生的还能不尽心尽力为患者解除病痛吗？还有，假如你是一名法官，对待被告，你也可以这样设想：被告就是已经犯罪的我（法官），我（法官）就是没有犯罪的被告。这样换位思考之后，你当法官的还会胡乱判案吗？

后两句，“汝若不吾祟，吾亦不汝苦”，应当是苏轼处理人际关系的一个准则，也可以看作是苏轼为人处世的基本信条。在文字运用上，这两句话是古汉语中比较典型的否定句宾语前置，“不吾祟”，就是“不祟吾”；“不汝苦”等于“不苦汝”，这都好懂。但是，仔细分析这两句听来十分熟悉的话语，总觉得还有些东西没有说完，想了半天，哦，终于明白了，苏轼在咒语中只说了“汝若不吾祟”的情形，那“汝若”主动来祟“吾”，“吾”该怎么办呢？难道“吾”也要以牙还牙，拿出相应的手段去苦“汝”吗？这符合道家的教义吗？

关于苏轼这则《记天心正法咒》的“谬想”，是典型的荒谬之想，上面这些文字可能和苏轼的本意相差甚远。仔细想想，如果把咒语中的“汝”理解为一个叫“病”的朋友，是不是会更好些呢？苏轼对“病”说：“你嘛，就是已经死去的我，而我呢，是还没有死去的你。你若是不来给我添乱让我难受，我也不去吃药、打针让你受苦。”

这样跟“病”商量，病会走掉不再“祟吾”吗？

厕中婢——此人必定成贼

笔记原文

石崇家婢　王敦至石崇家如厕，脱故着新，意色不怍。厕中婢曰："此客必能作贼也。"此婢能知人，而崇乃令执事厕中，殆是无所知也。

原文我读

王敦在石崇家上厕所，脱去旧的衣服换上新的衣服，脸上没有任何羞惭的表情。在厕所中执事的侍婢说："这个客人将来一定会成为一个大奸贼的。"

这个侍婢能如此知人，而石崇却让她在厕所中工作，大概是石崇还不了解她吧。

一时谬想

要弄明白苏轼这则笔记想表达的意思，得先了解两个人。

第一个是家里设有豪华厕所的石崇。

石崇，西晋时期文学家、官员、大富豪，西晋开国元勋、大司马石苞第六子。石崇二十多岁即担任修武县令，晋惠帝司马衷即位后，任南中郎将、荆州刺史，兼领南蛮校尉，加职鹰扬将军。

据史料记载，石崇在任荆州刺史期间，组织官军抢劫远行商客，取得巨额财物，成为国中首富。石崇暴富之后，穷奢极欲，肆意挥霍，曾与王恺斗富，争为侈靡。八王之乱时，被赵王所杀。《世说新语》里讲，他家的厕所修建得华美绝伦，准备了各种的香水、香膏给客人洗手、抹脸。经常得有十多个女仆恭立侍候，一个个打扮得艳丽夺目，列队侍候客人如厕。客人如厕过后，这些婢女就让客人把身上原来穿的衣服脱下来，侍候他们换上了新的衣服才让出去，以致很多客人都不好意思如厕。

第二个是在石崇家豪华厕所里如厕的王敦。

王敦，东晋时期的著名将领、宰相、权臣。王敦出身于琅邪王氏，在西晋时期官至扬州刺史，永嘉之乱后与堂弟王导一同辅佐晋元帝司马睿建立东晋，被任命为大将军、江州牧，封汉安侯。

永昌元年（322）正月，王敦在武昌起兵，以讨伐奸臣刘隗的名义攻打东晋都城建康。晋元帝司马睿遣使向王敦求和，拜王敦为丞相，封武昌郡公，朝政大权尽归王敦。王敦还屯武昌后，于太宁二年（324）再次起兵攻建康，不久病逝于军中。

你去如厕，一群年轻貌美的婢女围着你侍奉，又要你在女子面前宽衣解带，一般人谁受得了啊！但王敦不一样，竟好像在自己家似的，“脱故着新，意色不怍”，一点儿也不觉得难为情。这种表面上的淡定，实质上是一种冷漠，是一种不为外物所动的隐忍。这，正是一个人能够“做贼”所具备的特质。

一件小事可以看见一个人的将来，苏东坡自己就深有体会。他年轻时曾经和章惇同在陕西为官，有一次，两人一起出游，走到一座桥去，望着桥下的万丈深渊，苏轼两腿直打哆嗦，而章惇却面带微笑快步走过桥去，在石壁上写下“苏轼、章惇来游”六个大字，然后又从容地走了回来。苏轼由此判定，章惇以后可以杀人，因为连自己的命都不顾，更何况是别人的呢！

苏轼这则笔记，要表达的意思是什么呢？有人说，苏轼明面上写的是石崇不了解属下的人，不能做到知人善任，实际上是在感叹自己怀才不遇。我咋看都觉得不像，或许，他就是偶尔想起了这段故事，觉得有趣，随手记了下来，并无深意。

苏轼——我最近得到的钱大都散去

笔记原文

梁上君子　近日颇多贼，两夜皆来入吾室。吾近护魏王葬，得数千缗，略已散去，此梁上君子当是不知耳。

原文我读

近来这里有很多盗贼，有两个夜晚都有贼进入我家中。

我最近参与料理魏王的葬事，是得了几千缗谢银，但几乎都已散去了，这一点那些来行窃的人应当是不知道的。

一时谬想

这是苏轼较短的一则笔记，总共才三十六个字，但很有趣，与大家分享。

引发我“谬想”的关键点，是笔记中“散去”两个字。

北宋历史上有两个魏王，第一个在苏轼出生五十多年前的公元984年就去世了，苏轼不可能参与料理他的丧事。第二个魏王叫赵頵，公元1088年去世的。这一年，也就是宋哲宗元祐三年，即苏东坡从贬所黄州回到京师的第四年，这期间，苏东坡一直担任馆职，生活有所改善但并不富裕。因此，梁上君子到他家去，也只能是盯上了他帮人家办丧事得到的那几千缗银钱。

苏轼刚从数着铜子儿过日子的困境中走出来，虽然手头并不算宽绰，但基本生活有了着落，他便不把钱当成一回事了。人家给我了，我用不了那么多，见谁给谁，哈哈，千金散尽还复来！

东坡居士之志行高洁，就在于他经贫寒而不失豪侠本色，历艰难而愈加达观知性。读苏轼得钱“千缗”而“略已散去”的文字，不禁让人想起李白“千金散尽还复来”的潇洒与豪迈，想着想着，就仿佛眼前有瑰丽的朝霞洒满大地。

苏轼

我要保持现状不变

笔记原文

范蜀公呼我卜邻[1]　范蜀公呼我卜邻许下，许下多公卿，而我蓑衣箬笠放荡于东坡之上，岂复能事公卿哉？若人久放浪，不觉有病，忽然持养[2]，百病皆作。如州县久不治，因循苟简[3]，亦曰无事，忽遇能吏，百弊纷然，非数月不能清净也。要且坚忍不退，所谓一劳永逸也。

词句简释

1 卜邻：选择邻居，向他人表示愿为邻居。2 持养：保养，养育。 3 苟简：草率而简略，仅应付而已。

原文我读

范镇范蜀公邀请我到许下去做他的邻居，许下公卿贵人很多，而我只是穿蓑衣戴箬笠，浪迹于东坡之上的山野之人，怎么能和那些达官贵人混在一起再去侍奉他们呢？如果一个人长时间放浪形骸，就不会觉得自己有任何病痛，忽然间要安静下来保养身体，各种各样的疾病都会发作。就如一个州县长久没有治理，它因循以前简略的规矩，也可以相安无事，现在忽然遇到一位能干的官吏，那各种隐藏的弊端就会纷纷出现，如果没有几个月时间是不能安生下来的。所以，最重要的是要坚持忍耐，决不改变过去的习惯，这就是我们所说的一劳永逸啊。

一时谬想

心中的苏轼，一直都定格在真诚、不羁、旷达、豪放上，但初读这则笔记，心中却不免泛起一阵阵酸楚：残酷的现实生活，竟然也让东坡居士产生了己不如人的想法。

不过，转念又一想，这又何尝不是先生的一种自嘲呢？我这辈子就这样了，放浪形骸已经成为习惯，已经没有精气神再去改变什么了。放低了姿态的苏轼，眼前依然一片光明。这样的苏轼，不还是我脑海里的那个东坡居士嘛！

反复阅读苏轼这则笔记，还能隐隐约约地感觉到，苏轼是在逃避，或者在试图逃避，而且还在为逃避寻找理论根据。我以为，苏轼因“范蜀公呼我卜邻”讲这一番话近乎牢骚，这好像是他刚到黄州躬耕东坡时，一时说出来的气话。其实，心在社稷、系念苍生、经世济民这些儒家思想早已融入苏轼的血脉，他决然不会甘心一辈子“放荡于东坡之上”。不久之后，一个和从前不一样的苏轼就会出现在世人面前。

苏轼——闲者就是江山风月主人

笔记原文

临皋闲题　临皋亭[1]下八十数步，便是大江，其半是峨嵋雪水，吾饮食沐浴皆取焉，何必归乡哉！江山风月，本无常主，闲者便是主人。闻范子丰[2]新第[3]园池，与此孰胜？所以不如君者，上无两税及助役钱[4]尔。

词句简释

1 临皋亭：又名回车院，北宋时期的驿站，在黄州。苏轼谪居黄州曾住此处。2 范子丰：苏轼的儿女亲家。3 第：动词，建造宅院。4 助役钱：根据当时《免役法》，豪绅、官吏等为免于服役而支付的钱。

原文我读

从黄州临皋亭往下走八十多步，就是长江，长江水有一半是来自峨眉山上的雪水，我平时吃喝洗漱都是从长江里取水，这等于已经天天在饮用着家乡眉州的水了，何必要想着再回到家乡呢！江山风月，本来是没有固定的主人的，有闲的人便是江山风月的主人。听说亲家范子丰新建了宅第和园林，不知道和我这里相比谁更胜一筹呢？我所不如他的地方，也就是我这儿不用缴纳两税和助役钱吧！

一时谬想

所谓“临皋闲题”，是不是就是闲着没事，站在临皋亭上，借题发挥，说上几句闲话呢？

登上临皋亭，遥望滔滔而西来的江水，苏轼一定是满怀愁绪、两眼老泪。他揉揉眼，轻叹一声，让思绪随着目光，掠过江面逆流而上，渐渐地，他仿佛又回到峨眉，回到眉山，回到了故乡的老屋。故乡啊，故乡，身在贬所的游子，什么时候才能再次回到你的怀抱？忽然间，一阵江风吹来，苏轼打了个激灵，心头竟慢慢地亮堂了起来：我天天喝着用着的江水，有相当一部分都是来自家乡眉州啊！此心安处，便是家乡，我已经东坡垦荒可得食，搭建雪堂可安身，何必要再分眉州黄州！

一旦把黄州当了眉州，苏轼便释然开怀，睿智和乐天的本性又回到了他身上，在我们面前站立的，依然是一个达观知命、诗性人生的苏东坡。“江山风月，本无常主，闲者便是主人。”我位卑吗？正因为位卑我才有闲，身闲心宽，才有可能成为江山风月的主人！我穷困吗？正因为没有物质金钱的羁绊，内心清扬，江山风月才能尽收眼底、常在胸中！

无论是从唐代沿袭下来的两税法，还是王安石变法变出来的免役法，人户出钱多少，都与其家庭财产直接相关。所以苏轼和亲家调侃：范子丰啊，我的老朋友，你那新宅第很大吧？可你再大你有我这寥廓江天大吗？你哪里比得上我呢！不过，我也有不如你的地方，因为我的钱少，所以我缴不成朝廷要的两税和助役钱啦！

多么可爱的东坡居士啊，临了还不忘幽王安石一默：贬我到黄州好啊，我不用给你缴那助役钱了！

掩卷怀想，总觉得苏轼说的这些“闲话”，多少有点儿精神胜利法的味道。可转念又一想，他不这样又能怎样呢？

刘邦——要怪你怪他母亲

笔记原文

论汉高祖羹颉侯事　汉高祖微时[1]，尝避事，时时与宾客过其丘嫂[2]食。嫂厌叔与客来，阳为羹尽轑釜[3]，客以故去。已而视其釜中有羹，由是怨嫂。及立齐、代王，而伯子[4]独不侯。太上皇以为言，高祖曰："非敢忘之也，为其母不长者。"封其子信为羹颉侯[5]。高祖号为大度不记人过者，然不置轑釜之怨，独不畏太上皇缘此记分杯之语乎？

词句简释

1 微时：当平民的时候。微，卑贱。2 丘嫂：长嫂，大嫂。3 轑釜：以勺子刮锅发出声响。轑，láo。4 伯子：指刘信，刘邦的大哥刘伯的儿子。5 羹颉侯：刘邦给侄子刘信的封号，以示不忘刘信母亲当年刮羹锅的声响。颉，音戛（jiá）。

原文我读

当汉高祖刘邦还是一个卑微的平头老百姓时，曾因私放刑徒害怕事发而逃避，经常和朋友们一起到他大嫂那里去吃饭。他的大嫂厌恶刘邦和他的朋友们来吃饭，便装着羹汤已吃完，故意用勺子刮锅发出很大的响声，朋友们因此都走开了。

朋友们走后，刘邦看见锅中还有羹汤，由此，他心中便存下了对大嫂的怨气。后来刘邦分封同姓子弟为齐王、代王等，唯独他大哥刘伯的儿子刘信，连一个侯爵也没有封赏。刘邦的父亲替刘信说话，刘邦回答父亲说："我并不敢忘记封他，是他的母亲没有一个长者的样子。"后来，刘邦居然给大嫂的儿子刘信一个叫羹颉侯的封号。

刘邦号称是一个有度量、不记别人过失的人，却放不下因嫂子当年"轑釜"所产生的怨恨，难道他不害怕老父亲因此记起当年他与项羽"分杯"的话吗？

一时谬想

很多人都会背诵淮阴侯韩信说过的那段话："狡兔死，走狗烹；高鸟尽，良弓藏……"这是发生在公元前201年的一件事。这一年，即汉高祖六年，突然有一天，刘邦一声令下，几个武士一拥而上，把开国功臣、汉军统帅韩信捆了个结结实实。站在囚车上的韩信老泪纵横，昂首吟道："果若人言：'狡兔死，走狗烹；高鸟尽，良弓藏；敌国破，谋臣亡。'天下已定，我固当烹！"

不少人都知道，《资治通鉴》中记有这样一个汉代故事："（萧）何以长安地狭，上林中多空地，弃；愿令民得入田，毋收稾，为禽兽食。上大怒……下相国廷尉，械系之。"这是发生在公元前195年的一件事。这一年，是汉高祖十二年，有一天，萧何去拜见刘邦，他向刘邦进言说："长安一带地窄人稠，上林苑中有很多空地，而且荒废不用，希望能让百姓们入内耕种，留下禾秆不割，可以作为苑中禽兽的饲料。"不料刘邦听后竟勃然大怒，说：

“你一定是收下了商人的大量财物，才替他们算计我的上林苑！”说罢，便命人把萧何送到廷尉那里，加上刑具关了起来。

如果用历史事实给刘邦的为人画一张肖像的话，上面两个故事应该是鼻子、眼睛等部位，而封其侄儿为羹颉侯一事，只能算得上几根毛发而已。但是，忘恩负义、睚眦必报，这些市侩习气、市井做派，不管什么时候，都会在刘邦身上表现出来！

几十年过去后，仍不忘“轑釜”之恨，到底能说明了刘邦什么，这并不是我十分关心的问题。倒是丘嫂“轑釜”逐客，祸及儿女，给我们一般人深刻的启发：当身处困境的人向你求助的时候，如果你实在无能为力，要及时说明情况。如果你力所能及却冷面寒铁，说一些显而易见的假话糊弄对方，甚至使对方当众受辱，那是万万不可的，你将会因为箪食豆羹，让人记恨一辈子。

苏轼

只怕颜回不会接受

笔记原文

戏书颜回事　颜回箪食瓢饮，其为造物者费亦省矣，然且不免于夭折。使回更吃得两箪食半瓢饮，当更不活得二十九岁。然造物者辄支盗跖两日禄料，足为回七十年粮矣，但恐回不要耳。

原文我读

颜回一天只吃一箪饭、只喝一瓢水，虽然吃的也是老天爷的粮食，但为老天爷也真够节省的了，然而，还是免不了早死的命运。假如让颜回每天再多吃两箪饭多喝半瓢水，难道他就只能活到二十九岁吗？如果老天爷把支给盗跖那些人两天的钱粮拿来给颜回，便足够颜回食用七十年了，只是怕颜回还不肯接受呢！

一时谬想

颜回箪食瓢饮的经典表述见于《论语·雍也》篇，孔子赞扬他最得意的学生颜回说："一箪食，一瓢饮，在陋巷，人不堪其忧，回也不改其乐。贤哉回也！"过去每读到这里，心里总是对颜回的安贫乐道充满敬意，而对颜回为什么会这样穷，造物主待颜回又为什么这样刻薄，却从来没有想起过。现在经苏轼这么一说，心中倒真的生出几分不平来。

虽然苏轼把这则笔记称作"戏书"，但他要表达的却是对现实的极其不满。假如让颜回每天能多吃两箪米饭多喝半瓢水，他至于二十九岁便死去吗？苏轼这里是在控诉，是在呐喊，是在借着古人怨恨世道的不公，怨恨自己一腔报国之志无处施展，一身济世安民大才付诸东流……

气话说过了，高傲和不羁的性情又回到了苏轼身上——哼！你真把盗跖打家劫舍得来的钱粮拿来给我，就是能活到七十岁，我也不会接受的！对颜回的死，惋惜、佩服和愤恨，苏轼心里都有。二十九岁的颜回死了，苏轼心中虽有一千、一万个不舍，但为了高贵，为了清白，吾宁死！

李邦直——我却只知吃好睡足

笔记原文

李邦直言周瑜（节选）　李邦直言：周瑜二十四经略中原，今吾四十，但多睡善饭，贤愚相远。

原文我读

李邦直说：周瑜二十四岁的时候就已经谋划夺取中原了，现在我已经四十岁了，却只知道睡足吃美，一贤一愚相差得太远了。

一时谬想

李邦直何许人也，他一句话竟让苏东坡专门做一则笔记？

一查资料，好惭愧啊，这么个大名鼎鼎的人物，我过去怎么一无所知呢？原来这位李邦直名清臣，字邦直，不仅是朝廷要员，也是北宋文坛巨星，欧阳修壮其文，以比苏轼；韩琦闻其名，妻以侄女。苏轼在《赠李邦直探梅》中曾这样称赞李邦直："寻花不惜命，爱雪常忍冻。三为郡太守，清似于陵仲。"

被苏轼记下的这几句“李邦直言”，是李邦直对自己过往人生的检讨，一方面是对周瑜年方弱冠即驰骋天下的无限羡慕，另一方面是对个人律己不严而怠于进取的深刻自责。其实，在我看来，李邦直大可不必如此苛责自己。人生在世，能否建功立业，不是光靠自己奋斗就能实现的，当时的社会背景，个人的际遇机缘，都是非常重要的因素。周公瑾生于东汉末年，社会动荡，群雄逐鹿，百舸竞流，正所谓乱世英雄起四方，有人有枪便是草头王，一旦风云际会，人人都可封侯拜相甚至称王称霸。而李邦直生于宋仁宗明道元年（1032），社会安定有序，一切都按部就班，个人能出人头地的机会极少。李邦直能少年得志，三十八岁做到秘书郎，已是很多人梦寐以求的目标了。

唐代诗人曹松说得好：“凭君莫话封侯事，一将功成万骨枯。”还是和平年景最好！我们生于太平盛世，“经略中原”已是“远去”的“鼓角争鸣”，需要的是力戒“多睡善饭”，脚踏实地，多做一些于百姓社会有益的事情。尽管李邦直与周瑜比有些不够现实，但他自警自省自励的精神却是难能可贵的。我们要像李邦直那样，心中常怀向贤之志，力争使自己的人格更加完善，生活更有情趣。

朱勃——菊以黄色为正宗

笔记原文

勃逊之[1]　与朱勃逊之会议于颍，或言洛人善接花，岁出新枝，而菊品尤多。逊之曰："菊当以黄为正，余可鄙也。"昔叔向[2]闻鬷蔑[3]一言，得其为人，予于逊之亦云然。

词句简释

1 勃逊之：朱勃，字逊之。2 叔向：羊舌肸（xī），字叔向，春秋时期晋国大夫。3 鬷蔑：鬷氏，名蔑，字然明，又称鬷明，春秋时期郑国大夫，智者。鬷，zōng。

原文我读

元祐六年（1091）九月，我与朱勃在颍州相会商议有关八丈沟开挖的事情，会议中间，有人说洛阳人善于嫁接花木，每年都有新的花样出来，其中以菊花的新品种最多。朱勃说："菊花应当以黄色的品种为正宗，其余的都是一些庸俗鄙陋之物。"

从前，叔向听见鬷蔑说的一句话，便了解了他的为人。对朱勃，我也可以这样说。

一时谬想

这则笔记所记之事，苏轼交代得很清楚，是他和朱勃在颍州“会议”时发生的。朱勃是谁？俩人为啥在颍州聚会议事？为什么朱勃一句话就能让苏轼了解其为人呢？

朱勃，字逊之，当时为京西北路转运判官，受朝廷指派，专程到颍州督促开挖八丈沟之事。

哲宗元祐年间，朝廷为解决汴京一带的水患问题，通过开挖沟渠把汴水注入了惠民河。谁知，京城的问题刚解决，陈州一带却成了一片汪洋。于是有人便出主意，要开挖所谓的八丈沟，将陈州之水再引入颍河，以“压颍入淮”，“泄陈州之水”。

苏轼是元祐六年九月到颍州上任的，当时，朝廷已经做出了开工决定。苏轼经过实地测量和认真计算，认为这个工程不仅不能解决已有的水患，还将动用民工十八万，耗费钱粮三十七万贯石，是一个劳民伤财的无效工程。苏轼立即向朝廷上表，在陈述利弊的基础上，建议停止开挖工程。于是朝廷便派朱勃到颍州实地考察，并与颍州的官员们一起研究讨论有关“开沟”事宜。朱勃到了颍州之后，经过考察和与苏轼等人“会议”，完全同意苏轼经过实地调查得来的结论，也向朝廷提出了八丈沟不可开挖的申省状。

“会议”之余，苏轼和朱勃一同在花园中散步赏花，在一片盛开的菊园边上，俩人的话题便自然而然地扯到了菊花的品种、颜色、品格上面，不经意间，朱勃脱口而出：“菊当以黄为正，余可鄙也。”朱勃的这句话，钉锤一般敲击在苏轼的心坎上，让苏轼浑身为之一震，同时也让苏轼更进一步加深了对朱勃的了解。据说，苏轼随后还专门写了一首题为《赠朱逊之》的五言诗，来抒发自己的感想。

人和人之间的缘分，有时是十分奇妙的。所谓一见钟情，所谓相见恨晚等，彼此间开始都是一举手一投足，甚至一个眼神、一句简单的话语，引起了相互的注意，倏忽之间，像是心灵的密码一下子打开了似的，两个人之间的距离便拉近了。朱勃信口一句直白朴素的话，却让不羁、倔强的苏轼心存感激，知音就在眼前的感觉油然而生。春秋时期，晋国的大夫叔向和郑国的智者鬷蔑，就是因一句话而神交的。博古通今的苏轼，以两位古人来表明他和朱勃的志同道合，同时也以春秋笔法，轻轻地给朱勃涂上了一道美丽的风景。

自古以来，菊被赞为花中隐逸君子，其傲霜而立的特性，常被人们拿来比作人的高尚品格。普通人赏菊，不管白的黄的、紫的黑的，一概都是赞许的。只有真懂菊花品性的人，比如像朱勃朱逊之他们，目光就只在黄菊上。认为黄菊才是菊花中的王者，才是菊花中的正统，才保有菊花的本真，才保持着菊花傲霜斗雪的品性。其他颜色的菊花，都是被人类改造过的俗物，那些华艳的新品，只是外貌诱人，它们身上恰恰缺乏菊花最重要的元素。菊花如此，世人与之也何其相似！不是吗？眼下，多少人斗来斗去，就是为了在身上贴一张旧党的标签，把自己装扮成反对变法的斗士，其实，他们早已失去了独立人格，心中也早已经忘了江山社稷、黎民百姓。这和变了色的菊花有什么区别呢？殊不知无论是王安石，还是司马光，他们原本都是为了国家富强，为了老百姓能过上好日子才斗争的，他们争的是治国方略，辩的是富民路径，他们才是读书士子的精英，才是品格纯正的黄菊！我苏轼呢？新党排斥我，旧党不容我，可我胸膛里跳动的正是一颗赤子之心，我就是那朵傲霜斗雪的黄菊花！

“菊当以黄为正。”记住这句曾经深深打动苏东坡的话，任何时候都不要失了做人的本分。

刘聪——我不怕死了

笔记原文

刘聪、吴中高士二事　　刘聪闻当为须遮国王，则不复惧死，人之爱富贵，有甚于生者。月犯少微[1]，吴中高士求死不得，人之好名，有甚于生者。

词句简释

1 少微：星名，又名处士星，占卜之人以隐者当之。

原文我读

刘聪听说他死后能够当上须遮国的国王，从此便不再惧怕死亡，居然有爱富贵超过爱生命的人。月亮冲犯少微星座，吴中的名士想死而不能如愿，居然有爱名声超过爱生命的人。

一时谬想

要读懂苏轼这则笔记，得先知道两个典故。

第一个典故讲的是刘聪为什么不怕死。

刘聪，本名刘载，十六国时期汉赵（亦称前赵）君主，父刘渊，母张氏。史称其骁勇超人，文武兼备，帮助父亲建国，拜大司马、大单于，后发动政变，弑杀其兄刘和，夺权即位。在位期间，派兵攻破洛阳和长安，俘虏并杀害晋怀帝及晋愍帝，制造永嘉之乱，覆灭西晋王朝。

刘聪统治后期，纵情声色，妄行杀戮，导致众叛亲离，后因患病时常惊惧死亡。房玄龄在《晋书·载记》里讲，有一日，刘聪的小儿子刘约假死，醒来后告诉刘聪，在另一个世界见到祖父刘渊。祖父对他说，海外有须遮夷国，等待刘聪死后去做国王。刘聪听了之后，觉得自己死后还能享有荣华富贵，从此便不再惧怕死亡了。

第二个典故讲的是吴中高士为什么希望死。

《古今谭概》中有这样一段记载：晋哀帝隆和元年，月亮冲犯少微星（亦称处士星），精通天文星相的人说，这预示着人间会有最大最有名的隐士死亡。当时，谯国有一个隐士名叫戴逵，知识渊博，名气很大，很多谯国人都担心戴逵将不久于人世。但过了很久，戴逵却一点事也没有，隐居在会稽山的谢敷反而死去了。因为谯国也属于吴地，会稽士子便传出讥笑戴逵的话来："吴中高士，一时求死不得。"意思是说，谢敷才是名副其实的隐士，老天爷不承认戴逵是处士星下凡，他想死都死不成。

刘聪的"爱富贵甚于生命"，实质上是一个残暴者梦呓，是一个利欲熏心之徒临死的自慰。所以，刘聪不再怕死的故事，对一般人来说，并没有多大意义。至于"吴中高士求死不得"的说法，舆论是谯国人造出来的，戏语是会稽士子说的，与戴逵本人并没有多大关系。为了得一个"高士"的虚名，盼望着上应天象早点死掉，现实生活中恐怕是极少的。那么，苏东坡这则笔记要表达一个什么样的思想呢?

我想来想去，这则笔记，仍然是要讽刺挖苦那些爱慕虚荣、贪图富贵的人，只不过是他绕弯子太大了，本该直白说出的话语越讲越不清楚。尽管苏东坡是文章高手，但偶尔也会有失着的时候。对东坡居士小置微词，想必他老人家不会生气吧！不过，他的观点我还是赞成的。富贵和虚名，于我皆如浮云；生命只有一次，一定要珍视！

苏轼

这种孝为『小人之孝』

笔记原文

郄超[1]出与桓温密谋书以解父　郄超虽为桓温腹心，以其父愔[2]忠于王室，不知之。将死，出一箱付门生，曰："本欲焚之，恐公年尊，必以相伤为毙。我死后，公若大损眠食，可呈此箱，不尔便烧之。"愔后果哀悼成疾，门生以指呈之，则悉与温往反密计。愔大怒，曰："小子死晚矣！"更不复哭矣。若方回者，可谓忠臣矣，当与石碏[3]比。然超谓之不孝，可乎？使超知君子之孝，则不从温矣。东坡先生曰：超，小人之孝也。

词句简释

1 郄超：东晋将军桓温心怀不轨，郄超参与甚深。2 愔：郄愔，字方回，超父，曾任临海太守之职。3 石碏：春秋卫大夫，大义灭亲杀其子石厚。碏，què。

原 文 我 读

郄超虽为桓温的心腹，但因其父亲郄愔忠于王室，所以他不让父亲知道这一点。郄超临死，拿出一箱书信交给他的一个门生，说："我本来想把这箱书信烧毁的，但我担心父亲年老，会为我的死伤心得要了老命。我死后，我的父亲如果睡不好觉、吃不下饭，就把这箱书信交给他，不然的话便把它烧毁。"郄愔后来果然因为伤心太过得了重病，门生便按照郄超的指示把那箱书信交给了郄愔，郄愔打开一看，原来里边都是郄超与桓温往来密谋的书信。郄愔极为恼怒，说："这小子死得太晚了！"他不再为他儿子的死而伤心哭泣了。像郄愔这样的臣子，可称得上是忠臣了，足可与春秋时的石碏相媲美。然而如果说郄超不孝可以吗？假如郄超懂得什么是君子之孝，就不会跟随桓温谋反了。我说：郄超这种孝，不过是小人之孝罢了。

一 时 谬 想

郄超，东晋官员、书法家、佛学家，太尉郄鉴之孙，会稽内史郄愔之子。郄超年轻时卓尔不群，放荡不羁，号称有旷世之才，交游广泛，善于清谈，见解精妙入微。永和元年，郄超被抚军大将军司马昱征辟为府掾；永和四年，郄超进入东晋权臣桓温幕府，担任征西府掾、大司马参军等职，深得桓温器重。咸安元年，郄超力劝桓温废黜司马奕为东海王，立会稽王司马昱为新帝。改朝换代初，郄超担任中书侍郎，坐镇朝廷，百官皆畏其权势。连谢安、王坦之去拜访郄超，有一次竟然等到天色很晚也未能入见。桓温死后，郄超改任司徒左长史，太元二年十二月，郄超病逝，年仅四十二岁。

郄愔，东晋太尉郄鉴长子，王羲之内弟。郄鉴去世后，承袭父亲爵位为南昌县公，任临海太守，但郄愔以病离职，在章安隐居十年。后因司马昱举荐，被征召为光禄大夫，他又坚决辞让，被改任辅国将军、会稽内史，太和二年迁任平北将军，领徐、兖二州刺史。太和四年，桓温北伐前燕，郄愔写给桓温的书信被儿子郄超截获并篡改，声称愿意由桓温接掌自己所统的京口兵众。桓温得信后立刻转郄愔为冠军将军、会稽内史，自己兼任平北将军和徐、兖二州刺史。太元六年，朝廷下诏拜郄愔为司空，但郄愔坚决辞让。太元九年郄愔逝世，享年七十二岁。

石碏，春秋时期卫国大夫。卫庄公有子州吁，有宠而好武，庄公弗禁。进谏，庄公弗听。其子石厚与州吁游，劝诫亦弗听。卫桓公十六年州吁弑桓公而自立为君，未能和其民。石厚向其父请教安定君位之法，他建议石厚从州吁往陈，通过陈桓公以朝觐周天子。州吁、石厚到陈国后，石碏旋请陈国将其拘押，派卫使杀州吁于濮，派家宰杀石厚于陈。左丘明称赞石碏："为大义而灭亲，真纯臣也！"

了解了三个古人的基本情况，也就大体读懂了苏轼这则笔记的观点。

郄愔，真正的性情中人。一则三辞其职，不恋权位，是超洒脱；二则哀子伤心，几乎为毙，是伟丈夫；三则敢爱敢恨，爱憎分明，是真侠士。苏轼说得好，郄愔"可谓忠臣矣，当与石碏比"！

郄超，标准的奸诈小人。一则认贼作父，助纣为虐，如蝇逐臭；二则得志猖狂，变本加厉，心性如狼；三则心机深藏，欺君罔父，机关算尽，却落得个遗臭千年。苏轼骂得好，郄超让人把自己与桓温密谋造反的书信交给父亲，自认为这是一片孝心，其实是小人之孝！

君子和小人，孔子提出有很多区分标准，苏轼以"忠诚"大节作孝之君子小人之衡，精妙之极！

苏轼——刘伶不是豁达人

笔记原文

刘伯伦[1]　刘伯伦常以锸[2]自随，曰：“死即埋我。”苏子曰，伯伦非达者也，棺椁衣衾，不害为达。苟为不然，死则已矣，何必更埋！

词句简释

1 刘伯伦：刘伶，字伯伦。晋沛国人，“竹林七贤”之一。2 锸：挖土的工具，铁锹。

原文我读

刘伯伦外出的时候经常携带铁锹，说：“我死了你们立即把我埋了。”我认为，刘伯伦还不算是旷达之人，对死后的形骸皮囊、棺椁衣衾不以为意才算是旷达。如果不是这样就谈不上旷达，人死后什么也没有了，何必再要让人埋起来！

一时谬想

“伯伦非达者也”！好，东坡居士说得好，我赞成！

伯伦者，刘伶也。刘伶其名，大家都不陌生，魏晋名士，竹林七贤之一，因嗜酒不羁，故有醉侯之美名。史书上还说，刘伶好老庄之学，追求自由逍遥，放肆情志，看淡生死，时时以“无我”自诩。就是这样一个当朝名士，却时时“以锸自随”，总是叮嘱别人“死即埋我”，一方面表示自己随时准备赴死，一方面又如此在意自己死后的事情，这是典型的言不由衷，心口不一！这还有一点“达者”的味道吗？这样看来，不光刘伶非达者，就是那些所谓的魏晋名士，也没有什么让人敬重的地方！

这个嗜酒如命、时常裸奔的刘伶，竟是竹林七贤中最高寿之人，而且寿终正寝，不免让人感叹！看来胸中既无天下，也无苍生之人，完全可以苟活于乱世。“七贤”中的其他人我不敢妄加评说，但称刘伶为“贤者”，我实在不敢苟同。

我想，像苏轼这样以儒学为本色，又参透了佛、道真义的实干家、政治家，对刘伶之流肯定是嗤之以鼻的。苏轼说刘伶“非达者”，就是因为他看穿了刘伶言不由衷、沽名钓誉的虚伪本质。其实，我们不管生在哪个朝代，身边是哪种条件，都不应该苟且偷生，正确的做法是脚踏实地，努力去适应环境，然后尽自己所能，为推动社会进步贡献一份力量。虽然绝大多数人的力量可能都是细微的，但大家都这样想、这样做，小溪便能汇成大河。

苏轼——此虽小节，亦不可轻视

笔记原文

刘凝之沈麟士　《南史》[1]：刘凝之为人认所着履，即予之。此人后得所失履，送还，不肯复取。沈麟士亦为邻人认所着履，麟士笑曰："是卿履耶？"即予之。邻人得所失履，送还。麟士曰："非卿履耶？"笑而受之。此虽小节，然人处世当如麟士，不当如凝之也。

词句简释

1《南史》：唐代李延寿撰，记南朝宋齐梁陈四代事。刘、沈事见《南史·隐逸传》。

原文我读

《南史》里有这样的记载：一天，有个人指着刘凝之所穿的鞋子（说）你脚上这双鞋是我丢失的，刘凝之当即就把鞋子脱下来送给了那个人。后来，那个人找到自己丢失的鞋子，就把刘凝之的鞋子送还了回来，但刘凝之却不肯再要那双鞋子了。

还有一个叫沈麟士的人，也被邻居指认他所穿的鞋子是自己的，沈麟士笑着回答说：“这是你的鞋子吗？”边说边脱下鞋子送给了邻居。邻居后来也找到了自己所丢失的鞋子，就把沈麟士的鞋子送了回来。沈麟士问道：“真的不是你的鞋吗？”说罢，笑着接住了鞋子。虽然这只是生活中的一件小事，但我们为人处世，就应该像沈麟士这样，不应当像刘凝之那样。

一时谬想

苏轼这则笔记，观点很明确，认为沈麟士的做法比刘凝之更好一些。苏轼觉得，虽然先前对错认鞋子的人的态度俩人都一样，但在接受还回的鞋子时，从两人不同的行为上，还是分出了品格的高下。的确，刘凝之的做法有点居高临下：既然你说是你的，还送个啥！我不要了。让对方很难堪。而沈麟士不光高高兴兴地接受对方给送回来的鞋子，还关切地问一句：别弄错了，这真的不是你的鞋子？这样，就表示理解了对方的冒失，给他一个台阶下，让对方——估计也是一个穷人——有了改过的机会，他心里会好受一些。

同是一件事情，俩人的处理结果却不尽相同，我们得往深处找找原因。先来了解一下刘凝之、沈麟士俩人的出身：

史料上说，刘凝之，南郡枝江人，南朝时有名的隐士，其父曾任衡阳太守。刘凝之崇尚清静淡泊的生活，自己在郊外盖房子住，不是自己劳动得来的食物不吃，当地百姓都很推崇他的品德行为，多次推举他做官他都没有就任。妻子是梁州刺史郭铨的女儿，陪嫁很丰厚，凝之把钱财全部分散给了亲友，夫妻二人一起过着俭朴的生活。每到集市上出售自己种的粮食，所得钱财除了应付日用以外，剩下的全部施舍给别人。

沈麟士，南朝齐吴兴武康人，世代为农，辛勤劳作勉强可以度日。沈麟士常常一边读书，一边编织竹帘，卖钱用以应付家里开销，人送外号“织帘先生”。即便如此艰难，沈麟士依然饱读诗书，著述丰厚。

“各种思想无不打上阶级的烙印。”一个人在生活小节上的基本态度和细微表现，都是可以从他的出身和成长经历中找到答案的。

刘凝之因为出身富贵，虽崇尚清静自然，但他从小没有过过苦日子，不知道一双鞋子对一个穷人的重要性，也不懂得如何去关照一个普通人的心灵，所以在处理问题上，离人情练达，还是有一定距离的。明明是我的鞋子，你说是你的，拿走就拿走吧，还来还个啥呀！因为他没有经历贫贱，他觉察不到自己的言语，会让别人多么难堪。

而沈麟士呢？因为他曾经历贫困，又饱读诗书，所以他更能感知世态人情，更能体谅一个卑微之人的心灵。用作家张爱玲的话说，就是“因为懂得，所以慈悲”。

我理解刘凝之的心情，但还是赞同苏轼的观点，沈麟士做得就是比他好些。老话说，世事洞明皆学问，人情练达即文章。不管遇到什么事，我们都要懂得换位思考，不要以为自己是一片好心就可以率性而为，要多设身处地地替别人想一想，这样，事情的处理结果可能会更好一些。

卫瓘——只可惜这宝座了

笔记原文

卫瓘[1]欲废晋惠帝　晋惠帝为太子，卫瓘欲陈启废立之策而未敢发。会燕凌云台，瓘托醉跪帝前，曰：“臣欲有所启。”欲言之而止者三，因拊[2]床曰：“此坐可惜！”帝意乃悟，曰：“公真大醉。”贾后由是怨之。此何等语，乃于众中言之，岂所谓“不密失身”者耶？以瓘之智，不宜暗此，殆邓艾[3]之冤，天夺其魄尔。

词句简释

1 卫瓘：曹魏至西晋初年重臣、书法家。官至尚书郎、侍中等。2 拊：拍。3 邓艾：曹魏名将，率军攻入成都，使蜀汉灭亡，被卫瓘派遣武将田续杀害。

原文我读

晋惠帝司马衷做太子时，卫瓘有好几次都想奏请晋武帝废掉他，却始终不敢开口说出。后来，在凌云台的宴会上，卫瓘假装喝醉，跪在武帝面前，说："臣想启奏一件事情。"嘴张了两三次也说不出来，便拍打着晋惠帝的坐床说："这个座位真是可惜了啊！"晋武帝知道卫瓘的意思，说："你真是醉得很啊。"贾后从这件事以后就一直怨恨卫瓘。这么重要的话，居然在大庭广众之下说出来，这不就是所谓的"不密失身"吗？以卫瓘的智慧，不应该愚昧到这种地步，大概是他让邓艾冤死，上天夺去了他的魂魄吧！

一时谬想

《卫瓘欲废晋惠帝》中所讲的事实，《晋书》有差不多一样的记载，可能是苏轼读史读到这里，随手记下内容，然后写下了自己的感想。

卫瓘要向晋武帝提出的建议，无疑是正确的。这个司马衷，后来就是质疑饥民"何不食肉糜"的晋惠帝。说有一年闹灾荒，老百姓没饭吃，到处都有饿死的人。有人把情况报告给司马衷，但司马衷却对报告的人说："没有饭吃，他们为什么不吃肉糊糊呢？"

司马衷智力低下，昏庸无能，这在当时是人所共知的事实，虽然也有人向晋武帝提出不宜由其继承大统，但都比较委婉，只有卫瓘一个人"欲言之而止者三"，不说出来不得了，情急之下，竟当众喊出了"此坐可惜"这种再直白不过的话来，以致因此而结怨贾后，最后含冤而死。可惜的是，晋武帝私心太重，非要把江山传给自己的傻儿子不可。结果怎么样呢？不仅司马衷自己在位期间受尽凌辱，还因为放任皇后贾南风专权，引发"八王之乱"，司马氏用尽心机建立的西晋很快便走上了毁灭之路。

卫瓘之所以在大庭广众之下，说出那种"不密失身"的话来，苏轼认为，按卫瓘的智慧，不该如此不明事理，是他冤杀邓艾，上天夺去了他的魂魄，让他不能正常思维。一开始，我有些疑惑，东坡先生议论人物，一向条分缕析，摆事实，讲道理，让人听了心服口服。但在这则笔记中，他老人家怎么也能说出这样的狠话呢？

我想，苏轼写这篇小文的落脚点，跟他后来参悟佛法有关，多少有点“苍天有眼”“因果报应”的意思。卫瓘在三国魏晋时期可是一位响当当的大人物，年轻时仕宦于曹魏，在伐蜀战争中功勋卓著；西晋王朝建立后，又成功化解北方边境威胁，因功进爵菑阳公。晋惠帝即位后，与贾后对立，终在政变中被满门抄斩。对于司马家族来说，卫瓘算得上是满门忠烈。即便如此，苏轼对他过去杀害邓艾还是耿耿于怀的，认为他现在昏聩，是冤冤相报，是上天使之然，是他罪有应得。“殆邓艾之冤，天夺其魄尔。”苏轼的愤懑情绪跃然纸上。

读史，最核心的目的应该就是以史为鉴，防止历史悲剧重演。人生是一个过程，公道自在人心，立德立功立言，对绝大多数人来说，可望而不可即，但做一个正派人，不生害人之心，其实是不难做到的。

房琯——我有懂兵法的能人

笔记原文

房琯[1]陈涛斜[2]事　房次律败于陈涛斜，杀四万人，悲哉！世之言兵者，或取《通典》[3]，《通典》虽杜佑[4]所集，然其源出于刘秩[5]。陈涛斜之败，秩有力焉。次律云："热洛河[6]虽多，安能当我刘秩！"挟区区之辨以待热洛河，疏矣。

词句简释

1 房琯：字次律，唐朝宰相，带兵平叛时因不通兵事用人失误败于陈涛斜。2 陈涛斜：地名，也作陈陶斜。今属陕西咸阳。3 《通典》：书名。唐杜佑所著，是典章制度专史的开创之作。4 杜佑：唐代政治家、史学家。5 刘秩：刘知几之子。刘秩当时在房琯军中。6 热洛河：《太平广记·热洛河》："玄宗命射生官射鲜鹿，取血煎鹿肠食之，谓之热洛河，赐安禄山及哥舒翰。"此处代指安禄山叛军。

原文我读

房琯房次律在陈涛斜这个地方打了败仗，四万将士都被杀了，多么令人悲哀啊！世人谈论兵事，常有人取法于《通典》，《通典》虽然是杜佑集录的，但它多出于刘秩撰写的《政典》。房琯在陈涛斜打了败仗，刘秩责任重大。房琯说："安禄山的叛军虽多，但它哪里能抵挡得住我的刘秩呢！"依仗一个没有经过阵仗，只会耍嘴皮子的人来对付安禄山叛军，真是鄙陋啊！

一时谬想

这则笔记，涉及三个古人，一部名著，一场战役。人、书、事都搞清楚了，才能正确理解苏轼的观点。

先说说笔记中提到的三个人——

房琯，字次律，河南偃师人，唐宰相房融之子，以恩荫入仕。历任冯翊县尉、卢氏县令、宜春太守、刑部侍郎等职，赐爵漳南县开国男。安史之乱爆发以后，护送唐玄宗进入蜀郡，拜吏部尚书、同平章事，成为宰相。深受唐肃宗器重，委以平叛重任，因不通兵事，用人失误，在陈涛斜大败而回。

杜佑，字君卿，唐朝政治家、史学家，诗人杜牧的祖父，出身京兆杜氏，门荫入仕，历任工部郎中、御史大夫、淮南节度使等职，贞元十九年拜检校司空、同平章事，成为宰相，后被封为岐国公。杜佑用三十六年撰成《通典》二百卷，创立史书编纂的新体裁。

刘秩，字祚卿，唐朝大臣，史学家刘知几第四子，起家左监门卫录事参军，历任刑部员外郎、陇西司马、给事中等职，公元756年跟随宰相房琯出征，因全军覆没，贬为阆州刺史。刘秩有《政典》三十五卷、《止戈记》七卷、《至德新议》十二卷、《指要》三卷等书传于后世。

再了解一下这部书——

《通典》，是我国历史上第一部记载历代典章制度的通史。它是在编年、纪传两种史体之外，又出现的一种新的史体，即"政事体"，为史学发展开辟了一条新的途径。诚如苏轼所言，《通典》“源出于刘秩”。开元末，刘秩采经史百家之言，仿《周礼》六官分职分门撰著《政典》三十五卷。杜佑得此书，认为条目完备，遂以此书为蓝本扩充内容，写成《通典》一书，共二百卷。第二次国内革命战争期间，毛泽东主席曾四处搜寻此书，遵义会议前夕，当地一位社会贤达闻听此事后，特意托徐特立先生将家藏多年的《通典》转赠给毛主席。

最后，再来说一下这场著名的败仗——

陈涛斜，是个地名，在今陕西咸阳东一带。公元756年十月，大唐军队曾在此大败于安禄山叛军。

至德元载十月，唐肃宗任命刚刚到任的宰相房琯为招讨西京兼防御蒲潼两关兵马、节度使，率部收复被安禄山叛军占领的西京长安和东京洛阳，并准其自选将佐。房琯以户部侍郎李揖为行军司马，给事中刘秩为参谋。房琯自己从未带过兵，李揖、刘秩也都是书生，根本不懂军事。朝廷军队与叛军在陈涛斜相遇后，房琯等人搬出古兵书上的车战法，以牛车进攻敌阵，安禄山叛军顺风擂鼓呐喊，又兼用火攻，牛闻声惊骇，唐军人畜大乱，牛踩马踏，死伤四万余人。

以为饱读兵书便可战无不胜，名气比较大的是战国时代的赵括和三国时期的马谡。苏轼这则笔记又给我们讲了两个：房琯和刘秩。把前人说过的话、做过的事汇集起来编成一部书，是一种本事，也需要功夫，但和战场上真刀实枪厮杀、你死我活拼命完全是两码事。刘秩这个人自不量力，他写了《政典》，便真的以为自己会打仗了，宰相房琯选他参助军事，他欣然前往。他在军中说了很多大话，让房琯飘飘然起来。房琯更是迂腐之极，仅凭刘秩编撰过一本书，就想当然地认为，他那个宝贝疙瘩足可以挡得住叛军的强大攻势了。如果说刘秩是缺乏自知，那么，房琯就是胡闹，就是拿平叛大业当儿戏！

我想，苏东坡在写下这段文字时，他那务实、爱民、忠君的心，一定会想起许多事情。几百年过去了，那些纸上谈兵、坐而论道的闹剧，不是还在当朝上演吗？落笔成文那一刻，苏轼的心情应该很复杂，很惆怅，很难过。

郭文——不思念就没有情感

笔记原文

录温峤问郭文语　温峤问郭文曰："人皆有六亲相容，先生弃之，何乐？"文曰："本行学道，不谓遭世乱，欲归无路耳。"又曰："饥思食，壮思室，自然之理，先生独无情乎？"曰："情由忆生，不忆故无情。"又问："先生独处穷山，死为乌鸢所食，奈何？"曰："埋藏者食于蝼蚁，复何异？"又问："猛虎害人，先生独不畏耶？"曰："人无害兽心，则兽亦不害人。"又问："世不宁则身不安，先生不出济世乎？"曰："非野人之所知也。"予尝监钱塘郡[1]，游余杭九锁山，访大涤洞天，即郭生之旧隐。洞大，有巨壑，深不可测，盖尝有敕使投龙简云。戊寅九月七日书。

词句简释

1 监钱塘郡：任杭州通判。宋代为加强对地方的控制，于各州、府调通判一职，辅佐知州（或知府）处理政务。通判有监察州、府官吏之权，亦称“监州”。钱塘，代指杭州。

原文我读

温峤问郭文：“人人都有父母兄弟姐妹妻子儿女跟其他亲戚，而且和他们朝夕相处，你却抛弃这些亲人，你这样做还有什么快乐可言呢？”郭文回答说：“我本来是出来学道的，没想到遭逢时世混乱，我想回到亲人中间已经找不到归路了。”

温峤又问：“人在饥饿的时候会想起食物，成年的时候会想要妻室，这是自然的道理，难道你就没有这些欲望吗？”郭文答道：“欲望是由思念产生的，我不去往那里想所以就没有欲望。”

温峤又问：“先生独自处于穷山荒野之中，死后就会被乌鸦、老鹰所啄食，那怎么办呢？”郭文回答说：“尸体埋葬以后都会被蝼蚁所食，这又有什么分别呢？”

温峤又问：“山中的猛虎会伤害人，难道先生你自己不害怕吗？”答：“人如果没有伤害野兽的心，那野兽也就不会来害人。”

温峤又问：“世道不安宁，人人都得不到安宁，先生为何不出来济世匡政？”郭文回答说：“这不是山野之人要管的事情。”

我曾经担任杭州通判，游历过余杭的九锁山，探访过大涤洞，这就是郭文以前隐居的地方。这里的洞穴很大，且深不可测，大概真有皇帝的使者曾来这里传达过诏书。元符元年九月七日记。

一时谬想

温峤，东晋名将。聪敏博学，为人孝悌。西晋灭亡后，南下拥戴晋元帝即位，拜散骑常侍。辅佐东宫，与太子结为布衣之交。晋明帝即位，拜侍中，转中书令，参与平定王敦之乱。晋明帝病重，与王导等人同受顾命，拜平南将军、江州刺史；平苏峻之乱，再拜骠骑将军，封始安郡公。

郭文，晋朝名士。《晋书》里说郭文“少爱山水，尚嘉遁，年十三，每游山林，弥旬忘反”。

在《晋书》里，温峤和郭文关于“六亲相容”等五事的对话，有完整的记载。苏轼这则笔记中写自己的文字，只有他“监钱塘郡”、访大涤洞那几句话。不过，苏轼这几句话倒是解决了我一个疑问：一个身居要职的朝廷官员，和一个隐居的道士，怎么会有这样一番深入的谈话呢？苏轼猜测，可能是温峤作为朝廷的使者来见郭文，两人由此有了对话的机会。其实，在东晋初年，郭文已经名气很大，好多官员都去拜访他。丞相王导听闻郭文大名之后，将其迎入自家园林，供以衣食，一住便是七年。据《晋书》文意，温峤问郭文事，应该就发生在王导的园中，和苏轼的记载有所不同。

温峤问郭文，凡五事。一问远离亲人感受，二问有无成人之欲，三问身后之事态度，四问是否惧怕虎狼，五问缘何不肯入世，这就把郭文对家庭、婚姻、生死、环境和人生的态度都问出来了。郭文不愧为真正的隐者，也无愧于那么多敬仰他的人，他对世界的看法，尤其是对情欲和埋葬二事的见解，今天看来，依然是十分前卫的。

写这段文字的时候，东坡先生已届晚年。生活的艰辛和官场的失意尽管没有压垮他，但想起当年在钱塘任职时的情景，咀嚼温郭二人的对话，他一定感慨良多。我很想知道，那一刻，苏轼他老人家都想些什么呢？

苏轼——这俩人要惹祸的

笔记原文

本秀非浮屠之福　稷下之盛，胎[1]骊山之祸[2]；太学三万人，嘘枯吹生[3]，亦兆[4]党锢之冤。今吾闻本、秀二僧，皆以口耳[5]区区[6]奔走王公，汹汹都邑，安得而不败[7]？殆非浮屠氏之福也。

词句简释

1 胎：动词，孕育。2 骊山之祸：诸本多释为秦始皇焚书坑儒事，本书据《苏轼全集校注》释为秦始皇在骊山温谷种瓜、诱杀书生七百人事。3 嘘枯吹生：意思是干枯了的吹气可使之生长，生长着的吹气可使之干枯。形容谈论有所抑扬，后用以指能说会道，有辩才。4 兆：动词，预兆。5 口耳：小声说话，附耳私语。6 区区：谓奔走尽力。7 安得而不败：大象出版社本为“安有而不辞”，本书据中华书局本改。

原文我读

齐国稷下学宫规模太大，埋下了骊山之祸的种子；汉桓帝时太学生达到了三万人，他们个个能说会道，臧否人物，无所顾忌，这预兆着党锢之祸的发生。现在，我听说本、秀两名僧人，都在鼓动口舌，用很神秘的方法，竭尽全力奔走于王公大臣之家，已经搞得满城风雨，人情汹汹，怎会不招致祸患呢？他们两人的这种做法，恐怕不是佛家的福事。

一时谬想

苏轼这里说的“稷下”，指的是战国时期的稷下学宫。它是世界上最早的官办高等学府，也是中国最早的社会科学院、政府智库，始建于齐桓公田午年间，因位于齐国国都临淄城稷门附近而得名。稷下学宫在兴盛时期，容纳了当时“诸子百家”中的几乎所有学派，有先生多达千余人，学士“数百千人”。中国学术思想史上的“百家争鸣”，就是以稷下学宫为中心展开的。

骊山之祸，是一件由秦始皇精心策划，秘密活埋书生七百人的弥天大祸。据《苏轼全集校注》：“秦改古文，以为大篆及隶字，国人多诽谤怨恨，秦苦天下不从。”为扫除障碍，召集诸生七百人“拜为郎”，同时密令冬月种瓜于骊山温谷，瓜熟后诱使诸生前往观看，事先设伏机于山上。待“诸生贤儒皆至”，“发机从上填之以土，皆压死”。

太学是汉代设在京师的全国最高教育机构，最初的太学只设五经博士，置博士弟子五十名。经历代重修和扩建，到东汉顺帝永建年间，太学生人数已达三万人。两汉太学在培养人才和促进文化发展等方面都起到了一定的积极作用。但随着时间的推移和规模的扩大，太学生开始议论国事，参与政治。

党锢之冤，指的是我国东汉桓帝、灵帝时，士大夫、贵族等对宦官乱政的现象不满，与宦官发生党争的事件。事件因宦官以“党人”罪名禁锢士人终身而得名。党锢之冤（祸）前后发生过两次，均以反宦官的士大夫集团的失败而告终，士大夫集团受到了严重的打击，许多党人被残酷镇压。

苏轼这两句话，可以说是讲了两对因果关系：一、稷下学宫规模太过宏大，它埋下了骊山之祸的种子；二、太学生群体太过张狂，预示着党锢之冤将要发生。在苏轼看来，因为当年的稷下学宫言论太自由、力量太强大，虽然它随着齐国的灭亡不复存在了，但它已经成为秦始皇心中挥之不去的阴霾，因此也就为后来的骊山之祸埋下了种子——假如读书人不听号令，秦始皇就会高度警觉，必将以其会动摇国家根本而杀一儆百，且决不会手下留情。而东汉中期的太学也出了同样的问题，好几万人的群体，慷慨激昂、嘘枯吹生，指点朝廷政策得失，褒贬当时人物，已经成为一种强大的政治势力，所以它也可以说是党锢之冤发生的征兆——一旦太学生有什么异常动向，东汉朝廷绝不会漠然视之，必将予以打击、压制，甚至武力镇压。

苏轼被贬到黄州以后开始精研佛学，他一生有很多僧人朋友，比较著名的有佛印、道潜、维琳、参寥等。苏轼与他们一同参禅、悟道、云诗、答对，都结下了很深厚的友谊。但是，对本、秀二僧，苏轼却是不赞成的，认为他们张扬太过，结交太滥，已违背了修行佛法的本意，其行为和佛法已经渐行渐远。他们那样不遗余力地奔走于仕宦之家，会让人怀疑他们的动机，引起人们的反感，甚至官府的关注、监视……这对佛法肯定不是善缘，一定会招致灾祸。

既为佛门弟子，就要广结善缘，但是，决不能像本、秀二僧那样“区区奔走王公”。凡事都有一个度，必须把握精当，否则，将会适得其反。比如，广交友但不能结党营私，有傲骨但不能大言凌物等，这大概就是苏轼写这则笔记的本意。

宋仁宗——她真的给我推荐过贾昌朝

笔记原文

贾婆婆荐昌朝　温成皇后[1]乳母贾氏，宫中谓之贾婆婆。贾昌朝[2]连结之，谓之姑姑。台谏论其奸，吴春卿[3]欲得其实而不可。近侍有进对者曰："近日台谏言事，虚实相半，如贾姑姑事，岂有是哉！"上默然久之，曰："贾氏实曾荐昌朝。"非吾仁宗盛德，岂肯以实语臣下耶！

词句简释

1 温成皇后：宋仁宗的张贵妃，死后追册皇后，谥温成。2 贾昌朝：字子明，天禧初，召试，赐同进士出身，庆历间拜同中书门下平章事。3 吴春卿：宋代大臣。多次与宰相贾昌朝争议，积怨很深。

原文我读

温成皇后的乳母贾氏，宫中的人都称呼她贾婆婆。宰相贾昌朝想巴结她，称呼她姑姑。台谏官们多次在一起讨论贾昌朝奸佞之事，吴春卿想找到一些具体事实一直没有成功。近侍中有一个人对宋仁宗说："今天台谏官员们上奏的事情，有虚有实，比如贾姑姑的事，怎么能会有呢?"宋仁宗沉默了好一会儿说："贾氏确实曾经给我推荐过贾昌朝。"

如果不是我仁宗英明盛德，怎么肯将实情告诉臣下呢!

一时谬想

贾昌朝巴结贾婆婆，称呼贾婆婆为姑母这件事，看苏轼笔记中的意思，是把它作为证实贾昌朝奸佞的一个力证对待的。以文中给出的材料看，贾昌朝和贾婆婆应该没有很近的血缘关系，只是因为俩人都姓贾，贾昌朝认为贾婆婆有些利用价值，便不惜作践自己，主动贴上去认贾婆婆做长辈的。这种事情古代有，现代也不鲜见，生活中就有不少人为了攀高结贵，丧失人格，认一些八竿子打不着的人做亲戚，把叔、伯、姑、姨喊得比自己亲爹亲娘还热呵，让大家纷纷投以鄙夷的目光。

史书上说，贾昌朝不光官做得顺风顺水，而且还是书法家、文学家、训诂学家，有文集三十卷，其中《群经音辨》为中国古代第一部多音多义字手册。贾昌朝官能做到宰相，肯定不全是靠了贾婆婆的推荐，但联结贾婆婆这件事，说明贾昌朝的确善于钻营。看有关资料，贾昌朝为官多年，好像也没有什么惊天动地的政绩。可是，他的人品，写《宋史》的脱脱只用了一句话，便给他作了很形象的总结："昌朝明经术而尚阿私。"

读苏轼这则笔记，更让人感叹的是，一个贵妃的乳母，竟然可以在君王面前为自己的亲友说情游说，影响朝廷的人事使用，大宋朝的吏治，它怎么能不出问题呢!

苏轼——想吃顿饱饭也难

笔记原文

人生有定分　　吾无求于世矣，所须二顷田以足饘粥耳[1]，而所至访问，终不可得。岂吾道方艰难，无适而可耶[2]？抑人生自有定分，虽一饱亦如功名富贵不可轻得也？

词句简释

1 足饘（zhān）粥耳：饘粥，稠粥。《礼记 · 檀弓上》：“饘粥之食。”《疏》：“厚曰饘，稀曰粥。”简言之，饘粥即指稀饭。“足饘粥耳”，指足可糊口之意。 2 无适而可耶：没有一处适合的地方吗？

原文我读

我对这个世界并没有过高的要求，只需要两顷田地足以糊口，免得到处求人罢了，然而我到处打问，终因地价高，囊中羞涩无法买到，这个目标始终不能实现。难道是因为我正处在艰难之时，硬是找不到一处合适的土地可以安身吗？抑或人这一生的命运真是由上天注定，即使是只求吃顿饱饭这样的小事，也像功名富贵那样不可轻易得到吗？

一时谬想

“虽一饱亦如功名富贵不可轻得也？”读苏轼这句话，越咂摸心里越不是滋味，想着想着，禁不住热泪长流。

没有饿过肚子的人，很难想象出“身无御寒衣，家无隔夜粮”的无奈和辛酸。这则笔记，应当是苏轼被流放到海南儋州以后写下的，因为在惠州的时候，他还能买得起一架羊骨头仔细地剔肉来吃，还能因为骨头啃得太净而担心“众狗不悦”。可眼下呢，残酷的现实竟让人有恍若隔世之感，不要说什么事业、功名、富贵了，能吃顿饱饭已是奢望。沦落至此，苏轼的心中一定塞满了酸楚和愤懑！

我们不禁要问，站在我们面前的苏轼，还是那个意气风发“百年制科第一”的眉山少年吗？还是那个“老夫聊发少年狂”的密州知州吗？还是那个写下“乱石穿空，惊涛拍岸，卷起千堆雪”的黄州东坡吗？我们都早已习惯了他的狂放不羁，习惯了他的丰采鹰扬。我们怎么也接受不了，站在我们面前的苏轼，眼巴眼望地期盼着能有一块土地让他耕种，使他有一口稀饭可以活命。

“人生自有定分”，这是苏轼在求一田而“终不可得”的情况下，自己对自己所做的心理调适，既是无奈，也是看开。身处逆境的人，就得有这种认命意识和达观精神，否则，哪里还能活得下去呢！

人生无常，不管遇到什么样的情况，都要正视现实，民间有些话颇有哲理，“到哪儿说哪儿”，“没有过不去的坎，只有过不去的人”。要知道，塞翁失马，焉知非福，生活给苏轼以磨炼，也成就了东坡之美名。或许，这就是历史的辩证法。很喜欢林语堂先生的一句话：人生在世，还不是有时笑笑人家，有时被人家笑笑。是啊，学富五车、才思泉涌的苏东坡，竟也有欲耕一方田而不得之时，何况你我乎？

陶潜——有这狭小之地便足享安适

笔记原文

名容安亭　陶靖节[1]云："倚南窗以寄傲，审容膝之易安[2]。"故常欲作小轩，以容安名之。

词句简释

1 陶靖节：陶渊明，名潜，字渊明，又字元亮，自号"五柳先生"，私谥"靖节"，世称靖节先生。2 审容膝之易安：深知这狭小之地容易使我心安。审：知悉，觉察。容膝：只能容下双膝的小屋子。

原文我读

陶渊明的《归去来兮辞》中有这样一个句子："倚凭南窗寄托我的傲世之情，深知这狭小之地即可使我心境安静。"因此，我经常想建一间小屋，并且以"容安"来命名。

一时谬想

小时候，总巴望着有一个属于自己的抽斗，或者小木箱之类属于自己的小天地。等到青春萌动，有了一些隐私意识的时候，好想有一间属于自己的小房子啊！奔波、忙碌到中年，天天做梦都想的是有一间叫“书房”的屋子，好在里面安静地读书、喝茶、见朋友。

这恐怕是很多人共同的经历和记忆，我想，苏轼在写这则笔记时，心情大概也是这样的。这则只有二十七字的笔记，字字都叩击在我的心头。

苏轼自从父亲去世以后，就再没有回过眉州老家，几十年来，随着他官职的升降贬谪，家也一处处地跟着搬迁，少有消停的时候。我猜想，陶渊明辞官之初，希望有容膝小屋以寄情的愿望，在苏轼心里一定同样强烈地存在着。他一直幻想着什么时候能够盖起一间这样的小屋，不算作客厅，不算作卧室，甚至也不算作书房，哪怕是能容下一个座位都可以。但是，窗子一定要开在南面，坐在里面，可以静静地看风景晒太阳，可以静静地写文章想心事。遗憾的是，苏东坡一辈子都没有拥有这座他想象中的小屋子，但是他的心中这个强烈的念头一刻也没有停止过，所以，他每每想起陶渊明在《归去来兮辞》的名句“倚南窗以寄傲，审容膝之易安”，便心旌摇动，经常想着要搭建一间小屋，并且以“容安”来命名它。

用现在的话说，苏轼是陶渊明的铁杆粉丝。据说，苏轼对陶渊明的诗词文章佩服得五体投地，因为陶渊明传世诗文不多，苏轼便规定自己每天只读一篇，生怕一旦读完了，自己失落难受。陶渊明效法春秋时期的北郭先生，甘愿安身容膝之贫居；苏东坡崇拜东晋时期的靖节先生，欲作小轩以容安名之。我既崇敬晋朝的靖节先生，也尊重宋朝的东坡居士，跟我们中的很多人一样，现在已经有了相当不错的读书学习条件，却不肯好好用功，惭愧！

管仲 像畏惧疾病那样敬畏天威

笔记原文

子瞻患赤眼 余患赤目，或言不可食脍。余欲听之，而口不可，曰：“我与子为口，彼与子为眼，彼何厚，我何薄？以彼患而废我食，不可。”子瞻不能决。口谓眼曰：“他日我痁，汝视物吾不禁也。”管仲有言：“畏威如疾，民之上也；从怀如流，民之下也。”又曰：“燕安酖毒，不可怀也。”《礼》曰：“君子庄敬日强，安肆日偷。”此语乃当书诸绅，故余以“畏威如疾”为私记云。

原文我读

我患上了红眼症，有人劝我说不能吃切细的肉。我想听从这个意见，但我的嘴反对，说：“我是你的嘴，它是你的眼，为什么对它那么重视，对我却如此轻视？由于它害病而禁止我吃东西，这不应该。”子瞻我无法决定。嘴又对眼说：“来日我得了病不能进食，你去观赏景物我是不会制止的。”

管仲曾说："敬畏天威像害怕生病一样的人，是人中最上等的人；放任自己的欲望像水自然流动一样的人，是人中最下等的人。"又说："沉溺于安逸等于饮取毒酒自杀，不可以怀恋。"《礼记》云："君子能够严肃持重，精神就会一天比一天旺盛；安逸放肆，精神就会一日比一日萎靡。"这些话应写在衣带上以防忘记，因此我以"畏威如疾"作为个人座右铭。

一 时 谬 想

初读这则笔记，觉得苏轼很有趣。得了红眼病，大夫说不可以吃肉，你谙熟医理，当然知道医生说得对，可又忍不住想吃，便炮制出一场眼和嘴的争吵，说他无法决断谁是谁非，做出一副很为难的样子。

绕这么大的圈子，苏轼想要影射的，恐怕还是朝堂上那没完没了的党争。本来，眼睛和嘴巴都是身体的重要组成部分，相互之间应当理解、包容和支持。可是，现在眼有病了，需要嘴巴做些牺牲，嘴巴便不干了，又是怪罪，又是埋怨，闹得乌烟瘴气。嘴巴之错，就错在他只看见"赤目"的表象，不知道在这个表象后面，其实是"我"病了。"我"的病现在表现在眼上，下一步就可能到嘴上，到胸腔里，到心脏里……国家大事又何尝不是这样呢？大宋开国一百多年了，现在积贫积弱，急需诸位股肱之臣拿出富民强国之策。可你们在干什么呢？两拨人马竟然结成朋党，为了一己之私相互攻击，全然置大局于不顾。这样下去不得了啊，现在的"赤目"小病，将来愈来愈重，那是会动摇国家根基的呀！

寓言讲罢，该说观点了。

苏轼首先把管仲搬了出来。管仲是做臣子的楷模，听听他是怎么说的。管仲说了，像畏惧疾病那样敬畏天威的，是上等百姓；像水自然流动一样放任自己的欲望，是下等人群。管仲还说，沉溺于安逸就等于饮取毒酒，不可以怀恋。这样，苏轼的观点也就不言自明了：江山社稷、黎民百姓就是天，必须放在心中最高位置，像担心疾病发生一样，重视社会问题的出现，一旦有了情况，就要朝乾夕惕，夙夜在公，迅速解决。绝对不能讳疾忌医，养痈为患。

苏轼说，他要把"畏威如疾"四个字作为"私记"，我们每个人也都应当把它作为自己的警戒。

苏轼——带几张我写的字回去吧

笔记原文

昙秀相别　昙秀来惠州见予，将去，予曰："山中见公还，必求一物，何以与之？"秀曰："鹅城[1]清风，鹤岭[2]明月，人人送与，只恐它无著处。"予曰："不如将几纸字去，每人与一纸，但向道此是言法华[3]书，里头有灾福。"

词句简释

1 鹅城：广东惠州的别称。2 鹤岭：指惠州境内白鹤峰。苏轼于绍圣四年筑室于此曰"白鹤新居"。3 言法华：指北宋初年东京开宝寺的一位僧人，僧名志言，喜诵《法华经》，故以言法华称之。

原文我读

昙秀到惠州来看我，快要离开时，我说："山中同道看见你回来了，必定会问你要一件捎回的礼物，你拿什么给他们呢？"昙秀说："惠州的清风，白鹤峰的明月，我都可以送给他们啊，只怕他们没有地方放置。”我说：“不如把我写的字带几张回去送给朋友，只管向人们说：这是言法华写的，里面有预言灾福的话。”

一时谬想

查了很多资料，可有关昙秀本人的信息并不多，只知道昙秀是北宋时江南扬州僧人，能诗善文，但其作品多已失传。另外，在苏轼、晁补之等人的诗中，偶尔也会出现昙秀的名字。

苏轼在扬州住的时间很短，和昙秀的交往也不会太多，但在苏轼遭遇贬谪到惠州之后，昙秀能不远千里，跋山涉水，专程从扬州赶来看望，此等作为，真是感天动地。相信不仅是苏轼，就连近千年之后读到这则笔记的人们，都会被这种醇厚的友情所深深感动。

离别之时，苏轼像一个宽厚长者，想到昙秀出趟远门，回去后定有同道中人，包括亲朋好友来串门相问，不管多少，不管是什么，都应当有一点礼物相送。这样做，既是情感寄托、人之常情，也是善风良俗、文化传承。苏轼这份细腻、这份关爱，同样让人觉得甜美，让人心头溢满幸福。

一个千里来寻友，一个抄书以相赠，这支友谊颂歌，套用杜甫《赠花卿》诗中的句子，便可以写作“此曲只应知音有，俗者能得几回闻”。《易经》里说：“同声相应，同气相求。”昙秀不经意间说出的“鹅城清风，鹤岭明月，人人送与，只恐它无著处”，与苏轼感叹的“江山风月，本无常主，闲者便是主人”，不就是一脉相承嘛！

都说世道艰难，人心不古，苏轼呢，不仅坦然接受生活的挫折磨难，还在艰难中享受友谊，回馈友谊，为他人祈福。这一点，值得我们学习！

这小子何以如此嚣张

苏轼

笔记原文

记罗浮异境　有官吏自罗浮都虚观游长寿，中路覩[1]见道室[2]数十间，有道士据槛[3]坐，见吏不起。吏大怒，使人诘之，至则人室皆亡矣。乃知罗浮凡圣杂处，似此等异境，平生修行人有不得见者，吏何人，乃独见之！正使[4]一凡道士见己不起，何足怒？吏无状如此，得见此者必前缘也。

词句简释

1 覩：同“睹”，看见。2 道室：道士居住之处。3 据槛：倚着门槛。4 正使：连词。纵使；即使。

原文我读

有个官吏从罗浮都虚观到长寿院去游览，在途中看到了几十间道士居住的房子，还有个道士倚靠门槛坐着，看见官吏过来也不起身。这让官吏大为恼火，就派人前去责问他，走到跟前时突然发现道士和院落都消失了，才知道罗浮山是凡人与仙人混杂居住的地方。像这等奇异境界，平生修行的人都未必有机会看见，这官吏是何等人，竟然可以见到！即使一个平常的道士见到自己没有起身行礼，也不需要发这么大火啊！这个官吏如此嚣张，却能够见到如此奇异的场景，必定是其前世的缘分。

一时谬想

因为人家道士看见他没有站起来，便火冒三丈，立马指派手下小喽啰去为难人家。几句话就把一个小官僚飞扬跋扈、张狂妄行的嘴脸描绘得淋漓尽致。接着一句，如神来之笔："至则人室皆亡矣。"——你厉害，你不得了，可现在连人和房子都没了，看你朝谁耍威风去！

对这种在老百姓面前耀武扬威的小官吏，苏轼从骨子里是很看不起的。他老人家鞭挞得好：人家见你不起来，你值得发那么大火吗？你也太把你自己当回事了！但苏轼还是不明白，就是这等卑鄙龌龊的小人，却能见到如此奇异的场景，这是为什么呢？

苏轼讲了一个故事，自己提出问题，但又不等人思考，自己却马上给出答案，说这种人必定是前世与道家有缘，苏轼真的是这样想的吗？他这样说又是什么意思呢？想了许久，好像有点感觉，苏轼是不是要把自己记录此事真正的目的——给那些靠机缘巧合得到一官半职却放肆傲慢的小人来一记响亮的耳光——隐藏起来呢？

我要是在场，对那小吏，一定会扭过头去，狠狠地吐出一个字："呸！"

苏轼——我是在笑自己啊

笔记原文

儋耳[1]夜书　己卯上元[2]，余在儋耳。有老书生数人来过，曰："良月佳夜，先生能一出乎？"予欣然从之。步城西，入僧舍，历小巷，民夷杂揉，屠酤[3]纷然，归舍已三鼓矣。舍中[4]掩关熟寝，已再鼾[5]矣。放杖而笑，孰为得失？问先生何笑，盖自笑也；然亦笑韩退之，钓鱼无得[6]，更欲远去，不知钓者未必得大鱼也。

词句简释

1 儋耳：宋儋州昌化军，今海南省儋州市，苏轼于1097年再度被贬，"责受琼州别驾，昌化军安置"。2 己卯上元：公元1099年正月十五，苏轼谪居儋耳第三年。3 屠酤：屠，屠户；酤，卖酒者；这里泛指各种店铺商贩。4 舍中：家中，指家人。5 再鼾：睡醒又复睡，意为已经睡了一个头忽。6 钓鱼无得：韩愈曾写诗述其钓不着大鱼，埋怨水太浅，要另觅垂钓佳处，暗指自己境遇不好，不得志。

原文我读

己卯年元宵节，我住在海南儋耳，晚饭后，有几个老书生来看望我，说："这么好的月夜，先生能不能出去游玩一趟呢？"我高兴地答应了。我们一起走出城西门，先到寺庙游罢，又走进一条小巷，那里住有汉人，也住有少数民族，大家混杂在一起，其乐融融，各种店铺商户很多，卖什么的都有。我回到住处时已经是半夜了，家里人早已关上房门睡觉了，有的甚至已经睡过一个头忽，只听得鼾声一声接着一声地传出来。我放下拐杖发笑，心想我半夜在外游荡，而家人在屋里酣睡，究竟哪个有所得，哪个有所失呢？要问我为什么发笑，大概是自己笑自己吧。但同时也是笑韩愈钓不上大鱼来，就打算到更远的地方去钓。他不知道钓鱼的人，未必都能钓得上大鱼来。

一时谬想

苏轼这则笔记很有意思，几个老书生约他出去转了一大圈，夜里回来晚了，见家里人都在呼呼大睡，自己放下拐杖，一个人嘿嘿地笑了起来。看看自己在外跑得双腿发软，家人个个床上酣睡，哪个更值得呢？别人问我为什么发笑，苏轼回答说，他是笑自己，也笑自己崇拜的韩退之。这个时候笑，难道是出去转了一圈，得了什么启发，有顿悟？

苏轼在笔记中交代得很清楚，这次元宵节夜游，是发生在己卯年的事情。这一年，是宋哲宗元符二年，也就是苏轼被贬到儋州的第三个年头。几个月前，他一家被逐出暂住的官屋，自己在城南桄榔林下买地建房，现在终于有了属于自己的安身之地。这时的苏轼，尽管身体还算硬朗，但他已经感到体力大不如从前。自从过了花甲之年，苏轼总在有意无意地回顾自己一生所走过的路。在这个朗月佳夜，他触景生情，大概是想起了诗仙太白的名句：

今人不见古时月，今月曾经照古人。
古人今人若流水，共看明月皆如此。

由此，苏轼顿悟：人这一辈子的光景，与那千年万年照临人间的月儿相比，又算得了什么呢？想着想着，苏东坡哑然失笑：我怎么还没有摆脱患得患失的心境呢！今天晚上，我终于明白了，生活原来还可以这么静美，得失于我竟然如此没有意义，包括我尊敬的退之老先生，你咋那么计较钓上来的鱼是大是小呢？

现在，我们还不太理解苏东坡为什么会突然间放杖自笑，也许，等上了年岁，“轮回”“重逢”这些概念就会悄悄走进我们的心间，过去曾经非常在意的事情都慢慢变得淡若浮云。忽一日，当我们蓦然回首时，也会有一阵自己对自己的“放杖而笑”。

苏轼——不知道这一次能否成行

笔记原文

请广陵　今年吾当请广陵，暂与子由相别。至广陵逾月，遂往南郡，自南郡诣梓州，溯流归乡，尽载家书而行，迤逦[1]致仕，筑室种果于眉，以须[2]子由之归而老[3]焉。不知此愿遂否？言之怅然也。

词句简释

1 迤逦：缓慢，逐渐。2 以须：等待。3 归而老：回到家乡养老。老，动词。而老，老去。

原文我读

今年，我应该请求在广陵退休还乡，暂时与弟弟子由告别。在广陵逗留一个多月后，接着去南郡，再自南郡到梓州，然后沿长江逆流而上奔向家乡。路上带着家书，走走停停，不慌不忙回到家乡。回去后在眉州修建一所小屋，小屋周围种植果树，等待弟弟子由返回家乡与我一起养老。

不知道这一愿望能不能实现呢？说起来令人惆怅不已。

一时谬想

有人说，苏轼这则笔记记于元丰七年，我怎么想都觉得不对。元丰七年，即公元1084年，这一年苏轼才四十八岁，正月间又接到了宋神宗让其量移汝州任团练副使的诏命，虽然苏轼感情上不想离开已经住了五年的黄州，但这对他来说，毕竟是一个利好的信号。这时候的苏轼，“干一番事业”的雄心壮志尚在胸中，怎么会如此强烈地要求致仕还乡，“筑室种果于眉”呢？

还有，“请广陵”三个字究竟是什么意思？所有能见到的资料，统统都译作“请求去广陵任职”，我把这则笔记读了好多遍，还是觉得不敢苟同。如果按这个意思去翻译，下文还有“至广陵逾月，遂往南郡”，那么问题就来了：你请求去广陵任职，朝廷就一定会同意吗？到任一个月之后，你想走就可以走吗？难道苏轼连这点规矩都不懂吗？

查《苏轼年谱》，1091年八月苏轼出任颍州知州。1092年，即元祐七年，苏轼五十七岁，正月尚在颍州（今阜阳）疏浚西湖，二月“被命移知扬州军州事”，担任扬州太守，八月又以兵部尚书衔被召还京。从此，苏轼的人生再度跌入低谷。

所以，我认为“请广陵”三字，应译作“请求在广陵致仕”（广陵乃扬州古称），这则笔记应当记于元祐七年在扬州任职的后两三个月。据史料记载，北宋朝有一个时期，地方官员的任期满半年就可以调整了。

这则笔记，是苏轼预感到前程黯淡以后，一厢情愿，自己对自己晚年生活作出的美好愿景，也是他厌倦官场力求解脱的心灵实录。这时的苏轼，在经历过一次次的人生变故之后，已经看透了仕途蹭蹬、官场险恶。归隐田园，赋诗作文，享天伦之乐，成为他最大的追求和全部期待。

望着地图上的四个红圈：扬州（广陵）、荆州（南郡）、绵阳（梓州）、眉山（眉州），我的思绪，也随着苏轼九百年前的憧憬，逆水而上，我仿佛感受到了那吹在身上的萧瑟秋风，仿佛看到了船头上立着的那个清癯的身影……忽然间，竟是一阵哽咽，苏东坡的长叹似在耳畔：“不知此愿遂否？言之怅然也。”我也……怅然……若失……

苏轼——梦醒后，我感到惆怅满腹

笔记原文

梦南轩 元祐[1]八年八月十一日将朝[2]，尚早，假寐，梦归縠行[3]宅，遍历蔬圃中。已而坐于南轩，见庄客数人方运土塞小池，土中得两芦菔[4]根，客喜食之。予取笔作一篇文，有数句云："坐于南轩，对修竹数百，野鸟数千。"既觉，惘然思之。南轩，先君名之曰"来风"者也。

词句简释

1 元祐：宋哲宗赵煦的第一个年号，1086—1094年间使用，共九年。元祐年间由反对新政的旧党当政，在后来的党争中，"元祐"一词又常被用来指称旧党及其成员。2 将朝：将要上早朝。3 縠行：纱縠行，苏轼母亲经营的商行。苏母在此经商十一年，苏家因此致富。縠，hú，绉纱一类丝织品，"纱縠行"也可简称为"縠行"。4 芦菔：也叫莱菔，即萝卜。

原文我读

元祐八年八月十一日，我穿戴整齐准备去上早朝时，发现时间还早，于是和衣小睡片刻，睡着后做了一个梦，梦里回到当年家里经商的縠行老宅，我先是走遍了菜园各个地方，后来，坐在南边的轩阁里，看到几名庄客正在运土填一个小池，运土的人见土中有两根萝卜，就高兴地把它挖出来吃掉了。我拿起笔来作了一篇文章，其中有几句说："坐在南轩里，对面是一片修竹，竹园里有数千的野鸟。"梦醒后，我感到满腹惆怅，好像丢了魂儿一样。哦，我想起来了，南边这轩阁，先父曾给它取名叫"来风"轩。

一时谬想

元祐七年，即公元1092年，苏轼五十七岁，二月被任命为扬州知州，八月又以兵部尚书衔被召还京，十一月迁礼部尚书，第二年（元祐八年）九月被任命为定州知州。接下来苏轼便彻底走上了贬谪之路，从定州，到惠州，再到海南儋州。

这则笔记，记于元祐八年八月，当时，他刚从扬州回到京师。这一年，是苏轼政治生涯巅峰期的最后一年，他的庇护者——高太后死了，苏轼大概已经预知到了自己将要面临的厄运，凄凉的感觉油然升上心头。就在他打盹的那一小会儿，苏轼在梦里回到了自己眉山的老家，看到了小时候玩耍、嬉闹，并给了他许多人间温情和无限乐趣的商行、菜园子。这大概也是老人们的一种通病，常常于心力交瘁的时候，想起自己的父母，想起小时候的家园。

梦里所见的事物，大多是过去印象深刻的东西。几个挖土劳动的庄客，看到土里有两个萝卜，高兴地拿起来分吃了。多么真切、多么朴实的场面啊，相信不少上点岁数的人都有类似的梦境。坐在父亲钟爱的轩阁里，眼望簇拥的翠竹、成群的鸟儿，仿佛又回到了无忧无虑的童年，人要是一直都不长大该有多好啊！

这则笔记里，苏轼详细记下了梦中的情景。其实，他在吐露乡愁上着墨并不多，然而，一句"梦归縠行宅"，便足叫人伤心落泪。"既觉，惘然思之。”我想，苏轼一定是颤抖着写下的这六个字。惘然思之，思之惘然，此刻的苏东坡，是一个什么样的心境呢？若有所失，疑惑不解，不知所措，虚无缥缈，满目凄凉，这些，好像都有。

苏轼——我只能对妻子这样说

笔记原文

书杨朴事　昔年过洛，见李公简言："真宗既东封，访天下隐者，得杞人杨朴，能诗。及召对[1]，自言不能。上问：'临行有人作诗送卿否？'朴曰：'惟臣妾有一首云：更休落魄[2]耽杯酒，且莫猖狂爱咏诗。今日捉将官里去，这回断送老头皮[3]。'上大笑，放还山。"余在湖州，坐[4]作诗追赴诏狱[5]，妻子送余出门，皆哭。无以语之，顾语妻曰："独不能如杨处士妻作诗送我乎？"妻子不觉失笑，余乃出。

词句简释

1 召对：（皇帝）召其应对诗歌。2 落魄：随意，不拘小节。3 断送老头皮：意为被斩首。老头皮，指脑袋。4 坐：因。5 诏狱：奉皇帝命令拘押犯人的监狱。

原文我读

多年以前，我路过洛阳时，见到了李公简，他对我说：“宋真宗泰山封禅之后，遍寻世间隐士，后来听说杞县有个叫杨朴的人擅长作诗。真宗把他召来问话时，他却说自己不会作诗。真宗问他：‘你临行时有人为你作诗送行吗?’杨朴说：‘只有我的妻子作了一首诗送我，诗里说：更休落魄耽杯酒，且莫猖狂爱咏诗。今日捉将官里去，这回断送老头皮。’真宗听后哈哈大笑，就放他回家了。”我在湖州的时候，因为作诗被朝廷下令逮捕入狱，妻子和孩子们送我出来，一齐大哭。我不知道该对他们说什么，只好回头对妻子说：“你难道不能像杨处士的妻子那样给我作首送行诗吗?”妻子和儿女们听了我的话，禁不住破涕为笑，我这才从家里走了出来。

一时谬想

这则笔记，说的是“书杨朴事”，却顺带回放一个历史大案——“乌台诗案”——办理过程中的一个镜头。

乌台诗案，发生于宋神宗元丰二年，即公元1079年，御史何正臣等上表弹劾苏轼，奏苏轼移知湖州到任后谢恩的上表中，用语暗藏讥刺朝政之意，随后又找出苏轼大量的诗文作为佐证，苏轼随即被追赴诏狱。因案件先由监察御史告发，后在御史台狱审理，御史台中有柏树，常有乌鸦数千栖居其上，人称御史台为“乌台”，“乌台诗案”由此得名。

苏轼以“杞人杨朴”的故事为铺垫，引申出他在乌台诗案灾祸临头之时，表现出的诙谐幽默、异常的冷静和超凡的胸襟，可爱、可敬、可畏。

杨朴是真宗时期的一名隐士，善写诗。有一天，杨朴被真宗召去问话，对他人而言，这是祖坟冒青烟了！但他妻子却感到大祸临头，就作了一首诀别诗为他送行。诗中嗔怪丈夫贪酒杯、好张扬，以至诗名为朝廷所知，害得自己被“捉”进官府，如今不仅隐士做不成了，弄不好还会掉脑袋。妻子竟然把别人羡慕而不得的美事写得如此不堪，令人忍俊不禁。喜剧的结尾是真宗笑了，杨朴顺利回家了。苏轼在大祸临头时，以杨朴妻子作诗送行的典故调侃痛哭的妻子王闰之，虽说是冷笑话，却也不失为一种恰当的安慰，王闰之和子女们破涕为笑，苏轼才从容不迫地离开家门。

不管是未曾露面，写诗送夫的杨朴“妾”，还是洒泪相送，又“不觉失笑”的苏轼妻，她们都深深理解自己的男人，都是丈夫的知音。当代女作家廖一梅在话剧《柔软》中有这样一句台词：“在我们的一生中，遇到爱，遇到性，都不稀罕，稀罕的是遇到了解。”大宋朝有两个人家庭生活很幸福，一个是杨朴，一个是苏轼，他们能这么坦荡地行走在世上，和他们拥有懂得、理解、支持自己的人，有直接的关系。

苏轼——这是一个美妙的比喻

笔记原文

导引语　导引家云："心不离田，手不离宅[1]。"此语极有理。又云："真人之心，如珠在渊；众人之心，如泡在水。"此善譬喻者。

词句简释

1 心不离田，手不离宅：道家修功内养的要诀。《黄庭经》云："寸田尺宅可治生。"注曰："寸田，三丹田也；尺宅，面也。"

原文我读

懂得养生术的专家说："心神不能离开丹田，双手应当经常摩面。"这话说得非常在理。他们还说："真正得道者的心，像珍珠藏在深深的潭水中，而大多数人的心，像漂浮在水面上的气泡一样。"这是一个非常美妙的比喻。

一时谬想

导引家是干什么的？苏轼对这些神秘兮兮的东西也有兴趣吗？

其实，所谓导引家，就是现代社会气功师之类的人。所谓的导引术，就是通过适度运动，调节身体使气血通畅的一种功法。现在国家体育部门倡导群众练习的太极拳、八段锦，也属于此类。

导引术源于东汉末年著名的医学家华佗所开创的“五禽戏”。《后汉书·华佗传》记载：“吾有一术，名五禽之戏：一曰虎，二曰鹿，三曰熊，四曰猿，五曰鸟。亦以除疾，兼利蹄足，以当导引。”简而言之，就是通过身体外在适度运动，吐故纳新，凝神聚气，继而让身体内在宁心安静，养精蓄锐，起到促进调节自我内在环境的作用。

对“心不离田，手不离宅”八个字，苏轼称赞说：“此语极有理。”它是什么意思呢？道教认为，“寸田尺宅可治生”，心意固守在丹田，双手运动在面部，就可以养生长寿。我猜想，东坡居士专门记下导引家这两句话，可能是认为它不仅适用于强身健体，而且对处世为人也有很好的指导作用。

而对“真人之心，如珠在渊；众人之心，如泡在水”这两句话，苏轼不说它对与不对，只说是“善譬喻者”，也即赞其形容得恰切、传神，让人一下子明白“真人”和“众人”的差别——真正有德才的人深藏高贵的志向，而平常的人往往露出轻浮的心态。再往深处想，世人哪个没有名利之心，谁能做到“不患人之不己知”呢？所以，心中空虚，浮华其外，是“众人”的通病，“如泡在水”，漂浮水面，摇摇摆摆，形容得真是恰切。而真正有修养的人则相反，他们经过无数次的琢磨，方才成为一颗光芒四射的宝珠，但他们并不要人见人夸，只为自耀其心，自己照亮自己，这和珍珠藏在深深的潭水中不是一样的吗？

认真观察一下我们的周围，你就会发现，那些内在安静、表情柔和的人，恰如静水深流，自有仪态万方，无穷魅力。相反——唉！相反的就不说了。

“真人之心，如珠在渊……”吾虽不能至，然心向往之！

苏轼——我心已到太行山上

笔记原文

太行卜居[1]　　柳仲举自共城[2]来，持大官米作饭食我，且言百泉[3]之奇胜，劝我卜邻。此心飘然已在太行之麓矣！元祐三年九月七日，东坡居士书。

词句简释

1 卜居：用占卜选择定居之地。后泛指择地定居。2 共城：地名，在今河南辉县。3 百泉：地名，在今河南辉县西北。

原文我读

柳仲举先生从共城来看我，揉了一些大官米做的饭团给我吃，并且向我讲述百泉的奇观胜景，劝我定居在那里跟他做邻居。听他这样说，我的思绪一下子便飞到了太行山的东麓。元祐三年九月七日，东坡居士书。

一时谬想

元祐三年，是苏东坡结束黄州贬谪生活后，回到京师任职的第四年，他正担任着翰林学士、知制诰兼侍读、权知礼部贡举等职务，应当说是身居要职，地位显赫。但他却一点也高兴不起来，因为他对尽废新法有不同意见，又与旧党发生了激烈矛盾，已经多次遭受旧党的打压。此时的苏东坡一天也不想在京师待下去了，从元祐二年起，他至少六次上札乞求外任，但都没有得到批准。

已经对朝廷斗争烦透了的苏东坡，突然间有朋友从共城来，对他极言百泉胜景，这不能不让他眼前一亮，立即萌生退隐的想法。“此心飘然已在太行之麓矣！”一句话十来个字，便把苏轼的向往和急切表现得淋漓尽致。同时，也让我们这些读者产生共鸣，心中早把百泉美景描绘过好多遍了。

只可惜，现在的百泉已经全然没有柳仲举当年所言之“奇胜”了，假如东坡先生天上有知，他会作怎样的感叹呢?

苏轼——他只会对着宫女流泪

笔记原文

跋李后主词　“四十年来家国，数千里地山河，(凤阁龙楼连霄汉，玉树琼花作烟萝[1]。)几曾惯干戈？一旦归为臣虏，沈腰潘鬓[2]消磨。最是仓惶辞庙日，教坊犹奏别离歌，挥泪对宫娥。”后主既为樊若水所卖，举国与人，故当恸哭于九庙[3]之外，谢其民而后行，顾乃[4]挥泪宫娥，听教坊离曲！

词句简释

1 烟萝：草树茂密，烟聚萝缠。萝，指能爬蔓的植物。2 沈腰潘鬓：消瘦衰老之意。沈指沈约，潘指潘岳。沈腰，古人沈约因病消瘦，腰带日渐宽松，后人以“沈腰”作为腰围瘦减的代称。潘鬓，潘岳少年美貌，然而三十多岁鬓发已斑白。后人以“潘鬓”谓中年鬓发初白。3 九庙：指帝王的宗庙。4 顾乃：文言副词，却，反而。

原文我读

“南唐开国四十多年的历史，几千里地幅员辽阔的山河。宫殿高大雄伟，可与天际相接；宫苑草木茂盛，就像笼罩在雾中。在这些美好的日子里，我何曾经历过刀枪剑戟、硝烟战火？

“自从沦为俘虏，因为在忧虑伤痛的折磨中过日子而腰肢减瘦、鬓发斑白。最难忘的是慌张地辞别宗庙的时候，宫廷里教坊的乐工们还在演奏着别离的悲歌，在这生离死别的时刻，我悲痛欲绝，只能两眼垂泪面向宫娥。”

南唐后主李煜既然被樊若水出卖，自己把整个国家双手奉送给别人，就应当在祖庙外痛哭一场，向民众谢罪后再行离去，但他却对着宫女落泪，还要细听那教坊里演奏的别离曲！

一时谬想

这则笔记，苏东坡自己名之为《跋李后主词》，即写在李后主《破阵子·四十年来家国》这首词后面，对其内容进行评价的短文。

公元974年，已经在龙庭坐了十四年的赵匡胤，又于都城开封另建了华丽的府邸，多次敦请南唐后主李煜北上，要他来做这座豪宅的新主人。李煜思前想后，知道硬扛是不行的，便只好装病，说自己身体虚弱，经不了长途跋涉，祈求赵匡胤的宽恕。但是，无论李煜怎样低眉顺眼，不管用什么方式拖延时间，都阻挡不了赵匡胤一统天下的雄心。既然三番五次请不来李煜，那就只好诉诸武力了，974年闰十月，北宋大将曹彬奉命率兵向江南发动了进攻，在降将樊若水的帮助下，南唐很快就举国投降。

沦落为俘虏后的日子，估计很不好过，李煜用“沈腰”“潘鬓”两个典故，来描述他沦落为亡国奴后，精神和肉体经受的折磨。我理解李煜的凄凉处境，但我不同情他的临难态度，曾经的一国之主，我们真的不想见到你是这个样子啊！

乍读李煜这首词，感觉好像有些悲壮，但仔细想想，李煜的幼稚和懦弱，全都写在这首词里了。你看看，亡国之时，他的痛苦，他的眼泪，居然不是对着列祖列宗和全国百姓，而是一群宫女！“挥泪对宫娥”，艺术是真够艺术了，可江山呢？社稷呢？黎民百姓呢？李煜这副做派，让多少后来人为之切齿啊！

低到尘埃的姿态，并不能换来真正的同情。张爱玲低到尘埃，保不住爱情；李煜低到尘埃，既保不住国家，也保不住苟且的太平。如果，在这首貌似悲壮的词里，结尾处能有一句稍微有点血性的语言，我们也能对李煜的幼稚和天真，多少有些原谅，但一句“挥泪对宫娥”，真个是“神来之笔”，这李煜算是永远也抹白不了。百年之后的苏轼，抑或时隔千年的我们，想到这里，都只能是一声深深的叹息！

苏轼——不要再做人家眼中沙了

笔记原文

合江楼下戏　合江楼下，秋碧浮空，光摇几席[1]之上，而有茅店庐屋七八间，横斜砌下。今岁大水再至，居人散避不暇。岂无寸土可迁，而乃眷眷不去，常为人眼中沙乎？

词句简释

1几席：几和席。古人凭依、坐卧的器具。

原文我读

合江楼下，秋高气爽，碧空如洗，阳光洒在江面上，映射成摇曳的波光，一片片落在岸边的几席上不停地晃动。江边的台阶下，有七八间小茅屋，歪歪扭扭地立在那里。如果今年大水再来，里面住的人想逃避都来不及。难道他们就没有一个小小的地方可以迁徙，反而对此地恋恋不舍，一直做人们眼中的沙子吗？

一时谬想

因文中有“合江楼”三字，结合全文内容，我们大体可以推断出来，这则笔记，应该记于苏轼被贬至惠州的后一段时期。

据考证，合江楼位于惠州府东北部东江和西枝江合流处。苏轼于绍圣元年（1094）到达惠州，一共在合江楼居住一年零一个月，曾在此写下脍炙人口的《寓居合江楼》诗。

据传，苏轼被贬惠州之后，一切看透，更加豁达坦荡，常常酣睡不醒，以至于道观中的道人，都因为担心惊扰居士的好梦，在五更打钟时变得轻手轻脚。然而，苏轼的酣睡却让那些与他政见不同的人十分不悦，宰相章惇惊呼：“苏子瞻尚如此快活耳！”随即将他再贬至更为偏远荒蛮的海南儋州。

这则笔记，明面上是写合江楼下那七八间摇摇欲坠的茅屋，担心今年大水再来时，里边居住的人有危险，埋怨他们为什么不迁到安全的地方去，一直守在那儿让人看了不舒服。因为作者在标题上加了一个“戏”字，就使得这则看似“戏话”的笔记，越发显得意味深长。那几间茅屋，实际上就是自己眼下处境的最佳写照。这时候的苏轼，大概已经知道，朝廷里那几个与他作对的人又不放心了，还要变着法儿再难为他，他明白，与其等着挨整，还不如早做打算，赶紧离开此地，远远躲起来，免得在惠州这显眼的地方，跟揉在人家眼中的沙子一样，让人家看着浑身老不得劲。

苏轼写景，笔下生花。即便是那样悲催的情势，他写出来的文字依然那么清朗明快：合江楼下，秋碧浮空，光摇几席之上……眯上眼睛想一下，那美丽的景色便历历在目。

不待见于人时，就躲得更远一些，这，大概也是一种生存智慧。

陈太初——不再麻烦你们了

笔记原文

道士张易简　吾八岁入小学，以道士张易简为师。童子几[1]百人，师独称吾与陈太初者。太初，眉山市井人子也。余稍长，学日益，遂第进士制策[2]，而太初乃为郡小吏。其后余谪居黄州，有眉山道士陆惟忠自蜀来，云："太初已尸解[3]矣。蜀人吴师道为汉州太守，太初往客焉。正岁日，见师道求衣食钱物，且[4]告别。持所得尽与市人贫者，反坐于戟门下，遂卒。师道使卒舁[5]往野外焚之，卒骂曰：'何物道士，使吾正旦舁死人！'太初微笑开目曰：'不复烦汝。'步自戟门至金雁桥下，趺坐[6]而逝。焚之，举城人见烟焰上眇眇焉有一陈道人也。"

词句简释

1 几：几乎，接近。2 制策：原意为皇帝有事书之于策（竹简）以问臣下。后为科举考试所采用，指由皇帝亲自出题的考试。3 尸解：道家认为修道者死后，留下形骸，魂魄散去成仙，称为尸解。4 且：副词，马上，立即。5 舁：yú，共举，抬。6 趺坐：fū zuò，双足交叠而坐。

原文我读

我八岁开蒙进学堂，拜道士张易简为师。同窗读书的童子有将近一百人，老师称赞的只有我和陈太初。陈太初，他是眉山的一个平民子弟。我长大以后，学问见识日渐增长，进士及第后又通过了皇帝亲自主持的制科考试，而这时的陈太初还是州郡里一个小小的胥吏。

后来我被贬谪到黄州，有一个叫陆惟忠的眉山道士，从蜀地来到黄州，他对我说："陈太初已经成仙去了。祖籍蜀地的吴师道任汉州太守，陈太初去他那里做客。正月初一那天，他见到吴师道并索求了一些衣服、吃食、钱财后，很快就告别走开了。他拿着索要的东西到大街上全部送给了那些穷人，接着回到府衙门前坐下，就这样死去了。吴师道派士卒将太初的尸体抬到野外火化，一士卒骂道：'这道士什么玩意儿，让我们大年初一抬死人！'只见陈太初面露微笑，睁开眼睛说：'不再麻烦诸位。'说完他起身从州府门前步行到金雁桥下，盘腿坐着去世了。火化时，全城的人都看到陈太初影影绰绰地出现在烟火之上。"

一时谬想

这则笔记由两部分组成，一是苏轼关于小时候跟随道士张易简读书，以及后来他和陈太初各奔前程的回忆；二是眉山道士陆惟忠所述陈太初羽化成仙的大致过程。关于陈太初的这一段故事讲得很精彩，让人过目难忘，可以作为段子在茶余饭后讲给朋友们听。

苏轼记下这则笔记的初衷是什么呢？难道单单是因为和陈太初是少年同窗，然后又觉得陈太初羽化成仙的过程颇有意思，就顺手记下来了吗？恐怕未必如此。纵观苏轼笔记，莫不是叙事说理，托物言志，我想，在这则精心措辞，且篇幅相对较长的笔记里，一定隐含着作者要表达的某种思想。

太初“尸解”的故事，有三个重要信息。一是他临走之际，化缘于太守家中，得钱物救济穷苦百姓；二是他已预知将要离开人世，十分坦然地面对死亡；三是就要死了，听到公差不高兴，不麻烦别人，又起身自己走到“金雁桥下，趺坐而逝”。这些都说明了什么呢？

我想，陈太初虔诚自守，坚持走自己的路，直至羽化成仙，还有他在离世的最后一刻，所表现出来的从容、淡定、和善，一定深深震撼了苏轼那遗世独立的心灵，让他那黄州谪居的艰难生活，多了一分洒脱，多了一分光亮。

史经臣——这只是个小把戏

笔记原文

黄霸[1]以鹖为神爵　吾先君友人史经臣彦辅，豪伟人也，尝言：“黄霸本尚教化，庶几于富，而教之者乃复用乌攫小数，陋哉！颍川凤皇，盖可疑也，霸以鹖[2]为神爵[3]，不知颍川之凤以何物为之？”虽近于戏，亦有理也。

词句简释

1 黄霸：汉代阳夏（今属河南太康）人，字次公，官至丞相，封建成侯，以宽和为政而称。2 鹖：hé，古代一种善斗的鸟。3 爵：通“雀”。

原文我读

我父亲的朋友史经臣史彦辅，是一个性格豪放的人，他曾经对人说：“汉代有个叫黄霸的官员，原本崇尚教化，他管辖的地方或许已经相当富庶，然而，他却用‘乌攫小数’来统御属下，这种做法真是鄙陋啊！黄霸在任颍川太守时，曾向朝主报告说，多次有凤凰聚集到颍川，这个说法本来就很值得怀疑，他在担任丞相期间，把鹖鸟当成神雀，不知道那颍川的凤凰又是用什么东西来充当的呢?”他的这段说法虽然好像是戏言，但也有一定的道理。

一时谬想

史经臣，苏轼父亲的朋友，按苏轼的说法，“豪伟人也”，应该是性格爽朗、爱憎分明，又很会讲故事的那一种人，几句话就把一个历史人物的人格缺陷和虚荣特性，活灵活现地展现在我们面前。

本来，这个黄霸是一个不错的官员。《汉书》里说，黄霸是西汉名臣，他心思敏捷，性情温良，懂礼知让，深得百姓爱戴。但是，他用“乌攫小数”统御属下，又不小心“以鹖为神爵”，却给他的高大形象抹了黑，给后人留下了笑柄。

关于“乌攫小数”一事，《汉书》里有详细记载。说有一次，黄霸想了解一些真实的民情，就选了一位上了年纪的官吏去察访，并嘱咐他不要泄露此行秘密。官吏外出后，不敢在邮亭住宿，饿了只能站在路旁吃点食物，这时，一只乌鸦趁他不备，抓去了他正要吃的肉食。有个想到州里说事的老百姓，正好看到了这个情形。他和黄霸说话的时候，也顺便说到了这件事。过了几天，那个派出去的官吏回来了，黄霸迎接并慰劳他，说:“你很辛苦啊，站在路边吃饭让乌鸦把肉都抢走了。”官吏非常吃惊，以为黄霸对他在外的情况全都知道，对所问的事情丝毫不敢有所隐瞒。

黄霸平时在同僚和下属面前，常常摆出一副正人君子的样子，但私底下却要弄这种小伎俩，把自己塑造得宛若神明。我想，不光是苏轼父亲的朋友史经臣，包括苏轼，或今天的你我，在知道事情真相以后，内心都是极为不舒服的。如果黄霸是一个真正的儒者，行的是正儿八经的王道，就应该坦坦荡荡，对属下以诚相待，明明白白地告诉属下自己是怎么知道“乌攫其肉”的。

如果说“乌攫小数”只是黄霸所施的一个小伎俩的话，“以鹖为神爵”则让黄霸大失面子，让人们有理由怀疑他当年任颍川太守时，所说的凤凰来集也是靠不住的。由于在地方的出色政绩，黄霸后来被调入京师，先是任太子太傅，后迁御史大夫，最后成为一人之下、万人之上的大汉丞相。众人都以为黄霸做了丞相之后，会施行一些利国利民的好政策，没想到他却像变了一个人似的，什么也做不好，还频频闹出笑话。有次黄霸召集很多官员到相府汇报工作，恰好飞过来一群鹖鸟，黄霸不认识，便以为是神鸟飞来，祥瑞降临，并当即起草奏折，要向汉宣帝汇报。其实当时在场很多人都认识这种鸟，既然丞相大人说了是祥瑞，大家也就不再吱声了。

《周易》里说："德薄而位尊，知小而谋大，力小而任重，鲜不及矣。"意思是说，德行浅薄的人地位太尊贵，智慧不够的人谋划的事情太重要，力量弱小的人负担的东西太沉重，很少有人不犯错误的。黄霸那些小手段、小伎俩，用来办个小事，负个小责还是可以的，可一旦把他放在重要位置就露馅了。所以，史书上说，黄霸擅长治民却不善于为相，担任了丞相以后，能力方法都捉襟见肘，虽不能说一无建树，但其政绩也确实乏善可陈，还闹出很多笑话。

人是世界上最复杂的生物，好多人活了一辈子，自己连自己是怎么回事都说不清楚。但不管怎样，大道至简，脚踏实地、坦荡做人、表里如一，就一定错不到哪里去。

黄霸治理地方虽有成绩，然而驭下用"乌攫小数"，媚上"以鹖为神爵"，落人笑柄，为后人所不齿。苏轼这则笔记，发人深思。

苏轼——我不会像他那样的

笔记原文

王元龙治大风[1]方　王斿元龙言："钱子飞有治大风方，极验，常以施人。一日梦人自云：'天使已以此病人，君违天怒，若施不已，君当得此病，药不能愈。'子飞惧，遂不施。"仆以为天之所病，不可疗耶，则药不应服有效；药有效者，则是天不能病。当是病之祟畏是药而假天以禁人耳。晋侯之病，为二竖子[2]；李子豫赤丸[3]，亦先见于梦，盖有或使之者。子飞不察，为鬼所胁。若余则不然，苟病者得愈，愿代受其苦。家有一方，以傅皮肤能下腹中秽恶，在黄州试之，病良已。今后当常以施人。

词句简释

1 大风：病名又名疠风、麻风。2 晋侯之病为二竖子句：据《左传·成公十年》载，晋景公疾病，求医于秦，秦伯使医缓（缓：人名，即高缓，扁鹊高徒）为之，未至，公梦疾为二竖子。3 李子豫赤丸句：据《续搜神记》载，许永为豫州刺史，镇历阳，其弟得病，心腹坚疼，居一夜，忽闻屏风后有鬼言："何不速杀之？明日，李子豫当以赤丸打汝。汝即死矣！"及旦，遂使人迎子豫。既至，病者忽闻腹中有呻吟之声，子豫遂于巾箱中取出八毒赤丸以服之，须臾，腹中雷鸣绞转，大利，所病即愈。

原文我读

王斿（yóu）王元龙说："钱子飞有一个治麻风病的药方，极为灵验，常常用来施救于人。一天他梦见有人对他说：'上天已经让我用麻风病施加到人的身上使人痛苦，你违抗天命阻止我的工作，已经惹怒上天，如果你继续用这药方给他们治病，你就会得上这种病，那时什么药也治不好你的病。'钱子飞听后害怕了，就不再按这个药方给人治病了。"我认为如果真的是上天让人生的疾病，那肯定是不能治愈的，所以吃药也没有效果；如果服药后有疗效，那就不是上天让人生的病。这应当是病魔化作小鬼害怕这种药物而假借天意来制止人们治疗罢了。晋侯的病，就是有两个小鬼在作祟；李子豫用赤丸治病，也是病人的兄长先在梦中听见了鬼的对话。看来，原本就有病魔化作小鬼害人这种事。钱子飞不去探究其中的详情，竟被鬼魅所胁迫。如果换作我，我就不会这样做，假如可以使患者康复，我甘愿代替患者们忍受病痛的折磨。我家中有一个药方，将若干药物捣碎敷在皮肤上，能帮助排出腹中的秽物，在黄州曾试用过它，患者能很快康复。今后，我应当经常用它给别人治病。

一时谬想

苏轼在这则笔记首先转述了王元龙说过的一段话，然后讲了两个故事，一是“二竖子”夺晋侯性命的事，二是李子豫用赤丸给人治病的事。要弄明白这则笔记的意思，首先得了解这两个故事所讲的内容。

二竖子，即两个小鬼。两个小鬼就能夺走堂堂的晋侯性命，这到底是咋回事呢？

据《左传》记载，晋景公，名獳，昏庸无能，信佞臣，听谗言，杀了忠臣赵盾的后代赵同、赵括全族。三年后的一天夜里，晋景公梦见一个厉鬼，披发垂地，以手击胸，暴跳于地。这鬼身长高大，形状非常恐怖，对着晋景公厉声骂道：“你这无道昏君！我子孙有什么罪？你无故枉杀，我已诉冤于上帝，请准来取你的性命。”说罢直对景公掐攫过来，景公大惧，往内宫奔逃，那厉鬼撞毁宫门穷追不舍，景公害怕，躲入室内，大鬼又破户追入内室。景公惊恐万分，呼叫着醒来，原来是一场噩梦，但从此便一病不起。

当时在桑田这个地方，有一个神巫，能占卜鬼神之事，景公召请神巫入宫，结果这神巫所卜，竟和景公的梦境完全相同，景公惊惧地问道：“这个鬼能不能制服？”巫人说：“这鬼是先世功臣，是有威德的大力鬼，又正值愤怒之时，制服不了。”景公又问：“那么寡人的病体吉凶如何呢？”神巫说：“小人冒死直言，主公的病，恐怕吃不了新麦了。”当时，大臣屠岸贾在旁，厉声呵斥巫人：“妖言惑乱国君，主公若能吃到新麦，你当死罪。”随即把神巫轰出宫外。

神巫走后，景公的病，一天比一天沉重，有一大夫进奏说：“秦国有一个良医，是神医扁鹊的高徒，有起死回生的医术，现在是秦国的太医，若能请来，主公的病，一定有救。”于是就遣人往秦国求医。秦桓公派遣一位名叫高缓的名医，来给晋景公治病。秦医高缓还在途中，晋景公的病情已经加重了，夜里又梦见疾病化为两个小鬼，其中一个说：“高缓是一个很厉害的医生，他来治病，对我们很不利，恐怕会伤害到我们，我们躲避到什么地方才安全呢？”另外一个回答说：“我们两个躲避在肓之上，膏之下，他再好的医生，能把我们怎样呢？”两个小鬼说完，就从景公鼻孔钻进了景公的体内。景公醒来，感觉胸膈间疼痛万分，坐卧不安。秦医高缓来到后，给景公诊完病，对接待他的人说：“这个病已经不能治了，病在肓之上，膏之下，不能用灸攻，用针又够不着，施药药力也作用不到这个地方，实在是不能治了。”景公叹道：“唉！太医诊病和寡人梦境十分相符，真是名医！”

到了六月丙午日，景公忽然想吃新麦，遂命令地方官献上，吩咐膳夫煮好麦粥，忽然想起神巫的话，立刻召神巫入宫，指着麦粥对巫人说：“你不是说寡人吃不到新麦吗？你看这是不是新麦？”马上喝令左右将神巫推出斩首。景公要取麦粥来吃时，忽觉腹部膨胀难受，赶紧起身如厕，猛然一阵心痛，站立不住，失足跌入厕内粪池而死。

在《王元龙治大风方》这则笔记中，有“李子豫赤丸，亦先见于梦”这样一句话，它什么意思呢？

从字面理解，是说李子豫用赤丸治病的事，也是先在梦中见到了一些情况。其实，它源于一个民间传说，晋代陶渊明编著的《续搜神后记》有详细的记载。说有个叫李子豫的人，年轻的时候就很懂得医病的方子，民间把他传得神乎其神。许永任豫州刺史，镇守历阳，他弟弟患心腹疼痛的病已经十几年了，后来病情越来越重，眼看快要死了。一天夜里，许永忽然就听见屏风后面有人说话，仔细一听，原来那里有个鬼在跟弟弟肚子里的鬼说话：“你为什么还不赶快把这个人弄死？不然的话，明天李子豫就要来了，他有用八种毒药制成的红色药丸，非常厉害，他用这药丸打你，你必死无疑！”腹中的鬼听了，却满不在乎，说：“我才不怕他呢！”

第二天天一亮，许永就叫人去请李子豫。李子豫进来看了病人之后，就从自己的药箱子里拿出来一些红色药丸子，给病人吃了，过了片刻，就听见病人肚子里有像是打雷一样的巨大声响，随后又大便了好几次，病就好了。

了解了以上两个故事，大家可能还有疑问，这苏轼不光熟稔治病疗疾典故，难道他对医药和治病也有研究吗？是的，苏轼不仅是文学家、政治家，同时他也是很有名的医药学家。史载，苏轼对先贤或民间留下的名方、偏方，特别喜爱，他整理成册的《苏学士方》，和后来沈括的《良方》合订，就是历史上赫赫有名的《苏沈良方》。那么，苏轼又是怎么对待疾病和生死的呢？

通过苏轼这则笔记，我们可以发现，在苏轼的认识中，人的疾病可以分为可治、不可治两大类别。所谓可治之病，就是用药有效的疾病，这类病上天是无意让人们所染之病，比如许永弟弟所患的病，虽然看上去严重，但李子豫用赤丸就能治好它；所谓不可治之病，就是服用药物也不会有效的病，那是上天要人们罹患的疾病，比如晋侯之病，病在膏肓，不可疗耶！苏轼这些观点，现在看来，尽管带些迷信色彩，但基本意思是对的，病的确有可治不可治之分。不治之症，即使现代西方医学，也一样没有办法。

苏轼认为，对于那些可以治疗的疾病，必须全力以赴，医者不可患得患失。他批评钱子飞，不去认真辨别真伪，反而因为做个梦便不敢用自己的方法为患者治病了。这表面看，是屈服鬼怪，其实是自己心中的鬼在作怪，是他心中全然没有百姓，没有为众生救苦救难的牺牲精神。苏轼批判得好！这用我们现在的话说，就是价值取向问题。技术只有为人服务，才有存在的价值。现在，你钱子飞有这么灵验的方子，明明可以为很多患麻风病的人解除病痛，你倒好，不去用正气压倒邪气，却屈服病魔鬼魅，为了保全自己，居然不敢再给老百姓看病施药了！苏轼这里旗帜鲜明：如果换作我，我就不这样做！假如真有治病反而得病的事，如果能让病人恢复健康，我甘愿代替患者们忍受病痛的折磨！苏轼明确表态：我家中有一个药方，能帮助病人排出腹中的秽物，今后我要一如既往地用它给病人治病。

苏轼在防病治病、解除百姓疾苦方面有卓越的政绩。苏轼被贬黄州时，尽管朝廷命他不得签署政事，但当黄州遭遇大疫之后，苏轼违背当年向巢谷先生求得秘方圣散子时“不以此方传人”的承诺，毅然公开此方，对当地百姓予以施救，救活之人不可胜数。苏轼主政杭州时，又遇瘟疫大流行，他变卖家产，捐金五十两，且多方筹资，建立我国历史上第一家公立医院安乐坊，收治了很多重症患者，挽救了无数人的性命。

苏轼一生，信天命，但不信邪，对医者钱子飞的作为，他嗤之以鼻，严厉批判；对老百姓的疾苦，他勇于任事，全力以赴。忽然觉得，七百多年后的民族英雄，同苏轼一样有着强烈江山社稷意识的林则徐那两句诗——“苟利国家生死以，岂因祸福避趋之”，可以拿来很好地概括苏轼的一生。给老百姓治病是这样，在为政、著文、待人各个方面，用这两句诗形容他，仔细想想，也贴切。

苏轼

我家鸟雀都在低枝做巢

笔记原文

武阳君恶杀生[1]　吾昔少年时，所居书室前有竹柏杂花，丛生满庭，众鸟巢其上。武阳君[2]恶杀生，儿童婢仆，皆不得捕取鸟雀。数年间，皆巢于低枝，其𪃿[3]可俯而窥也。又有桐花凤四五，日翔集其间。此鸟羽毛，至为珍异难见，而能驯扰，殊不畏人。闾里间见之，以为异事。此无他，不忮[4]之诚，信于异类也。有野老言：鸟雀巢去人太远，则其子有蛇、鼠、狐狸、鸱、鸢之扰。人既不杀，则自近人者，欲免此患也。由是观之，异时鸟雀巢不敢近人者，以人甚于蛇、鼠之类也。苛政猛于虎，信哉！

词句简释

1 武阳君恶杀生：本笔记选自《商刻东坡志林》卷二，标题为本书作者所加。2 武阳君：苏轼的母亲。因苏轼登朝，追封武阳县君。3 鷇：kòu，初生的小鸟。4 忮：zhì，凶狠。

原文我读

在我小时候所住的书房前面，有竹子、柏树等各种各样的花木，欣欣向荣，长满了庭院，很多鸟在上面筑巢。我的母亲武阳君厌恶杀生，严令小孩和家奴都不得捕捉小鸟。几年后，鸟雀们都将巢筑在花木的低枝上，人们弯下腰就可以看到它们的幼鸟。又有四五只叫作桐花凤的鸟，每天飞翔在花木丛间。这种鸟羽毛极为罕见珍贵，却十分驯服，从不怕人。乡里人偶然见了这景象，把这当作奇怪的事。这其实没什么特别的地方，人类能和善对待动物，并持之以恒地坚持下去，鸟雀相对于人，虽然属于“异类”，但人一样可以在它们跟前建立信任。有乡间老人说：要是鸟雀的巢建得离人太远，它们的孩子就会被蛇、鼠、狐狸、鸥鹰等所侵扰害践。人既然不杀鸟雀，那么它们自然要接近人，以免除这些灾祸。从这件事情看，以前鸟雀不敢接近人的原因，是因为人的行为比蛇鼠之类牲畜更加残暴。残暴、苛刻的统治比老虎还厉害，确实是这样的啊！

一时谬想

人最大的憾事是没有选择出身的权利。一个人在出生和成长的过程中，如果有一位好母亲，那幸运的他定然会有一个不一样的人生。我这里所说的“好”，不是她能给子女锦衣玉食，更不是她事事可以给子女以庇护，而是她循循善诱，以身作则，潜移默化地影响子女，让子女们能够建立起正确的人生观、价值观。

中国古代有许多伟大的母亲，有的深明大义，有的剑胆琴心，有的教子有方，她们的故事被世代传颂，受万世敬仰。除了我们所熟知的三迁其宅、择邻而居的孟母，以荻画地、教子认字的欧母，封坛退鲊、截发延宾的陶母等，还有一位伟大的母亲，虽然她的姓名不够显赫，但她的确也成绩斐然，功德无量。她就是苏洵的妻子，苏轼、苏辙的母亲——程夫人。中国文化史上赫赫有名的“三苏”，就是程夫人静水深流、相夫教子的结晶。

在司马光为程氏所撰写《苏主簿夫人墓志铭》中，赞美她“喜读书，皆识其大义”。铭文说：“夫人姓程氏，眉山人，大理寺丞文应之女。生十八年，归苏氏。程氏富，而苏氏极贫。”程氏嫁入苏家后，由于苏洵不务经营，喜交友，生活曾一度过得十分艰难。有人建议程氏求助于自己的娘家，但被有志气的程氏一口拒绝，她不愿意听到别人对丈夫的闲言碎语，也没有流露出半点富家小姐的娇气，而是跟普通人家的妇女一样，伺候老人，照顾丈夫，料理家务。

为改善家里经济状况，程夫人过门不久，毅然于眉州城内租房办起了纱縠行。从此，苏家的生活逐渐走向小康。苏洵二十七岁那年，开始发奋读书，教育子女的任务全部落到了程夫人身上。程夫人教育儿女重在以身作则、言传身教，她善于抓住生活中的一些小事向孩子们讲理说法、陈明利害。“武阳君恶杀生”就是一个很好的例证。

苏轼做这则札记，仅仅就是想褒扬自己母亲吗？细细琢磨，也不尽然。

鸟雀为什么会远离人群？苏轼通过对民间传说的认可，表明了自己的看法：现实使鸟雀形成了一种概念，人比野外的蛇、鼠等牲畜更残暴，更容易对它们造成伤害，所以便“不敢近人”。而当鸟雀发现环境对它们没有危险时，趋利避害，它自然而然就会留下来。鸟雀如此，人呢？亦如是。王安石推行青苗法等加重人民负担的所谓新政，让老百姓不堪重负，老百姓当然要流离失所，逃离家园。

由故园鸟雀筑巢之变引发思考，苏轼坚定了人之害“甚于蛇、鼠”之类的认识，因此也明白了“苛政猛于虎”这一说法的正确性。我想，在记下这则札记时，苏轼是多么希望当政者也能和他的母亲那样，以仁爱之心对待天下万民，让人们都能过上像苏家的鸟雀那样无忧无虑、无所恐惧的日子。

要是她活着就不会这样做

王弗

笔记原文

先夫人不许发藏　昔吾先君夫人[1]僦[2]宅于眉，为纱縠行。一日，二婢子熨帛，足陷于地。视之，深数尺，有大瓮覆以乌木板，先夫人急命以土塞之。瓮有物如人咳声，凡一年乃已，人以为此有宿藏物欲出也。夫人之侄之问者，闻之欲发焉。会吾迁居，之问遂僦此宅，掘丈余，不见瓮所在。其后某官于岐下，所居大柳下，雪方尺[3]不积；雪晴，地坟起数寸。轼疑是古人藏丹药处，欲发之。亡妻崇德[4]君曰："使吾先姑[5]在，必不发也。"轼愧而止。

词句简释

1 先君夫人：指苏轼亡母程氏。2 僦：动词，租赁。韩愈《送郑权尚书序》："僦屋以居。"3 方尺：指一尺见方。刘基《郁离子 · 九难》："其重宝，则有径寸之珠，方尺之璧。"4 崇德君：苏轼结发妻子王弗。5 先姑：指苏轼之母。姑，婆婆。

原文我读

早年我的母亲曾经在眉山租房子居住，开纱縠行做丝绸生意。一天，两个婢女在熨烫衣料时，忽然双脚陷入地下。众人过来察看时，发现那个地方塌入地下好几尺深，里面有一个大瓮，上面盖着乌木板，母亲急忙命人用土塞满洞穴。那瓮里可能是有东西，经常发出像人咳嗽一样的声音，这种现象持续了一年之久才消失，大家都认为这里面有以前埋的物品，它们想重见天日。

母亲有一个侄子叫程之问，他听说这件事后，很想把地下埋藏的东西挖出来。等到我家搬走后，程之问便租了那所房子，往地下挖了一丈多深，也没有找到那个大瓮。

后来，我到岐下为官，所居住的地方有一棵大柳树，下雪的时候有一块一尺见方的地方始终没有积雪；雪过天晴之后，那块地会鼓起数寸。我怀疑那是古人埋藏丹药的地方，就想把它挖掘出来。现已亡故的妻子王弗知道我的想法后说："如果我的婆婆还在的话，她肯定不会让挖掘。"我听了，感到很惭愧，便打消了这个念头。

一时谬想

我国几千年的宗法社会，有一个很有趣的现象，在很多豪门望族的家庭组织系统中，起主要作用的并不一定都是男性，有不少是一位既慈祥又严厉，饱经世事且处变不惊的老夫人在组织架构的最上面统御家庭事务。她的话对家庭里所有人都是圣旨，她的威严让所有的晚辈又敬又怕，以至于很多年后都铭刻于心。《红楼梦》中的贾府如此，《大宅门》中白家也如此，甚至在描写宫廷斗争的《康熙大帝》中，有很多年也是孝庄太后在起着定海神针的作用。

在眉州苏家，程夫人由于对家庭的卓越贡献和远见卓识，也应当有着君主一般的地位。从苏轼兄弟留下的文字中，我们可以发现，老夫人做过的事，说过的话，既给苏轼苏辙留下深刻的印象，也让后来听说的儿媳妇们和孙子辈奉为圭臬。

地下埋藏之物不能发掘，苏轼的故事讲得太玄乎了。我想，那地下瓮中之物发出的“如人咳声”，指定不是苏轼亲耳所闻，很可能是从家庭成员中听来的传言，很多年后在脑子里形成一种朦胧记忆。不过，这故事所讲的道理却是非常正确的，就这一点，我们就不由得感叹，程老夫人真的了不得！我想，在她的心中，一定把握着这样的“辩证法”：那地下的金银财宝，原不是自己的血汗所得，说不定还沾满着血腥。若是发掘而得之，虽然会使苏家暴富，但物极必反，这不仅不是好事，反而会给苏家带来无穷无尽的灾祸。

别人的东西不要动，意外之财莫取，这就是苏轼“先君夫人”留给苏家后代的宝贵财富！

苏轼——还是早点退休好

笔记原文

贺下不贺上　贺下不贺上，此天下通语[1]。士人历官一任，得外无官谤，中无所愧于心，释肩而去，如大热远行，虽未到家，得清凉馆舍，一解衣漱濯，已足乐矣。况于致仕而归，脱冠佩，访林泉，顾平生一无可恨者，其乐岂可胜言哉！余出入文忠门最久，故见其欲释位归田，可谓切矣。他人或苟以借口，公发于至情，如饥者之念食也，顾势有未可者耳。观与仲仪[2]书，论可退之节三，至欲以得罪、病而去。君子之欲退，其难如此，可以为欲进者之戒。

词句简释

1 通语：正常的说法。2 仲仪：王素，字仲仪，王旦之子，天圣五年（1027）通过考试进入学士院，赐进士出身，官至工部尚书，曾在河南怀州（今河南信阳）任过通判之职，仁宗时和欧阳修、蔡襄、余靖等同时为谏官，史称“四谏”。

原文我读

祝贺辞官退休，不祝贺升职提拔，这是世上普遍的说法。当官的人一任官职做满，对外能够没有遭到社会毁谤，对内自己心中也无所愧疚，然后放下肩上的担子离开任所，这时的感受就像大热天在外长途跋涉，虽然还没有到家，但能够住上一家干净清凉的旅馆，一下子甩去衣衫，尽情洗漱，就已经让人感到十分快乐了。更何况辞官后回到家里，脱去官帽和佩戴的饰物，探访连绵起伏的群山与丛林，欣赏清澈见底的泉水与溪流，回想平生所为，竟没有任何遗憾之处，这种乐趣怎么能一下子说得完呢?!

我拜于欧阳文忠公门下时间最久，所以，知道他想辞官归隐的态度真可谓迫切之至。有的人只是把辞职、退隐作为一个借口，欧阳文忠公却是发自内心地渴望辞去官职，就像饥饿的人盼望得到食物一样，只是形势不允许，他一直未能如愿以偿。我看到他写给王素王仲仪的书信里，曾多次谈到想要辞官隐退的想法，甚至到了想以获罪、生病为由离开官场的地步。

欧阳文忠公作为一个君子，他一心一意想从官位上退下来，竟然困难到这种程度，这可以作为所有一心想升官者的镜戒。

一时谬想

苏轼这则笔记，大致可分为三个层次。首先，他以丰富的想象和优美的语言，描述辞官退休后的愉快和惬意，不光他自己沉浸其中，也让后来的读者们心生向往。然后，他搬出来恩师欧阳修，说明真正的读书人不仅不恋栈，反而会像“饥者之念食”一般，发自内心地渴望辞官归田，过上一段无职无责、探访林泉的自在日子。最后，是整个文章的点睛之笔，给一心一意想着升官的人开一副清凉剂，奉劝大家及早想到致仕（辞官回家）之难，做到知足知止。

从这则笔记的字里行间，我们能感到，苏轼也在深切地向往着辞官归隐的生活。他为什么会有这样的心境呢？读苏轼笔记，至少会发现三篇关于辞官归田的笔记，第一篇题目叫《请广陵》，这显然是写于即将担任扬州（古名广陵）太守的元祐七年；第二篇题目叫《买田求归》，看文中意思，还是他在广陵任上所记。我由此妄测，《贺下不贺上》这篇，也应记于这一时期。

元祐七年，即公元1092年，是苏轼第二次人生低谷的开始。那一年，苏轼五十七岁。前一年，朝廷把他从杭州召回任吏部尚书，不久又外放颍州，从八月到颍州任太守才六个月，又将其召回任兵部尚书，在兵部仅两个月，又改任礼部尚书，在礼部任职不到十个月，现在，朝廷又外放他到扬州做太守。从这频繁的职务变动中，苏轼已经预感到前景不妙，同时也对官场的钩心斗角、尔虞我诈厌倦已极，这样，心中便萌生了强烈的退隐之意。在这则笔记里，一方面是他对辞官归隐生活充满期待，一方面他又把自己的老师拉出来给自己打气，为自己的请辞寻找理论根据。所以，读苏轼这则笔记，总觉得他离我们很近，会感到他比欧阳修更接地气。

欧阳修是急流勇退的楷模，是士人“知止”的榜样。按宋朝官制，官员年满七十方可退休，可欧阳修从六十一岁开始，便向朝廷提出辞官申请。朝廷不仅没有批准，反而不断给他升官，以致一些同僚以小人之心，度君子之腹，说欧阳修是以退隐为借口向朝廷要官。诚如苏轼所说，欧阳修要求退隐，完全是“发于至情”，又经过锲而不舍连续六次申请，直到1071年，六十五岁的欧阳修才如愿以偿。让人非常痛心的是，致仕第二年，欧阳公便撒手人寰，与他无限热爱的山水林泉、琴棋书画、诗词文章，还有那些心爱的弟子，从此阴阳两分。

苏轼笔记中还有一个重要观点发人深省：“历官一任，得外无官谤，中无所愧于心”，方可“释肩而去”，享受退职后的美好生活。所以，每一个在职的“士人”，都应当恪尽职守，廉洁奉公，唯有如此，退职后才能清风朗月、恬淡自在。这一点，也应当成为所有“欲进者之戒”！

“长江后浪推前浪，浮世新人换旧人。”年龄到了，愉快地退下来，读读书，养养身体，看看祖国的大好河山，同时，又给年轻人腾出发展空间，这样，于人、于己，都是好事，何乐而不为！

幸灵——我不忍心去赶它

笔记原文

书李若之事（节选）　《晋·方技传》有幸灵者，父母使守稻，牛食之，灵见而不驱。牛去，乃理其残乱者。父母怒之，灵曰："物各欲食，牛方食，奈何驱之？"父母愈怒，曰："即如此，何用理乱者为？"灵曰："此稻又欲得生。"此言有理，灵固有道者耶？

原文我读

据《晋·方技传》记载，西晋的时候，豫章郡建昌县有个叫幸灵的人，父母让他看守稻田，牛吃水稻，幸灵看见了，并不去驱赶。等牛离开后，幸灵又去田里整理那些残乱的水稻，有的水稻倒伏了，他便小心地一一扶起来。父母见了很生气，便责骂他。幸灵说："各种生命都要取得食物，那牛正在吃食物，我为什么要驱赶它？"父母更加愤怒了，说："既然稻子该被牛吃，那你为什么还去理会那些零乱的稻子？"幸灵回答说："因为这稻子也要继续生长。"这句话讲得很有道理，这个幸灵原本就是一个有道之人吧？

一时谬想

在房玄龄等人编纂的《晋书》中，专门给幸灵辟有一个位置，写他有七八件事情，大多是说他治病救人的手段如何神奇的，只有这个守稻的故事例外，读来颇有些意趣。

苏轼真是讲故事的高手，寥寥数笔，便给我们写出了一场气氛紧张而富有情趣的乡村喜剧，父母暴跳如雷般的责骂，幸灵慢条斯理、不紧不慢的辩白，都跃然纸上，让我们如临其境，如闻其声，不由得拍案叫好。

面对盛怒的父母，幸灵那一句反问，真可谓惊世骇俗。农人辛苦种稻，育苗、插秧、除草、施肥、灌溉，为的是有一个好收成。身上衣裳口中食，都在指望着稻子成熟呢？他倒好，眼看稻子快要熟了，父母让他去看着，生怕牲口糟蹋，而他不仅任凭牛吃不管，还说出一番谬理来！在一般人看来，牛嘛，就是一个畜生，有一点草吃就很不错了，哪能让它吃稻子呢？但幸灵不这样认为！他觉得牛和人一样，都是有情之物，一样有获得食物的权利。况且，这牛为人们耕田种稻，出了大力，吃点自己的劳动果实也是应该的。所以，他和父母犟嘴："牛正在吃食，我为什么就要驱赶它呢！"幸灵这话，乍一听，惊世骇俗，可仔细想想，也还真有些道理，所以一时间竟让父母语塞，只好另找话头："就算你说得有理，那你为什么还要再去理那已经残乱的稻子呢？""因为这稻子也要继续生长呀！"如果说，回答牛吃稻子他不忍心驱赶还有些狡辩的味道，那么"此稻又欲得生"这六个字，便是石破天惊之语，竟如出自一个哲人之口。难怪苏东坡会惊呼："此言有理，灵固有道者耶？"

过去，我们总听说某某人天赋异禀，今看这幸灵应该就是！看似木讷，有点犯傻，但讲出来的都是人间至理！据史料记载，从小被邻居讥为傻子的幸灵长大后，成了他们家乡那一带的一位名医，其怪异的医术也得到了正统医者的认可，明朝李梴在《医学入门》一书中，还把幸灵列为医学家呢。

苏轼——我们知道的东西还很少

笔记原文

记范蜀公遗事　李方叔[1]言：范蜀公[2]将薨数日，须发皆变苍，郁然如画也。公平生虚心养气，数尽神往而血气不衰，故发于外耶？然范氏多四乳，固与人异，公又立德如此，其化也必不与万物同尽，盖有不可知者也。元符四年四月五日。

词句简释

1 李方叔：李廌，字方叔，北宋文学家，苏门六君子之一。2 范蜀公：范镇，哲宗时为端明殿学士，封蜀郡公，北宋著名史学家、文学家、政治家。

原文我读

李廌李方叔说：范镇范蜀公去世前几天，胡须和头发都变成了青色（黑色），浓郁茂密的样子就像画里画的一样。是不是范公平生虚心养气，虽然气数已尽魂魄离去而气血不衰，所以才会有这样的外部表现？范氏家族的男子大多有四个乳头，原本就与一般人不一样，他又有如此崇高的道德操守，他离开人世的过程，肯定和其他生命不一样，这中间肯定有一些是我们所不明白的东西。记于元符四年四月五日。

一时谬想

这则笔记落款时间好奇怪，竟然是“元符四年四月五日”。我们知道，“元符”，是宋哲宗赵煦使用的第三个年号，使用时间是1098年到1100年。元符三年年初，也就是1100年二月，宋哲宗赵煦便驾崩了。按北宋的规矩，先帝驾崩当年，新帝继续使用先帝年号，第二年要重新改元。查遍历史资料，苏轼北归的1101年，就是宋徽宗即位后的第二年，这一年，是建中靖国元年，历史上并没有元符四年这个年号！

不管是元符四年，还是建中靖国元年，指的都应是公元1101年。从1100年六月离开海南，到1101年四月，苏轼辗转于北归途中已经十个月了。我想，此时此刻，苏轼的内心，一定是五味杂陈的。往事如烟，历历在目，他思念学生，也怀念故旧。飘忽之间，他想起了弟子李廌多年前曾经讲过的一件灵异之事：范镇范蜀公在去世之前，突然“须发皆变苍”，显得浓郁茂密。

这是为什么呢？对这件事，很多年过去了，苏轼硬是没有顾上认真思考，或者说，虽然思考了，但始终不甚明白。现在，不知为何，经过万千颠沛流离的他，竟一下子变得清晰起来。这不就是范公平时虚心养气的功效吗？虽然说气数已尽，魂魄离开了身体，但他气血不衰，身体当然就和活着没有两样！此时此刻，苏轼是不是也想到了自己的身后之事呢？

范镇死前须发皆白、“郁然如画”到底是什么原因呢？年老的苏轼依然十分好奇。他首先猜测，这是不是因为范镇平时虚心养气，魂魄虽然离去但气血不衰所表现出来的外部景象呢？苏轼觉得这样说太简单了，他认为深层次的原因还有两点：一是“范氏多四乳”，范家人体魄原本就不同于常人；二是范镇本人品德高尚、操守端正，身蕴浩然正气，所以苏轼得出结论：“其化也必不与万物同。”但他觉得这两个理由还不够充分，便接着说，这中间肯定还有很多我们所不知道的东西。这一问一答一结语，正体现出苏轼的“求是”态度和“格物”精神，值得我们好好学习。

“范氏多四乳”，一个人身上竟有四个奶头，按说，也算作一种身体畸形。这要是放在我们普通人身上，必定要心生自卑，在人前抬不起头来，但人家范镇却不以为意。据《宋史》记载，范镇有一个兄长叫范镃，得急病死在了四川陇城。后来，坊间传闻他有遗腹子还活在世上。当时，范镇尚未入仕，便徒步在两蜀之间寻找，两年后终于打听到了准确消息。范镇对人们说：“我们兄弟和别人不同，身上有四个乳头，如果是我的侄儿，他一定也是四个乳头。”叔侄见面以后，一查验，果然如此。对于自己的生理异常现象，范镇不仅敢于对外直言，而且心理上也没有受到丝毫影响。史书上说，他仪表伟岸，浓须郁然，每临大节，论辩勇决，巍然如山。范镇能有如此非凡气度，固然有先天因素，但根本的还是他腹有诗书、胸怀大志、正气在身。

苏轼曾在另外一则笔记里讲，范镇平生并不信佛礼佛，但因减节嗜欲，却是真正的“学佛作家”。老子说：“君子有造命之学，命由我立，福自己求。”范镇这一生，不正是如此吗？所谓的灵异，其实不过就是尽人事而已。

苏轼——轻减刑罚是盛德之事

笔记原文

王嘉轻减法律事见梁统传（节选）　汉仍秦法，至重。高、惠固非虐主，然习所见以为常，不知其重也，至孝文始罢肉刑与参夷之诛[1]。景帝复孥戮[2]晁错，武帝罪戾有增无损，宣帝治尚严，因武之旧。至王嘉为相，始轻减法律，遂至东京，因而不改。班固不记其事，事见《梁统传》，固可谓疏略矣。嘉，贤相也，轻刑，又其盛德之事，可不记乎？统乃言高、惠、文、景以重法兴，哀、平以轻法衰，因上书乞增重法律，赖当时不从其议。此如人年少时不节酒色而安，老后虽节而病，见此便谓酒可以延年，可乎？

词句简释

1 肉刑与参夷之诛：肉刑指黥、劓、刖、宫等“斩人肢体，凿其肌肤”的刑罚，参夷之诛是诛灭三族的酷刑。参夷，夷三族。参，cān。2 孥戮：杀戮之意。

原文我读

汉代承袭秦朝的制度，继续实行严刑峻法，对违反刑律的人处以极重的刑罚。汉高祖、汉惠帝本来并不是暴虐的君主，但已经习惯了过去的做法，并未感到刑罚苛重。到了汉文帝的时候，才开始废除肉刑和诛灭三族的酷刑。但是，汉景帝又恢复了以往的制度，杀了晁错并且株连了他的妻室和子孙，汉武帝刘彻的暴戾更是有增无减。汉宣帝统治时崇尚严刑峻法，仍然沿袭汉武帝时的法律制度。直到王嘉当了宰相，才开始减轻刑罚，如此进入了东汉时期，继续实行轻刑制度，刑罚情况没有发生太大的变化。

史学家班固没有专门记载王嘉的功绩，王嘉的事迹只见于《后汉书·梁统传》（范晔撰）中，可以说这是班固的一项重大疏漏。王嘉是一位贤能的宰相，减轻刑罚又是他所做的一件极具盛德的好事，这样的人和事怎么可以不记载呢？

东汉初年军事家、思想家，对法律也颇有研究的梁统，竟然认为高、惠、文、景几个皇帝在位时，国家是凭借严刑峻法而得以兴盛的，而哀、平二帝在位期间，国家是由于实施轻法而衰败的，因此上书刘秀，请求加重刑罚，亏得光武帝刘秀那时没有采纳他的建议。高、惠、文、景之兴，哀、平之衰，就好像一个人年轻时不节制酒色而安然无事，年老体衰的时候虽然节制酒色，还是重病缠身一样，看见这种情况，就说酒色可以让人延年益寿，这样可以吗？

一时谬想

由苏轼这则笔记可以看出，西汉这位王嘉，是一个轻减刑罚的积极推动者，而写笔记的苏轼，则是一个地道的轻刑主义者。有人说，现在许多有识之士都在积极推进刑罚轻刑化，殊不知，早在一千多年前的北宋时期，不，在两千多年前的西汉，我国就有贤哲为轻减刑罚而积极行动。

因为班固在《汉书》里忘了专门给王嘉记上这一笔，惹得苏轼很不高兴，他指责班固说，减轻刑罚是一件极具盛德的好事，你忘了记他可是一项重大疏漏！王嘉这样一位贤能的宰相，这样一位在人类政治史上做出重大贡献的人，你怎么可以不记载呢？

都过去一千多年了，苏轼为什么还会对班固生这么大气呢？依我看，苏轼一定是认为，中国人的灾难实在太深重，王嘉所推行的刑罚轻刑化意义确实太重要。在春秋战国时期，统治阶级对所谓犯了法的老百姓动辄施以极刑，且形式五花八门，还变着法儿地往残酷处做，什么剥皮、车裂、凌迟、弃市，应有尽有。即便不处极刑，也要极其凶残地毁坏人犯的身体，比如，阉割生殖器的宫刑、砍掉双脚的刖刑、割去鼻子的劓刑等等，成语“踊贵屦贱”反映的就是战国时期齐国老百姓的悲惨状况。因为齐国刑罚非常严苛，老百姓偶有过失，就会被砍掉双脚，以致出现了鞋子比义足还便宜的现象。

秦用商鞅，刑罚之酷，更是变本加厉；汉仍秦制，严刑峻法并无丝毫改变。虽至汉文帝稍缓，到汉景帝时旋即复旧，再后来的武、宣两朝，刑罚继续朝着严苛方向发展，幸亏出了一个贤能的宰相王嘉，由于他的极力推行，刑罚力度才慢慢轻了下来。苏轼作为后来人，他看得清清楚楚，轻减刑罚的路子，走得是多么艰难！所以，苏轼深深地敬重王嘉，他大声疾呼，为班固没有把王嘉列入史册鸣不平。

轻减刑罚之难，还在于有很多所谓的正人君子，打着为江山社稷着想的旗号，主张实行严苛的刑罚制度。这不，大名鼎鼎的东汉军事家、思想家梁统就是如此，竟然认为高、惠、文、景是凭借重法而得以兴盛的，而哀、平二主是由于实施轻法而导致国家衰败的，还多次上书光武刘秀，请求加重刑罚。苏轼批驳得好，说这就好像一个人年轻时不节制酒色而安然无事，年老体衰的时候虽然节制酒色，还是重病缠身一样，你能说酒色可以让人延年益寿吗？

比较、融会、思考、辨析，从中得到感悟，苏轼如是读史，大有益处，吾辈当效法之。

苏轼——小人能把乌龟说成蛇

笔记原文

贾氏五不可　晋武帝欲为太子娶妇，卫瓘曰："贾氏有五不可：青、黑、短、妒而无子。"竟为群臣所誉，娶之，竟以亡晋。妇人黑白美恶，人人知之，而爱其子，欲为娶妇，且使多子者，人人同也。然至其惑于众口，则颠倒错缪如此。俚语曰"证龟成鳖"，此未足怪也。以此观之，当云"证龟成蛇"。小人之移人也，使龟蛇易位，而况邪正之在其心，利害之在岁月后者耶！

原文我读

晋武帝想为太子娶媳妇，卫瓘说："贾充的女儿贾南风身上有五个缺点，千万不要娶她做媳妇：一是面色青，二是眼圈黑，三是身材短，四是忌妒心强，五是可能不会生育。"但最终贾南风竟然受到群臣交口称赞，晋武帝仍然决定把她娶过来做了太子妃，最终西晋就灭亡在这个女人身上。

女子的黑白美丑，应该说每个人都看得清清楚楚，而且人爱护自己的儿子，想给儿子娶个好媳妇，并且希望儿媳能多生孩子，这些想法大家都是一样的。然而，让人不可理解的是，晋武帝竟然会迷惑于众人的说法，睁着大眼看不到贾氏的这些缺陷，让错谬达到这种程度。

俗话说："众人能将乌龟说成老鳖。"依我看，这还不足为怪。从众人一齐夸奖贾氏这件事看，应当改成"众人能把乌龟说成蛇"才对。一群小人改变一个人的认识，就像能把龟说成是蛇，把蛇说成龟让两者互换位置一样。更何况谁是奸邪谁是正义，都深藏在自己的心底，他讲的意见是有利还是有害，要等到很多年以后才能看到啊！

一时谬想

早年读史，隐约记得，《晋书》里有过类似的记载，但一查书，所记却和苏轼说的相互矛盾："五不可"这话并不是卫瓘提出来的，而是晋武帝司马炎首先讲的。原话是："帝曰：'……贾公女有五不可。……贾家种妒而少子，丑而短黑。'"《晋书》和苏轼笔记，哪一个正确呢？

苏轼这则笔记中说的"太子"，就是晋武帝司马炎的次子，后来成为晋惠帝的司马衷。司马衷九岁时被立为太子，十四岁娶西晋开国元勋贾充的女儿为太子妃，三十一岁即位。估计是智力有些问题，被传为千古笑柄的"何不食肉糜"，就发生在他身上。笔记中说到的贾氏，芳名贾南风，是贾充和第二任夫人郭槐的长女。试想，如果司马炎知道贾氏丑、短、黑、妒还无子，他那么爱他的儿子，那么看重传宗接代，他为什么还要娶这样一个女人来做自己的儿媳妇呢？即便是出于政治的目的，他也不可能为儿子娶这样的媳妇，这是为人父的本能。更何况，儿子智商还有些问题。难道是司马炎迫不得已吗？也不会的，他儿子司马衷不行，他可是一言九鼎，说话算话的主儿啊！我以为，在一千多年前的北宋，记笔记时的苏轼，手头一定有着比我们更多的关于西晋的历史资料，他讲的应该是正确的；而《晋书》是在刻意美化晋武帝司马炎，但这不符合逻辑。

我赞成苏轼的分析，一开始，晋武帝司马炎对贾氏贾南风可能是不了解的，因为所有的大臣众口一词，都说这女子好，便让他成了睁眼瞎，三人可以成虎，众人也可以让钟无盐成为西施。于是，司马炎和众人有了一样的认识，贾南风成了窈窕无比的美女。

历史是无情的。不久，司马炎便为自己的“颠倒错缪”付出了沉重的代价。贾南风做了皇后之后，大权独揽，很快就引发了动摇西晋根基的“八王之乱”，西晋政权由此走上了衰亡之路。为司马炎“颠倒错缪”陪葬的，还有说过“贾氏五不可”的卫瓘，他和儿孙九人一同被贾南风杀害。不过总算上天有眼，卫瓘还有两个孙子，因在医家瞧病躲过了一劫。

设想一下当年西晋朝堂上发生的那一幕，会叫人不寒而栗。当卫瓘提出“贾氏五不可”时，在那块神圣的地方，竟然上演了一出最为人所不齿的闹剧，一群人睁着眼睛说瞎话，一个丑八怪，“竟为群臣所誉”，在大家交口称赞之下，居然成了绝世美女！在安徒生的《皇帝的新装》中，那些说瞎话的人无非是虚荣心在作怪，生怕别人说自己是傻瓜或者不称职罢了；在赵高指鹿为马的时候，赵高那么凶残，在赵高“问左右”时，仍然有“左右或默”“或言鹿者”的情况存在。而这西晋的朝堂之上，竟然是争先恐后地献媚、说假话！读苏东坡这则笔记，我仿佛看到了卫瓘的悲愤和忧郁，看到了满朝文武的龌龊和卑微……

苏轼说得好，“证龟成鳖”，这不足为怪，它们本来就很像，需要仔细分辨。但“证龟成蛇”，却是私心在作怪，是睁着眼睛说瞎话。从众人能够一齐夸奖贾氏这件事看，以后不要再说证龟成鳖了，证龟成蛇那也不是不可能的事！

“小人之移人也，使龟蛇易位。”不仅身上负有一些责任的“莅事者”要当心，就是小民百姓也要多个心眼儿。

欧阳修——以意用药有时也能治好病

笔记原文

记与欧公语　欧阳文忠公尝言：有患疾者，医问其得疾之由，曰："乘船遇风，惊而得之。"医取多年柂牙[1]为柂工手汗所渍处，刮末，杂丹砂、茯神之流，饮之而愈。今《本草注·别药性论》云："止汗，用麻黄根节及故竹扇为末服之。"文忠因言："医以意用药多此比，初似儿戏，然或有验，殆未易致诘也。"予因谓公："以笔墨烧灰饮学者，当治昏惰[2]耶？推此而广之，则饮伯夷之盥水，可以疗贪；食比干之馂余[3]，可以已佞[4]；舐樊哙之盾，可以治怯；嗅西子之珥[5]，可以疗恶[6]疾矣。"公遂大笑。元祐六年闰八月十七日，舟行入颍州界，坐念二十年前见文忠公于此，偶记一时谈笑之语，聊复识之。

词句简释

1 柂牙：人手常握的船舵的那一段。柂，古同“舵”。2 昬惰：迷乱懒惰。昬，古同昏。3 馂余：剩下的食物。馂，jùn。4 佞：同“佞”，用巧言奉承人，奸伪。5 珥：耳环。6 恶：丑，指容貌丑陋。

原文我读

欧阳修曾经讲过一个故事，说有个人患病，不住地出冷汗，医生询问他得病的原因，他说：“我乘船遇到风浪，受到惊吓后就得上了这病。”医生取出使用多年的船舵，在船舵上被舵工汗水浸渍的部位，刮下一些粉末，混合上丹砂、茯神等药物，让他喝下病就痊愈了。现在的《本草注·别药性论》也说：“治疗出汗多的毛病，可以用麻黄根节和老旧的竹扇一起研磨成粉末让病人服用。”

欧阳修讲罢这两件事情后说：“类似这样的医者，就是以事物相近为由头，凭着自己的想法给患者用药，乍一看跟儿戏一样，然而，有的就是把病治好了，这恐怕还不怎么容易去责难他呢。”我于是对文忠公说：“把笔墨烧灰给学者喝，应当可以治愚笨和懒惰了吧？把这种方法推而广之，饮用伯夷的洗脸水，可以治疗贪婪；吃比干剩下的食物，可以改掉谄媚的习惯；舔舐樊哙的盾牌，可以治胆怯的毛病；嗅闻西子的耳环，可以治好天生的丑陋了。”欧阳文忠公听完后哈哈大笑。

元祐六年闰八月十七日，我坐船进入颍州地界，想起二十年前在这里见到了欧阳文忠公，偶然记起了当时我们的谈笑之语，便简略地把当时的情景重新记录下来。

一时谬想

苏东坡真是一个有情有义的君子，都二十年前的事了，曾和老师在颍州有过的一席长谈，现在，“舟行入颍州界”，便又记起了当年与恩师在一起的点点滴滴。往事历历在目，此间意味，个中深情，尽在其中！

民谚说：秀才改医生，只要一五更。在过去，读书人除了读四书五经，读儒家经典外，医学方面的典籍都要涉猎一些，诸如《黄帝内经》《神农本草经》之类，也在必读书目之内。所以，只要是下过苦功的读书人，都懂些医理医术，前面我们已经说过，苏轼更是精通于此道。可以设想，二十年前的那次师生长谈，他们从传统医学的理论说起，渐渐地谈到当前疾病诊疗的现状。眼见庸医越来越多，治病的招数越来越离奇，作为正人君子的欧阳修感到很无奈，比如这从手汗所渍的船舵上刮下来的粉末，竟然说可以治疗因风浪惊吓导致的惊悸出汗！你说他是胡闹吧，有时还真能治好病，让你无法指责他！面对老师的感叹和愤懑，苏轼没有正面回答，他再次发挥其超人的辩才，以一连串的和“以意用药”的方法类似，但又是任何人都知道不可能的事实，来驳斥那些庸医的荒谬之术，寥寥数语，便令其无言以对。

欧阳修所说的“柂牙刮末”治疗乘船遇风、惊悸出汗，包括《本草注·别药性论》上写的“故竹扇为末”止汗，都是对传统医学理论“取类比象”的曲解和误用。其实，有丹砂、茯神两味药，就是没有那个啥末末儿，也一样可以起到收敛、止汗、安神的功效！同样道理，那把故竹扇对“止汗”也是一点用处也没有的！这些都不过是医者故意摆弄的噱头，增加一些医病神秘感，好让病家出钱更麻利一些罢了。

所谓“取类比象”，是我国古人一种认识事物的方式，它注重研究一类事物的共性，从中找出一般性规律，然后在其指导下解决具体问题。这一理论被广泛应用于医药学和诊疗学领域，并被具体为物从其类、同形相趋、同气相求。通俗地讲，就是根据某一物的外部形状、自然色泽、生存环境、生理作用等特征，将其用作药物，即有相应的功效，可以对应治疗患者不同的疾病。比如，芦根等管茎中空的植物有通利孔窍的功能，可以利尿通淋，清热解毒；菖蒲等生长在水湿沼泽之地的植物，有利湿化浊的功效，可以化湿开胃、醒神开窍。

历史已经雄辩地证明，取类比象理论对实践，尤其是医药领域的活动，具有正确的指导作用，值得我们认真学习和继承。但是，我们必须意识到，这个“取”和“比”的过程，都是以人的尺度来进行的，很容易走向盲目，甚至误入歧途。欧阳修所说的“梳牙刮末”，应该就是一个典型案例。

我们承认中医是一门科学，但我们也知道，目前中医治疗中还有很多东西，尚不能以现代科学所要求的方式，提供客观明确的数据以证明其作用机理。再加上个别庸医故弄玄虚，让人花了钱又不治病，很容易使人误认为中医玄虚，是伪科学。其实，有好多人不信中医，甚至反对中医，都是从上了“梳牙刮末”这类庸医的当开始的。鲁迅作为一代伟人，曾激烈反对中医，固然与其曾经学习过西医有关，但重要原因是小时候，给他父亲治病的那个陈莲河所要的那些蹊跷的药引子，给他留下了极为恶劣的印象。

但愿有更多的中医工作者，能真正继承起中华传统医学的宝贵财富，去其糟粕，取其精华，经过若干年的不断努力，让中医也能像其他学科一样发扬光大。

苏佛儿——普通人很容易动摇的

笔记原文

记苏佛儿语　元符三年八月，余在合浦，有老人苏佛儿来访，年八十二，不饮酒食肉，两目烂然，盖童子也。自言十二岁斋居修行，无妻子。有兄弟三人，皆持戒念道，长者九十二，次者九十。与论生死事，颇有所知。居州城东南六七里。佛儿尝卖菜之东城见，老人言："即心是佛，不在断肉。"余言："勿作此念，众人难感易流。"老人大喜，曰："如是，如是。"

原文我读

元符三年八月，我在惠州合浦居住时，有一位叫苏佛儿的老人来我家探访，他那年八十二岁，不饮酒也不吃肉，两眼炯炯有神，我估计他练过童子功。他说自己十二岁时就一个人静居修行，至今没有娶妻生子。家里有兄弟三人，都坚持斋戒念佛修炼，长兄已经九十二岁，二哥也九十岁了。我跟他讨论生死问题，发现他颇有见识。他就居住在州城东南六七里的地方。有一天，苏佛儿老人到城东关去卖菜时我们又见了面，老人说："只要心中有佛，就不在乎是不是戒断肉食。"我听后对他说："请不要持有这种念头，戒断肉食是为了更好地秉持佛法，普通人是很难感化的，也很难悟到'即心是佛'的真意，没有一定的形式约束很容易动摇自己的思想，堕入流俗之中。"老人听后很高兴，连声说："就是这样，就是这样！"

一时谬想

本则笔记各版本标点差异很大，特别是与"老人言"有关的文字让人很难理解。经反复对比、揣摩，还是觉得上海师范大学古籍所编辑、大象出版社出版的本子，把"，"点在"老人言"三字之前更好一些。因为既然苏轼把这则笔记的题目叫《记苏佛儿语》，那么，"即心是佛，不在断肉"这八个字应该就是苏佛儿说的话。

哲学讲，内容和形式是辩证的统一的，任何事物既有其内容，也有其形式，内容决定形式，形式服从内容，但形式对内容有反作用。当形式合理，适合内容的需要，就可以促进内容的发展。宋朝的苏轼虽然不会用我们现在的语言讲述这些道理，但他已经谙熟形式和内容两者关系的核心要义。他知道，佛法虽好，但太缥缈难见，要是没有严格的规矩、戒律约束着，普通人是很难按照佛陀指引的方向走下去，遇到一个很小的波折就可能思想动摇，堕入流俗之中。晚年的苏轼十分赞成佛教不让信徒吃肉的规矩，他认为有了这个特殊的要求，佛教徒就会时时警醒自己，就能更好地秉持佛法。所以，当苏佛儿说"即心是佛，不在断肉"时，他便立刻表明自己的态度："请你千万不要心有此念！"

苏佛儿听了苏轼的话，点头如捣蒜，一连串地说"如是，如是"；我读了东坡先生说的十个字，也佩服得五体投地。的确，生活中，必要的形式一定要有，而且还得恭敬严肃地执行。如果缺了，好多事情就可能半途而废，甚至走向反面。

『梦中人』——以民力从王事当如饮酒

笔记原文

梦中论左传　元祐六年十一月十九日五更，梦数人论《左传》，云：“《祈招》之诗固善语，然未见所以感切穆王之心，已其车辙马迹之意者。”有答者曰：“以民力从王事，当如饮酒，适于饥饱之度而已。若过于醉饱，则民不堪命，王不获没矣。”觉而念其言似有理，故录之。

原文我读

在元祐六年十一月十九日凌晨，我在梦里见到很多人在一起讨论《左传》，有人说：“在《祈招》这首诗里，固然都是美好的语言，但是，并没有发现这首诗中有哪些地方可以感动周穆王，让他停止车马行走（打消周游天下）的念头。”有人回答说：“用民众的物力、财力、人力供奉天子这件事情，就像一个人喝酒一样，喝到饥饱适中就该停下来。如果喝得过于醉饱，那么，就会让民众不堪忍受，生活不下去，君王也就不会有什么收获。”我醒来之后想起这些话，觉得好像有些道理，所以把它记录下来。

一时谬想

苏轼的习惯真好！一觉睡醒之后，想起梦里所见所闻，感到有一些令人回味、反思的地方，便立即动笔形成文字。难怪苏东坡能涉笔成趣，著作等身！罗马城不是一天建成的，我们看到的妙手偶得，其实是厚积薄发！

苏轼做了一个梦，在梦里，他看到一群人在讨论读《左传》的心得，特别谈到了其中一首诗。

这首诗是春秋时期一个叫子革的臣子向楚灵王奏报时讲到的。子革说，西周的时候，周穆王放纵自己的欲望，要周游天下，想让天下到处都有他的车辙马迹。祭公谋父认为此举太过耗费民力，完全是没有必要，便作了《祈招》这首诗来阻止穆王。然后，子革给楚灵王背诵了《祈招》诗："祈招之愔愔，式昭德音。思我王度，式如玉，式如金。形民之力，而无醉饱之心。"这首诗用白话说就是："祈求明德的样子安详和悦，表现美德的声音悦耳动听。想起了我们君王的气度，好似美玉一般，宛若金子一样。他爱惜民力，使用有度，从无酒食过度之心。"

无怪乎苏轼一觉醒来便忙着记下梦里的情景，那"人"说得真好，在这首诗里，全都是溢美之词，的确找不到能够感动周穆王让他打消周游天下念头的字眼。"数人"中说得最"有理"的是那位"答者"的话："以民众的力量来办理君王的事情，就像人喝酒一样，适度就好。如果超过了一定的度，那么，不光百姓承受不了，君王也不会有啥好结果。"看来，这《祈招》，也是微言大义，但它话说得太轻了，所以劝不醒一心要周游天下的周穆王。

日有所思，夜有所梦。在梦境中那"数人"之言，其实都是苏轼经常思考的道理。如果真的有人说的话"如玉""如金"，那么，苏轼梦中那位"答者"的话，就是警世醒人的金玉良言，它和孔老夫子所讲的"水可载舟，亦可覆舟"意思是一样的，每一位公职人员，都应当对此有所思考，每做一件事情，都要三思而后行，"恒念物力维艰"，避免劳民伤财之举。

苏轼——他怎么知道什么是大人

笔记原文

臞仙[1]帖　司马相如谄事[2]武帝，开西南夷之隙[3]。及病且死，犹草《封禅书》，此所谓死而不已者耶？列仙之隐居山泽间，形容甚臞，此殆“四果”[4]人也。而相如鄙之，作《大人赋》[5]，不过欲以侈言[6]广武帝意耳。夫所谓大人者，相如孺子，何足以知之！若贾生《鹏[7]鸟赋》，真大人者也。庚辰八月二十二日，东坡书。

词句简释

1 臞仙：骨姿清瘦的仙人。臞，同“癯”，qú，瘦。2 谄事：以谄媚之态服侍人。3 隙：空隙、缝隙。这里作“要道”“孔道”讲。 4 四果：佛家语。声闻乘圣果有四，曰须陀洹果、斯陀含果、阿那含果、阿罗汉果。既得极果，应受人天之供养，永入涅槃，不再来生三界。5 《大人赋》：张揖云：“大人，喻天子。”6 侈言：夸大之词。7 鹏：fú，一种不吉祥的鸟。

原文我读

司马相如以谄媚之态侍奉汉武帝，为了讨好汉武帝，不惜让朝廷耗费无数的财力、人力、物力去开拓通往西南夷的道路。到他病重将死之时，仍然在起草《封禅书》，这就是一个到死也不肯停止谄媚的人吧？各位仙人在山泽之间隐居，身体容貌都非常瘦削，他们应当已是出世的圣人了。然而，司马相如鄙视他们，又作了一篇叫《大人赋》的文章，不过是想用夸张的语言助长汉武帝的野心罢了。那些可以称得上大人的人，司马相如像小孩子一样的人，怎么能够真正了解呢！像贾谊所撰写的《鹏鸟赋》里边说的“至人”“真人”，那才是真正的大人啊。庚辰年八月二十二日，东坡书。

一时谬想

过去，我们一直都有这样的认知：司马相如赋写得很好，辞藻华丽，洋洋洒洒，是西汉辞赋家的杰出代表；司马相如的感情丰富，他和才女卓文君的爱情故事，感天动地，千古传唱，至今仍然为人们所津津乐道。但是，在苏东坡的这则笔记里，一个谄媚的、浅薄的司马相如，竟赫然出现在我们眼前，颠覆了我们的思维定式。

到底是不是这样的呢？

汉武帝刘彻，十五岁称帝，在位五十五年，统治早期，对外积极扩张，大破匈奴，开辟丝绸之路；后期崇信方术、生活奢侈，爆发巫蛊之祸，引发社会危机。

据史料记载，司马相如原名司马长卿，因仰慕战国名相蔺相如而改名。曾为汉景帝武骑常侍，后因病退职，前往梁地为梁王作《子虚赋》，汉武帝见赋赏识，遂召司马相如进京，他又为汉武帝做《上林赋》，被武帝封为郎官。建元六年（前135），司马相如出使巴蜀，回京后向汉武帝提议要开拓通往西南夷的道路。随后，朝廷征发巴、蜀、广汉士卒数万人参加筑路，因施工条件恶劣，筑路“士卒多死亡”，耗费的钱财要用亿来计算。司马相如病重期间，还不忘再拍一把汉武帝的马屁，拼着老命撰写了《封禅书》。在这篇遗作里，司马相如先是列举了传说中的七十二位古代王者，对他们封禅泰山的盛况大加渲染。接着笔锋一转，对汉武帝刘彻的文治武功极尽吹捧，什么四境归顺，祥瑞屡现，雄才大略可与历代君王媲美等充斥全篇。最后，他建议刘彻也要效法古人做法，尽快行封禅泰山之举。司马相如这些言论和主张，对刘彻日后的多次封禅活动产生重要影响，也种下了劳民伤财的祸根。苏轼想起这件事，很愤怒，不由得厉声问道："此所谓死而不已者耶?"孔子说："人之将死，其言也善。"你看这司马相如，至死都不肯改过，还在说害人的话！

罗大佑《童年》中唱道："没有人能告诉我，山里面有没有住着神仙?"小时候，每个人都会无数次地幻想，那山里的神仙长得究竟是什么模样。在我们的记忆深处，神仙的模样与苏轼笔下的"列仙"也差不多，他说的是"甚臞"，我们感觉的是精神矍铄，鹤发童颜，细长清瘦，白须飘飘。但司马相如则不这么认为。他见武帝"好仙道"，于是就献上了《大人赋》，用夸张的笔法，虚构"大人"游仙的盛况，以自己的浅薄之见，来描画"大人"的形象，其用意无非是进一步鼓动刘彻的野心。但是，司马相如笔下的"大人"，和苏轼想象的"仙"，和贾谊《鹏鸟赋》中的"至人""真人"是完全不一样的！

天才式的人物，看人的眼光原本就苛刻，苏轼当然也不例外。苏轼做人、行文、当官都是真情实感在流露，务实而求真，他自然会对华而不实、溜须拍马的言行反感。所以，苏轼认为司马相如"谄事武帝"，幼稚如孺子，也在情理之中。但司马相如究竟是怎样一个人，仁者见仁，智者见智，也不能都按苏轼说的。

苏轼

这姓宋的后悔也晚了

笔记原文

孙抃[1]见异人　　眉之彭山进士有宋筹者，与故参知政事孙抃梦得同赴举，至华阴，大雪，天未明，过华山下。有牌堠[2]云“毛女峰”[3]者，见一老姥坐堠下，鬓如雪而无寒色。时道上未有行者，不知其所从来，雪中亦无足迹。孙与宋相去数百步，宋先过之，亦怪其异，而莫之顾。孙独留连与语，有数百钱挂鞍，尽与之。既追及宋，道其事。宋悔，复还求之，已无所见。是岁，孙第三人及第，而宋老死无成。此事蜀人多知之者。

词句简释

1 孙抃：北宋眉山人，字梦得，天圣中进士及第，累迁知制诰、翰林学生承旨，拜参知政事，谥文懿。2 牌堠：古代记里程的土堆，一般五里一堠。堠，hòu。3 毛女峰：华山拱卫中峰的山峰之一。

原文我读

眉州彭山有一个读书人（举进士科学子）叫宋筹，早年和已故参知政事孙抃孙梦得一起，去参加科举考试，到了华阴地面，遇上了大雪天气。那天天色未明，他们已经到了华山脚下。在一个写着“毛女峰”三字用以标记里程的土堆处，见一老妇人坐在土堆下边，她鬓发雪白，但面上并没有寒冷的样子。这时候路上还没有行人，不知她从哪里来，雪地上也没有任何足迹。孙抃与宋筹相隔有数百步远，宋筹在前，先走到老妇人身边，虽然也感到这老妇人很奇怪，但并没有顾上多看她一眼，就径直走过去了。孙抃到了老妇人身边，便停下来和她交谈，他有几百大钱原本挂在马鞍上，都取下来给了老妇人。等到孙抃追上宋筹后，告诉了宋筹刚才经过的事情。宋筹很后悔，便原路返回寻找那位老妇人，可已经不见了老妇人的踪影。

这一年，孙抃以第三名的成绩进士及第，而宋筹直到老死也一事无成。这件事情流传很广，在西蜀有很多人知道。

一时谬想

这是一个传奇故事，一个关于因果报应的故事。

梁启超在写给女儿梁思顺的信里，有这样一句话：“天下事业无所谓大小，只要在自己的责任内，尽自己力量做去，便是第一等人物。”这里边第一个关键点就是对责任范围的理解。面对一个身处困境中的人，有人漠视，有人却理所当然地把它作为自己的责任。人与人的区别也许就在这里！

在古代社会，十年寒窗，金榜题名，是每个读书人的理想，但同样是一场命运的博弈。进京赶考之旅，不仅需要时间，更需要金钱的付出，很多人因此穷困潦倒，甚至客死异乡。孙抃孙梦得，眉州眉山人，世代务农，到他这一辈才开始读书属文，以其出身，赶考的盘缠想必也不会宽裕，可当他看到牌堠下的那一幕时，悲悯之心顿起，侠义精神尽显——“独留连与语，有数百钱挂鞍，尽与之。”孙抃身为一介书生，这等侠骨柔肠，一个“尽与之”，不能不令人击节赞叹！

显然，苏轼对宋筹的投机是十分鄙夷的。宋筹见冰天雪地中孤苦伶仃的老妇，仅是“怪其异”，然后竟然“莫之顾”，没事人似的，扬长而去。后来听孙抃告知情况，便心想其中可能会有好处，一番算计之后，功利心便驱使他“复还求之”，结果呢？当然是“已无所见”了。

老子说：“君子有造命之学，命由我立，福自己求。祸福无门，唯人自招。”看来，苏轼也是赞成这个说法的，他说出了最终的果报：“是岁，孙第三人及第，而宋老死无成。”史书记载，进士甲科及第的孙抃性格笃厚寡言，质朴没有威仪，但遇见不平之事，却正直敢谏，义无反顾。宋筹患得患失，精于算计，却终生一事无成。这或许就是人们常说的性格决定命运！

一个人应当怎样看待人生，曾国藩说，“但求耕耘，莫问收获”；文艺青年们说，“一切自有天意，上天自有安排”。说法不同，道理都是一样的，我相信！

冥官
哪些不能说不能做自己知道

笔记原文

修身历　子由言：有一人死而复生，问冥官如何修身，可以免罪？答曰："子宜置一卷历，昼日之所为，暮夜必记之，但不记者，是不可言不可作也。无事静坐，便觉一日似两日，若能处置此生常似今日，得至七十，便是百四十岁。人世间何药可能有此效！既无反恶[1]，又省药钱。此方人人收得，但苦无好汤使，多咽不下。"晁无咎[2]言，司马温公[3]有言："吾无过人者，但平生所为，未尝有不可对人言者耳。"予亦记前辈有诗曰："怕人知事莫萌心。"皆至言，可终身守之。元祐七年四月二十五日。

词句简释

1 反恶：中医用语，副作用。“反、畏、恶”都是中药配伍药方的描述用语。反，指两味药配伍在一起，彼此会抵消对方的药效甚至产生副作用；畏，指两味药配伍在一起其中一味药的毒性或副作用会被另一味药制约而减弱；恶，指两味药配伍在一起会产生或增强副作用或毒性。2 晁无咎：晁补之，字无咎，北宋著名文学家，“苏门四学士”之一。3 司马温公：即司马光。司马光去世后追赠太师、温国公，谥号文正。

原文我读

我弟弟苏辙曾讲过一个故事，说有一个人死而复生，他在阴间曾经向那里的官员打听，如何修身养性可以除去身上的罪孽？那冥官说：“你应该放置一本日历，把你白天所做的全部事情，都在当天晚上一一记下来，所有你做了但又没记下的，都是不能说也不能做的。没有事的时候能安心静坐，就会感觉一天像两天一样，如果能把自己一生的日子都安排得像今天静坐这样，活到了七十岁，便是活到了一百四十岁。人世间有什么灵丹妙药能有这样的功效！既不会产生副作用，又省去了药钱。这药人人服后都有效，但苦于没有好的汤水送服，很多人都咽不下去（做不到）。”

晁补之经常提起司马光说他自己的一句话：“我没什么过人的地方，但一生所作所为，不曾有一点是不能对外人说的。”

我也记得有位前辈的一首诗里说：“怕人知道所做事，压根莫生妄求心。”

以上这些话都是至理名言，可终生秉持。

记于元祐七年四月二十五日。

一时谬想

小时候，老师经常布置的作业就是写日记，我们不知道这有什么用处，大都像记流水账似的应付差事。等到长大成人走入社会，各人笔头下的习惯便不一样了。有的人会随身带着一个笔记本，把当天已做、要做的事情记下来，聊以备忘罢了；大多数人是走哪儿算哪儿，过一天算两晌，基本上是不动笔墨的；只有少数人保持了记日记的习惯，每天都孜孜不倦，认真地记下当天自己的所做所见所闻所思。其实，人与人之间的距离，差不多也就是这样拉开的。

苏轼这则笔记，先是记的苏辙讲过的一个故事，借助一个“死而复生”之人，在阴曹地府和冥官之间的对话，来告诉我们修身的两个基本方法：一是记日历，通过记下每天的经历，让自己知道哪些是见不得人见不得光不能说的话，哪些是见不得人见不得光不能做的事；二是无事静坐，静坐可以养性，可以增加生命的质量，也等于延长了生命的长度。

这则笔记的后半部分，引用司马光和张载说过的话，来进一步证明“冥官”所说的第一个修身方法的正确性。不管是司马光的“平生所为，未尝有不可对人言者”，还是张载的“怕人知事莫萌心”，都是强调做人应努力自省修身，要光明磊落，坦坦荡荡，即使无人知晓也要做到“暗室慎独”，凡事但求问心无愧。

“静”，是古人修身养性的一个重要方法。道家所说的“心静自然凉”，清代学者金缨主张的“静坐常思己过”，也都是从不同层面来说静的好处。从病理学的角度看，人只有安静下来，身体内在环境才会稳定和谐。只有心平气和、脉络通畅，人才有可能理智、冷静地去考虑问题，反思自己，然后以平常心去看待是非曲直。

当代诗人臧克家曾在一首诗中写道：“有些人活着，他已经死了；有些人死了，他还活着。”我们每个人都不可能决定自己生命的长度，但我们却可填充它的厚度。如果我们拥有一颗自由安静的心，能淡泊宁静，不断地改正自己的缺点和不足，不断地丰富充实自己，那自然就是“得至七十，便是百四十岁”了。这的确是一剂健康的良方——药虽然难以下咽，但对健康却大有益处，不妨一试！

陈元龙——我敬的是这样的人

笔记原文

记刘原父语（节选） 昔为凤翔幕，过长安，见刘原父，留吾剧饮数日。酒酣，谓吾曰：“昔陈季弼告陈元龙曰：‘闻远近之论，谓明府骄而自矜。’元龙曰：‘夫闺门雍穆，有德有行，吾敬陈元方兄弟；渊清玉洁，有礼有法，吾敬华子鱼；清修疾恶，有识有义，吾敬赵元达；博闻强记，奇逸卓荦，吾敬孔文举；雄姿杰出，有王霸之略，吾敬刘玄德。所敬如此，何骄之有？余子琐琐，亦安足录哉！’”因仰天太息。此亦原父之雅趣也。

原文我读

仁宗嘉祐六年，我通过制科考试，以大理评事为本官赴任签书凤翔府判官，辅助知州掌管文书。途经长安时，见到了刘原父，他留我一起痛快地大喝了好几天酒。有一次，酒喝到高兴处，刘原父给我说起了一段历史故事——

三国时期，有一个叫陈季弼的曹魏大臣，曾经指责担任广陵太守的陈登陈元龙说：“最近，无论走到哪里，都能听到关于您的议论，说您骄傲自大。”陈元龙听了，莫名其妙，回答说：“能做到一家人在一起和睦相处，个个有德有行，我敬重陈元方兄弟；能在个人修为上达到渊清玉洁，始终有礼有法，我敬重华歆华子鱼；能清心修德明辨是非而疾恶如仇，处事有识有义，我敬重赵昱赵元达；能勤奋学习，做到博闻强记知识渊博，才具出类拔萃，我敬重孔融孔文举；能雄姿英发豪气干云，勇谋可为王称霸，我敬佩刘备刘玄德。我心里敬重这么多人，我有什么骄傲的地方呢？剩下那么多的人，都是平庸之辈，就不值一提了！”

刘原父讲到这里，不由得仰天长叹。我明白，刘原父的高雅志趣和陈元龙所说是一样的。

一时谬想

读苏轼这则笔记，读着读着，脑子里竟蹦出来一个算式来：

陈纪+陈谌+华歆+赵昱+孔融+刘备=陈元龙=刘原父=苏东坡

陈纪、陈谌弟兄，加上华歆、赵昱、孔融、刘备这六位贤者，陈元龙说，他们都是我敬重的人。

刘原父借着陈元龙的口，把六位东汉末年的名人表扬了个遍，临了还仰天叹息，那架势，苏轼看得很清楚，刘原父对六位历史名人的敬重，更胜陈元龙一层。那苏东坡呢？不光敬重东汉六位先贤，就连敬重先贤的陈元龙、刘原父，都是他理想中的俊杰人物！

有一个叫难兄难弟的成语，常被用来形容两个人遭遇一样的悲惨境地。其实，这个成语的本义并不是这样，它就出自这则笔记中提到的陈元方陈季方兄弟。东汉时，颍川名士陈寔担任太丘县长，他的两个儿子陈纪（字元方）、陈谌（字季方）都功业有成，尊长爱幼，德行甚佳。陈纪的儿子陈群和陈谌的儿子陈忠，在一起争论各自父亲的功德，找祖父陈寔评理。陈寔认为两个儿子都是好样的，便感叹说：“元方难为兄，季方难为弟！”意思是兄弟两个都优秀，无可挑剔，并驾齐驱。后来，这句感叹演变成了成语“难兄难弟”。但是，随着时间的推移，人们竟然把本来表示“难于”之意的“难”字，解释成“落难”的意思，使成语表达的意思和本义恰恰相反，甚至还带一点贬义。历史上的陈元方兄弟，虽然德行很好，但并无太大的功业。不过，陈元龙敬佩的只是他们弟兄的一个方面：闺门雍穆，有德有行！哦，需要补充一下，这里的“闺门”，就是家门的意思，“雍穆”不过是“和睦”的另一种写法罢了。

《世说新语》中记有管宁割席的故事，说某天管宁和华歆一同在园中锄草，看见地上有一片金子，管宁依旧挥动锄头干活，跟看到瓦片石头一样没有区别；华歆却高兴地拾起金片，当他看到管宁的神色后才又扔掉了它。后来又有一天，两人坐在同一张席子上读书，门外有豪华的车子经过，管宁还像原来一样聚精会神，华歆却放下书跑出去观看。管宁看不惯华歆的做派，就把席子割成两半，生气地对华歆说：“你坐到那边去吧，你已经不是我的朋友了。”讲故事的主旨，是说华歆的德行不如管宁，通过对比显出了二人的高下。可是，为什么同时代的陈元龙那么敬重华歆呢？我觉得，这首先是看问题的角度不同，陈元龙看中的就是华歆华子鱼的“渊清玉洁，有礼有法”，也就是华歆的洁身自好、注重礼仪、照规矩办事。话说回来，那土里的金子就是和瓦片不一样嘛，捡起来看看有什么不好呢？门外发生了稀罕事，出去看看本是年轻人的天性，这能说明华歆品德怎么不行呢？我不揣浅陋，总觉得关于管宁、华歆的这两个故事，是后来南朝那个刘义庆杜撰的。

至于文中说到的赵昱赵元达，史书上连他的生卒年月都没有记载下来，只知道他在东汉末年做过广陵太守，后来被反贼笮（zé）融所杀。后边提到的孔融和刘备，大家都耳熟能详，他们各有其过人之处，这里不再赘述。《记刘原父语》的主角陈登陈元龙，最值得我们敬佩的地方，就是他能取众人之长，从各个方面向贤者学习，与榜样看齐。陈登自己说他没有骄傲自满，我看也是。

人生路上，要常想想苏轼，想想刘原父，想想陈元龙还有他敬重的那些人。心中有榜样，前行有标杆，就可能会不犯或少犯迷失方向一类的大错误。

张公规——情欲最难消除

笔记原文

养生难在去欲[1]　昨日太守杨君采、通判张公规邀余出游安国寺[2]，坐中论调气养生之事。余云："皆不足道，难在去欲。"张云："苏子卿[3]啮雪啖毡，蹈背出血，无一语少屈，可谓了生死之际矣，然不免为胡妇生子，穷居海上[4]，而况洞房绮疏[5]之下乎？乃知此事不易消除。"众客皆大笑。余爱其语有理，故为记之。

词句简释

1 去欲：抛弃欲念。2 安国寺：位于黄州城南。3 苏子卿：苏武，字子卿。4 海上：即北海，今贝加尔湖一带。5 绮疏：雕刻着花纹的装饰品。疏：窗户，此处指装饰品。

原文我读

昨天，太守杨君采、通判张公规邀请我一起去安国寺游玩，在座谈中谈论到有关调气养生的事。我说："别的都不足一提，最难的是抛弃欲念。"张公规说："苏武被匈奴扣押期间，没有饮食，就嚼雪混同毡毛而食，背部被踢得鲜血淋淋，他都没有说一句稍微屈服的话，可以说已经处在生死关头。但是，依然免不了与胡人女子生下孩子。苏武当时是在北海过着苦寒生活尚且如此，更何况人在洞房幔帐之中呢？可见抛弃欲念并不是一件容易的事情。"大家听了都哈哈大笑。我喜欢他讲这话中的道理，就把它记录了下来。

一时谬想

《礼记》上说："饮食男女，人之大欲存焉。"先哲们早就说得明明白白，温饱和男女关系，是人类最大最基本的需求和欲望。人类超越其他物种的要素之一，就是他有丰富的情感和多元的思想，两性之间还有相互交往的欲望和相互依赖的特质。

读这则笔记，我对苏轼他们探讨"调气养生之事"，当然是十分支持的；对他们所说的"难在去欲"，也打心底里认同。但对他们以此来调侃苏武，却非常反感。一群衣食无忧的人，酒足饭饱之后，说说调气养生的事情，自然是十分风雅，十分地高大上。但苏武呢，一个人孤居北海，风餐露宿，饥寒交迫，过着非人的生活。那流放的日子，苦还能忍受，最难挨的是寂寞，还有对家国亲人的思念。这种痛苦，不光是两千年后的我们体会不到，就是生活在一千年后的张公规们，都是难以感同身受的。

苏武，出生于公元前140年，西汉杰出的外交家，民族英雄。公元前100年奉汉武帝之命，以中郎将衔持节出使匈奴而被扣留。匈奴贵族多次威胁利诱，欲其投降，苏武都威武不屈。后匈奴将他放到北海边牧羊，扬言要公羊生子方可释放他回国。苏武历尽艰辛，留居匈奴十九年持节不屈，终于在公元前81年获释归汉。

诚如张公规所言，苏武的确在北海曾与“胡妇生子”，但不知张公规他们想过没有，苏武北海牧羊，那一牧可是十九年啊！十九年，人这一辈子能有多少个十九年？在那种艰难困苦的环境下，胡妇之于苏武，能是一种单纯的“欲”吗？万千孤寂之中，来了一位异性，这对苏武来说，那是慰藉，是晨曦，更是希望！可惜的是，吝啬的史家，却对她的存在不着一字，只一句“胡妇适产一子通国”，就将一段温暖的岁月挥袖拂去。难道，就因为苏武没能坚守住对人性中最普通的情欲的抗拒，就因为他娶的是异族胡女，就可以作为张公规他们取笑、打趣的理由？苏武身体力行，做到了孟子所说的“富贵不能淫，贫贱不能移，威武不能屈”，不管是谁，拿“胡妇生子”这事在苏武跟前说三道四，我都不高兴。

苏轼

此人必定是小人

笔记原文

张平叔制词[1]　乐天行[2]张平叔户部侍郎判[3]度支[4]制诰，云："吾坐而决事，丞相以下不过四五，而主计[5]之臣在焉。"以此知唐制，主计盖坐而论事也，不知四五者悉何人？平叔议盐法至为割剥[6]，事见退之集；今乐天制诰亦云"计能析秋毫，吏畏如夏日"，其人必小人也。

词句简释

1 制词：同"制诰"，指皇帝的诏令。2 行：起草。3 判：宋官制谓以大兼小。4 度支：官名，掌握财政实权的官职，宋代度支使与户部使、盐铁使总领国家财赋。因度支使一职权重，一般都由大臣兼任度支使，称判度支。5 主计：官名，汉代设置，掌管国家财政，计算出入。宋代为度支一类官员的统称。6 割剥：掠夺，残害。此处引申为残酷。

原文我读

白居易起草任命张平叔为户部侍郎兼度支使的诏令，其中写道：“我们一起坐下来讨论决定政务，自丞相以下参加的官员不过四五人，而主计臣度支使等就在其中。”由此可以知道，按唐朝的制度，主计官大概是可以和丞相等人坐在一起来讨论政事的，不知道诏令里提到的四五个人其他都是什么人？在韩愈的文集里，有关于张平叔的记载，说他议论盐法所提出的举措极严厉。现在，白居易制作任命张平叔的诏令里也称张平叔“计算上能分析至秋毫无差，吏员畏惧他就像害怕酷暑一样”，可见这个张平叔必定是个小人。

一时谬想

唐太宗有一个著名的“三鉴”理论，其中的一鉴便是“史鉴”，即“以古为鉴，可以知兴替”。意思很清楚，把历史当作镜子来看，可以知道国家兴亡的原因。这话说得很对，但问题的关键是如何把“镜子”里的东西搞清楚，不然，是什么也看不明白的。现在，我们来看看苏轼是怎样用敏锐的目光，发现历史真实的。

苏轼这则笔记不长，但信息量很大，至少有四点是明确的。第一，张平叔的任职诏书是白居易起草的，度支管国家财政，官不大，但位置很重要，要户部侍郎兼任，而且可以和宰相一起“坐”着议事；第二，在白居易起草的任命诏书里，说张平叔“计能析秋毫，吏畏如夏日”，即言张乃极精明强悍之人；第三，韩愈对张平叔并不赞成，曾在一篇文章里批驳张平叔，说“平叔议盐法至为割剥”，即言张乃残暴寡恩之人；第四，苏轼由此三件历史事实推出结论，张平叔就是一个窃取关键岗位的小人。

唐代中期，朝廷盐政一直实行所谓的“就场专卖制”，其核心内容是民制、官收、商运、商销，即食盐生产由盐民进行，运销即以商运商销为主，官府不参与经营，只管制定盐价并收税。这种方法，由于节约了管理成本，活跃了民间经济，后来被一直沿用。

张平叔出任户部侍郎兼度支使的时候，唐朝经历“安史之乱”，国力受到重创，财力殚竭，度支无以供军。为增加政府财政收入，张平叔提出要实施“官自粜盐”新政，将食盐的生产、运输和销售全部收归官府掌控，禁止商人售卖食盐。韩愈看了张平叔列出的变革条款，不由得吃了一惊。一生胸怀天下、忧国忧民的他，立刻意识到，张平叔的食盐新政，本质就是高度垄断，最终必然会发展为苛政暴敛。

于是，文学家的韩愈，转身成了经济学家，他立即挥毫落纸，写了一封洋洋洒洒两千多字的《论变盐法事宜状》递交给朝廷。韩愈在这篇长文里把张平叔提出的条款分为十三项，逐一分析利害，逐一予以驳斥。最终，唐穆宗犹豫了，压下了张平叔的新盐法没有实施。

在白居易起草的任命诏书里，说张平叔“计能析秋毫，吏畏如夏日”，这什么意思呢？乍一看，像是夸奖。仔细咂摸咂摸，怎么越看越像《红楼梦》里的判词呢？

顺便说一声，这个张平叔后来就被查出贪污公款四十万贯而锒铛入狱，并因此丢了性命。

据说，苏轼当年读史读到白居易撰写的任命诏书，看到对张平叔的“嘉奖”之语后，立马笑了：这不等于说他是个小人嘛！我读苏轼笔记读到《张平叔制词》这篇，不由得拍手叫好。我为白居易诏书中的春秋笔法叫好，更为苏轼见微知著、史海拾贝、沙里淘金的精明叫好！

苏轼——是高僧就可以做到

笔记原文

诵经帖[1]　东坡食肉诵经，或云：“不可诵。”坡取水漱口，或云：“一碗水如何漱得！”坡云：“惭愧，阇黎[2]会得！”

词句简释

1 帖：书牍类文体的一种。2 阇黎：亦作“阿阇黎”，梵语译音。意译为“轨范师”，可矫正弟子的行为，为其轨则模范，是高僧的敬称。

原文我读

苏东坡一边吃肉一边诵念佛经，有人见了，对他说：“现在不可以诵经，因为你口中有秽气，对佛不敬。”苏东坡赶紧取水漱了漱口，那人又说：“一碗水怎么能洗漱得干净！”苏东坡回答说：“真是惭愧，要是高僧就漱得干净！”

一时谬想

苏轼这则笔记，别看短，有人物、有时间、有故事情节，就是一篇完整的微型小说。苏轼把自己作为小说中的主人公，通过几句简洁的对话，揭示出了一些十分深刻的道理。

让我们首先来复述一下这篇小说中的故事情节。

苏轼一边吃饭，一边听和尚们在诵经，听着听着就想来凑热闹。但他忘了，念诵经前是应当斋戒的。他正吃着饭，而且一嘴肉才刚刚咽下去，按说，就不应该动这诵经的念头。可他偏不，不光此时特别想诵经，而且谁也劝不住。

一开始，有人劝他，说："你吃肉了，是不可以诵经的。"

"怎么了？"苏轼问道。

"你刚用过腥荤，满口秽气，对佛不够尊重，会让佛不高兴的。"那人回答说。

"哦，是这样啊，"苏轼边说边端起一碗水，"那我赶紧漱漱口！"

苏轼仰脖喝一口水，在嘴里咕嘟咕嘟几下，吐了；再喝一口，又咕嘟咕嘟几下，吐了。一会儿，把一碗水都漱完了，问那人："这可以了吧？"

"这还不行。"那人好固执，"一碗水怎么能把你嘴里的秽气全都漱掉呢！"

苏轼一听这话，实在是憋不住了，回敬那人道："你漱不掉是你不行，要是得道的高僧，他就能漱得干净！"

哈哈，这就差一点说自己便是高僧了！

作这则笔记，苏轼要表达一些什么样的想法呢？

我想，苏轼首先想说的是虚和实的关系问题，用现在的话说，就是内容和形式的关系问题。什么时候念经，念经前是否斋戒，念经时是不是读出声音，等等，都是虚的东西，都属于形式的范畴。而能否一心向佛、息意去欲、修善慈心、专务清净，则是实的东西，是修炼佛法的根本内容。只图形式而心不专一，是断然修不成正果的。如果把这一认识扩展到其他领域，我们都要记住，任何时候，都是内容决定形式，形式都不应高过内容，"如果形式不是内容的形式，那么它就没有任何价值”，我们要勇于抛开对形式的过分追求，把更多的精力集中到事物本身，便可以更快、更准确地认识事物的本质，从而采取更加有效的措施，获得更佳的效果。

苏轼记下这段文字，还要表达的一个重要想法，在他和“那人”的对话中，其实已经明确地表达出来了：对于那些吹毛求疵、习惯于拿放大镜看别人缺点的人，尤其是他指责的都是些无关紧要的枝节问题时，决不能一味地退让迁就！你只要稍一让步，他们便会得寸进尺，步步紧逼，没完没了地跟你纠缠下去。你看，我苏东坡不就是念经前吃了点肉嘛，这尽管不大合适，但并没有妨碍我礼佛敬佛、按佛法修心养性啊！就这么大点儿事，值得你一直咬住不放吗？别看你周吴郑王，装得倒很像，其实，你也没有多少道行。你一碗水洗漱不干净嘴巴里的秽气，是你自己不行，是高僧就做得到！

在现实生活中，也不乏和“那人”一样的人，包括我们自己有时候也会犯同样的错误。当我们为了某一件事想要责怪别人时，不妨拧一下自己的大腿，想一想苏东坡讲过的这个故事。

还有，苏轼在《诵经帖》中表达的意思和《记苏佛儿语》似有矛盾，这是怎么回事呢？还得想想。

苏轼——佛教传入时语言浅显

笔记原文

袁宏论佛说[1]　袁宏《汉纪》[2]曰："浮屠，佛也，西域天竺国有佛道焉。佛者，汉言觉也，将以觉悟群生也。其教也，以修善慈心为主，不杀生，专务清净[3]，其精者为沙门[4]。沙门，汉言息也，盖息意去欲，归于无为。又以为人死精神不灭，随复受形，生时善恶皆有报应，故贵行修善道以炼精神，以至无生，而得为佛也。"东坡居士曰：此殆中国始知有佛时语也，虽浅近，大略具足矣。野人得鹿，正尔[5]煮食之耳，其后卖与市人[6]，遂入公庖中，馔之百方。然鹿之所以美，未有丝毫加于煮食时也。

词句简释

1 说：一种文体。通过发表议论或记述事物来说明某个道理。2 袁宏《汉纪》：袁宏编著的《后汉纪》。《汉纪》应作《后汉纪》。袁宏继荀悦《汉纪》后作《后汉纪》。袁宏，字彦伯，东晋文学家、史学家，今河南太康人。3 清净：佛家语，意思是远离罪恶与烦恼。4 沙门：梵文"沙门那"的略称，亦译"桑门"，勤修善法、止息恶行的意思，佛教在中国盛行后专指佛教僧侣。5 正尔：正当，正确切当。6 市人：市肆中人，商人。

原文我读

东晋文学家、史学家袁宏编著的《后汉纪》中说："浮屠，指的就是佛，西域天竺国有佛教。所谓'佛'，用汉语解释就是'觉'，就是要讲道理让众生觉悟。

"这一宗教以慈心修善为主，反对杀生，要求远离罪恶，杜绝烦恼，其中修行最好的人称作沙门。沙门用汉语来说就是止息的'息'，大意是停息意念、除去欲望，最终归结于无所追求，顺应自然。

"这一宗教认为，人死后精神不会灭失，随即再次投胎受孕获得肉体；在生前所作的善恶，一一都会在来生有所报应，所以佛教非常重视修行向善的道德来锻炼精神，以期早日到达无生无死的境界，从而得道成佛。"

东坡居士说：这大概就是佛教开始传入中国、中国人最初知道有佛时的说法，语言虽然浅显，大略情形却都已具备。就像乡野之人获得一只鹿，正确切当的方法不过是煮熟吃掉而已。可后来把鹿肉拿到市场上卖给市肆中人，鹿肉又被送到街市上的饭店里，烹饪方法就有了上百种。然而鹿肉之所以被认为是美味，关键在于煮食时不加入任何其他东西。

一时谬想

初读这则笔记，意思大体明白，但因为它涉及宗教信仰，文字又不好解，既怕译错了，也怕解偏了，心里好拧巴，有茶壶煮饺子的感觉。有几次就想放弃了，但看着笔记最后苏轼那巧妙的比喻，越看越觉得意味深长，心里便有些不舍。转念又一想，反正咱这是译文是“我读”，理解是“谬想”，而且还是“一时”的，错了也没人给我计较，于是，便释然了。对比苏轼的超然达观，咱这般患得患失，真是令人羞愧！

佛是什么？史学家袁宏回答得很简洁：“佛者，汉言觉也，将以觉悟群生也。”所谓“佛”，用汉语解释就是“觉”，佛陀释迦牟尼，就是觉者——已经觉悟的人。佛的使命就是讲道理让众生也觉悟。顺便说一声，“觉悟”一词并不是佛教的专有名词，在我国先秦时期的文献中，早已有了这个词。《荀子》中就有“亦可以觉矣，以此自觉悟也，百里之国足以独立”的说法。这里的“觉悟”，意为醒悟。不过，“觉悟”一词在中国的广泛使用，的确是在佛教传入以后。

佛教的基本教义有哪些呢？袁宏说，最根本的是两点：一是要求修行者修善慈心，但做好事，不得杀生，务求清净；二是认为精神不灭，善恶有报，修心向善可得道成佛。这些理论，接近中国老百姓的心灵，很容易被中国老百姓认同，因此，佛教一经传入，便得到包括士大夫阶层在内的广大群众的普遍欢迎。魏晋南北朝时期，由于战乱频仍，时局动荡，政权更迭频繁，上自王公大臣，下至普通百姓，内心普遍缺乏安全感。此时，佛教所宣扬的“生死轮回”“因果报应”，以及坚持修心向善就可以得道成佛等理论，把人们的眼光从痛苦的现实转移到无法验证的来世幸福上，很容易抚慰人们的心灵，使人们心存希望，有所寄托。同时，魏晋南北朝时期统治阶级也希望运用佛教来维护社会秩序，缓解社会矛盾，从而大力提倡和支持，使得佛教在这一时期得以迅速发展。正如杜牧在《江南春绝句》中描写的那样，“南朝四百八十寺，多少楼台烟雨中”。一时间，中国大地，不仅佛寺林立，而且敬佛、礼佛、诵经、讲经等活动，成了上自王公贵族，下至平民百姓日常生活的重要组成部分。

但遗憾的是，随着时间的推移，佛教的宗派越来越多，被人们赋予的意义越来越深奥，仪式越来越复杂，清规戒律越来越严苛，因此失去了它自然的、原始的味道。

老子在《道德经》里强调，大道至简，凡是至大至重的原理、方法和规律，都是极其简单的，简单到一两句话就能说得明白。按苏轼的话说，“未有丝毫加于煮食”的鹿肉才有最美的味道。我们应当记住苏轼的话，从佛教的发展史中感悟原始之美，从万事万物的联系中感受简约之美，像东坡先生那样，简单、旷达起来！

第二章 读《仇池笔记》

《仇池笔记》

《仇池笔记》，也是苏轼著，只有两卷，被称为《东坡志林》的姊妹篇，其风格、体例俱与《志林》略同。

仇池，山名，在甘肃省成县西，位于苏轼家乡四川眉山北面。《后汉书》说："仇池，方百顷，四面斗绝。"因受杜甫诗的渲染和工部侍郎王钦臣等人的推介，从未到过仇池的苏轼，心中久已对仇池这块世外桃源般的山水心驰神往，进而成为其精神寄托。苏轼曾在一首诗的句下自注中写道："忽忆颍州日，梦至一官府，环视堂上，榜曰'仇池'。"绍圣三年（1096）三月，苏轼在《和陶桃花源》诗前小引里，再次述说他的那个难忘的梦，称仇池"山川清远，有足乐者"。绍圣四年（1097），苏轼由惠州再贬至海南儋州，途中作《次前韵寄子由》一诗，有"老矣复何言，荣辱今两空""似闻崆峒西，仇池迎此翁"等句。

有资料证明，把“志林”二字作为书名，确为苏轼个人所拟。也有人认为，以“仇池”作为书名，也是苏轼自己的意思。《仇池笔记》和《东坡志林》两书所载笔记重见者多达三十七则。由此可以想见，当年苏轼笔札散落世间数量极多，苏轼死后，编纂者各就所见编纂成书，分别按照自己的认识取名。所以我们可以说，以仇池作书名，也是以苏轼的志趣、心性为基础的，符合东坡先生的意愿。

《仇池笔记》所收内容和《东坡志林》一样，都是杂感、史论一类文字，虽卷帙不多，但涉及面很广，无论经史子传、制度风俗、轶闻趣事、山川风物、佛道修养、阴阳术数，凡有所感，均录之成文，且简洁明快，不假雕饰，自然天成。

读苏轼的文章，不能少了这本书。

苏轼——我一到任就停办『万花会』

笔记原文

万花会　扬州芍药为天下冠。蔡京为守，始作万花会，用花十余万枝。既困诸邑，吏缘为奸[1]，予首罢之。万花本洛阳故事，亦为民害。钱惟演作留守，始置驿贡洛花，有识鄙之。此宫妾爱君之意也。

词句简释

1 “既困诸邑，吏缘为奸”句：据《苏轼全集·七十二》《以乐害民》条，“吏缘”之前应有一“又”字。

原文我读

扬州的芍药名扬天下，全国第一。蔡京在扬州当太守的时候，开始首次举办万花会，仅一次万花会就使用芍药花十万余枝。举办万花会劳民伤财，既靡费国力，造成地方财政窘迫，又让官吏借此相互勾连，盘剥百姓，我一到任，就立即宣布停止举办万花会。

所谓“万花”之说，本为洛阳历史上的旧事，也是于民有害的。钱惟演做西京洛阳留守时，开始设置专门机构向朝廷进贡洛阳牡丹，当时的有识之士都因此而鄙视他。这种做法，就像宫中嫔妃向君主表达爱意一样浅薄。

一时谬想

读这则笔记，给我以强烈震撼的是“予首罢之”这四个字。新官到任，要做的一般都是减免钱粮、赈济灾民、修桥铺路，甚至整肃吏治、除暴安良一类的事情。所谓新官上任三把火，也大都从这些方面“烧”起的，但苏轼却选择了停办万花会。不知道苏轼当时想过没有，这样做，满朝文武会怎么看，天下不太平了吗？原来兴办万花会的蔡京会怎么看，你要否定我的政绩吗？扬州的各级官吏会怎么看，你这不是断我们财路吗？

苏轼竟全然没有这样想。

苏轼想的是全州“诸邑”要为此疲惫奔忙，库银花光还不算，衙役恶吏又乘机敲诈勒索，百姓因此苦不堪言。

苏轼想的是十万余朵芍药花，加上办会需要的展台、车马、人工，这要动用多少人力、物力和财力！

苏轼想的是这万花会虽给长官一笑之乐，却成百姓穷困之害。享受的只是官僚豪绅，遭殃的却是万民百姓。

宋仁宗庆历年间，福州曾年年举办规模宏大的元宵节灯会，官府下令，每户居民元宵节晚上必须点灯七盏。一位叫陈烈的耿直之士特地制作了一盏长约丈余的大灯，在灯上醒目地写着：“富家一盏灯，太仓一粒粟。贫家一盏灯，父子相对哭。风流太守知不知？惟恨笙歌无妙曲！”据说，当时任福州太守的蔡襄蔡君谟知道这件事后，十分羞愧，当即下令“罢”了灯会。我想，万花会那十万枝芍药，其绝大多数，也都会摊派到扬州的商户和居民头上，在扬州，也少不了有成百上千个“父子相对哭”的场面。所以，把福州陈烈这首诗拿过来，讥讽扬州万花会给百姓带来的沉重负担和痛苦，也是十分恰当的。

回望历史，让人觉得十分沉痛的是，竟有那么多像蔡京、钱惟演那样，喜欢耍弄“宫妾爱君之意”小把戏，不顾百姓疾苦的权臣窃据高位。不过，令人感到无限欣慰的是，毕竟还有像苏轼、范仲淹这样忧国忧民的“好官”在艰难前行；毕竟还有像蔡襄蔡君谟那样从善如流的“能员”能够修正自己的行为。扬州有苏轼，是扬州百姓之福；中国有苏轼，是中华民族之幸。

苏轼在扬州任职，满打满算不过半年时间，却因“罢”万花会而写入扬州史册，被扬州百姓世代传颂。一个“罢”字，寄寓着一个官员的爱民情怀，体现的是一个官员的担当精神。对那些劳民伤财所谓“好事”“乐事”，该罢的，果断罢掉它，好！

当今，也有地方官员热衷于搞一些这节那会，假如他们读到了苏轼的这则笔记，不知道会做怎样的感想呢?

王钦若——路振考虑问题不全面

笔记原文

世有显人　　李士衡之父豪恣不法，诛死。士衡进用，王钦若欲言之而未有路。会真宗论时文之敝，因言：“路振，文人也，然不识体。”上曰：“何也？”曰：“李士衡父诛死，而振为赠诰[1]，曰‘世有显人’。”上颔之。士衡以故不大用。

词句简释

1 赠诰：对五品以上官员的曾祖父母、祖父母、父母及妻室之殁者，以皇帝的诰命追赠封号。

原文我读

李士衡的父亲李益骄横放纵，不守法度，被朝廷处以死刑。

后来，李士衡被朝廷重用，王钦若想提出反对意见却没有机会。遇上宋真宗纵论时下文风存在的弊端，王钦若借机说：“路振，是一个文人，但他不识大体，考虑问题不全面。”宋真宗问：“你为什么这样讲呢?”王钦若回答说：“李士衡的父亲过去是被朝廷杀掉的，李士衡官拜尚书左丞后，朝廷让路振草拟一个追赠给他父亲的封号，路振拟写的文稿中竟写有‘世有显人’四字。”真宗听后点了点头。从此，李士衡因为有王钦若这句话，便一生不被重用，没有什么大的作为了。

一时谬想

这则笔记除真宗外，涉及四个人物：李士衡及其父亲、王钦若、路振。老办法，首先对每个人的情况做一个大致介绍，这样，能更好地理解苏轼这则笔记要表达的意思。

李士衡，在欧阳修的笔记《归田录》中，也记有这个人的故事。不过，老夫子惜墨如金，只道他以馆职出使高丽，对高丽送的礼物“皆不关意”，任由跟随他的副使处置，其余便没有了。查历史资料，知其于太宗太平兴国年间进士及第，太宗时因其父亲不法被诛而被除籍（开除公职）。后来经寇准推荐被重新起用，真宗时做过河北都转运使、三司使等，仁宗时拜为尚书左丞。史书上说，李士衡司财赋二十年，善理财，颇具政绩。李士衡的祖父和父亲都没有什么官职，但非常富有，是他们家乡那一带名副其实的“豪民”。

路振，太宗淳化三年（992）进士第三人及第，曾知河中府、知邓州等，景德中任福建巡抚，后主持编修太祖、太宗两朝国史，最后任太常博士、左司谏、知制诰等职。史料里讲，路振文辞温丽，尤长诗咏，内多警句。

王钦若，太宗淳化三年进士甲科及第。曾任知制诰、翰林学士、参知政事等职，且两度为相。因状貌短小，颈长有疣，时人称为瘿相。王钦若为人奸邪险伪，善迎帝意，与丁谓、林特、陈彭年、刘承珪交结，时人谓之“五鬼”。

不明确说出自己意见，而用影射、暗示等方法害人，或者借用别人的话来中伤他人，是王钦若的独门绝技。也正是因为这一点，人们恨透了他，在戏剧中，王钦若是极有名气的白脸奸臣。

先说两个王钦若暗中害人的故事。

宋真宗景德年间，皇后郭氏病逝，真宗准备立刘德妃为后，遭众大臣反对。参知政事赵安仁上奏说，立刘妃为后，不如立已故宰相沈义伦的孙女沈才人为后。赵安仁的反对，虽然令真宗十分恼火，但赵安仁是有名的忠臣，平时恪尽职守，提出的意见也没有毛病，真宗觉得不应该因此就处分他。退朝后，真宗越想越气，一夜都没睡好觉，王钦若见此不由得喜上心头。第二天，恰好真宗问王钦若大臣中谁最优秀时，王钦若装作想了想，然后说："赵安仁当属最优。"真宗不解，王钦若说："谁也比不了赵安仁，他昔日曾得故相沈义伦的提携，至今仍不忘旧情，常常要报答沈家。"真宗闻听此言，联系到赵安仁提议立沈才人为后这件事，沉默良久。不久，就免去了赵安仁参知政事的职位。

宋真宗景德元年（1004），北方辽国军队大举南侵，已攻至距北宋都城开封不远的澶州，宋朝君臣上下惊慌失措，纷纷主张迁都以避辽兵锋芒。宰相寇准坚决主张抗战，最后，宋真宗听从寇准意见，御驾亲征，取得了战争的主动权，与辽国订立了互为兄弟之国的澶渊之盟。战事结束后，宋真宗对寇准更加倚重，不断给他加官晋爵。素与寇准不和的王钦若对此非常嫉妒，便寻机挑拨离间，谗言中伤寇准。一天，王钦若先从春秋会盟说起，暗指澶渊之盟是城下之盟。然后对真宗说："陛下听说过赌博的事情吗？赌博的人输钱输到快没有钱的时候，就把剩下所有的钱都拿出来押上，这就叫'孤注一掷'。陛下，您当时就是寇准手中的'孤注'啊！"真宗听了王钦若这一番话，很快便将寇准降为刑部尚书，远远地派到陕州当知州去了。

在苏轼讲的这个故事里，王钦若不想让李士衡"进用"，但他不正面说李士衡不行，而是说路振不识大体，不从朝廷的全局来考虑问题，李士衡的父亲被朝廷"诛"了，你还说什么"世有显人"！潜台词是什么呢？宋真宗听罢，点了点头，若有所悟：路振说你李士衡家"世有显人"，你李士衡竟同意这样的说法，你难道不知道你父亲是怎么回事啊？你眼里还有朝廷吗？

王钦若为人，苏轼鄙之，吾也鄙之。

李惟熙——物呈某性必有其理

笔记原文

论物理　舒州医人李惟熙，善论物理，云："菱芡皆水物，菱寒而芡暖者，菱花开背日，芡花开向日故也。"又曰："桃、杏双仁辄杀人者，其花本五出，六出必双。草木花皆五出，惟雪花六出，此殆阴阳之理。今桃、杏六出双仁皆杀人者，失常故也。"

原文我读

舒州有个医生叫李惟熙，善于论述事物存在、发生、发展的道理和呈现某种性能的原因。他说："菱角和芡实都是水生植物，之所以菱角性寒、芡实性暖，是因为菱角花朵向下总是背着太阳，而芡实开花花朵朝上向着太阳。"他又说："之所以双伴儿的桃、李仁（一个核内两个仁）能杀人，是因为一般的桃、杏所开的花朵本来都是五瓣的，如果一棵树出现六瓣的花，那朵花所孕育的果子里边的仁必定成双。草木的花一般都是五瓣，只有雪花是六瓣，这就是阴阳不同的道理。之所以桃、杏花开六瓣、果仁成双能杀人，是因为它发生了反常的情形。”

一时谬想

读到苏轼这则笔记，立刻想起多年前听到的一个寓言故事。

这个故事说，有一天，一只蝎子要到河对岸去办一件关紧事，正在惆怅没有渡船的时候，蹦蹦跳跳来了一只青蛙。蝎子便央求会游泳的青蛙把自己驮到对岸去。青蛙不干，说："我认识你，你好螫人，我驮你到半途，你螫我怎么办?”蝎子说："不会的，我要螫你，你游不动了，我也活不成了。”青蛙想了想，觉得有道理，便同意了。可游到河中间时，青蛙突然感到背上一阵剧痛，便问蝎子："咋回事？你怎么说话不算话！”蝎子回答说："对不起啊，青蛙大哥，没办法，我就是干这一行的，螫人是我的本性，刚才一不留神就下手了！”说着，青蛙和蝎子便一同慢慢地沉到水下去了。

蝎子为什么要这么做呢?

“善论物理”的李惟熙似乎给了我们一个答案。这里，李惟熙所讲的“物理”，并不是现代科学物理学中的概念，在我国古代，这个词表达的是“物呈某性的道理或者原因”。

菱呈寒性，因其花开朝下，背向太阳；芡呈暖性，因其花开朝上，面向太阳。

桃、杏之双仁者，之所以能杀人，因其花开与众不同，和雪花一样也呈六瓣，乃极阴之物。

蝎子螫人，必因其阴毒之本性。

苏轼——唐人给酒命名时多用『春』字

笔记原文

酒名　退之诗云："且可[1]勤买抛青春[2]。"《国史补》云："酒有郢之富水春，乌程之若下春，荥阳之土窟春，富平之石冻春，剑南之烧春。"杜子美诗云："闻道云安曲米春。"《裴铏传奇》亦有酒名松醪春，乃知唐人名酒多以春。

词句简释

1 且可：姑且，暂且。可，助词。2 抛青春：酒名。魏怀忠《新刊五百家注音辩昌黎先生文集》引洪兴祖："东坡云：'抛青春必酒名。'……盖江陵酒名也。"

原文我读

在唐代诗人韩愈的《感春》诗中，有"百年未满不得死，且可勤买抛青春"的句子。唐代史学家李肇所著的史书《唐国史补》中记载："在知名的酒类中以'春'字命名的有郢都的富水春，湖州乌程的若下春，郑州荥阳的土窟春，陕西富平的石冻春，剑南的烧春等。”唐代杜甫在《拨闷》诗中还有“闻道云安曲米春，才倾一盏即醺人”的句子。唐代裴铏小说《传奇》中，也提到一种酒名叫松醪春。从以上例证可以知道，唐朝人给酒命名时多用“春”字。

一时谬想

在古代，大凡文人，尤其是诗人，都对酒情有独钟。酒在古代文人生活中扮演着重要的角色，从曹操的“对酒当歌，人生几何”，到李白的“会须一饮三百杯”，再到“醉翁”欧阳修的“把酒祝东风，且共从容”，无不是如此。据说，苏轼不仅喜欢饮酒，而且还会造酒。他贬谪惠州的时候，因为当地已有一种酒叫“万家春”，而他住在罗浮山下，便将山名顺手借来，给自己酿的酒起名为罗浮春，当地人一直沿用至今。

以春为酒名，第一次听说是在上世纪九十年代。一日，几个朋友无事小聚，喝的恰是剑南春酒。开席前，一老者拿起酒瓶，用指头敲着酒瓶上的“春”字问大家：“酒的名称，叫‘液’、叫‘浆’，甚至叫‘窖’，都好理解，但这个酒为什么叫‘春’呢？”大家听了，你看看我，我看看他，然后纷纷说：“不知道。”老者高兴，说：“古人云：‘唐人名酒多以春。’这是从古代传下来的规矩。”大家听了，自然对老者更加崇敬。那时候还不像现在查资料这么方便，我回到家里第一件事便是找书，先看《现代汉语词典》，没有这解释，再查《辞海》，还真有这样的说法。现在读《仇池笔记》，方知老者口中的古人，就是苏东坡。苏东坡不仅这样说了，他还有自己的考证：唐人所写的两本书、两首诗，竟然清清楚楚地记着八种名称中带有“春”字的酒。

名酒以春，最早可追溯至周朝。《诗经·豳风·七月》中说：“十月获稻，为此春酒，以介眉寿。”但为什么唐人更喜欢用“春”字作为酒的名称呢？我想，这应该和唐代的文化有密切的关系。唐代士人的张扬、奔放和意气风发，与春天的升发、萌动和万物复苏，都在酒中得到了完美结合。酒后微醺的唐人，更能感知春的曼妙和生命的萌动！

敢于质疑，很多时候是获取知识的动力。当你弄明白了一件事情的根起来由时，内心深处便有一种欢畅油然而生。现在，我们终于读懂了“且可勤买抛青春”的意思，明白了酒名称春的道理，不亦快哉！

苏轼——鹅有二能而不能免死

笔记原文

鹅有二能　钱塘人喜杀，日屠百鹅。予自湖上夜归，屠者之门百鹅皆号，声振衢路，若有所诉。鹅能警盗，亦能却蛇，其粪杀蛇。蜀人园池养鹅，蛇即远去。有二能而不能免死，又有祈雨之厄。悲夫，安得人如逸少[1]乎！

词句简释

1 逸少：指王羲之。王羲之，字逸少，东晋大臣，书法家。王羲之性爱鹅，有“为道士写经，笼鹅而归”事。

原文我读

杭州一带的人喜欢杀生，宰鹅的屠户每天要杀掉一百多只鹅。我夜里从湖上归来，屠户门前有上百只的鹅都在号叫，声音充满了大街小巷，好像在向世间诉说着什么。

鹅很机警，盗贼来了能大声鸣叫向主人报信，也能赶退蛇类，它的粪便能够杀蛇。蜀地的人在园子里池塘中养鹅，蛇就会远远离开。鹅有这两项本领却不能免去一死，另外还有人们杀它用以祭天祈雨的厄运。多么悲哀啊，怎么才能让人们都像王羲之那样爱鹅呢?!

一时谬想

看来，鹅能防盗、却蛇，苏轼是做过认真观察的。史载，苏轼在做杭州知州的时候，曾大力倡导当地百姓养鹅，不仅增加了人们的收入，还改善了生存环境。

王羲之爱鹅也是很出名的，他不仅常常买鹅放生，还自己养鹅，通过观察鹅的形态，提高书法造诣。

在这则笔记里，苏轼要感叹什么呢？鹅，一杂食动物，所取甚少而能警盗却蛇，却不能免死，甚至被特殊对待，一要祈雨便首先选它做祭品！这是什么道理呢？鹅的命苦，我苏东坡的命运又何尝不是如此！空有一腔抱负，却在京城待不下去，新党排斥，旧党不容，天下如此之大，竟没有我的容身之地！虽经反复请求，外放来到杭州，但接下来的命运又会怎样呢？听到“屠者之门百鹅皆号，声振衢路，若有所诉”，苏轼仿佛预感到了什么，一种透骨的寒意一阵阵袭上心头。

如果世间能多几个像王羲之这样的人，那该多好！苏轼的一声长叹，千百年来，让无数人为之感怀。然而，现实就是这样让人无奈！不过，反过来想想，那些不具“二能”者，又怎么样呢？对不少人来讲，学知识、长本领就是生命的一部分，这“二能”，有，还是比没有强。

杜甫——人们都误解了我的意思

笔记原文

八阵图诗　　予尝梦杜子美云："世人误会《八阵图》诗'江流石不转，遗恨失吞吴'，以为先主、武侯欲与关羽复仇，故恨不灭吴，非也。我意本为吴、蜀唇齿之国，不当相图，晋能取蜀者，以蜀有吞吴之意，此为恨耳。"

原文我读

我曾经在梦中见到了唐代大诗人杜甫杜子美，他对我说："世人都误会了我在《八阵图》诗中写的'江流石不转，遗恨失吞吴'这两句话的意思，以为是说先主刘备和武侯诸葛亮想给关羽报仇，所以悔恨没有灭掉吴国。其实，我不是这个意思。我的本意是：吴、蜀两国本是唇齿相依的两个国家，不应当有相互灭亡对方的企图，晋朝之所以能够灭掉蜀国，就是因为蜀国在战略上失策，产生了吞并吴国的意图，我是因此而悔恨啊。"

一 时 谬 想

《八阵图》是唐代大诗人杜甫所作的五言诗，诗的前二句“功盖三分国，名成八阵图”，赞颂了诸葛亮当年为实现魏蜀吴三足鼎立所立下的丰功伟绩，尤其是称颂他在军事上的才能和功勋。南阳武侯祠有一院门两侧，就是用这两句诗做对联的。诗的后两句是对刘备错误决策、吞吴失师，葬送联吴抗曹统一大业表示惋惜。全诗内容为：“功盖三分国，名成八阵图。江流石不转，遗恨失吞吴。”诗中的“八阵图”，是指诸葛亮当年用来操练军队和作战所创制的八卦阵；“江流石不转”是说虽经几百年江流冲击，当年用作八阵图的石头却依然如故。

杜甫这首诗中“遗恨失吞吴”五个字究竟是什么意思，历来多有争议。在苏轼之前，很多人都望文生义，说杜甫要表达的是刘备和诸葛亮因为没有吞灭吴国而遗恨。但是，苏轼认为这样理解有问题。

这杜子美到底想说什么呢？

时光倒流回至九百年前——

有好多天，苏轼寝也不安，饭也不香，马上、枕上、厕上，都在想这个问题，想了许久，都没有找到答案。那天夜里，他居然做了一个梦，梦里杜甫给他详细地说出了自己要表达的真正思想。他告诉苏轼，他是想说，真正值得惋惜的是刘备和诸葛亮作出了错误决策，失误就失误在他们感情用事，不审时、不度势，产生了灭掉吴国的想法。

俗话说得好，日有所思，夜有所梦。像苏轼这样，一直把心中的疑虑放在心里，带到梦中，还有什么问题搞不清楚呢？刨根问底，不把事情弄明白决不罢休的精神，也是我读苏轼深受感动的一个方面。

孙临——可怕李金吾

笔记原文

韩玉汝李金吾[1]　　韩缜为秦州，以贼杀不辜去官。秦人语曰："宁逢乳虎，莫逢韩玉汝[2]。"孙临最滑稽，或问："莫逢韩玉汝，当以何对？"临曰："可怕李金吾。"

词句简释

1 李金吾：姓李的治安警卫。金吾：鸟名也，后以名官，职责为"晓暝传呼，以禁夜行"。杜甫《陪李金吾花下饮》云："醉归应犯夜，可怕李金吾。"2 韩缜字玉汝，《宋史·韩缜传》言其知秦州时，曾令军校以铁裹杖棰杀人。

原文我读

韩缜韩玉汝在担任秦州知州的时候，因为以非常残忍的手段杀害无辜的人被罢免了职务。秦州当地百姓拍手称快，出现了这样的民谣："宁肯碰上正在育子的母老虎，不要遇到凶残成性的韩玉汝。"有一个叫孙临的人最善于讲讥讽幽默的话，有人问他：“如果用‘莫逢韩玉汝’这句话作上联，你怎么对下联呢?”孙临立马答道：“可怕李金吾。”

一时谬想

苏轼这则笔记中说到的韩缜，字玉汝，仁宗庆历二年（1042）进士及第，英宗时任淮南转运使，神宗时自龙图阁直学士进知枢密院事。《宋史》说他“虽出入将相而寂无功烈”，虽然位极人臣却没有做出什么功绩，一个突出特点是“外事庄重，所至以严称”。他在做秦州知州的时候，有一次在外边吃饭到很晚才回家，有一个叫傅勍（qíng）的属员喝多了酒，迷迷糊糊地跟着他一起到了他的宅邸，恰好碰上了他的侍妾，他一见便怒不可遏，令军校以铁裹杖棰杀了这个属下。后来，傅勍的妻子带着血衣告御状，朝廷虽然查明了事实，但仅是罢了他的知州一职，调到南京另作任用。秦州百姓知其残暴，于是就有民谣“宁逢乳虎，莫逢玉汝”在当地相传。

大家有一点可能不解，既然说韩缜非常残暴，为什么要说宁肯碰上一个“乳虎”，而不说宁肯碰上个大老虎呢?

大家有这样的疑问，肯定是受了“乳猪”一词的影响。不管吃过没吃过乳猪，但都知道乳猪就是刚生下来的小猪仔，所以便想当然，乳虎不也是刚出生的小老虎吗？错了！古人讲的乳虎，不是指的正在吃奶的小虎，而是指正在用自己的乳汁喂养幼虎的母老虎。《汉书·酷吏传》中有这样的记载：“宁成为济南都尉，其治如狼牧羊……号曰：‘宁见乳虎，无直宁成之怒。’”颜师古解释说：“猛兽产乳，养护其子，则搏噬过常，故以喻也。”在农村生活过的人都知道，所有动物都有护子的本能，哺乳期的野兽要比平时厉害得多。

孙临给“莫逢韩玉汝”对的下联“可怕李金吾”这句话，出自唐代诗人杜甫《陪李金吾花下饮》。该诗最后两句为：“醉归应犯夜，可怕李金吾。”金吾是一个职官的名称，职责为“晓暝传呼，以禁夜行”。李金吾，简言之，就是姓李的查夜官。杜甫那两句诗的意思是说，醉酒回家大概应当是违犯宵禁条例了，面对您这查夜的官，还真有点害怕呢!

苏轼记下这则笔记，首先是出于对韩缜一类残暴官员的痛恨，同时，还应当有更深层的用意。宁肯遇上动辄就要吃人的母老虎，也不要碰上韩缜这个活阎王！看看，老百姓怕一个朝廷命官，竟然怕到这种程度，这大宋朝还有王法吗?！如果说，秦州民谣反映的是老百姓对韩缜的恐惧，还可能是个别官员品德所造成的问题。那么，孙临的对子仅仅就是一个幽默吗?“莫逢韩玉汝，可怕李金吾。”一方面，老百姓祷告着不要碰上了韩玉汝；另一方面，还有更可怕的“李金吾”们，让人躲也躲不开呢！

现在，人们说起大宋朝，都知道其军事力量很弱，也知道那是它的制度造成的。北宋的经济状况怎么样呢？好像东京很繁荣，但老百姓生活得怎么样呢？北宋的法律制度有利于经济发展吗？这些，都需要我们做进一步的研究。

苏轼——不能把“困医”当乐事

笔记原文

论医　医之难明，古今所病也。至虚有盛候，而大实有羸状，疑似之间，便有死生之异。士大夫多祕[1]。所患以求痊，验医能否，使索病于冥漠之中，辨虚实冷暖于疑似之间。医不幸而失，终不肯自谓失也，巧饰遂非以全其名。间有谨愿者虽惑主人之言，亦参以所见，两存而杂治。吾平生求医，盖于平时默验其工拙。有疾求疗，必尽告以所患，使医了然知患之所以然，然后诊之。虚实冷暖，先定于中，脉之疑似，不能惑也。故虽中医，治吾疾尝愈。吾求疾愈而已，岂以困医为事哉！

词句简释

1 祕：同“秘”。

原文我读

对一个医生来说，把病情诊断清楚，自古至今都是一件非常困难的事情。虚弱到极点的人有时反而有强盛的证候，而邪气盛实的人反而会呈现十分羸弱的症状，就在这似是而非之间，便有可能是生与死的不同。

现在，很多官员和有声望的读书人患了病，都不愿意告诉医生他们患病的真实情况，却想赶快痊愈，还想以此来检验医生的本事。这就使得医生查明病因像在黑暗中摸索一样艰难，辨别病人虚实冷暖总是在似是而非之间犹豫徘徊。有的医生不幸出现了误诊，最终又不肯承认，便用巧言花语来掩饰其做错的地方，以保全自己的名声。间或也有个别谨慎的医生，虽然被病人所说的病情所迷惑，但也能参照自己所见，在主兼证共存的情况下，采取多下药、都拦住的方法开方治病。

我这一辈子看病求医，都是通过平时在一旁观察治疗效果来检验医者能力强弱的。有病求医生治疗，就应当原原本本地告诉医生自己所患疾病的实际情况，使医生清楚地知道所患疾病的主要原因，然后开方诊治。病人所表现出来的虚实冷热，医生首先要做到心中有数，这样，脉象所显示出来的彼此不清、似是而非问题，就不能迷惑住他了。所以，给我治病的医生，虽然只是中等水平，往往一下药，病便治好了。我看病是想让身上的疾病赶紧治好罢了，怎么能把难为医生当作一件乐事呢！

一时谬想

苏轼笔记，大都是记自己的所见所思，像这一则摆事实、讲道理、有批评、有劝诫，跟一篇完整的议论文一样的，似乎也不多。

我曾和不少做医生的朋友有过深入交谈，也读过不少医生作家所写的文学作品，应当说，对医者的心理还是了解一些的；随着年龄的增长，近几年身体也大不如从前，求医问药成了生活中的重要组成部分，面对医院和医生时那种复杂的心情，也有不少切身的体会。医生和患者的关系，其实是这个世界上最特殊，也是最温暖的关系。人活一世，会遇很多事，但没有比生死更重要的事；也会遇见很多人，但除了父母，细想想，还有几个是能以性命相托的呢?

文中，苏轼循循善诱，从正反两个方面劝说人们不要“祕其所患以求痊”。一方面，你不如实讲明病情就是让医生在黑暗中摸索，好多病往往表现为似是而非、既此又彼、模糊不清，一般的医生原本就是很难弄清楚的；另一方面，还真有一些水平不够的医生在滥竽充数，你不说清楚，他就给你胡乱治疗，治坏了他又怕损害他的名声，死不承认错误，千方百计给你编出一套理由应付过去。如果较幸运，恰巧碰上了一个谨慎的医生，他看出了你的病，但你不说实话，他只能“两存而杂治”，让你多花钱还不会很快痊愈。两种情况一个结果，吃亏的只能是患者本人。现实生活中，就有一些善于耍弄一点小聪明的人，偏不给医生说明自己患病的具体情况，试图让医生通过号脉搞准病情，还常常以此作为检验医生水平的标尺。殊不知，把脉切诊只是中医诊断病情的诸多手段之一，最基本的方法还有望诊、闻诊和问诊，何况脉象还常常是似是而非、模糊不清的。没有“望”“闻”“问”这三诊，光靠“切”是很难搞准病症、病因的。所以，深谙医道的苏轼告诉我们，只有把虚实冷热这些症状让医生弄清了，做到了胸中有数，才不会被脉象表现出来的“疑似”所迷惑。其实，在中医诊病实践中，还有“舍脉从症”一说呢!

道理说罢了，苏轼还怕人们没有明白，便以自己为例，告诉人们自己是如何配合医生弄清病情的，要大家相信，正常的病，别担心，一般的医生都能治好。

在这则笔记中，苏轼还告诉我们，疾病诊断的难点就是辨明其证候的真伪。作为一名医者，只有去伪存真，“不畏浮云遮望眼”，努力探究致病的根本原因，做到“守得云开见月明”，然后辨证施治，这样，才能不负众望，才能无愧于患者的“性命之托”。

面对疾病，医者、患者如同生死之交，双方，都要珍重!

苏轼——你还有资格责备别人吗？

笔记原文

巫蛊　汉武帝恶巫蛊如仇雠[1]，盖夫妇、君臣、父子之间，嗷嗷然不聊生矣。然《史记·封禅书》云：“丁夫人[2]、洛阳虞初等以方祠诅匈奴、大宛。”己且为巫蛊，何以责臣下，此最可笑。

词句简释

1 仇雠：亦作“仇仇”，仇人，冤家对头。雠，chóu，与仇同义。2 丁夫人：人名，西汉越人，姓丁，名夫人。《汉书·郊祀志下》载：“丁夫人……以诅军为功。”

原文我读

汉武帝对巫蛊这种用来加害别人的巫术，如同对仇敌一般憎恶，大概是因为巫蛊能使夫妇、君臣、父子之间，互相残杀、痛苦哀号无法生存下去。然而，《史记·封禅书》却有这样的记载：“武帝太初元年，汉朝出兵西伐大宛，军中就有一个叫丁夫人的方士，和洛阳人虞初等一起，专门筑台举行仪式诅咒匈奴和大宛。”既然自己已经行了巫蛊，拿什么来责备臣下呢？这真是可笑。

一时谬想

汉武帝在位后期，发生了震惊朝野的“巫蛊之祸”。征和元年十一月，方士及众神巫聚集京城，用妖术迷惑众人，连皇宫中也有人参与其中。汉武帝担心有人借机谋害自己，便安排他宠信的大臣江充等人，大规模搜捕图谋不轨者。江充因与太子刘据结怨，担心太子即位后对自己不利，便诬告太子宫中埋的木人最多，又有帛书。太子得知后非常恐惧，派人诈称武帝使者，捕杀了江充等人。汉武帝又命丞相刘屈氂派兵追杀太子。后来，卷入此事的皇后、太子等人被迫自杀。因巫蛊而起的祸事，致使包括皇亲国戚在内的几万人死难，形成“夫妇、君臣、父子之间，嗷嗷然不聊生”的惨象。

丁夫人、虞初等人诅匈奴、大宛一事，发生在武帝太初元年。据考证，丁夫人乃西汉越人，姓丁，名夫人，史书上说，他“以诅军为功”。由此看来，在汉武军中，行“巫蛊”很可能就是一个专门的兵种，而且做这一行的，好像还颇有些战绩呢。

苏轼写这则笔记的意思，是要批评汉武帝的：你自己跟别人打仗，已经行巫蛊在先，你还有资格责备臣下吗？言外之意，兴你迷信，就不兴别人胡搞吗？既然你上梁已经不正，如何再求人下梁不歪！大学问家钱锺书先生因此也盛赞苏轼“甚有识力”，说这“真是通明之论”。然而，我却不完全赞成这样的看法，我觉得汉武帝“恶巫蛊如仇雠”是理所当然的。从丁夫人“以诅军为功”这一记载我们可以看到，汉武帝本已是玩巫蛊的老手，而且颇知这玩意儿的厉害——至少是他自己认为，巫蛊确实是可以杀人的。所以，他是绝对不容许宫中有人用它来针对自己的。这样一想，他之所以要对包括自己亲儿子在内的那些操弄巫蛊的人大加杀伐，也就很好理解了。

既然巫蛊是件杀人的利刃，就只许我用来杀人，绝对不允许别人拿来杀我。汉武帝刘彻这类强人的逻辑原本如此，没有什么值得可笑的！

徐仲车——品德是第一重要的

笔记原文

大禹周公　东坡将别，乞一言于徐仲车。曰：“自古皆有功，独称大禹之功；自古皆有才，独称周公之才。以其有德以将之故耳。”

原文我读

我将要和徐仲车告别时，求他送一句话给我作临别赠言。他对我说：“自古都有立大功的人，但人们唯独称赞大禹功劳；自古都有才华横溢的人，但人们唯独称赞周公的才能。之所以会这样，是因为大禹的功劳是在他高尚的品德统领之下取得的，周公的才能也是在他高尚品德统帅之下发挥的。”

一时谬想

读此文，不仅要问：徐仲车何许人也，竟让苏轼专门跑去找他“乞一言”？

查资料得知，这个徐仲车，本名徐积，字仲车，也是宋代一位有名的文学家。史书上说他事父母至孝，年四十不婚不仕。他说：“不婚者，恐异姓不能尽心于母也；不仕者，恐一日去其亲也。”既登第，未调官而母亡，遂不复仕。苏轼曾为其作诗《次韵徐仲车》，诗中有“八年看我走二州，月白当空水自流”句。苏轼专门作注说：“元丰八年予赴登州，元祐四年赴杭州，今赴扬州，皆见仲车。”苏轼还有一则关于徐仲车的笔记，说他身上存在有“二反”，一是平常如隐士一样独来独往，但诗文却放纵不拘；二是耳朵聋得几乎听不见声音，却“四方事无不知”。

苏轼记下了徐仲车说给自己的话，当然会十分珍视这一段话。回望苏轼一生所留下的坚实足迹，我们可以替他回答徐仲车先生：苏轼没有辜负你的临别赠言！

苏轼的一生，都在严守着他所笃信的道德准则。

新党旧党为什么都不容他？因为他心系万民苍生，他没有自己的利益，所以，他不选边。

他曾是翰林学士，原本可以做宰相的，但他放弃了。因为他不想用那些违背自己心性的手段，他已经厌倦了，不想再去驱赶那些围在身边的一拨又一拨的蚊蝇。

他选定的人生目标，是做一些真正对老百姓有益的、实实在在的事情。徐州的黄楼、杭州的苏堤、颍州的二桥，还有扬州百姓的口碑，都在诉说着苏轼的功德。

“功”和“才”必须“有德以将”，乃千古不易之理。徐仲车说的大禹和周公，都是正面典型。古往今来，反面典型则更多。就是现在，也不难找到。不是为人民谋福祉的“政绩”，做得越大，损害也越大；歪门邪道上表现出来的“才能”，越是突出，破坏力也就越强。从反面看问题，道理似乎更清楚一些。

苏轼——今日这饭特别有滋味

笔记原文

二红饭　今年东坡收大麦[1]二十余石[2]，卖之价甚贱，而粳米[3]适尽，故日夜课[4]奴婢舂以为饭，嚼之啧啧有声。小儿女相调，云是嚼蝨[5]子。然日中腹饥，用浆水[6]淘食之，自然甘酸浮滑，有西北村落气味。今日复令庖人杂小豆作饭，尤有味。老妻大笑曰："此新样二红饭也。"

词句简释

1 大麦：禾本科，一年生草本植物，蛋白质含量高于小麦，可直接煮食。2 石：宋代一石为二斛十斗，一石粮食约重三百斤。3 粳米：米粒呈透明或半透明，煮后黏性油性均大，柔软可口。4 课：动词，督促完成指定的工作。5 蝨：同"虱"。6 浆水：米汤之类。

原文我读

今年东坡上种的大麦收获二十余石，如果拿到市场上卖，价格十分低贱，恰好家里粳米也吃完了，所以便督促家里的奴婢，一天到晚将大麦杵舂去皮，然后用来做饭，这东西嚼着发出啧啧的响声。孩子们互相开玩笑说，这是在嚼虱子。

然而，到了中午腹中饥饿的时候，将大麦用浆水泡了熬成粥来吃，吃起来既古朴自然，又感觉酸甜光滑，大有西北村落的风味。今天，又让厨子掺入一些红小豆一起来煮，吃起来便更有味道了。老妻大笑着说："这是改样儿的二红饭啊。"

一时谬想

如果你对苏轼的履历了解不多，读罢这则笔记，脑子里可能会产生好多疑问：苏轼作为一名被贬谪的官员，怎么变成一名谙熟农事的庄稼人了呢？他那块能收成二十余石大麦的"东坡"从哪里来的？那块地为什么只叫"东坡"而不叫"西坡""南坡""北坡"呢？南方出生的苏轼为什么要种大麦而不种水稻呢？

宋神宗元丰三年二月，苏轼经历"乌台诗案"后，死里逃生，被贬谪到黄州，当一名有职无权"不得签书公事"的团练副使。一家老小十几口人，全靠苏轼微薄的俸禄艰难度日。时任黄州知州的徐君猷敬重苏轼，相待以礼，经常邀请他出来吃饭，但家人却只能干瞪着眼挨饿。怎么办呢？

所幸天无绝人之路，转机终于来了。苏轼在《东坡八首并序》中有一段话对此专门做了记述："余至黄州二年，日以困匮。故人马正卿哀余乏食，为于郡中请故营地数十亩，使得躬耕其中。"这"故人马正卿"，当时任黄州通判，在知州徐君猷的支持下，为苏轼弄到了一块荒地。这块地位于黄州城东，原本为官府所有但已撂荒多年的旧营地。马正卿等人还帮助苏轼在此修筑房屋，让他们一家人终于有了安身之地。自此之后，苏轼带领家人开荒整地，躬耕其中，变成了一个地道的农夫。不过，汗水也换来了收获，全家人的吃饭问题总算是有了着落。

苏轼十分崇拜两百年前的唐代诗人白居易，也觉得自己和白居易有很多相似之处。他在一首诗里这样写道：“出处依稀似乐天（白居易字乐天），敢将衰朽较前贤。”白居易被贬官任忠州刺史期间，常到忠州城东坡之上种植花木，“享闲适之乐”，与东坡结下了不解之缘，所以，其诗作中多有“东坡”之诵。如《东坡种花》中有：“持钱买花树，城东坡上栽。”《步东坡》中有：“朝上东坡步，夕上东坡步。东坡何所爱，爱此新成树。”在黄州城东山坡上耕作的苏轼，自然会联想到忠州东坡栽树的白居易，于是便把白居易喜爱的“东坡”，拿过来作了自己的号。

苏轼得了这块“故营地”，如同刘备得了荆州，高兴万分，立即着手进行勘察、规划和开发，低洼湿润的地方种水稻，石头多坡度大的地方栽果树，地势平缓土质较好的大块地里，撒上了耐瘠薄而且早熟的大麦种子。一分耕耘，一分收获，粳米吃完了，大麦也刚好上场了。有大麦煮饭吃，全家人就不至于饿肚子。虽然大麦煮饭不好吃，但经历过苦日子的一家人，还是非常满足的。“小儿女相调”，说单煮大麦吃是如同“嚼虱子”；“老妻大笑”，说大麦掺红小豆煮是“新样二红饭”。这场景，想想就让人感动，该是怎样的人格魅力、怎样的精神感召，才让家人能苦中作乐，笑对苦难啊！

《菜根谭》里说：“人咬得菜根，则百事可做。”开荒、种地、嚼粗粮，正是这愉快并劳作着的底层生活，促成了苏轼向苏东坡的凤凰涅槃，加速了儒生苏轼向儒道佛兼修苏东坡的精彩蜕变，这何尝不是命运的另一种安排呢？

苏轼——他至今守节如故

笔记原文

书秋雨诗　　杞人马正卿作太学正，清苦有气节。学生既不喜，博士亦忌之。余偶至其斋中，书杜子美《秋雨叹》一篇壁上，初无意也。而正卿即日辞归，不复出。至今白首穷饿，守节如故。

原文我读

杞县人马正卿在太学担任协助博士工作的太学正期间，甘于清贫受苦而富有气节。学生们不喜欢他，博士也嫉妒他。一天，一个偶然的机会我到他的斋中，在墙壁上书写了杜甫的《秋雨叹》诗，我当时并没有什么特别的意思。然而，马正卿在我写《秋雨叹》的当天，便辞官回到了家乡，从此不再出来做事。至今头发都白了，还过着穷困吃不饱饭的日子，但始终持守气节不变。

一时谬想

这则笔记，是苏轼所有笔记中比较不好理解的一篇。学生们不喜欢马正卿，是因为他太古板还是学问不行？博士嫉妒他，是因为他学问太好还是日子过得太滋润?马正卿看见了《秋雨叹》便“辞归”“不复出”了，是认为苏轼以此挖苦他了还是受了什么刺激？这些，单从字面上都很难弄明白。

在苏轼的诗文中，马正卿的名字出现频率很高。前边我们解读笔记《二红饭》时，曾说到苏轼《东坡八首并序》中有关于马正卿的记述，综合《东坡志林·命分》《仇池笔记·书秋雨诗》及弘治《黄州府志》等文字可知：马正卿，字梦得，杞人，与苏轼同年同月出生。马正卿还是一个穷秀才时就和苏轼相识，到元丰三年他任职黄州通判时，两人已有二十年的交情。苏轼被贬到黄州后，马正卿对苏轼一家非常同情，经他多方奔走，终于在黄州城东原本是官府所有的“故营地”中，为苏轼申请到土地数十亩，使苏轼得以躬耕其中，解决了一家人的衣食之忧。

马正卿和苏轼的弟弟苏辙也有不错的交情，苏辙在神宗熙宁六年担任齐州掌书记的时候，曾写有一首《赠马正卿秀才》诗，单道这马正卿的穷：

> 男儿生可怜，
> 赤手空腹无一钱。
> 死丧三世委平地，
> 骨肉不得归黄泉。
> 徒行乞丐买坟墓，
> 冠帻破败衣屦穿。
> ……

由此可见，马正卿是一个很不善营生且情商很低的人。一个连父母死了都不能埋殡的人，也就难怪他不能见容于太学的博士和学生们了。

苏轼“书杜子美《秋雨叹》一篇壁上”的时间，应该是元祐元年苏东坡被召回朝之后的事情。那一天，已经做了翰林学士知制诰的苏东坡，信步来到国子监下属的太学，看望也已经回到京师担任太学正的老友马正卿，结果久等不至，就在书房的墙壁上写下了杜甫的《秋雨叹》。

《秋雨叹》是杜甫描述唐玄宗天宝十三载秋天，由于连月淫雨所形成的灾情，以及水灾中老百姓的困苦景象的组诗。全诗共三首，第一首借物抒情，感叹自己的老大无成；第二首描写天气久雨不晴，哀叹民众生活之苦；第三首述说自己穷困潦倒，感叹何时才能走出困境。那么，马正卿为何一见到这首诗就“辞归”“不复出”了呢?

我想，应当是杜甫这首诗，甚或其中的两句话，触动了马正卿心中的痛点，让早已厌倦了官场应酬争斗的他，终于大彻大悟，当即效法陶渊明辞官而去。但是，当时的马正卿，究竟是经过了怎样一个心理过程，那就很难说得清楚了。

无意间在壁上题了一首诗，惹得人家辞官归去，“至今白首穷饿”。记下这则笔记时的苏轼，是对过去轻率之举深深地自责，还是对马正卿的随性生活十分羡慕？我还拿不准，得再认真想想。

苏轼

我有一法献给诸位

笔记原文

论茶　除烦去腻，不可缺茶，然暗中损人不少。吾有一法，每食已[1]以浓茶漱口，烦腻既出，而脾胃不知。肉在齿间，消缩脱去[2]，不烦挑刺，而齿性便漱濯[3]，缘此坚密。率皆[4]用中下茶，其上者亦不常有，数日一啜，不为害也，此大有理。

词句简释

1 食已：吃罢饭，饭后。2 脱去：摆脱。3 漱濯：洗涤。4 率皆：副词，犹言大都、都是、全部。

原文我读

要除去烦躁，化解油腻，茶是必不可少的，然而，它也有副作用，如果不注意饮用方法，会对人的健康带来很多看不见的危害。我有一个方法可以解决这个问题，就是每次吃完饭后，用浓茶漱口，烦腻感既可以除去，对脾胃也没有什么影响。吃肉以后，肉屑塞在齿间，用茶漱口可以使之消缩自然脱去，不需要劳烦再去用牙签挑剔，这样，牙齿也得到清洗而更加坚固密实。平时漱口可全部用中下等的茶叶，其实，上好的茶叶本来也不多见，隔几天喝上一次，对脾胃不会有太大的伤害，我这样讲，是很有道理的。

一时谬想

俗语说："早起开门七件事，柴米油盐酱醋茶。"好像茶是个一般的必需品似的，居家过日子一刻也离不了。其实，茶在古代以至唐宋，都是奢侈品，而且好茶更是不常见。过去在不产茶的农村，一般人家通常是不喝茶叶水的。即便是现在，茶也是七件事里最昂贵的。作者曾在茶乡服务多年，深切地体会到茶在当地人民生活中的重要地位。家庭条件好的会去买清明前，至少是谷雨前采摘的茶，经济困难些的会去买谷雨后期的，抑或是初夏的，总之，买茶基本是除了茶农之外，每个老百姓家庭的硬性支出。在茶乡，你不管去谁家，主人都会用晶莹剔透的玻璃杯子，沏一杯冒着热气的绿茶，茶叶在清澈碧绿的热流中舒展，旋转，徐徐下沉，然后再升再沉，芽影水光，交相辉映。端起杯，啜一口香茗，相视一笑，人和人之间的情义便立马浓了许多。

苏轼不仅是一位大文学家，更是一位熟谙茶道的高手。苏轼喝茶、爱茶，与茶结缘，这和他懂医理、深知茶的功用密不可分。茶属药食同源之品，最初是因为药用进入人类社会的，《神农本草经》中写道："神农尝百草，日遇七十二毒，得茶而解之。"苏轼在这则笔记中谈了他对茶的三点看法：一是烦浊油腻时，用浓茶漱口，不仅爽口、不伤胃，还能清除牙缝异物，起到固齿作用；二是上等茶不多见，价格昂贵；三是茶会"暗中损人"，会对身体有所损害，但不连着喝就没有问题。这都是大实话，也好理解，只有一点，茶怎么会悄悄地损害人的健康呢？请教了一个当医生的朋友，他说喝茶和体质有关系，需要辩证对待。比如说湿热体质的人，饮用发酵茶就会引起腹胀。一个同事曾对我说过他在山区农村生活的感受：酷暑难耐时，有一壶苦涩清香的大山片茶，牛饮下去，畅快淋漓，既防暑又挡饿，简直就是人间至美。同事的这种感觉，当年的苏轼也曾有过。宋神宗元丰元年，苏轼任徐州太守时作有《浣溪沙》一词，“酒困路长惟欲睡，日高人渴漫思茶，敲门试问野人家”，形象地再现了他思茶解渴的神情。那时，如有一壶好茶在手，说不定类似于大江东去那样的惊世之作，就会更早响彻人间。

苏轼一生嗜茶，茶助诗思，是他生活中不可或缺之物。但再好的东西，也得适度。《小窗幽记》里有这样的一句话：时光，浓淡相宜，人心，远近相安。流年，长短皆逝。浮生，往来皆客。于茶，于苏轼，于你我，都是。

传说

人形的艾草灸疗效果最好

笔记原文

采艾　端午日日未出时，以意求艾似人者，采之以灸，殊效。一书中见之，忘其为何书也。艾未有真似人者，于明暗间以意命之而已。万法皆妄，无一真者，此何疑也。

原文我读

在端午节那天，趁太阳还没有出来的时候，寻找那些感觉长得像人一样的艾草，采回来用以灸疗，有特效。这个说法是我在一本书中看到的，但已经忘了是什么书了。艾草没有长得真正像人形的，只是人们在天快亮的时候，隐约看到艾棵，按自己的想象认为它像个人的形状罢了。佛说，万物都是虚妄不实的，没有一个是真实存在的，对于这个说法，有什么值得怀疑的呢?

一时谬想

近两年，你在大街上走走，会发现一个重大的变化：艾灸馆一天比一天多起来了。大家在一起闲谈的时候，你只要说起身体哪个地方不太舒服，立马便会有多少懂点医道的热心人给你建议：做艾灸吧，方便，还管用！艾，似乎成了无所不能的灵丹妙药。

艾，下面这个“乂”字，读yì，本意为割，衍义颇多，可作“安定”讲，《史记·孝武本纪》里有“汉兴已六十余岁矣，天下乂安”的说法。艾叶的功效，一直是中药界的一个谜。古代很多文献都有关于艾叶治病的记载，比如，《孟子》里就讲，七年之病当求三年之艾。春秋战国时期的文献，有很多用艾叶治病的记载。但奇怪的是，秦汉时期，我国第一部集大成的中药学著作——《神农本草经》里并没有关于艾叶的记载，这是截至目前我国中医界都没有弄明白的一件事。为什么如此一个神奇、玄妙的药物，在《神农本草经》所记述的三百六十种药里面，却没有一丝踪影呢？唯一能解释的，就是编书的人出现了疏漏。最早记录艾草的药学专著，是汉末的《名医别录》。这本书里讲，艾可以治百病，几乎所有的病用艾灸都有疗效。

端午节采艾，是一个古老的风俗。《诗经·王风·采葛》中就有“彼采艾兮，一日不见，如三岁兮”的诗句，它在表达浪漫奔放的爱情同时，也给我们留下了古人以艾作药的信息。南北朝时期的文学家宗懔在《荆楚岁时记》中说：“五月五日，竞采杂药，可治百病。”这本书里，还记载了一个近乎神秘的说法：“鸡未鸣时，采艾似人形者，揽而取之，收以灸病，甚验。是日采艾为人形，悬于户上，可禳毒气。”苏轼笔记中说记不住的那本书，可能就是宗懔这本《荆楚岁时记》。

苏轼说得不错，“艾未有真似人者”，这一点，只要你见过地里长着的艾草，都不会否认。但是，细读《荆楚岁时记》中的记载，早起的人们采到看似人形的艾，还是有可能的。因为那采艾的时间是“鸡未鸣时”，而不是苏轼所说的“日未出时”。农村长大的人都有这样的经验，初夏时分，公鸡四点左右就要叫头遍了。那时，离天亮还得好长时间，人在野地视物，肯定是影影绰绰的不甚清楚，加上意念作用，把那些较高的艾棵看作人形，便是件很自然的事情了。要说似人形的艾用以灸疗有特效，在我看来，就有些唯心的色彩了。但也有行医的朋友讲，这兴许有些道理。形状特殊的艾棵，更多地吸纳了日月精华、天地灵气，自然会有些不一般的效果！再说，这是人类代代相传，按照自己内心的想法，对这个世界的主观认知，这种精神上的自我慰藉，也有利于药效的发挥和身体的康复。

谚语说："宁可信其有，不可信其无。"对"似人形"之艾有特效的说法，我们就权且相信它是真的吧！这样，生活中便又多了一些色彩，多了一些期许。如果你非要说这是假的，不存在的，那么相较于沧海桑田，人生无常，这世界上，哪一件事不是虚妄呢？通行既久，那就约定俗成吧！

宋神宗——请不要伤害这些官员

笔记原文

永洛之役[1]　张舜民云："永洛之役，李舜举、李稷、徐禧皆在围中。上以手诏赐西人云，若能保全吏士，当尽复侵地。诏未至而舜举等已死。"圣意可谓重一士而轻千里，惜此等不被其赐也，哀哉！

词句简释

1 永洛之役："永洛"当作"永乐"。《续资治通鉴》：元丰五年九月甲申，永乐城成。……夏人必争之地。……戊戌夜，城陷。

原文我读

张舜民张芸叟说："在永乐之役中，李舜举、李稷、徐禧都深陷于西夏军队包围之中。宋神宗亲笔书写诏书对西夏人说，如果你们能不伤害我方官兵，你们过去侵占的土地还全部归你们占有。然而，神宗的诏书还没有送到对方，李舜举等人已经死了。"宋神宗的想法，真可谓看重一个官员而轻视国家的大片河山，可惜的是，李舜举等人没有享受到他的恩赐便死掉了，好悲哀啊！

一时谬想

苏轼这则笔记，读罢让人内心五味杂陈，不由得一声叹息。如果只是作为朋友，宋神宗算是一个好样的，他真诚而富有感情。但作为君主，竟然"重一士而轻千里"，置江山社稷黎民百姓于不顾！我不知道，作为一国之主，再差还能差到哪里呢？颇具讽刺意味的是，宋神宗最佩服的人竟然还是唐太宗李世民。唐太宗的文治武功，他有一丁点儿能比得上吗？唐太宗对内以文化天下，重用能吏，令民休养生息，致国泰民安，开创贞观之治；对外以武力平定四方，开疆拓土，令万邦来朝，为大唐后来的百年盛世奠定坚实基础。我想，如果唐宗宋祖地下有灵，知道后来穿龙袍的人当中，还有此等不济事者，他们是该拍案而起，还是羞愧难当呢？

自1038年李元昊称帝建国开始，四十年间，西夏和北宋间数次战役的结局，都是大宋朝战败失地，每年得给西夏送去大量的白银、丝绸和茶叶。1081年，西夏皇室内乱，宋神宗以为这是一个报仇雪恨的好机会，遂出兵五路伐夏，但深入夏地各军，因粮草不济，最后无功而返。1082年，宋神宗任命"素以边事自任，狂谋轻敌"的徐禧为主帅，再次出兵攻打西夏。徐禧不顾鄜延道总管种谔的坚决反对，执意在夏、银、宥三州界筑永乐城，说是在此屯兵既可以戍守疆域，也能威胁西夏。西夏闻讯后，发三十万大军围攻永乐城，截断水源，堵绝馈运，城内宋军渴死大半，宋军再次战败，神宗的"雪恨"计划彻底破产。

历史上的宋神宗推行新政、坚持变革，也是心有抱负，想有所作为的。但是，战争不会仅仅因为你决心大、出发点好就让你取得胜利。宋神宗在永乐之战三个关键环节的表现——决定战争时的仓促、挑选将领时的轻率、手诏"西人"时的卑下，都反映出他是一个志大才疏、缺乏主见，仁爱有余、刚毅不足，才能远远不济其理想的悲剧式人物。

苏轼——由此可分出谁好谁坏

笔记原文

二李优劣　中官李舜举死于永洛。将死，以故纸半幅书曰："臣舜举死无所恨，但愿陛下勿轻此贼。"使一健黠者[1]间走以闻。时李稷亦将死，书纸尾曰："臣稷千苦万屈。"上为一恸。然二人优劣贤不肖[2]，已可见矣。

词句简释

1 健黠者：聪明而狡猾的人。2 贤不肖：好还是不好。

原文我读

内侍（宦官）李舜举死于永洛之役。他快要死的时候，用仅有的半张旧纸给宋神宗写了一句话："臣李舜举死了也没有什么值得遗恨的，只希望陛下千万小心李稷这个奸贼。"然后，安排一个非常机敏的人去送信，并且专门让人们都知道。当时，李稷也快要死了，就在那张纸的下边写道："臣李稷我有说不完的苦楚和冤屈。"宋神宗看了十分悲痛。然而，李舜举和李稷两个人的品德谁优秀谁低下，谁好谁不好，通过这件事已经可以看得很清楚了。

一时谬想

苏轼这则笔记，虽然只有短短七十四字，却好像一部大书，包含着许多耐人寻味的历史事实。

过去，不管是看影视剧还是读小说散文，我们大都不怎么喜欢宦官这类角色，总感觉他们心理阴暗，手段残忍，一点好事也不干。但苏轼笔记中的这个宦官李舜举，却颠覆了我脑子里的老观念，我由此明白，那宦官也是人，生而为人，既不能选择出身，甚至也抗拒不了命运的捉弄！宦官之中，有很多原本也是读书种子、将帅根苗，只是他们的命运比常人更悲惨才使之然也。

李舜举，字公辅，开封人，宦官（为官者亦称内侍、中官）。史书上说，他"知识广博，常批览书传，能文辞笔札"，为人老成谨慎，在宋夏永乐城之战中为监军，战死，享年五十岁。在永乐之战一开始，李舜举就反对朝廷的冒险策略。临行他对宰相王珪坦言："西郊多事，实在是士大夫的耻辱。当今，您是执政，您以为将边防托付给两个内臣妥当吗？我们内臣的本分就是洒扫庭院、擦抹窗户，宰相您当真以为我们可以领兵作战？"李舜举这番话，等于是指着鼻子骂宰相无能。想不到王珪却哈哈大笑说："押班何必自谦？老朽正要借用押班绥靖边境，以求太平呢！"李舜举不敢相信王珪会厚颜至此，尽管恼怒万分却不得不默然而退。

按苏轼的记载，李舜举在临死之时，用能找到的半张旧纸给宋神宗写了一句话："为臣我死了也没有什么值得遗恨的，只希望陛下千万小心李稷这个奸贼。"可令人费解的是，他控诉的对象既不是宰相王珪，也不是主帅徐禧，而是名不见经传的李稷。李稷是谁？他为什么让李舜举这么不放心？还有，李舜举派人将自己的临终遗言交给神宗也就罢了，可他为什么要让送信者“间走以闻”，让所有的人都知道呢？那“故纸”怎么又到了李稷手里，让他在“纸尾”又写上六个字呢？

李稷，字长卿，因荫补入官，以贪婪残忍闻名，民谚有“宁逢黑杀，莫逢稷察”之说。该李在永乐之役中负责粮饷押运，永乐城筑成，他运载金、银、钞、帛充实城中，当永乐城遭西夏围困，水源已断，形势危机之时，他因舍不得财物仍力劝徐禧坚守，最终导致全军覆没，李稷本人死于乱军之中。

我很好奇李舜举托付的这个“健黠者”，他能不辱使命，既让李稷看到李舜举的书信并在“纸尾”写字，还能把信原物收回，又在宋军伤亡十之八九之时逃跑出来，最终把信顺利交到神宗手上，这样一个临危不惧、胆大心细、不辱使命的人，真是让人称赞！由此，也更能说明李舜举的眼光了得。

那么，李舜举为什么要让包括李稷在内的所有人都知道自己给神宗写信呢？这里面可能有三层意思，一是暗示早做了断。宋军伤亡如此惨重，你李稷难辞其咎，你自己应早做了断，不要让朝廷在杀士上作难。二是警告李稷痛改前非。即便皇帝开恩不杀你，你可以苟且偷生，但以后切莫再去作恶，我已提醒过宋神宗，他会时时提防着你。三是让众人监督。这个李稷最善于惺惺作态，欺上瞒下。今天我虽然死了，但话我已经说明了，叫你什么手段也不能使上。什么叫光明磊落、敢作敢为？这就是！一个宦官竟然有“国士”之风，怎能不让人赞叹！

苏轼说，宋神宗看到那件不同寻常的书信后，为之“一恸”。不知神宗的这“一恸”，是为李舜举，还是为李稷，抑或是为死难的几十万将士？我则认为，神宗首先应该为他自己“一恸”，好好哭哭他自己！好端端一个大宋朝，到了你手上，都变成什么样了？至于李舜举和李稷，诚如苏轼所说，“优劣贤不肖”，从各自写在那半张“故纸”上的一句话，已经可以一目了然了。一个人固然不能选择出身，但可以选择怎么去抗拒平庸。即便是出身宦官，也前有李舜举冒死谏言、战死沙场之壮举，后有郑和七下西洋、“通好他国”之伟业。这难道这不值得我们深思吗？

苏轼

煮猪肉要小火慢烧

笔记原文

煮猪头颂[1]　净洗锅，浅着水，深压柴头莫教起。（待它自熟莫催它，火候足时它自美。）[2]黄豕[3]贱如土，富者不肯吃，贫者不解煮。有时自家打一碗，自饱自知君莫管。

词句简释

1 颂：古代一种文体。萧统《文选序》："颂者，所以游扬德业，褒赞成功。" 2 待它自熟莫催它，火候足时它自美：《仇池笔记》中无两句，据苏轼诗《猪肉颂》补。3 豕：shǐ，猪。

原文我读

刷锅干净准备好，适量加水别太高。压紧柴头不松手，小火慢烧使劲熬。耐着性子莫急躁，欲令熟透功先到。待到火候足够时，自成盘中一佳肴。

人在黄州有一福，这里猪价贱如土。有钱人家不愿吃，贫困家庭不会煮。清俸买来作盛馔，自己想吃自己干。待到饿时打一碗，自饱自知君莫管！

一时谬想

苏轼的这篇《煮猪头颂》，语言朴实，风趣幽默，个中还带有几分自嘲的意味，读来使人感慨万端。

同是在黄州，一篇是《煮猪头颂》，一篇是《赤壁怀古》，“自饱自知君莫管”的闲适，与“乱石穿空，惊涛拍岸”的豪迈，如果不是已经知道，谁能相信，它们竟是出自一人之手！但反过来想想，一个不能签署公事的贬官，穷得连一家人的吃食，都需要自己下手从土里刨得的情况下，如果没有写作《煮猪头颂》的闲适，还能写出“小乔初嫁了”的豪迈吗？人在困境中，首先得有充分的平和放松，然后才有可能体悟出高远的意趣。

诗仙李白在《将进酒》中写道：“烹羊宰牛且为乐，会须一饮三百杯。”他说杀羊宰牛，为什么不说杀猪呢？有人做过统计，说在《水浒传》中，涉及屠宰、吃肉的场景有一百三十四处，但提到宰猪用肉的只有十三处，且只有镇关西切肉那段涉及具体情节，其余都是一笔带过。由此可见，在唐宋时期，不光达官贵人和士大夫们不吃猪肉，连引车卖浆者流对猪肉也是很少问津的。据说主要原因是那个时候，北方少数民族的阉割技术还没有在全国得到普及，没有被阉割过的猪肉，如果不会打理，吃起来有很大的骚腥味。也有人说，正是因为苏轼发明了做猪肉的方法，才使猪肉逐步成为人们餐桌上的一道美食。

被贬在黄州的苏轼很穷，牛羊肉自然是买不起的。但苏轼毕竟是苏轼，他有达观的心态，有善于发现的慧眼。黄州猪肉的价钱贱如粪土，原因是什么呢？哦，原来是富贵人家嫌其味道不好不肯吃，穷人家又不会烹饪不知道怎么吃。要解馋，就得自己想办法。就这样，一道名菜出世了。

乍一看，这首颂写的就是一道菜的制作过程，但细细品味，在对制作要领描述之外，还包含着苏轼对待人生的态度。

“净洗锅，浅着水”，这是烹调前的准备工作。一个“净”字，加上一个“浅”字，让我们看到了苏轼做事时那种虔诚、认真的态度，以及对事物发展的精准把握。

“深压柴头莫教起”，这是煮好猪头的关键环节。小火慢烧，用心煨炖，才能将猪头肉烹炖得又烂又有滋味。虽然只是一个烧火过程，但体现的却是心性的修炼，是苏轼对待人生历练的态度。

“待它自熟莫催它，火候足时它自美”，这是做好一道猪肉大菜的要诀。耐着性子，不要急躁，待到火候足够的时候，猪肉自然滋味醇厚。这其中的深意也是苏轼人生的感悟，任何成功都不是凭空得来，都是需要时间的。苏轼固然天分很好，但他读书的刻苦也是超出常人的。他想告诉我们，即便是煮炖猪肉，也非得如此“笨拙”地下死气力才行，一个人的学问、见识，只有三更灯火五更鸡，凉桌子冷板凳铁砚磨穿方能换得来。

短短一篇小文，苏轼以做猪头肉的过程，诠释了坎坷而艰辛的人生，以及在磨难面前表现出的超然品质。在这篇《颂》的背后，我们依稀看到一个达观不屈的灵魂，看到一个将世俗生活和理想追求合二为一的孤独背影，看得愈久，愈显高大，真个是“须仰视才见”。

苏轼——菊花不与百卉并盛衰

笔记原文

论菊　菊，黄中之色香味和正，花叶根实，皆长生药也。北方随秋早晚，大略至菊有黄华乃开。岭南[1]冬至乃盛，地暖，百卉造化无时，而菊独后开。考其理，菊性介烈，不与百卉并盛衰，须霜降乃发，岭南尝以冬至微霜也。仙姿高洁如此，宜其通灵也。

词句简释

1 岭南：我国南方五岭以南地区的概称，以五岭为界与内陆相隔。历史上大致包括广东（含海南、香港、澳门）、广西和云南省东部、福建省西南部的部分地区。

原文我读

正黄色的香味和顺纯正，花、叶、根、果都是能够延年益寿的药材。

在我国北方，随着秋天的到来，菊花便有一部分开放了，到了霜降前后就会遍地黄花。而在岭南一带，需要过了冬至才到盛花期，因为岭南地温较高，各种花卉开放并没有明显的规律和时序，而菊花最后开放却是一定的。认真考察这里边的道理，应该是因为菊花性情耿介刚烈，它不和百花同时开放和凋谢，必须到了霜降前后才开始开放，而岭南地区只有到了冬至才有微霜降下。菊花那天仙一般的姿态是如此高洁，应当是其通灵之性所致吧。

一时谬想

菊，清雅高洁，傲霜绽放，卓尔不群，其不屈的品性历来被文人雅士所钟爱。苏轼也爱菊，犹爱黄菊，给我们留下了很多咏菊的诗词，比如："荷尽已无擎雨盖，菊残犹有傲霜枝""轻肌弱骨散幽葩，更将金蕊泛流霞""霜风渐欲作重阳，熠熠溪边野菊香"等。

苏轼爱菊，对"黄中之色"者情有独钟。元祐六年，苏轼和朱逊之因八丈沟是否开挖之事在颍州会面，会议之余，散步闲谈，朱逊之随口一句"菊当以黄为正，余可鄙也"，让苏轼产生强烈共鸣，随后专门写了一首题为《赠朱逊之》的五言诗，来抒发惺惺相惜之情。

据记载，中国栽培菊花历史已有三千多年。《礼记·月令篇》中说："季秋之月，鞠有黄华。"屈原在《离骚》中写道："朝饮木兰之堕露兮，夕餐秋菊之落英。"自古以来，多少士大夫爱菊、咏菊、颂菊，用菊花来比喻一个人高尚的情操。菊是花中君子，是中国传统文化中的一个重要因子。

菊之纯正黄色者，全身皆可入药，具有散风清热、平肝明目、清热解毒的功效。《神农本草经》中说："菊花久服能轻身延年。"有人考证，到了唐代，人们开始采用嫁接法繁殖菊花，出现了紫色、白色等多个品种。到苏轼生活的宋代，栽培菊花更是盛极一时，菊花品种大量增加，花色种类繁多，已从单纯药用而转为园林观赏品鉴。但不管颜色如何变化，"菊性介烈，不与百卉并盛衰，须霜降乃发"的本性没有变。所以，苏轼在北方看到菊花是"随秋"开放，而在岭南，因为"地暖"，只有到了冬至，地上有了"微霜"，才看到菊花盛开。菊花这种特立独行、不随世俗的品性，一定深深打动了被

“安置”在惠州的苏轼。冬至方开的菊花，给苏轼以莫大慰藉，也给苏轼以前行力量，他不由得放声吟咏：“仙姿高洁如此，宜其通灵也。”

菊花以其品性的素洁高雅、风骨的坚贞顽强和意趣的丰富多彩而备受文人青睐。岭南咏菊升华了苏轼的品格，命途的蹇舛化作诗家的大幸，菊花，是我们心中永恒的诗和远方。

任何事物都有一阴一阳

苏轼

笔记原文

竹雌雄　　竹有雌雄，雌者多笋，故种竹当种雌。自根以上至梢一节发者为雌。[1]物无逃于阴阳，信哉！

词句简释

1 “自根以上至梢一节发者为雌”句：《本草纲目》：“竹有雌雄，但看根上第一枝双生者，必雌也，乃有笋。”发：散开。

原文我读

竹子也有雌雄之分，雌性的竹子发笋多，因此种植竹子应当种植雌性的。从根往梢数，第一节生双枝的为雌性竹子，生单枝的为雄性竹子。不管什么东西都逃不出一阴一阳、阴阳调和的规律，通过竹子分雌雄这个事实的验证，更加令人信服了！

一时谬想

老子在《道德经》里说："人法地，地法天，天法道，道法自然。"孔子在《易经·系辞上》里说："一阴一阳之谓道。"苏轼感叹"物无逃于阴阳"，世间万事万物本该这样。

难道竹也分雌雄？

最早记述竹分雌雄的书，是晋人戴凯撰写的《竹谱》，这本书里有这样一段话："竹有雌雄，雌者多笋，故种竹当种雌。自根以上至梢一节发者为雌。"李时珍在《本草纲目》中也有类似的记载："竹有雌雄，但看根上第一枝双生者，必雌也，乃有笋。"这就告诉我们一个规律，凡离地第一盘分为双枝的竹子，都是雌竹，反之，单枝者则为雄竹。雌竹会长出竹笋，繁育新竹，而竹笋也是美妙无比的食材，民间有"居不可无竹，食不可无笋"的说法。

现代科学研究颠覆了古人的认识，竹子实际上是雌雄同株，雌花雄花都开在同一根竹子上，而且，竹子是多年生一次性开花植物，它一旦开花就意味着死亡，竹子一生只开花结籽一次。即便是这样，仍然是雌雄同在，阴阳调和。

人分男女，竹有雌雄，白天黑夜，天地阴阳，万物有道，从草木虫鱼，到天地万物，乃至整个宇宙，都各按其规律运行。道法自然，自然而然可也！

苏轼——很快就要北归中原了

笔记原文

梦韩魏公　　夜梦登合江楼[1]，月色如银，韩魏公跨鹤来，曰：被命[2]同领剧曹[3]，故来相报。他日北归中原，当不久也。

词句简释

1 合江楼：在广东惠州东西二江汇流之处。2 被命：奉命；受命。3 剧曹：政务繁剧的郎官曹吏。

原文我读

昨天夜里，我做了一个梦，在梦中我又登上了惠州的合江楼。举目四望，但见洁白的月光洒满大地，隐隐约约间，我看见韩琦韩魏公骑着一只仙鹤来了，他告诉我说："我来给你报喜了，我和你同时被朝廷委以重任，所以特地来告诉你。将来回归中原的时间，应当不会太久了！"

一时谬想

苏东坡又一次让我佩服得五体投地，看看，一篇《梦韩魏公》，就三十七个字，就把渴望北归的心情，表达得淋漓尽致！

这则笔记，应当记于苏轼流放海南的最后一段时日。宋代的海南，可不像现在的海南。那时候，海南叫“海外”，是可怕的荒蛮之地。流放海南，是仅次于抄斩的重刑，被贬在海南的犯官们，“食无肉，病无药，居无室，出无友，冬无炭，夏无泉”，多少人北望故园，流干了眼泪，将一把老骨头扔在了那里。已经年过花甲的苏轼，在那苦难的岁月里，一定是心头充满了无限的酸楚，一定是几回回梦里回故园！

梦中，一个月光如银的夜，苏轼又登上了惠州合江楼，远远地，他看见韩魏公骑着一只仙鹤来了，他迎上去，满含热泪，一句话也说不出来。只听见韩魏公笑吟吟地告诉他说：“苏子瞻，老夫给你报喜来了。我和你同时被朝廷委以重任，马上就可以回到中原了！”

韩魏公说完，苏轼醒了。醒来的苏轼不仅没有伤感，反而打心眼儿里高兴，他已经预感到不久他就要如愿以偿了。据说梦醒后，苏轼对陪伴自己谪居的小儿子说：“吾尝告汝，我绝不为海外人，近日颇觉还有中州气象。”果如苏轼梦中所见，元符三年三月，坚持“元祐臣不独赦”的宋哲宗驾崩，六十四岁的苏轼迎来了人生最后一次转机。这年五月，他终于登上了北归的航船。

我有些好奇，苏轼为什么会梦见韩魏公和自己“同领剧曹”，而不是他老师欧阳修或别的什么人？揣摩良久，突然间柳暗花明，原来是韩魏公韩琦在苏轼心中分量更足，更能阻挡戾邪之气！韩魏公不仅以宽厚容人著称，还曾和范仲淹一起抵御西夏，保边防平安，后又为相十载，历经三朝，堪称国之栋梁，连老师欧阳修评价起韩琦时，都说他“可议大事”。

想到这，一种难以言说的悲哀又袭上心头。曾经那样豪迈、狂放的苏东坡，此刻，却做梦都在仰望韩魏公来庇护自己！不过转念又一想便释然了，人活着，尤其是在艰难的时候，能看到光明，能心存希望，那可是仅有的生存之道啊！远的不说，整个大宋朝，被贬到海南的官员，最后能活着走出那座孤岛的寥寥无几，但是，苏轼却满怀希望，带着“中州气象”，实现了北归的梦想。人生浮沉，归去来兮，从某种意义上说，这也是一种圆满！

苏轼——这些可作今后谋生参考

笔记原文

五谷耗地气　吾昔有田在蕲水[1]，仅种一斗，得稻十斛[2]。问其故，云："连山皆野草散木，不生五谷，地气不耗，故发如此。"以是知五谷耗地气为最甚。王莽末，天下旱蝗，黄金一斤易粟一斗。至汉建武二年，野蚕成茧，被于山泽，至五年渐少，而农事益修。盖土不生谷，地气无所耗，蕴蓄日久，发而为野蚕旅谷[3]，其理甚明。凡地不生草木者，多产金锡，亦其理也。书此，以为卫生[4]之方。

词句简释

1 蕲水：湖北黄冈境内五水之一，又称蕲（qí）河，纵贯蕲春县境，称为蕲春人的母亲河。2 斛：古代量器名，唐朝之前，斛为民间对"石"的俗称。宋朝改五斗为一斛，一斛约五十斤。3 野蚕旅谷：野蚕生满山谷。旅，寄也。不种而生，故曰旅。4 卫生：保卫生命，维护身体健康。《庄子集解》把"卫生"理解为"防卫其生，令合其道也"。宋王雱《南华真经新传·庚桑楚篇》:“卫生者，卫全其生也，能卫全其生则生所以常存，故曰卫生之经也。”

原文我读

我早年在黄州蕲春县曾有一块稻田，播种时只用了一斗种子，竟收了五十斗稻子。我向人询问原因，知道的人回答说:“这里漫山遍野长的都是野草和杂树，从来没有种过庄稼，地气没有受到损耗，所以才会有这样的好收成。”由此知道，稻、黍、稷、麦、菽这些粮食作物对地气耗费最厉害。

在王莽统治的末期，随着连年大旱，出现了严重的蝗灾，黄金一斤只能换得粟米一斗。到了汉建武二年，野蚕自己做茧繁殖，覆盖了所有的山坡洼地，一直到建武五年才慢慢地稀少下来。与此同时，农业也逐渐发展，收成也变得很好。这可能是土地没有种植五谷等粮食作物，地气无所损耗，蕴藏积蓄的时间久了，便生发出来让野蚕能够繁殖发展，长满山谷，这里面的道理是很明白的。

凡是不生草木的地方，地下大多有金锡等矿藏，恐怕也是这个道理吧!

记下以上这些内容，用以保护生存环境、维护身体健康之用。

一时谬想

在古代，人们还没有掌握科学的检测手段和定量分析方法，很多认识只能通过对现象的观察，用推理、思辨的方法获得。苏轼写的这则《五谷耗地气》，就是运用这种方法的一个典型。

仔细阅读这则笔记就会发现，其全文可分为三个层次，最后外带一个结论性的尾巴。第一层意思苏轼说他在黄州蕲水开荒种水稻，第一年收成很好，种下一斗种子，竟收了五十斗稻子。这是通过自己的亲身经历，用“野草散木”不耗“地气”，所种稻子因地下有充足“地气”供给而丰收的实例，从而说明五谷最耗地气。第二个层次是通过对连年干旱，五谷不生，“地气”不被所耗，在风调雨顺之后，出现“野蚕旅谷”“农事益修”现象的描述，再次推导出五谷最耗“地气”的结论。最后一层是关于“地气”的特例，这是苏轼在其他地方观察到的情况，凡是草木不生——五谷也更不能生长的地方，“地气”则近于无，因为地表下面，都是些草木五谷生长并不需要的金属。三层意思说完了，苏轼告诉我们写作此文的目的，也是这篇小文的点睛之笔：“书此，以为卫生之方。”什么意思呢？苏轼大概是说，我这里记下这些经验，从中可以悟出一些保护生存环境、维护身体健康的方法来。

“地气”一词，常出现在与堪舆活动相关语境下，指的是土地山川所隐含的灵气。苏轼笔记中所说的“地气”，其实是“地力”——土地生长植物的能力。我在农村工作的时候，常听到有文化的农民和基层干部讲这个词儿。

经验告诉我们，一块土地收获粮食的多少，与土地的肥力密切相关。但这并不是说粮食就是土地里的物质变成的。生活中很多司空见惯的事情，我们其实并不清楚它的根起来由。比如，我们天天吃的大米是从哪儿来的呢？可能有人会轻松地回答说，稻子的果实呗！可是，这些果实又是从哪里来的呢？换句话说，稻米是由什么变成的呢？这恐怕就很少有人知道了。

古时候，人们看到一粒种子落在土里，几年十几年便长成参天大树，也在思考，那粗壮的树干、繁茂的树枝叶是从哪里来的呢？在欧洲，人们受古希腊著名哲学家亚里士多德学说的影响，提出了一个叫作“土壤汁”的概念，认为植物体是由“土壤汁”构成的，也就是说，植物体生长发育所需要的物质完全来自土壤。但喜欢较真儿的人发现，这个理论并不能完全令人信服。特别是人们在观察农作物生产的情况之后，就更加怀疑了。因为在一片土地上，一年的收获，要比撒下的种子多出几倍甚至几十倍，但年复一年，并不见土地下陷或者土壤明显减少啊！

17世纪上半叶，比利时医生海尔蒙特做了一项著名的柳树实验。他在一个花盆里栽种了一棵重2.3公斤的柳树，而且栽种前，他将花盆里的泥土烘干，经过称重为90.8公斤。以后的5年中，海尔蒙特只给柳树浇灌雨水。5年后，他将柳树和泥土分开称重，发现柳树的重量变成了76.7公斤，比原来多出74.4公斤；而土壤重量变成90.743公斤，只比原来减少了0.57公斤。海尔蒙特一算账更糊涂了：这柳树的重量比原来多出了74.4公斤，减去土壤减少的0.57公斤重量，这样，整个花盆里的物质就凭空多出了73.83公斤！实验结果显然否定了人们传统的认识——构成植物体的物质绝大部分并不是来自土壤！但是，这一大堆东西是从哪里来的呢？一时间众说纷纭，但都说不出个所以然来。

比西方人更早，东方智慧也触及了这个问题。

早在1637年，我国明代科学家宋应星在他的《论气》一文中，已经谈到了空气和植物的关系，提出“人所食物，皆为气所化，故复于气尔”的思想。可惜，中国人不善于用科学实验来证实自己的论断，未能将这一理论做进一步发展。不是我们有意吹嘘，中国古人真的是善于思辨，而且思辨的结论有时候比实验得出的结果更接近事实。比宋应星又早六百多年，早在一千年前的苏轼们，虽然还说不清他们收获的粮食是从哪里来的，但已经认定我们收获的粮食，所消“耗”的是地下看不见的“气”，而不是我们脚下所踩着的实实在在的“物”。也就是说，苏轼的见解已经比亚里士多德的“土壤汁”理论进步了许多。

在海尔蒙特的柳树实验中，那多出的七十多公斤“树体”，既然其绝大部分不是从土壤中取得，但它是从哪里来的呢？

经过两个多世纪的反复实验和艰难探索，人们才逐步搞清了事情的来龙去脉。原来植物身上有一个与生俱来的、神奇的叫叶绿体的构造，它能利用光能做动力，吸收空气中的二氧化碳和地下的水分，还有土壤中的微量元素，形成构成植物体的有机物并释放出氧气，这就是著名的光合作用。在光合作用下，植物有机体形成和质量的累加过程，同时也是把光能转化为化学能并储存在植物体内的过程。

具体到粮食作物来说，我们所收获的粮食也即植物的果实，它是植物的重要组成部分。从上面的分析我们可以知道，粮食中的绝大部分并不是来源于土壤，而是它在光合作用下，吸收空气中的二氧化碳和土壤中的水分形成的，这也是人们把粮食中的淀粉叫作碳水化合物的基础性依据。但是，实践和理论都告诉我们，单位面积上所生产粮食的多少，却与土地生长植物的能力——地力，用苏轼的话说叫地气，有着密切的关系。一块土地生长植物的能力除了土壤的团粒结构外，与其中所含有的氮、磷、钾和其他微量元素的多少，有着密切的关系。氮、磷、钾等元素充足且比例合适的土壤，便呈现出较强的保证植物健康生长的能力，从而使植物的光合性能增强，比如，植株长得茂盛可以增大受光面积，叶子长得肥硕可以提高受光能力等，这样，农作物就可以通过光合过程形成更多的有机物从而获得高产。

一块土地上如果年复一年地种植，土壤中的氮、磷、钾等元素就会不断被损耗，而土壤本身产生这些元素的能力又极其有限，这时候，植物就会因为吸收不到这些必需的物质而影响生长，光合作用的能力也随之减弱，粮食产量便会越来越低。通常，人们主要是采用两种方法来增强地力，一是施肥，用人工的方法补充植物生长必需的氮磷钾等元素；二是休耕，一季、一年甚至更长时间不种庄稼，让土地中氮磷钾等不再消耗，通过土壤中腐殖质的转化等生化反应自己恢复地力。

苏轼文中说的五谷耗地气，其实也好理解，因为包括五谷在内的粮食作物，经过人类多年的培育，其产出较之于杂草等，要高出许多倍，所以它所耗费的氮、磷、钾等物质当然也就更多，对“地气”的损耗也就更为严重。苏轼所讲的蕲水开荒“种一斗打五斛”，属于地力未被损耗的情况；王莽末天下大旱后的“农事益修”，属于多年休耕地力得到恢复的情况。

苏轼说，他记下这则笔记的目的，是为了以后遇到困难的时候，把它作为“卫生之方”。我之所以不厌其烦地用这么大的篇幅，来领悟苏轼这则笔记，是觉得这其中的很多内容，都是几千年来人类认识和利用自然的重要成果，现在的人们应当知道，最好还能记住。如果能把其中的道理运用到生活中，兴许会有一些好处。

苏轼——世上没有这样的道理

笔记原文

论金土同价　齐高帝云："当使金土同价。"意则善矣，然物岂有此理哉！孟子曰："物之不齐，物之情也，巨屦[1]小屦同价，人岂为之哉？"孟子亦自忘此言，为菽粟如水火之论。金不可贱如土，犹土之不可贵如金也。尧之民比屋[2]可封，桀之民比屋可诛。若信此说，则尧时诸侯满天下，桀时大辟[3]徧[4]四海也。

词句简释

1 巨屦：屦，jù，汉语词语，意思是粗糙的鞋子。《孟子·滕文公上》："巨屦小屦同贾，人岂为之哉？"赵岐注："巨，粗屦也；小，细屦也。"2 比屋：一屋挨一屋，家家。3 大辟：中国古代五刑之一。隋以前死刑的通称。隋唐以后五刑刑名不用大辟，称"死刑"。4 徧：同"遍"。

原文我读

南朝齐的开国皇帝齐高帝萧道成，曾发下宏愿："如果让我治理天下十年，我要让黄金和泥土同样的价钱。"这个想法固然是很好的，然而，世上的事情怎么会有这样的道理呢！

孟子说："物品价格高低不一，是其存在的客观事实。如果做工粗糙的鞋子与做工精细的鞋子同一个价钱，谁还肯下功夫去做精细的鞋子呢？"然而，孟子后来忘了他曾经说过的话，又提出了圣人治理天下，可以使百姓的粮食多得像水和火一样的观点。

金子不可能便宜得像土，和土不可能贵重得像金子是一个道理。汉朝有个叫陆贾的人在《新语·无为》里说："尧舜时代的老百姓，每家人都应该封爵；桀纣时期的老百姓，每家人都应该杀掉。"如果相信这样的说法，那么，尧在位的时候就应该人人都是诸侯，桀在位时到处都是杀人刑场。

一时谬想

自打黄金从一般商品中分离出来充当了一般等价物之后，已经是几千年过去了，还没有哪一样东西能撼动它的尊贵地位。为什么呢？一是它稀少，二是它难以开采。这两点决定了社会上黄金的总量不会有快速的增长，使其可以在相当长的时间内，保持其原有的价值量而不至于贬值或者升值，从而避免产生不必要的经济混乱。英国的一项最新研究显示，人类在地表上开采到的黄金，是四十多亿年前一场流星雨带来的，全球储量只有两千亿吨左右。所以，物理意义上的黄金永远不可能与土块"同价"。

萧道成虽然雄才大略，但天不假年，"使黄金与土同价"的宏愿没有来得及实施，便病死了。那么，这位南齐开国皇帝心目中的"金与土同价"究竟是个什么样子呢？或者说他追求的终极目标是什么呢？我想，他一定是希望自己的帝国能实现人民富足、国家富强，黄金储备大量增加，金子变得非常便宜；同时物资充裕，货物价格越来越低，人人都能过上幸福的生活。可惜的是，历史并没有朝着他所期待的方向发展。南齐开国不久，齐高帝萧道成就死了。他的儿子萧赜（zé）继承皇位，决心要实现父皇的遗愿。然而他不是在发展生产、繁荣经济上下功夫，而是想了个歪主意：严格控制市面上“钱”的供应量，让货物价格因钱少而自然下降。据史料记载，齐武帝萧赜在位十二年，只铸币一次，随着社会上钱币流通量逐步减少，终于实现了他所追求的“钱贵货贱”目标，朝着他父皇“使金土同价”的宏伟理想迈出了实质性步伐。在前朝宋，一匹布市价六百钱，到了齐武帝时，一匹布市价只有一百钱。但老百姓不高兴了，因为官府收的税仍是五百钱，这等于要农民平白无故多向官府缴纳四匹布！民怨沸腾的南齐王朝，只存在了二十三年，便被南梁取而代之了。

“金土同价”，只有一种情况最易实现。那就是物资奇缺，“金”不金贵，黄金会变得像“土块”一样便宜，人们即使有钱也买不到需要的东西。苏轼在《五谷耗地气》那篇笔记中记载，王莽统治后期，由于天下大旱，庄稼颗粒无收，一斤黄金只能买得一斗粟米。看看，金土倒是同价了，但新莽王朝却因此土崩瓦解，不久就灰飞烟灭了。

苏轼不同意萧道成的观点，但能理解萧道成的理想。所以他说，这样的错误连我们的先哲孟子都难以避免。因为孟子曾经说过：“物之不齐，物之情也！”物与物之间存在差别，这原本就是事物的本质属性，哪能一般大小一样作用一个价钱呢？他老人家怕大家不理解，还拿出好鞋孬鞋不可能一个价钱来举例说明。可在另外一个场合，老夫子似乎忘了自己说过的话，又说圣人治天下，可以使百姓的粮食像水、火一样充足。这不是自相矛盾吗？

金土同价，是一种绝对化思维表现。说“尧之民比屋可封，桀之民比屋可诛”的陆贾同样犯了这样的错误。苏轼是驳论高手，巧用归谬法——好，你说得对，我信你的，那样，就会“尧时诸侯满天下，桀时大辟遍四海”。这，怎么可能呢？

如此简短的文字，先批萧道成的“金土同价”，捎带揭揭孟老夫子的“短儿”，最后又把汉朝的陆贾拉出来幽上一默，让我们看到了一位有见地、有锐气，敢于质疑，还带有几分风趣的苏东坡。“博学之，审问之，慎思之，明辨之，笃行之”，子思在《中庸》中所提倡的治学态度，苏轼都做到了。

苏轼——他最终不言其名讳

笔记原文

溪洞画李师中像　郭祥正尝从章惇[1]入梅山溪洞中，见洞主苏甘家有画像，事之甚严，云："桂府李大夫也。"问其名，曰："此岂可名哉！"叩头称死罪数四，卒不敢名。徐考其年月，则李师中[2]诚之也，尝为提刑，权桂府耳。夷獠乃尔[2]畏信之。

词句简释

1 章惇：北宋政治家、改革家、书法家，元祐八年拜相执政。早年以"开梅山"闻名。2 李师中：字诚之，曾任广西提点刑狱，善抚土著，边民称其为"桂州李大夫"。2 乃尔：如此；竟然如此。

原文我读

郭祥正曾经跟随章惇，来到梅山少数民族聚居地区，看见洞主苏甘家有一幅画像，供奉之礼十分庄重、严肃，主人介绍说："我们敬的这位是桂府李大夫。”想打问一下李大夫的名讳，洞主却说：“我怎么可以直呼其名呢！”接着便叩头连着称自己死罪三四次，直到最后也不敢提李大夫的名字。后来，慢慢地考察了解这位“李大夫”在桂州任职和洞主家画像的时间，才知道洞主家里供奉的这位原来是李师中李诚之。李师中曾任广西提刑官，不过是暂时管理过一段桂州的政务而已。西南这些荒蛮的老百姓，竟然是这样地敬畏并信仰他！

一时谬想

苏轼这则笔记，每一个身在仕途的人读过之后，都会掩卷沉思，在心中起一些波澜。古时候的读书人，“学而优则仕”几乎是唯一出路。现在，有了知识，可以有很多途径为国家效力，假如有机会进入仕途，一定要倍加珍惜，多为老百姓做一些好事。要知道，内乡县衙那副著名的对联，在劝告官员们“得一官不荣，失一官不辱”，不要把官位看得太重的同时，还告诉我们“勿道一官无用，地方全靠一官”，地方的经济发展，老百姓的安居乐业，地方官责任重大。

章惇，北宋政治家、改革家，苏轼青年时代的朋友，也是他晚年遭贬谪流放的主要推手。史书上说，章惇出身官宦世家，博学善文，相貌俊美，高傲自负。嘉祐二年（1057）进士及第，元祐八年（1093）拜相，因“开梅山”拓展大宋版图，被写入大宋史册。郭祥正，出身官宦之家，皇祐五年进士及第，虽仕于朝却不营一金，所到之处，多有政声。

宋代的梅山，大致相当于今天湖南中部的新化县到安化县一带地区，宋时被称作“溪洞”，虽然纳入大宋版图，但实质上并未完全归顺朝廷，在中原人眼中，梅山还是蛮荒之地。

文章开头说的“郭祥正尝从章惇入梅山”，发生在熙宁五年（1072），是我国北宋时期一个重大政治事件。在章惇的努力下，峒蛮“献图纳土”，14809户少数民族正式归顺了大宋王朝。“功成政举，瑶胞拥护”，是历史上中央政权成功处理少数民族问题的典范。

“峒蛮”的洞主，就是梅山苏氏的领袖苏甘。让苏甘毕恭毕敬，“卒不敢名”的“李大夫”，叫李师中，山东菏泽人。史书上说，他年十五，即上书议论时政，为其父鸣不平，由是知名。后进士及第，累官提点广西刑狱，摄帅事。他治理地方，不用刑罚立威，注重以诚信服人，做到清明仁恕。提点广西刑狱期间，他主持疏通灵渠、澄清吏治，成功地化解了多起边境危机，又顺利地招降了叛将侬智高的部下。边境上的百姓感激他的恩德，纷纷画像立祠来纪念他，称呼他为“桂州李大夫”而不称他的名讳。

在边疆蛮荒之地掌刑狱、摄帅事的李师中能如此深入人心，怎能不叫人感慨万千？看来，不管什么时候、什么地方，大多数老百姓都是善良的，老百姓的眼睛更是雪亮的。作为从政者，一定要努力做到“为官一任，造福一方”。只要你做到了，老百姓就会记住你的好。

苏轼——改此两字便味同嚼蜡

笔记原文

以意改书（节选）　　近世人轻以意改书，鄙贱之人，好恶多同，从而和之，遂使古书日就舛讹。……陶潜诗："采菊东篱下，悠然见南山。"采菊之次，偶见南山，境与意会。今皆作"望南山"。杜子美云："白鸥没浩荡。"盖灭没于烟波间。而宋敏求云"鸥不解'没'"，改作"波"。二诗改此两字，觉一篇神气索然。

原文我读

近代以来，人们很容易犯的一个错误，就是轻易按自己的想法修改古人的作品。凡是见识浅陋、人品低下的人，其好恶也大致相同，往往跟着附和，这样便使古书的谬误越来越多。

陶潜有诗句："采菊东篱下，悠然见南山。"说的是在采菊之余，无意之间偶尔一眼瞥见南边的山头，静远开阔的自然环境便与陶潜恬淡闲适的心境融合在了一起。可是，现在大家都把它说成是“望南山”。杜甫《奉赠韦左丞丈二十二韵》最后两句是：“白鸥没浩荡，万里谁能驯。”这个“没”字形象地表达了白鸥无影无声，隐没于烟波之间的状态。然而，知制诰宋敏求说“白鸥不会‘隐没’”，把“没”字改作“波”字。以上这两首诗，改动这两个字，使人觉得整个诗篇一点神韵都没有了。

一时谬想

苏轼论诗说文的笔记很多，尽管读起来也有几分心得，但总是因为学艺不精，不敢“谬想”。有好几次，都已经写了几行字了，仍然感到力不从心怕贻笑于大方之家，就忍了忍，又放下了。读到这则《以意改书》，发现里边竟引有陶渊明的诗句，颇有同感，便禁不住手痒痒了。

古人在读书时，一个很常用的方法，就是注释经典，这是一个边理解、边记忆、边强化的过程。所以，一般当他们在某一方面学有所成的时候，基本也都是著作等身。人们对经典的注释，一方面促成了经典的代代相传，另一方面也使得流传后世的许多著作，以讹传讹，存在不少谬误。有一些书生，一辈子不干别的，就搞注释一件事，而且以发现前人的错误为乐，一旦觉得有了可以改动的地方，便如同打了鸡血，能洋洋洒洒地写出一部大书来。在《庄子·秋水》篇中，惠子曾经反问庄子：“子非鱼，安知鱼之乐?”我们现在的人，已经很难体会古代那些“以意改书”者的动机和快感了。

陶渊明是苏轼最喜欢的诗人，一本《陶渊明诗集》，苏轼总是随身携带。苏轼很有意思，跟小孩子一般，有了好吃的生怕一下子吃完没有了，便一小口一小口慢慢吃一样，他读陶渊明诗也担心读太快了，一读完再没有可读的，便规定自己每天只读一首。《饮酒·其五》是陶渊明诗中的佳作，“采菊东篱下，悠然见南山”是《饮酒》诗中精华，尤其是句中那一个“见”字，把诗人于无意之间，偶尔一眼瞥见南面远远的山峦时那恬淡闲适的心境，与静远开阔的自然环境融合在了一起。如果把“见”字换成“望”字，就会在其中加入太多的主观，显得做作、生涩，使一整篇诗都变得像苏轼说的那样“神气索然”，读起来如同喝洗碗水一样，有一股怪怪的味道。

杜甫的“白鸥没浩荡，万里谁能驯”，一个“没”字，把白鸥悄然出没于浩渺的烟波之间，万里海江任我逍遥的浪漫和洒脱，展现得淋漓尽致。如换成“波”字，不光令人费解，还让整诗失去了动态感、画面感，白鸥的灵动也顿时不见了，自然就谈不上神韵了。

中国古代典籍，浩如烟海，作为你我，能读万分之一二，就已经很不容易了，“以意改书”的勾当咱尽量别做，事实上也做不了，那可是件出力不讨好的事！如有时间，下功夫研读三两本经典，像熊十力说的，“钻入深处，勿以浮泛知解为实悟”，那也是一件乐事。

苏轼

白居易不是那种人

笔记原文

白乐天诗　白乐天为王涯所谗，谪江州司马。甘露之祸，乐天有诗云："当君白首同归日，是我青山独往时。"不知者以为幸祸，乐天岂幸人之祸者哉？盖悲之也。

原文我读

唐代诗人白居易被王涯谗言所害，被贬谪为江州司马。后来，发生了"甘露之祸"，王涯受牵连被冤杀。白居易为此作诗道："当君白首同归日，是我青山独往时。"不知道其中真实情况的人，认为白居易是在幸灾乐祸。白居易怎么能是对别人发生实祸而感到高兴那种人呢？他是在为王涯感到悲痛啊！

一时谬想

绿蚁新醅酒，
红泥小火炉。
晚来天欲雪，
能饮一杯无？

每到严冬时节，这些诗句便会在我们的脑海里冒出来，有人说，这就叫白居易式的温暖。如果说唐诗浸润了中国人的心灵，那么，白居易的诗则给了千千万万的人以心灵慰藉！

白居易，字乐天，二十九岁中进士，出身官宦世家，用现在的话说，是一位接地气的贵族知识分子，其悲天悯人情怀在他的诗文里多有体现。如《观刈麦》，描写农民收割麦子的辛苦场面："足蒸暑土气，背灼炎天光"；表达拾穗人的穷困遭遇："家田输税尽，拾此充饥肠"；还有如"今我何功德，曾不事农桑。吏禄三百石，岁晏有余粮。念此私自愧，尽日不能忘"。对自己不事稼穑，却有那么高的俸禄，表现出深深的惭愧和自责。

公元815年，四十四岁的白居易被贬谪为江州司马。贬谪给白居易以沉重的打击，他说自己是"面上灭除忧喜色，胸中消尽是非心"。从此，佛道思想滋长，虽仍有关心人民疾苦，但行事已渐渐转向"独善其身"。而白居易遭贬谪，幕后最大的推手就是苏轼这则笔记开头提到的王涯。

王涯，太原人，博学工文，深得陆贽赏识，官职一直做到宰相。元和十年，也就是公元815年，当时担任大唐宰相的武元衡，因为不太喜欢白居易，要外放他担任江表刺史。王涯听说了，给在位的唐宪宗进言，说白居易这个人诗虽写得不错，但管理能力不行，不宜让他管理一个郡的事务。于是，本来能当刺史的白居易，便被"追贬"为刺史的属官，到江州做了一个小小的司马。

大和九年，即公元835年，离白居易被贬二十年之后，大唐发生了震惊朝野的"甘露之祸"。宰相李训与郑注等人，预谋清除宦官仇士良，假称有甘露降祥，诱仇士良前往观看，欲趁机诛杀之。因计划败露，李训等人皆被斩杀。据《旧唐书·王涯传》记载：王涯其实并未参与李训等人的暗杀计划，但因为经不住严刑拷打，“自诬同谋而被诛”。得闻消息的白居易，提笔写下七律《九年十一月二十一日感事而作》，诗中有“当君白首同归日，是我青山独往时”两句，以委婉的笔法，表达了他对李训等人被害的痛心和悲哀：我的老同僚们，都已经是满头白发了，却遭此杀身之祸，而此时我正独自在青山游览。身为朝廷重臣而被诛杀，还不如做个老百姓快乐呢。然而，各人有各人的见解，这两句诗，一千多年来，让多少人对白居易产生误解，说他是在“幸”李训等人“之祸”。

按世俗的眼光，当一个人得知陷害自己的人被诛杀之后，应该有“你也有今天”之类幸灾乐祸的想法。但白居易没有这样的狭隘和浅薄，经过二十年的磨砺，他早已成为一个悲天悯人、包容万物的慈祥长者。过往历历在目，哀叹世事无常，怜惜他人苦难，这是一种情怀，是一种态度，更是一种对生命的尊重。

当我们以一颗悲悯的心来看待世间万物，就会发现没有人活得容易。苏轼是懂白居易的，理解白居易在为王涯伤怀，为老同僚悲哀！于伤害，甚至仇恨，如能像白居易那样轻轻地放下，人生何尝不是另一种解脱？因为懂得，所以慈悲，此言不虚！

王平甫——这是李赤写的

笔记原文

李赤诗　　《姑熟堂下咏》，怪其语不类太白，王平甫云："此李赤诗也。"赤自比李白，故名赤，后为厕鬼所惑死。今观其诗止于此，以太白自比，其心疾已久矣，岂厕鬼之罪耶！

原文我读

《姑熟堂下咏》这组诗，读起来让人觉得奇怪，它的语言根本不像是李白的风格。王安石的弟弟王安国王平甫说："这是李赤的诗啊！"这个李赤自己把自己比作李白，所以取名叫李赤，后来被厕鬼迷惑丢了性命。现在看他的诗就这样的水平，还以李白自比，说明他心头的病根早就种下了，他的死怎么能单单是厕鬼的罪过呢！

一时谬想

李赤会写诗，爱写诗，本身不是件坏事，更没什么错，但他老拿自己跟李白比，这到底是一个什么样的心态呢？一句话，就是鬼迷心窍、自不量力。最后，必然是自取其辱，让世人耻笑！

苏轼说的《姑熟堂下咏》，还有一个名称叫《姑孰十咏》，有记载说是唐代大诗人李白晚年所作的一篇组诗，以“五言”为体裁，描述姑孰县境内姑孰溪、丹阳湖、谢公宅等十个代表性景观。

据说，有一次，苏轼读到李白的《姑苏十咏·姑熟溪》：

爱此溪水闲，乘流兴无极。
漾楫怕鸥惊，垂竿待鱼食。
波翻晓霞影，岸叠春山色。
何处浣纱人？红颜未相识。

苏轼越读越觉得不对头，越读越觉诗中语言浅陋粗俗，一点也没有李白平素的水准，便去找孙邈打问。孙邈说，听王安国讲这是李赤写的。后来，苏轼又经过一番认真考证，更加相信自己的判断，断定这诗一定是李赤假冒李白的伪作。

《李赤传》是柳宗元所作的一篇很有特色的传记文，他特地为一个疯人树碑立传，又是想告诉我们什么呢？李赤原是江湖浪人，曾经口出狂言，说自己擅长作诗，可与大诗人李白比肩，因此自号李赤。很显然，这是一个恬不知耻、利欲熏心、狂妄自大的小人！看来，人一旦被私利所蒙蔽，就必然要走上邪路。

苏轼作这则笔记的目的，是想告诉人们，李赤被厕鬼所惑，丢了性命，绝不是偶然的，当年他自比李白，就已经为后来的结局埋下了种子。我们在感慨李赤被厕鬼迷惑而死的同时，更应懂得，在价值取向上出问题的人，这就是他的必然结局。

乡谚说：是多大的鱼儿，就打多大的浑儿。无论做什么事，自己努力了，能做到哪里是哪里，千万不要学李赤，拉大旗作虎皮，拿别人的大名往自己身上贴标签，这不好，最终是要吃亏的。

苏轼——这铜镜可能是南阳造的

笔记原文

古镜　元丰中，余自齐安过古黄州，获一镜，其背铭云："汉有善铜出白阳，取为镜，清而明。"左龙右虎辅之。其字如菽，大篆，款甚精妙。白阳，疑白水之阳也。其铜黑色如漆，照人微小。古镜皆然，此道家聚形之法也。

原文我读

宋神宗元丰年间，我从齐安出发到岐亭去，经过古黄州，得到了一面古铜镜。铜镜的背面有十三字铭文："汉有善铜出白阳，取为镜，清而明。"一龙一虎环绕在左右两边。铭文里的字像豆子一样大小，字体为大篆，款式十分精妙。白阳，我怀疑它指的是白河北岸的某一个地方。这面镜子的铜黑明发亮，像黑漆漆过一样。用它照人，人变得很小。古镜都是这样，是道家用以聚形的法器。

一时谬想

开始对这则笔记感兴趣，是因为其中有“白阳”二字。苏轼在文中写道：“白阳，疑白水之阳也。”这“白水之阳”是哪里呢？记得《苏轼文集》中似乎也有类似的记载，翻开《文集》一查，在“书所获镜铭”条下，记的也是过古黄州得古铜镜事，比《仇池笔记》中的文字更翔实一些，比如关于“白阳”属于何处，里边就明明白白地写道：“白阳，疑南阳白水之阳也。”原来苏轼收得的这面铜镜是我老家南阳制造的呀！

可转念又一想，不对呀，在南阳生活几十年，对南阳的历史虽说不上有深入研究，但南阳历史上的重大事件、重要人物、特色物产还是清楚的。我只知道南阳冶铁业历史悠久，先秦时期南阳就是楚国著名的冶铁中心，现在城中还有汉代冶铁遗址供人们凭吊。翻遍南阳的历史，从没有关于炼铜的记载呀，更不要说能生产出来可以制造优质铜镜的“善铜”了！难道是苏轼搞错了？

带着这个疑问，给南阳唐王府博物馆的崔鉴平馆长打电话请教。他一听原委，立马回答说：“那是苏东坡弄错了。铜镜上的篆字不是‘白阳’，而是‘丹阳’，丹阳在现在的安徽铜陵市。”我说：“苏轼那样的学问大家，怎么能搞错呢？”他一听，笑了，悠悠地说：“反正我没错！既然苏轼收的是一面汉镜，我给你发个汉镜照片看看。”

放下电话，赶紧查资料，原来这铜陵果真就在安徽，资料上讲，铜陵因铜得名、以铜而兴，素有中国古铜都之称。铜陵秦时属鄣郡，西汉时鄣郡改为丹阳郡。采冶铜的历史始于商周，盛于汉唐，已有三千五百多年历史，《汉书·地理志》记载，在汉代一百零三个郡国中，丹阳郡是全国唯一设有铜官监管铜矿生产的地方。铜陵生产的青铜镜品质优良、工艺精美，是我国汉代铜器的重要产地之一。

查完资料，崔馆长的铜镜照片也发来了。是的，那铭文果然是十分“精妙”的篆字。崔馆长很细心，还特意在那“丹”字上面画了个红圈，我一看，明白了，这个字不仅下面没有封口，而且中间那一横上面还有一点，就是个“丹”字嘛！可不知道为什么，那“丹”字上面竟还有一点！因为这“一点”，一般人很容易误认它是个“白”字。咱不懂书法，是汉代汉字字体尚未定型，还是篆书就应该这样写呢？

如果说苏轼搞错铜镜生产地，仅仅是因为认错字造成的话，那么，苏轼因为铜镜“照人微小”，就断定它是“道家聚形之法”器，便更没有道理了。这说明即使是学富五车的苏轼，也存在某些知识短板。

结合《苏轼文集》的记载，可知苏轼收得的这面铜镜周长为一尺二寸，合今制约38厘米，这样算来，其直径只有12.1厘米。显然，这是一面只有巴掌大的小镜子，用它来梳妆打扮，必须把影像变小才能看到整个面部。勤劳智慧的中国人民早就掌握了这个技术，比苏轼还小六岁的沈括在《梦溪笔谈》“器用”部分曾有这样的记述：

“古人铸鉴，鉴大则平，鉴小则凸。凡鉴凹则照人面大，凸则照人面小。小鉴不能全视人面，故令微凸，收人面令小，则鉴虽小而能全纳人面。”

苏轼所藏之镜，之所以能“照人微小”，其实很简单，用凸面镜成像原理，制造时令镜面“微凸”就可以了。这样铸镜，主要是出于节约铜材、使用方便的考虑。至于古镜能作为道家“聚形”法器，那只不过是道家借此故弄玄虚而已。

苏轼熟悉的领域是诗、文章和政治，而在物质生产领域，则是酒的酿造、猪肉的做法、谷物的种植之类，对诸如铜镜制造这类技术含量较高的事情，包括凸镜成像这类较深的科学理论，研究得就不是那么深入了。所以，对古镜“照人微小”感到神秘也是在所难免的。即便是在擅长的文字书法方面，苏轼做出的判断也不可能百分之百完全正确。好在人家苏轼说话留有余地，在“白水之阳”前面加一个“疑”字，便成了我说的“可能是”“也许是”，别人也就不好说什么了。

一个人的能力是有限的，即便强大如苏轼，也有识所不及之处，所以，始终保持谦逊的态度，很有必要！

苏轼

孔融之死绝非轻于鸿毛

笔记原文

孔北海　王巩云："张安道[1]说苏子瞻比予孔北海、诸葛孔明。孔明吾岂敢望，北海或似之，然不至若是之惷[2]也。"北海以忠义气节冠天下，其势足与曹操相轩轾[3]，决非两立者。北海以一死捍汉，岂所谓轻于鸿毛者，何名为惷哉？

词句简释

1 张安道：张方平，字安道，官至参知政事。仁宗至和二年任成都知府时，即与苏洵父子相熟，曾资助三人进京赶考，长苏洵两岁，为苏洵莫逆之交。《宋史·张方平传》云：守蜀日，得眉山苏洵与其二子轼、辙，尝荐轼为谏官。轼下制狱，又抗章为请，故轼终身敬事之，叙其文，以比孔融、诸葛亮。2 惷：chǔn，同"蠢"。3 轩轾：车子前高后低称轩，前低后高称轾。比喻高低优劣，互有短长。如：难分轩轾。

原文我读

王巩曾经给人们讲过他岳父张安道先生说的一段话："苏轼苏子瞻把我比作孔融孔北海和诸葛孔明。我怎么敢跟孔明先生相比呢！跟孔融相比，或许还有些相似的地方，不过我还没达到他那愚蠢的程度。"

（关于对孔融的评价，我不敢苟同安道先生的见解，）孔融以忠义气节闻名天下，他的威严气势足以和曹操一比高下，所以曹操就要排斥他，他们两人是势不两立不能并存的。孔融用自己的生命捍卫东汉王朝，怎么能说他的死轻于鸿毛呢？怎么能说他这是愚蠢呢？

一时谬想

苏轼的一生，和张方平、王巩翁婿有着密切的关系。苏家父子三人最为感激的人就是张方平，苏轼觉得一生最对不住的就是王巩。张方平对苏轼父子的赏识、帮助，苏轼和王巩的相知和友情，任时空流转，依然让人觉得人性美好、岁月芬芳！

想当年，苏家父子还是眉山上的普通读书人，张方平已是川蜀最高行政长官，但他慧眼识珠，已断定这三颗璀璨的文学巨星，不久的将来，就会在神州大地冉冉升起。所以，他慷慨解囊，资助苏家父子千里赴京赶考。最令人感动的是，当他得知因"庆历新政"与自己政见不同，已经久不来往的欧阳修为主考官时，竟然主动放低身段，亲笔写信给欧阳修，力陈苏家父子道德文章之优异。后来，苏轼因"乌台诗案"被朝廷下狱，张方平专门上书神宗，为苏轼辩诬。所以，苏轼终生都对张方平怀着感激和敬重之情。王巩王定国是张方平的女婿，作为苏轼的朋友，他是受"乌台诗案"牵连，遭处罚最重的一个。

因为苏轼对张方平极其敬重，所以苏轼著文把张方平比作孔融和诸葛亮。但张方平并不领情，说："诸葛亮嘛，我可比不上。但跟孔融相比，我或许还有些相似的地方，不过话说回来，我还没达到他那愚蠢的程度，我不会那样自不量力去跟曹操对抗。”从这段话可以看出，虽然张方平对孔融总体上肯定，但却不认同他的那种做法，觉得孔融和曹操对抗没有价值，是白白葬送性命。

苏轼从王巩口中听到了安道先生的话，立马动了牛脾气，即便是恩师的话他认为不对也是要反驳的。

大凡稍有些历史知识的人，对孔融这个名字都不会陌生。“融四岁，能让梨”，《三字经》中的句子妇孺皆知，读过《三国演义》的人也能对孔融的事迹说出个一二来。孔融，东汉末年文学家，“建安七子”之一，孔子二十世孙。汉献帝即位后，任北军中候、虎贲中郎将、北海相，时称孔北海。建安元年，曹操控制汉献帝刘协并迁都许昌，从此他“挟天子以令诸侯”，其个人政令均以天子诏书形式发出，各地诸侯陷入两难境地：服从则于己不利；不从则违抗天子，大逆不道。汉献帝迁都许昌后，征召孔融为将作大匠，不久，又迁少府，任太中大夫。因为诸大臣都惧怕曹操，所以朝堂上大家都沉默不语，每逢朝会献帝访问召对之时，只有孔融引证定议，起到了中流砥柱的作用。孔融对曹操的专横跋扈十分不满，多次顶撞、讽刺曹操，与曹操做针锋相对的斗争。苏轼参加省试，编造皋陶和帝尧的对话，所借鉴的就是孔融讥讽曹操的笔法。曹操进攻邺城屠杀邺城居民，袁绍家的妇人女子多被掳掠。曹操的儿子曹丕私自娶了袁熙的妻子甄氏。孔融写信给曹操，说：“武王伐纣，把妲己赏赐给周公。”曹操不明白，后来问孔融这出于何经何典。孔融答说：“按现在的事情考量，推测应当是这样吧。”曹操对孔融又恨又妒，终于撕下面皮，于建安十三年以“招合徒众”“欲图不轨”“谤讪朝廷”等罪名将孔融处死，并株连全家，时年孔融五十六岁。

司马迁说：“人固有一死，或重于泰山，或轻于鸿毛，用之所趋异也。”苏轼认为，孔融虽不知收敛锋芒，但他不畏强权，“其势足与曹操相轩轾”，用自己的生命捍卫了汉室尊严，虽死犹荣，是足以让人称道的。

我也赞同苏轼的观点！

苏轼——读黄庭坚诗使人高雅

笔记原文

鲁直诗　读鲁直诗如见鲁仲连、李太白，不敢复论鄙事。虽若不入用，不无补于世也。

原文我读

读黄庭坚黄鲁直的诗，如同见到了战国名士鲁仲连和唐代诗人李太白，就不敢再去议论那些鄙俗琐细的事情了。虽看起来好像没有什么用处，但也不是对时势没有任何帮助。

一时谬想

培根说，读史使人明智，读诗使人灵秀，数学使人周密，科学使人深刻，伦理学使人庄重，逻辑修辞之学使人善辩；凡有所学，皆成性格。有的书，看似无用，但正如庄子所言，无用之用，方为大用。比如，唐诗、宋词，读多了，人就会和原来不一样。

黄庭坚黄鲁直是苏轼的得意门生，“苏门四学士”之首，其实他和苏轼仅相差九岁，苏轼于他，亦师亦友亦知己。黄庭坚，字鲁直，号山谷道人，北宋著名文学家、书法家、江西诗派开山之祖。黄庭坚的诗以杜甫为宗，讲究修辞造句，强调“无一字无来处”，多写个人日常生活，风格奇崛，世人后称“山谷体”（以黄庭坚号名）。

苏轼不愧为黄庭坚的知音，他懂黄庭坚，他最欣赏黄庭坚那首《牧童诗》——

骑牛远远过前村，短笛横吹隔陇闻。
多少长安名利客，机关用尽不如君。

这是一首饶有趣味、借题发挥的警世诗，在描写“田园牧歌”生活的同时，又以极犀利的语言说出了自己的内心感受，读来耐人寻味，发人深思。

苏轼说读黄庭坚的诗，就如同见到了战国名士鲁仲连和唐代诗人李太白，这是极高的评价。这两人在历史上，都以才华横溢、人品高洁、桀骜不驯为特征。鲁仲连是战国末期齐国人，长于阐发奇特宏伟卓异不凡的谋略，却始终不肯做官任职。李白生活在盛唐时期。其诗既豪迈奔放，又清新飘逸，被人们称为“诗仙”太白。诗歌虽不当吃不当喝，但它可以净化我们的心灵，沉淀我们的内心，升华我们的精神，是无用之用。正如苏轼所言，读黄庭坚诗，就如同受教于鲁仲连和李太白，“不敢复论鄙事”。

现代作家汪曾祺先生，一生经历了无数苦难和挫折，受到过各种不公正的待遇，但他始终保持平静旷达的心态，并且创造了积极乐观诗意的人生。这个荡漾着青春气息的老顽童曾经对我们说：“人生一定要爱着点什么。”

不管是苏轼，还是黄庭坚，抑或是汪曾祺，所拥有的不过就是一颗赤子之心——爱着清香文字，爱着草木时光，爱着寻常日月，爱着故交挚友，爱着这个大千世界。

保持独立人格，拥有无用之用，这或许就是苏轼想给后来人的劝诫吧。

苏轼——这真是一服奇药

笔记原文

治内障眼　《本草》云："熟地黄、麦门冬、车前子相杂，治内障眼有效。"屡试信然。其法，细捣罗，蜜为丸，如桐子[1]大。三药皆难捣罗和合，异常甘香，真奇药也。露蜂房、蛇蜕皮、乱发，各烧灰存性，取钱匕[2]酒服，治疮久不合。

词句简释

1 桐子：古代以类比法作药用量。一鸡子黄=一弹丸=四十桐子=八十粒大豆=四百八十粒大麻子=一千四百四十粒小麻子。由此可知，一个桐子相当于两粒大豆的体积。2 钱匕：古代量取药末的器具名。匕，bǐ。用汉代的五铢钱量取药末至不散落为一钱匕。一钱匕约合今五分六厘，重两克多。

原文我读

《本草》中说："熟地黄、麦门冬、车前子三种药混在一起，治疗内障眼效果很好。”我经过多次试验，这个方子果然有效。制作的方法是：先将药物捣碎，再用罗筛，做成粉末，然后用蜂蜜拌和做成桐子一样大的小丸。这三种药都很难捣碎筛成细末并拌合在一起做成丸子，它异常香甜，真是一味奇特的药啊！

露蜂房、蛇蜕皮、乱发，分别烧成灰，留存其药性，取用一钱匕这样的灰粉和酒一起服用，可以治疗长时间不能愈合的皮肤糜烂、溃疡等疾患。

一时谬想

大家都知道有一个成语，叫一叶障目，意思是一片叶子挡在眼前会让人看不到外面的世界，形容人们被局部或暂时的现象所遮挡、掩盖、迷惑，以致看不清事物的全貌。一叶障目的“障”是“外障”，是体外原因造成的。而“内障眼”的“障”是内蔽，是眼内组织发生病变，导致晶状体蛋白质变性发生混浊，尤其是眼球内侧浑浊，使得外部的光线被阻挡无法投射在视网膜上，造成病人视物模糊，甚至看不见东西，现代医学术语叫白内障。

现代西方医学治白内障，很简单，扒开眼球，一束超声波打进去，把那浑浊的晶状体乳化后吸出来，再换一个人工的就可以了。我国传统医学是怎么治疗内障眼这一疾患的呢？《本草》里说：“久患内障，车前子、干地黄、麦门冬等分，为末，蜜丸如梧桐子大，服之，累试有效。”苏轼也说：“屡试信然。”这几味药治病的原理是什么呢？内障眼属于水轮疾患，其病证多与肾有关。而肝开窍于目，且肝肾同源，故其发病多因肝肾功能受损所致。处方中的三种药物，熟地滋补肝肾，麦冬养阴生津，车前子清肝明目，补虚泻实。三味药配伍，治本为主，标本兼治，所以，苏轼赞叹：“真奇药也。”

后面这个治疗“疮久不合”的配方，思路亦然。露蜂房有祛风、攻毒、杀虫、止痛之功效，蛇蜕皮以形补形，有止痒收敛之功效，乱发有收敛止血、化瘀之功效。因此，这三味药对久治不愈的疮疡自然有效。

苏轼记下这些治病方法，可能是觉得它颇有意趣，其道理和治国理政一样，不要头疼医头脚疼医脚，要把事物当作一个整体看待，努力找到根源，从根源上着手来解决问题。

过去的读书人，都多少懂一些岐黄之术，我们是不是也该学一点这方面的知识呢？我感到，懂一点，于个人健康，于开阔眼界，于掌握方法论，都有好处。

苏轼——为何黄金『古多今少也』

笔记原文

论金盐　王莽败时，省中[1]黄金三十万斤。陈平用肆万斤间楚，董卓郿坞[2]金亦多，其余赐三五十斤者不可胜数。近世金不以斤计，虽人主，未有以百金与人者，何古多今少也！凿山披沙[3]无虚日，金为何往哉？颇疑宝货神不可知，复归山泽耶。尝闻盐亦然。峡中大宁监日有定数，若大商覆舟，则盐泉顿增。乃知寻常便液之出，不拘远近，皆归本原也。

词句简释

1 省中：宫禁之中。2 郿坞：董卓在长安以西建的院邸。3 披沙：淘去泥沙。

原文我读

王莽的新朝灭亡时，宫禁之中有黄金三十万斤。陈平曾经拿出四万斤黄金用来离间楚国君臣的关系。在董卓所筑的郿坞中，藏的黄金也有很多，其余的黄金赏赐给人三五十斤的不可胜数。

但是，近代以来，黄金数量不断减少，以致都不能以斤为单位来计量了。即便是君王，也没有拿百金给人的情况，为什么古代黄金多而现在少了呢？人们开矿找金、淘沙拣金没有耽误过一天，现在黄金这么少，都跑到哪里去了呢？我非常怀疑是宝贵的财货神不知鬼不觉，自己又回到山川河流里去了。曾听说盐也是这样的。在长江三峡中部的巫峡有朝廷设立的大宁监，它每天所产的盐都是有固定数量的，如果有商人运盐的大船翻沉了，那大宁监盐泉流出的盐水，就会立即增加很多。由此可知，平常盐泉流出来的盐水，不管远近，不管绕多大的弯子，最终都会回到它原来所在的地方！

一时谬想

看见苏轼说王莽的新朝灭亡时居然有那么多黄金，起初还有些疑惑，一查资料，还真有不少类似的记载：

《史记·高祖本纪》：“（刘邦）乃用陈平之计，予陈平金四万斤，以间疏楚君臣。”

《史记·周勃传》：“文帝既立，以勃为右丞相，赐金五千斤，食邑万户。”

《史记·平准书》：卫青部下“捕斩首虏之士受赐黄金二十余万斤”。

《汉书·惠帝纪》：汉惠帝刘盈对办理父皇刘邦葬礼有功者奖励“将军四十金，二千石二十金，六百石以上六金，五百石以下至佐史二金”。

以上这些记载，都是发生在西汉时期的事情。然而，等到了东汉建立后，西汉及新莽时期的巨量黄金仿佛蒸发了一样，全无踪迹。有人做过统计，整个东汉一朝，朝廷赐金5556公斤，仅及西汉一朝赐金276355公斤的2%。

有人说，《史记》《汉书》里记载的那些金子，根本就不是真的黄金，而是指黄铜或铜合金。我觉得，这种说法是不可靠的。那时候，人们对铜、铁等在金属已经有了足够的认识，炼铜冶铁技术在西汉已经相当成熟，铜、铁等在社会上存量很大。况且，西汉的法律明确规定，黄金是上币，铜钱是下币，连两种金属货币的换算关系都规定得清清楚楚，两者根本不可能出现混淆。《汉书·食货志》载："黄金重一斤，直钱万。"也就是说，当时的一斤黄金可以换一万个五铢钱（铜钱)。如果"黄金"是铜的话，则会出现拿一斤铜换取一万个加工后的铜钱的情况，这显然是有悖常理的。再说，那些受赏赐的人也不会那么傻，比如卫青的部下，他会为了一块破铜烂铁去拼命吗？

我和苏轼一样，也相信西汉末年，包括王莽统治时期，朝廷里有大量黄金储备。这些黄金，大体来源于以下几个方面：

第一，历朝历代的积累。黄金作为一种稳定的金属，在很早的时候就已经作为货币用于流通了。所以，各朝各代，都会想尽办法，搜刮、存储大量黄金。在秦统一六国后，各国的黄金都被秦朝归于国库。到了汉代，刘邦从秦朝手上接过的黄金数量自然巨大。

第二，采金业的兴起。伴随着铁器时代的到来，西汉的采矿业得到了快速的发展，黄金的开采技术也大幅度提升，同时，西汉时期的黄金产地相继被发现，参与采金的人数日益增多，这必然使得黄金产量倍增，大量黄金进入国库。

第三，西域等外方的输入。随着丝绸之路的开通，中国的丝绸、茶叶从国外换回了大量的黄金。有资料说，光罗马人每年都要拿出超过五吨的黄金来购买中国的茶叶和丝绸。

然而，那么多的金子，最后都到哪里去了呢？不光宋朝的苏轼有疑问，直到现在，还有很多人在研究这个问题。有一种说法，说西汉巨量黄金都拿去给佛像贴金了，但佛教在汉明帝时才传入中国，礼佛之风在南北朝时期才兴起的，这说法显然是站不住脚的。还有一种比较公认的说法，认为汉人尚厚葬，西汉的巨量黄金很有可能被用作王公贵族的陪葬，深埋于地下了。这种说法和苏轼的“颇疑宝货神不可知，复归山泽耶”，有异曲同工之妙！

黄金固然珍贵，但对于老百姓来说，柴米油盐则更加重要。今天我们看来只是普通调味品的食盐，在我国古代可是极其珍贵的生活必需品。食盐是历朝历代中央政府最重要的税收来源，也是历朝历代政府管控最为严格的物资之一。苏轼在笔记中提到的巫峡大宁监，就是朝廷专门的管理经营食盐的机构，和府、州、军是同一个行政级别。盐泉是指含盐分较多的矿泉，取其水蒸浓结晶，即得食盐。盐泉汩汩而出，所产的盐量，苏轼说，都是有固定数量的。也不知道苏轼从哪里得到的消息，说如果有运盐的大船倾覆江中，“则盐泉顿增”。我怎么想都觉得不可能，可苏轼也不是那种轻信道听途说的人，他讲这话，恐怕也会有些实实在在的根据。

在苏轼的认知里，有这样两个循环。其一，盐水出于盐泉，盐水蒸而为盐，盐入水又成盐水，盐水再次回到盐泉；其二，黄金出于土中，聚敛进入国库，复用于民间，最终入土回归地下。两件事物，一样的循环，这便是自然。

我不忍叫动物受这苦楚

苏轼

笔记原文

戒杀　余少年不杀，未能断也，近年始能不杀猪羊。惜嗜蟹[1]，每见饷者，皆放之江中，虽在江无活理，庶几求一活。即使不活，亦愈于烹煎也。亲遭患难，不异鸡鸭之在庖厨，不忍以口腹之故，使有生之类受无量怖苦耳。犹恨未能忘食味，食自死物可也。

词句简释

1 惜嗜蟹：《稗海》本作“然性嗜蟹蛤”。下云：“故不免杀。自去年得罪下狱，始意不免，既而得脱，遂自此不杀一物。有见饷蟹蛤者……”

原文我读

我少年时不喜欢杀生，但未能做到彻底断绝，近年才做到不杀猪羊。我过去喜欢吃蟹，现在也不再吃了，每当有人送蟹来，全都放到江里去，虽然它们在江中几乎没有活下来的可能性，不过，或许有个别的还可以求得一活。即使不能活下来，也比被蒸煮煎炸强一些。自己亲身经受祸患，和鸡鸭在庖厨上任人宰割是一样的，实在不忍心为了满足自己的口腹之欲，使有生命有情感的动物遭受这样巨大的恐惧和痛苦。遗憾的是，我现在还不能抗拒肉食味道的吸引，那就只吃已经死了的动物便可以了。

一时谬想

读这篇文章，心里有一种莫名的伤感，能清楚地感受到那字里行间所涌动的无限苍凉和酸楚。我不止一次地在心中打问自己：这还是那个“会挽雕弓如满月，西北望，射天狼”的密州知州吗？这还是那个“早晨起来打两碗，饱得自家君莫管”的黄州东坡吗？

苏轼的一生风云跌宕。继“乌台诗案”被贬黄州之后，朝廷清除元祐党人，他再次被贬谪到惠州，继而被流放到海南儋州。从翰林学士到一个犯官，经历九死一生后的苏轼，为了平衡和抚慰内心的痛苦，他只能从佛教的虚无中寻得解脱，以佛教的悲悯来修心养性。

佛法是因果法，讲的是善有善报，恶有恶报，不要造恶，多修善法，才能没有烦恼痛苦。在佛家教义里，诸恶业中杀业最重，佛门弟子，首先要戒杀。一心向佛的苏轼，已由高歌“正是河豚欲上时”的翰林学士，转变成责怪他人“不知何苦食鸡豚”的佛教信士，这种发自内心的怜惜、慈爱、悲悯，或许就是苏轼晚年人格魅力之所在吧！

在我看来，苏轼之所以能闪耀在历史的天空，不仅仅是因为他有天才般的诗人气质，更因为他有丰富的内心精神世界。正是他丰富的内心世界，引导着这位伟大的诗人，在一次又一次的人生磨难中，向善、向静、向从容。

苏轼——《老子新解》真是部奇书

笔记原文

老子解　子由寄《老子新解》。使战国时有此书，则无商鞅、韩非，使汉初有此书，则孔、老为一，晋、宋间有此书，则佛、老不为二。

原文我读

昨日收到了弟弟子由寄来他写的《老子新解》，读完之后，感慨万端。假使在战国时就有了子由的这部书，那商鞅、韩非这类人就不会成名成家；假使在汉朝初年就有了子由的这部书，那样孔子和老子的思想就会成为一个整体；假使子由这部书在晋、宋之间就写成了，那么，佛教和道教就不会成为两个不同的派别。

一时谬想

能生为兄弟，已是莫大的缘分，而苏轼苏辙兄弟之间，幼年牵手相伴，少时同窗苦读，成年后又相互扶持，正所谓血浓于水，兄弟同胞间的亲情永远是最美好的。弟弟著书，哥哥读书，喜悦之情，溢于言表。三个假使，道尽《新解》之高妙，直让人生出非立即拜读不能过活之心。

司马迁在《史记》中说，长期生活在周地的老子，看到周王朝已经衰微，便离开家园，骑青牛奔西域而去，走到函谷关，遇到了守关令尹喜，尹喜说："我知道你就要去隐居了，请你将你的学问和主张，写成一本书给我。"老子听了尹喜的话，便在关上住下，写了一篇文章。这篇文章，共五千言，就是后人所说的《道德经》。《道德经》以道德为纲宗，论述修身、治国、用兵、养生之道，因其文意深奥，包含广博，被誉为万经之王，是道家哲学思想的重要来源。

《道德经》问世以来，各个阶层纷纷为"我"所用，按照自己的立场、观点和理解注释《道德经》。但是，绝大多数都是牵强附会，生拉硬扯，难以得到广泛认可。苏轼高度评价苏辙的《老子新解》，一方面是因为兄弟情深，爱屋及乌；另一方面，苏辙的《老子新解》也的确有着极高的思想理论价值和文化艺术品味。苏辙作《老子新解》，起始于他贬为筠州盐酒税监的壮年，中间经过多次删改，直到晚年方才定稿。苏辙在跋《老子新解》中说，我四十二岁被贬到筠州，筠州虽然不大但古寺宝刹很多，全国各地的得道高僧时常来游学参拜。有一个叫道全的僧人"行高而心通"，很喜欢跟我同游。当时，我正在注解《老子》一书，每当注解好一章，都要先拿给道全和尚征求意见。

《道德经》第三十六章有这样一句话："鱼不可脱于渊，国之利器，不可以示人。"译成白话文就是：鱼不可脱离深渊，否则很容易遭杀身之祸；国家的重要武器，包括治国方略、重大决策、新型武器等不可以轻易拿出来夸示于人。乍一看，也没有什么玄妙之处，但是，看了苏辙的"注解"，我们就会有不一样的认识。苏辙是这样写的：

"鱼之为物，非有爪牙之利足以胜物也，然方其托于深渊，虽强有力者，莫能执之。及其脱渊而陆，则蠢然一物耳，何能为哉？圣人居于柔弱，而刚强者莫能伤，非徒莫能伤也，又将以前制其后，此不亦天下之利器也哉？鱼惟脱于渊，然后人得制之。圣人惟处于柔弱而不厌，故终能服天下，此岂与众人共之者哉？"

在这则笔记里，苏轼以极夸张的手法，感叹弟弟的书出晚了。尽管人们都说苏辙的书写得好，但我还是认为，那便是这书在战国时就已经公之于世了，也挡不住历史的车轮滚滚向前，也挡不住历史向前发展的基本方向。这是历史发展规律在起作用，一本书不足以让历史重写。

“道可道，非常道；名可名，非常名。无名，天地之始，有名，万物之母。”《道德经》开头这几句话，就叫人望而生畏。所以，几次想读，都又放下了。读苏轼的这则笔记，忽然想起，结合苏辙的《老子新解》来读，是不是会好一些呢？不妨一试！

王安石的学说基本都是这样——苏轼

笔记原文

姜多食损智　王介甫多思而喜凿，时出一新说，已而悟其非，又出一说以解之，是以其学多说。尝与刘贡父食，曰："孔子不撤姜食，何也？"贡父曰："《本草》言姜多食损智。道非明民，将以愚之。孔子以道教人者，故不撤姜食，所以愚之也。"介甫欣然而笑，久之乃悟其戏也。贡父虽戏言，王氏之学实大类此。

原文我读

王安石善于思考问题但喜好穿凿附会，经常是刚提出一个新的说法，过一会儿发现刚才的说法有问题，便马上又提出另外一个观点给原来的说法做注解，所以，王安石的学问观点多、说法多。

王安石曾经和刘攽刘贡父一起吃饭，王安石问刘攽："孔子不撤姜食，知道这是为什么吗？"刘攽回答说："《神农本草经》里说，姜吃多了会损害智力。如果一种治国之道不是让老百姓变得聪明起来，就可以让老百姓多吃姜而使他们变得愚蠢。孔子就是以这样的治国之道来教育人的，所以，他不撤姜食，是想以此让人变愚蠢的。”王安石听了，欣然而笑。过了很久，他才醒悟到刘攽说的是戏话。

刘攽刘贡父这里虽然说的是戏话，但王安石的学问和刘攽说的情况，实在是太一样了。

一时谬想

一边读苏轼这篇笔记，一边在想，如果我们回到古代，尤其是回到尊崇读书的宋代，还敢张嘴跟人说话吗？你看看，范仲淹、欧阳修、苏东坡、刘贡父、王安石、晏殊、秦观……群星璀璨，人人都是饱学之士，个个开口必有典故，随便一句话，背后可能就有很多故事。我估计，要是和他们坐一起，人家讲了一句话，大家都笑得前仰后合了，咱可能还是一脸茫然呢！比如，这“不撤姜食”，谁知道这里边还有这么多弯弯绕？

王安石学问好，博古通今，善于思考，写文章喜独辟蹊径，犹好写翻案文章。《读〈孟尝君传〉》是王安石最具有代表性的“翻案”论说文，全篇只用四句话、九十个字，便有力地抨击了对“孟尝君能得士”的传统看法。整篇议论结构严谨，语言精练，语气凌厉，势如破竹，具有不容置辩的逻辑力量。

正是因为王安石好翻案，喜欢独辟蹊径，有时便不免牵强附会，给人们留下不少“话柄”。刘贡父、苏轼都曾“以子之矛，攻子之盾”，多次对王安石予以嘲讽、戏谑。文中的例子，只是其中之一。

王安石喜欢研究字源学，《宋史》说他晚年著有《字说》，但他对字源的研究只是关于字的结构与来源的考据，且喜凭空想象，其中有不少穿凿附会的内容。于是，每当遇到一起说到这个话题，苏轼便跟他较劲，常常弄得他下不了台。有一次，王安石说，“波”者“水”之“皮”也。苏轼当即接口说，“波”若是“水”之“皮”，则“滑”便是“水”之“骨”了，而人需喝上千口水方可“活”。

其实，王安石也很可爱，迂腐中总透着憨厚。听了刘贡父的回答之后，“介甫欣然而笑，久之乃悟其戏也”。一句话，就惟妙惟肖地勾画出一个强势政治家的另一面。因《本草》里说“姜多食损智”，故孔子为了“愚”民，便不撤姜食，如此牵强附会的说法，还“久之乃悟”，这说明，“超强大脑”也有“短路”的时候。

老子在《道德经》里说：“治大国如烹小鲜。”改革要于法有据，“瞎折腾”注定是要坏事的。王安石廉洁奉公，一心为国，到头来却为千夫所指，这怎能不让人深思呢？这里面的原因固然千千万，但王安石的固执己见、不走老路的翻案求新思维，不得不说，也起了很重要的作用。

欧阳修——这就是所谓的『搬运捷法』

笔记原文

搬运法　扬州有武官侍其[1]者，官于二广十余年，终不染瘴。面红腻，腰足轻快，初[2]不服药。每日五更起坐，两足相向，热摩涌泉穴无数，以汗出为度。欧公平日不信仙佛，笑人行气。晚年云："数年来足疮一点，痛不可忍。近有人传一法，用之三日，不觉失去。"其法，重足坐，闭目握固[3]，缩谷道[4]，摇飐[5]两足，如气毬状。气极即休，气平复为之，日八九度，得暇则为，乃搬运捷法也。文忠痛已即止，若不废，当有益。

词句简释

1 侍其：中国复姓。汉郦食其后人。2 初：范围副词，全、都。据中华书局王锳著《唐宋笔记语辞汇释》。3 握固：道家养生修炼中常用的一种手势，方法是将左右手的大拇指掐在其他三个手指的掌指横纹上，或者是置于手心，用其余四个手指握牢，然后可以将左右手拄按在腰腹部或背部。4 缩谷道：收缩肛门，亦称提肛。谷道，俗称肛门。5 摇飐：摇摆，飐，zhǎn。

原文我读

扬州有一个复姓为侍其的武官，在广南西路和广南东路做官十多年，到最后也没有感染上瘴疠。他面色红润细腻，腰身灵活轻快，什么药也不吃。侍其锻炼身体的方法很简单，每日五更起床后开始打坐，两足相对，一个劲儿地互相摩擦涌泉穴，直到出汗才停下来。欧阳修平日不信神也不信佛，经常讥笑别人习练呼吸功法。他晚年时曾对人说："我患有一处足疮已经好多年了，痛得不能忍受。最近，有人传给我一个方法，用了三天，便慢慢地不觉得疼了。"这个方法是这样的：按照佛陀讲的"结跏趺坐"方法坐稳后，闭上眼睛，双手的大拇指置于手心，用其余四指握牢，像忍大便那样将肛门往上提，同时摇摆两足使其抖动，吸气入腹使其如气球一样。这样一直坚持到极限时再放松呼出腹中气体，等到呼吸平复了，再继续照着原来的样子重复去做，每天做上八九回，一有空闲就做，这就是所谓的"搬运捷法"。欧阳修的疼痛现在已经止住了，如果坚持下去，应当大有益处。

一时谬想

读苏轼的这篇《搬运法》，脑子里立刻蹦出来小时候写作文常用的一个句式：此时此刻，我真是又高兴又惭愧。高兴的是，从苏轼这则笔记里，我又学了两个"能处"——热摩涌泉保健、搬运捷法治疮；惭愧的是，苏轼似信手拈来一篇小文，竟让我抠哧两天才明白个大概，还不敢肯定是不是符合人家原义。唉，这人跟人比，相差咋这么大呢？不过，转念又一想，便释然了，那苏轼是什么人？那是好几百年才一出的天才！俗话说，人比人，气死人。咱不跟人家比，得承认差距，就下笨功夫，慢慢来！

在苏轼的笔记里，不管是侍其武官的"热摩涌泉"，还是欧阳文忠的搬运捷法，都属于中国医学的"导引术"范围。导引，顾名思义，就是"导气和，引体柔”，以达到健体延年的目的。通俗地讲，就是通过思维意识的积极运用，来调节身体内在气息，使身心优化的自我锻炼方法。

导引术是我国古代医学所推崇的重要健身方法之一，自古以来，受到医家和文人学士的大力追捧。苏东坡也精于此道。熙宁二年，苏轼就开始向黎道士学习运气。他在《上张安道养生诀》中说：“此法甚效，初不甚觉，但积累百余日，功用不可量，比之服药，其效百倍。”苏轼真是不简单，他为我们精心记录下的这神奇的搬运捷法，特别是他老师欧阳修自疗足疮的医案，对我们现在的人也是颇有借鉴意义的。

前不久，一位相知多年的老友猝然离世，一个十分要好的中学同学也不治而亡，每念及此，我就心生悲凉。医院的门诊大楼越盖越高，检查病情的仪器越来越多，进口过来的药物也越来越贵，但结果呢？痛定思痛，才发觉过去我们的健康意识实在太差，太过于相信被动医疗，太过于注重“外求”，已遗忘老祖先留给我们的健康宝典——“反求诸己”。《黄帝内经》云：“正气存内，邪不可干。”改善体质，这才应该是医疗的本质！欧阳修所讲的“搬运捷法”，不过就是从练气着手，向内求，调节气机，以达到改善气血循环、化瘀生新的目的。

“文忠痛已即止，若不废，当有益。”苏轼如是说，我们不妨试试！

苏轼——他跳井死了仍作祷告状

笔记原文

潘谷墨　潘谷墨既精妙，而价不二。一日，忽取欠墨钱券焚之，饮酒三日，发狂赴井死。人下视之，趺坐井中，尚持数珠也。

原文我读

有一个叫潘谷的卖墨人，他卖的墨质量上乘，非常好用，但从不讲价，他说多少钱就是多少钱。

有一天，潘谷突然把别人赊欠墨钱的凭证，全部拿出来烧掉了。接着他一连喝了三天酒，然后发狂一般跑到一个水井边跳下去死了。人们下到井底看他，只见他依然像佛教徒礼佛那样，盘脚端坐井中，还手持念珠作祷告状呢！

一时谬想

读这篇文章，脑海里会出现这样一个意象——一个半痴半癫、身怀绝技、衣衫褴褛、手持酒壶、仙风道骨的绝世高人，在远处若隐若现。他就是本文的主人公“墨仙”潘谷。

墨是“文房四宝”之一，是古代文人写字作画的必备之物，比起其他“三宝”笔、纸、砚来，墨更有特别独到之处，它不但有使用价值，还有很高的收藏价值。

潘谷，安徽歙县人，一辈子只做制墨一件事，他所制造的“松梵”“狻猊”等被誉为“墨中神品”。宋徽宗御藏之极品宝墨“八松烟”（又称八松梵），皆出自潘谷之手。据《东京梦华录》记载，北宋时开封大相国寺内有万姓交易大市场，每月开放五次，各种商品琳琅满目、应有尽有。在大相国寺内靠近佛殿的孟家道院中，就有赵文秀笔、潘谷墨等一些店铺。潘谷制的墨不但质量高，而且价格公道，很受当时读书人的欢迎。潘谷在开店售墨之余，有时还背着墨箱，到一些会馆、书院为那里的读书人送墨上门。如果买墨人暂时无钱，他可以赊给；有些穷苦的读书人无钱买墨，潘谷就把一些碎断的墨块送给他们使用。

我在猜想，像这样一位身怀绝技、豪爽大气、特立独行、技艺高超的墨工，在封建社会里，他所承受的剥削压迫，应该也是巨大的。据《歙县志》载：“宋时徽州每年进贡佳墨千斤。”潘谷嗜酒，是不是借酒浇愁呢？如果说潘谷因饮酒太多，神志不清，发狂跳进水井淹死。那他去世前，竟然尽“取欠墨钱券焚之”，又该怎么理解呢？我的感觉是，这潘谷是一个极其善良的人，是一个为制墨殚精竭虑后主动求死的人。他死后竟能“趺坐井中，尚持数珠”，也说明他是一个一心向善、了无牵挂、功德圆满的人。

据说，苏轼和潘谷并没有见过面，只是听学生黄庭坚、陈师道等人的介绍，加之自己亲身体验使用过潘谷墨，才对潘谷的人品和制墨技艺大加赞赏的。得知潘谷死讯，苏东坡不胜悲痛，有“一朝入海寻李白，空见人间话墨仙”之句来追思潘谷。苏轼是诗人、文豪、著名书法家，他懂墨、爱墨，对墨有很高的鉴赏力，他能对潘谷的人品和制墨水平有这么高的评价，可见潘谷确实有过人之处。

时隔千年时空，我们还能依稀望见潘谷癫狂背后的清醒、无助……

此时，唯愿墨仙成佛！

苏轼——哦，有进步

笔记原文

李十八草书　　刘十五[1]论李十八[2]草书，谓之鹦哥娇，意谓鹦鹉能言，不过数句，大率杂以鸟语。十八后稍进，以书问仆："近日比旧何如？"仆答曰："可作秦吉了[3]矣。"

词句简释

1 刘十五：即刘攽，字贡父，北宋史学家。庆历进士，官至中书舍人。一生潜心史学，治学严谨。助司马光纂修《资治通鉴》。2 李十八：即李公择，字元中，元祐进士，善书法绘画。3 秦吉了：又称吉了、了哥，与八哥相似，观赏鸟，智商高，可学人语。因产于秦中，故名秦吉了。

原文我读

刘攽刘贡父评论李公择写的草书，说这是"鹦哥娇"，意思是说鹦鹉虽然会说人话，但只能说数句而已，绝大多数还是鸟语。李公择后来经过练习，渐渐地有了进步，便拿着他写的草书问我："你看我近来写的和过去的相比怎么样，有进步吗?"我回答说："你现在可以作秦吉了了!"

一时谬想

弄明白苏轼这则笔记的意思，得首先了解一点书法知识。书法里说的草书，不像我们平时理解的那样，凡潦草的字就算作草书。草书是一种特定的字体，其出现虽然是为了书写便捷，但经过漫长的约定成俗过程，逐步形成了具有一定法度的书体——章草。即便是经进一步发展形成的今草，每个字的写法都有具体的规矩和要求。

刘贡父和苏轼对李公择书法作品的批评，只能发生在高品位朋友之间。没学问的人说不来这样刁钻的话，普通的人听了这些对话也不懂是啥意思，修养不够的人遇到这样的批评也接受不了。

刘贡父看李公择写的草书，见其中只有一部分字符合草书书法的要求，其他大量的还是楷书行书，便挖苦说："啊，鹦鹉会说话啦!"

什么意思呢? 我们听不懂，但李公择懂，鹦鹉说话，只会几句人话，多数还是鸟语。他是说我的书法只有少数字还可以，像草书，但绝大多数不行，还是行楷。

好吧，你这话虽然难听，但我不介意，我当作继续苦练的动力，我就不信这草书我练不成! 过了一段时间，李公择觉得自己功夫没有白搭，已经有了很大进步，便拿了自己得意的作品去见苏轼。苏轼仔细看了李公择的新作，捋着胡子颔首道："嗯，好，有进步，现在你可以做秦吉了了!"然后便只是笑，啥话也不说。这里，苏轼的真实意思是，现在你的草书水平只是多少有了一些进步，就好像是比鹦鹉强一点的秦吉了，虽然会说更多的人话了，但离"人"还有很大的距离。很明显，这话还带着讥讽的味道。

不同的人听了苏轼的话，会有不一样的反应。

有的人听了，会丈二和尚——摸不着头脑，不知道苏轼说的是啥意思，嘿嘿笑两声走开了。

有的人听了，会像撒了气的皮球一样，登时没了精神，算了，不练了，都练了这么长时间了，还是个鸟啊！

有的人听了，可能会像气蛤蟆一样，把肚子鼓得老高：什么，你故意的吧？我都写这么好了你还贬我呀！

有的人听了，会像一个小学生一样，眼中闪着兴奋的光芒：啊，我有进步了！秦吉了好啊，它比鹦鹉强啊，它会说好多的人话呢！

据说，李公择就是像小学生一样，能够听进去别人的批评，能把苏轼和刘攽的挖苦和讽刺当动力，所以他最终成为一代书画名家。

孔子说："益者三友：友直，友谅，友多闻，益矣！"生活中，要多结交一些像刘贡父、苏轼这样率真、直爽、有真水平的人，对他们的批评，要勇于接受；自己身上的缺点，要努力改正。这样做了，受益的首先是我们自己。

苏轼——这都是宰相不学之过也

笔记原文

舒[1]公封荆[2]公　王介甫先封舒公，改封荆公。《诗》曰："戎狄是膺，荆舒是惩。[3]"识者曰："宰相不学之过也。"

词句简释

1 舒：古国名，春秋时为徐所灭。2 荆：古国名，西周时代有荆国，其范围相当于春秋时期的楚国。3 膺、惩：打击和惩治。膺，打击。

原文我读

王安石原来被封为舒国公，后来又改封为荆国公。《诗经》里有这样的句子："戎狄是膺，荆舒是惩。"懂得的人说："这都是当宰相的不好好研究学问造成的过错呀！"

一时谬想

这则只有三十一字的短文，委实令人费解。《诗经》中那两句话是什么意思？“荆舒”指的是什么？“是”字起啥作用？“宰相不学之过”，说的是接受封号的宰相王安石，还是给王安石封号时的宰相王珪？还有，宋代的官员可跟现在不一样，那些《诗经》中的句子，谁不是滚瓜烂熟、张口就来的呀！哪能会出现苏轼说的这样低级的错误呢？

对苏轼这则笔记的字词句，虽然不好懂，但他要表达的意思，还是可以猜到一些的。他大概觉得“舒”字、“荆”字意思都不好，用这两个字来作为王安石的封号，等于是在骂王安石。苏轼为什么会这样想呢？这得先从《诗经》中这两句话说起。

“戎狄是膺，荆舒是惩”这两句诗，“戎狄”是先秦时期华夏对西方和北方非华夏部落的统称；“荆舒”指的是古代南方蛮族建立的两个国家；“膺”“惩”两个字，《古汉语词典》里有注解，一个是打击，一个是惩处。两个“是”字在诗中作语气助词，起着把宾语提前的作用。两句诗的大致意思是：打击西北方的戎狄部族，惩治南方的荆、舒两国。

哦，明白了，苏轼原来是这样想的：《诗经》是儒家的经典，经典里都说了，要惩治荆、舒两个国家，“荆”“舒”这两个字怎么可以用作象征一个人功德和地位的封号呢？

让我们再来回顾一下那段和王安石紧密相关的历史——

熙宁二年，王安石出任参知政事，第二年升任宰相，开始大力推行改革，进行变法。由于变法操之过急和用人不当，触犯了保守派的利益，遭到了朝野上下的强烈反对，王安石在熙宁七年四月，被宋神宗罢免宰相职务。第二年二月，经大臣韩绛奏请，王安石再次拜相。但复相后的王安石除了神宗外，得不到朝臣和社会支持，变法举步维艰，熙宁九年他不得不辞去宰相职务。熙宁十年，王安石被封舒国公。元丰二年，王安石再次被任命为左仆射、观文殿大学士，改封荆国公。

如果真的像苏轼理解的那样，朝廷给王安石的封号不吉利，那只能是以下三种情况所致。

第一种情况，像苏轼说的，“宰相不学”，时任宰相王珪人称“三旨相公”，昏庸低能，没有注意到《诗经》中的诗句。但这是讲不通的，因为给大臣封号，先由知制诰提出，然后经过内阁大臣讨论，最后由君主敲定，不可能满朝臣子都是颟顸之人，大家都不记得《诗经》中的句子。即使大家都忘了，还有王安石本人呢！我从史料上还查到了王安石受封后给神宗上的谢恩折子，他对所给封号是很高兴很感激的呀！

第二种情况，就是神宗有意贬损王安石。王安石的改革毕竟没有成功，还遭到各方面的反对，给神宗添了不少麻烦。或者是王安石有几件事办得不好，惹神宗不高兴，神宗讨厌王安石，专门授意知制诰草拟了这两个封号。这也说不通啊，读《宋史》我们知道，神宗对王安石是非常信任的。再说，那还有第二次拜相呢！

所以，现在就只剩下了第三种情况：苏轼想多了！“舒”“荆”两个字，原本就是个国名，不能因为《诗经》里记载有鲁公要打击、严惩之，连字义都不好了。

好在无论这封号如何，对王安石本人并没有什么影响，退隐后的王安石潜心研究经学，著书立说，创“荆公新学”，且诗风变得含蓄深沉、深婉不迫，以丰神远韵的风格在北宋诗坛自成一家。

读苏轼笔记，有一个很明显的感觉：他对王安石有成见。比如，这关于舒公、荆公封号的议论，就显得有点“那个”。“那个”是豫南方言，它表达的意思，因语境不同会有多种选项，比如，讽刺挖苦、吹毛求疵、言行有失分寸、鸡蛋里头挑骨头等，总之，很难用普通话中哪一个词汇来替代。对苏轼拿王安石封号说事，我前思后想，还是觉得太“那个”了。

苏轼——我听到的是《鸡唱》遗音

笔记原文

鸡唱　光、黄人二三月群聚讴歌，不中音律，宛转如鸡鸣耳。与宫人唱漏微相似，但极鄙野。《汉官仪》："宫中不畜鸡，汝南出长鸣鸡，卫士候于朱雀门外，专传鸡唱。"又应劭曰："今《鸡鸣歌》。"《晋太康地道记》曰："后汉卫士习此曲，于阙下歌之，今《鸡唱》是也。"颜师古不考古本，妄破此说，今余所闻，岂《鸡唱》之遗音乎？今土人谓之山歌云。

原文我读

光州、黄州一带的老百姓在每年二三月间，都会有成群成群的人聚集在一起放声高歌，在外人听来，唱词一点也听不懂，曲调听着也不符合音律，忽高忽低，好像公鸡打鸣一样。这歌声和宫廷里专管更漏报时的人"唱漏"

喊出来的声音，稍微有些相似，但极为鄙陋粗野。

《汉官仪》中记载：“汉代宫中不养鸡，汝南出产一种善于打鸣的鸡叫长鸣鸡，宫中买来养在朱雀门外，快到鸡叫的时候，有鸡鸣卫士专门等候在那里，等着那里的长鸣鸡叫了，便学着鸡鸣的声音一个接一个地往宫内传达。”

此外，东汉著名学者、汝南郡人应劭也说：“《史记》里记载的项王‘夜闻汉军四面皆楚歌’中的楚歌是楚地民歌（之一）《鸡鸣歌》。而且楚歌大都是在鸡鸣时分歌唱的。”

《晋太康地道记》里说：“后汉固始、鲖阳、公安、细阳四县的卫士练习这个曲子，并在皇宫内歌唱，现在，我们称这个曲子叫《鸡唱》。”

唐代训诂学家颜师古，不去认真考证古代的文献典籍，根据自己的臆想随便地解释东汉学者应劭的说法（颜师古《正义》：“楚人之歌也……若鸡鸣为歌之名，于理则可，不得云‘鸡鸣时’也。”）。

我现在在光州、黄州听到的歌声，它的调子难道不是由皇宫里的鸡鸣卫士演唱《鸡鸣歌》遗留下来的曲调吗？现在，当地人把这种歌儿叫作山歌。

一时谬想

这边一群，那边一伙，成群成群的当地老百姓相聚而歌，这场景搁一般的外地人见了，顶多是感到惊奇，驻足听听而已。但苏轼不，他不光认真地侧耳聆听，发现了其中的精微之处，还进行了深入研究，用文字记下了自己的心得。读苏轼笔记，会逐渐明白一个道理，这人和人之间的差别，或许就是这样形成的：走过、路过、听过，有的人浑然不觉，熟视无睹；有的人却处处留心，观察着、思考着，于是，他便走出了一道亮丽的风景线。

苏轼听光州、黄州百姓“群聚讴歌”，发现其歌声虽不中音律，但“宛转如鸡鸣”，“与宫人唱漏微似”，于是他开始思考，那宫廷里的《鸡鸣歌》（《鸡唱》），和光、黄两州百姓的“群聚讴歌”是不是有着某种关联呢？

苏轼先从《汉官仪》的记载着手研究。这本书里说，因为汉代规定宫廷里不能养鸡，为了叫醒“宫内”的人早晨按时起床，皇宫管事的就把擅长打鸣的汝南公鸡养在朱雀门外，宫廷里负责唱漏报时的鸡鸣卫士每天于鸡叫前等在那里，等着长鸣鸡叫了，卫士们便学着鸡叫的声音，一个接着一个地往宫内唱传。苏轼在想，那些“专传鸡唱”的卫士，时间久了肯定会把鸡鸣学得滚瓜烂熟，不用跟着公鸡照样可以唱得出来。哦，所谓的宫人唱漏，原来就真的是从模仿鸡叫开始的。那么，在民间呢？是不是也可以有人模仿鸡叫而讴歌呢？很可能，在皇宫里鸡鸣卫士练习鸡叫之前，那楚地的老百姓早就学着鸡叫的声音“相聚讴歌”了！

接着，苏轼引用东汉学者应劭的话来探讨“楚人之歌”和《鸡鸣歌》的关系。《史记》中有这样的记载：“项王壁垓下，兵少食尽，汉军兵围之数里，夜闻汉军四面皆楚歌。”那么，四面楚歌的“楚歌”，指的是什么歌曲呢？应劭注释道：“楚歌者，‘鸡鸣歌’也，汉已略具其地，故楚歌者多鸡鸣时歌也。”由此，苏轼明白了，项羽兵败的垓下（在今安徽蚌埠）和他所在的光州、黄州一样，在春秋战国时期，都属于楚地的范围，因此包括“光黄人”在内的楚人之歌，就是《鸡鸣歌》！既然应劭说“汉时已略具其地”，鸡鸣歌在汉代已经 “略具”光、黄之地了，那么，到了宋代，鸡鸣歌应当在光、黄二州相当普及了。

最后，苏轼又搬出《晋太康地道记》，进一步说明《鸡鸣歌》的定型、习练和运用。到了东汉时期，朝廷不再于宫城外养鸡打鸣，而是由专门的鸡鸣卫士在宫城外的黄门使用沙漏计时，并逐更通知到宫内。五更到了，鸡鸣卫士们便列队起唱，用高亢的《鸡鸣歌》叫醒那些睡梦中的“皇宫居民”。为了保证鸡鸣卫士队伍的稳定，皇宫管理者采取了不少办法，《晋太康地道记》中说：“后汉固始、鲖阳、公安、细阳四县卫士习此曲，于关下歌之，今《鸡鸣歌》是也。”这里，苏轼的认识再次得到确认：“唱漏”一事，既有专业队伍，也有练习课程，鸡鸣卫士们在宫廷内练习演唱的，就是现在所说的《鸡鸣歌》。

苏轼这则笔记，从光黄百姓相聚讴歌说起，引用两部历史文献的记载论述皇宫内《鸡鸣歌》（亦称《鸡唱》）的由来、发展、习练和定型，结合应劭关于“楚歌”的解释得出结论，包括《鸡鸣歌》和楚汉相争时期的楚人之歌，都是由模仿鸡叫发展而来的。宫廷卫士习唱《鸡鸣歌》肯定有老师指导，甚至有曲谱帮助学唱，它比民间水平更高，专业性更强，所以《鸡鸣歌》是在皇宫里得以定型的。由此，苏轼得出结论：现在，光州、黄州一带老百姓“相聚讴歌”，所用的曲调就是由《鸡鸣歌》遗留下来的。

《晋太康地道记》关于“后汉固始、鲖阳、公安、细阳四县卫士习此曲”的记载颇值得关注。为什么专选这四个县的人来练习《鸡鸣歌》呢？大概是因为这几个县春秋时期都属于楚国，他们的祖辈已经有模仿鸡叫而讴歌的基础，让他们在皇宫里练习《鸡鸣歌》会学得更快一些吧！至于苏轼批评颜师古“不考古本、妄破此说”，从现有资料看，似乎有点过头了，感觉总体上他还是同意应劭的说法，只不过是提出了一点补充意见而已。

苏轼——读鲁直诗文如吃海鲜

笔记原文

鲁直诗文　黄鲁直诗文如蝤蛑[1]、江瑶柱[2]，格韵高绝，盘飡[3]尽废，然不可多食，多食则发风动气。

词句简释

1 蝤蛑：yóu móu，指梭子蟹。2 江瑶柱：指牛耳螺。3 盘飡：飡，cān，同“餐”。盘盛的食物。

原文我读

黄庭坚的诗文读起来如同享用梭子蟹、牛耳螺一样，鲜嫩无比，格调韵味极高，以至于放在盘子里的其他食物，全都没人理会；然而，好东西不可多用，吃多了就会引起体内气机运行紊乱，进而引发疾病。

一时谬想

生活在内地的人差不多都有这样的感觉，海鲜类大餐，偶尔吃上一次两次，觉得大快朵颐，鲜美无比，但真要天天吃，估计谁也服不住。反正，我是得求饶，一定要吃面条、馒头，哪怕是米饭都中！

有意思，苏轼竟拿食物来比喻黄庭坚的诗文。

苏轼说，黄庭坚的诗文读起来如同享用梭子蟹、牛耳螺一样“格韵高绝”。应当说，这比喻十分恰当、非常贴切。黄庭坚作为“苏门四学士”之首，很受苏轼器重，他和苏轼虽然有师生之谊，但由于两人年龄仅相差九岁，且志趣相投，是亦师亦友的亲密关系。两人在诗词上都有很高的造诣，世有“苏黄”之称。

黄庭坚的诗以杜甫为宗，一是注重用字，二是重视句法，三是讲究章法，风格奇崛，妙绝当世。然而，任何事物都有其两面性，黄庭坚的诗文过于“阳春白雪”，且用典过多，用字也太讲究，要求无一字无来处，后人评价说学习欣赏黄鲁直诗有“三难”——读懂难、赏析难、传授难。《吕氏童蒙训》里说：“鲁直诗有太尖新、太巧处。”这一点很多人都有体会，即使在注释完备、参考资料齐全情况下，一般人也很难读下去。所以，黄庭坚的诗偶读、少读、精读，感觉很美，也很享受，但读多了，就感觉吃不消了。就像咱普通人吃好东西，偶尔吃一点还可以，吃多了就消化不动了，还会引发得肠胃疾病。按苏轼的说法，“多食则发风动气”。

虽说“文似看山不喜平”，但毕竟文化只有融入大众生活才具有生命力。苏轼和黄庭坚，尽管世人合称“苏黄”，而苏轼的诗文，一般人都能诌上几句，可黄庭坚的呢？在我的记忆里，除了一句“桃李春风一杯酒，江湖夜雨十年灯”，然后就再也“搜”不出一句来了。

苏轼——蔡君谟书法为本朝第一

笔记原文

君谟书　仆尝论蔡君谟书为本朝第一，议者多以为不然。或谓君谟书为弱，殊非知书者。若江南李主[1]，外险而中实无有，此真所谓弱者。以李主为劲，则宜以君谟[2]为弱。

词句简释

1 李主：指南唐后主李煜。2 君谟：蔡襄，字君谟。宋仁宗天圣八年登进士第，北宋名臣，书法家、文学家、茶学家。

原文我读

我曾经评论说，蔡襄蔡君谟的书法为本朝第一，然而很多评论的人都认为并非如此。有人说，蔡君谟的书法力道不够，太过文弱。说这话的人，根本就是不懂书法啊！像江南后主李煜的字，乍一看好像很是险劲飘逸，但书法艺术所要求内在的“实”一点也没有，给人以空洞的感觉，这才真的叫“弱”啊！

要是以李后主的书法为刚劲有力，那自然就会认为蔡君谟的书法是软弱的了。

一时谬想

人们常说，字如其人。这话说得很对。在刑事办案教科书里，有一个重要章节，讲的就是通过人的书写习惯来判断其性格行为特点。一个字的一撇一捺都是一个人的品质与心性的显示，观察一个人写字的笔画和字形，就可以从侧面知道他的一部分性格，进而解码其人格特质。这道理，九百年前的苏轼，讲得比我们还透彻。

对书法有爱好的人，没有不知道“苏黄米蔡”的，他们四人被认为是宋代书法的典型代表。在“宋四家”中，蔡襄按年龄辈分，都应在苏、黄、米之前，大概就是因为时人对他的字有一些争议，所以才使他屈居末位。从书法风格上看，苏轼跌宕不羁，黄庭坚纵横拗崛，米芾俊迈豪放，他们书风自成一格，苏、黄、米都以行草、行楷见长，而喜欢写规规矩矩的楷书的，只有蔡襄。

蔡襄十八岁进士及第，为官正直，所到之处皆有政绩。真是标准的字如其人——蔡襄的字以正楷见长，书法浑厚端庄，淳淡婉美，自成一体。《宋史・蔡襄传》称：“襄工于手书，为当世第一，仁宗尤爱之。”由于蔡襄的字中规中矩，讲究古意和法度，不懂的人就误认为蔡襄的字文弱，不如苏、黄、米的书法险峻有力道。但苏轼是行家，“行家一出手，便知有没有”。哼！说蔡襄书法文弱的人，那是根本不懂书法。俗话说，不怕不识货，就怕货比货。我不懂书法，但拿蔡襄的字和现在的“名家”比一比，能清楚地感受到，苏轼的话说得太有道理。大道至简，大象无形，有方正做基础，于“行”就清秀，于“草”就飘逸，蔡襄的字，我看着很受用。

正如苏轼所言，李煜李后主的字是“外险而中实无有，此真所谓弱者”。对李煜而言，不仅是字如其人，文也如其人。外表看起来好像十分豪迈、悲壮，其内在的东西极少，处处都显出空洞和懦弱。

“以李主为劲，则宜以君谟为弱。”这话讲得真好——你要是认为李后主的那书法叫刚劲有力，那自然就会认为蔡君谟的书法是软弱的了。价值观、审美观不一样，多说也没用！

苏轼

不见得祸福都由天定

笔记原文

论设醴　楚元王[1]为穆生[2]设醴[3]，王戊[4]即位，忘设。穆生遂谢病去，申公、白公独留。戊稍淫暴，二人谏不听，赭衣[5]杂舂于市。申公愧之归鲁，而赵绾、王臧言于武帝，以蒲轮[6]召，卒坐绾、臧事病免。穆生远引于未然之前，申公睠恋[7]于既然之后，谓祸福皆天，不可避绝者，未必然也。

词句简释

1 楚元王：汉高祖刘邦同母弟刘交，字游。2 穆生：汉代鲁人，楚元王刘交敬礼穆生，酒宴上常为之设置专用的甘酒以示礼敬，刘戊继位后，忘记为之设置甘酒，穆生知其意怠，遂去。3 设醴：典故名，典出《汉书》卷三十六："元王每置酒，常为穆生设醴。"颜师古注："醴，甘酒也。"后以"设醴"指礼遇贤士。4 王戊：指汉代楚王刘戊。戊为刘交之孙，继位后称楚王。5 赭衣：古代囚衣。因以赤土染成赭色，故称。6 蒲轮：指用蒲草裹轮的车子。转动时震动较小，古时常用于封禅或迎接贤士，以示礼敬。颜师古注："以蒲裹轮取其安也。"7 睠恋：同眷恋，深切地留恋。

原文我读

楚元王刘交在位时非常敬重穆生、申公等人，穆生不喜欢喝烈性酒，楚元王设宴招待宾客时，便单独为穆生准备下甜酒。等到刘交的孙子刘戊即位为楚王后，开始也还记得给穆生准备甜酒，日子久了，便渐渐地忘记准备甜酒这件事了。穆生预感到楚王对他已经倦怠不喜欢了，就称病辞别楚王回到了鲁国，剩下申公、白生继续留在楚王身边。后来，楚王刘戊逐渐变得荒淫残暴起来，申、白二人多次劝谏刘戊，刘戊不但不接受，还让他们穿着囚犯才穿的赭色衣服，到市集上去干舂米一类的苦力活。申公感到很丢人，便回到了鲁国（西汉刘氏诸侯国），西汉著名儒生赵绾、王臧听说后，向汉武帝推荐了申公，汉武帝对申公很敬重，命人专门用蒲草裹着轮子的车来迎接申公，但最后，申公又因受赵绾、王臧案子的牵连，被免去了官职。

穆生在灾祸没有发生之前就已经远远离开是非之地，申公于灾祸出现之后依然留恋荣华富贵，人们说祸福皆由天定，不可能躲避得一点事也没有，我看未必是这样啊！

一时谬想

苏轼这则笔记，一共说到八个人物，但核心的只有两个，第一是穆生，一个棱角分明、深知进退，走到哪儿都受人抬举的读书人；第二是申公，这人显然是一个学富五车、才高八斗的主儿，只因为眷恋富贵，识见不够，年逾古稀又再次受辱，让人又恨又怜。看似人生际遇不同，无非还是性格决定命运罢了。

穆生当年是因为和刘交志趣相投，士为知己者用，心甘情愿在楚王帐前效力。现在斯人远去，新人掌权，通过“忘设”这一细节，穆生见微知著，预感到刘戊的怠慢，再赖着不走，跟着的就是侮辱，甚至可能是灾祸。“可以逝也”，穆生仰天一声长叹，“遂谢病去”。这种清醒，这份决绝，真是令人拍案叫绝。时隔两千多年，当我看到这段文字，还是在心里为穆生点赞！宠辱不惊，看庭前花开花落；去留无意，望天上云卷云舒，好一派名士风骨！

唉，这位申公啊，让人怎么说你好呢？你和穆生既是同窗又是同僚，你当真以为刘戊怠慢穆生和你没关系？你不仅没有兔死狐悲，还泰然若素，一直到头撞南墙，一个大夫，竟穿着十分扎眼的囚衣到大街上做苦力，受奇耻大辱，方戚戚然离开。既然已经吃亏了，就应吸取教训，别再恋栈了，也都七十多岁的人了，回到故园写写书，教教学生，安度余生，不也很好嘛。合不该，一大把年纪了，还不甘寂寞，又二度出山，再遭人祸，一头白发，两眼昏花，又被免去官职遣送回故里，真是自取其辱！恋栈不去，就是因为看不透人间百相——汲汲于富贵，临了只能是深深一声叹息。

苏轼说得好，有人于端倪初现即远远离去，有人眼见洪水滔天还恋恋不舍，谁说祸福皆由天定，我看未必！苏轼这话，我深以为然。一切看似都是天意，但归根结底还是在人自己的眼光！

苏轼——我不知他有什么根据

笔记原文

论董秦　玉川子《月蚀》云：“岁星[1]主福禄，官爵奉董秦。”详味此语，当是无功而享厚禄者。秦本忠臣，天宝末屡立战功，亦颇知义。代宗时，吐蕃犯阙征兵，秦即日赴难，或劝择日，答曰：“君父在难，乃择日耶?”后汙[2]朱泚[3]伪命，诛。考其终始，非无功而享禄者，不知玉川子何以有此句。

词句简释

1 岁星：即太岁。可用于喻灾祸。2 汙：wū，同“污”。3 朱泚：唐朝中期将领。唐德宗时授太子太师，后迁太尉，公元783年泾原兵变后，哗变的士兵拥其为帝，国号大秦。

原文我读

唐代诗人卢仝，号玉川子，他在《月蚀》一诗中写道：“岁星啊你主宰着人间的福禄，怎能把官爵白白地送给董秦！”仔细体味玉川子这两句诗的意思，应当是说董秦没有功劳，却享受了优厚的俸禄。

其实，董秦本是一个忠臣，在唐玄宗天宝末年屡立战功，也非常知道做人的道理。唐代宗在位时，吐蕃举兵侵犯大唐，朝廷征兵抗击，董秦即日奔赴前线，有人劝他选择一个吉利日子再出发，董秦回答说：“君父处在危难之中，还选择什么日子啊?!”后来，董秦毁在听命于朱泚，在其伪大秦中任职，最后被处死。考察董秦一生的事迹，并不是没有功劳而享受厚禄的人，不知道玉川子根据什么写下了这两句话。

一时谬想

读卢仝的诗，我们能觉察到他对董秦的嘲讽和鄙视；读苏轼的文章，我们能感受到他在评价董秦时的客观和公允。那么为什么卢仝和苏轼会在董秦的认识上有这么大的差别呢?

首先，我们来认识一下的董秦和卢仝。

董秦，唐朝中期藩镇将领，因屡有功名，赐姓李，名忠臣。在平定安史之乱中，因战功卓著，被册封陇西郡公，后为淮西节度使，封西平郡王。《艺苑雌黄》里说：公元779年，由于其残暴专横，被部将“李希烈所逐，逃奔京师，朱泚寇奉天，受其伪署，为贼居守。卒之颈血污刃，身首异处”。

卢仝，诗人，出生于公元795年，初唐四杰卢照邻之孙，自号玉川子，博览经史，工诗精文，不愿入仕。卢仝性格孤傲耿介，好饮茶作诗，著有《茶谱》《七碗茶诗》等书，被世人尊称为“茶仙”。卢仝的诗作对当时腐败的朝政与民生疾苦均有所反映，风格奇特，类似散文，后人称“卢仝体”。

当我们了解这两个人的基本情况后，就能理解为什么对同一个历史人物，唐朝的诗人卢仝和宋朝的文豪苏轼，在认知上会有这么大的差别。先说卢仝。纵观历史，我们不难发现，对同时代人的评价，人们往往都会更苛刻一些。董秦虽然前半生为维护李唐王朝统治而出生入死，战功卓著，但晚节不保，背叛朝廷，竟然拥立伪帝。而卢仝是在董秦死后十余年出生的，作为一个传统观念极强的儒生，加之内心的骄傲，他肯定对这种背叛是不会原谅的。而苏轼出生时，时光已经走过了三百多年，他对董秦的评价，就可以有一个比较客观的态度了。在苏轼看来，功是功，过是过，于唐王朝董秦是有功的，他理应得到相应的俸禄。尽管他后来背叛大唐，犯下弥天大罪，但当初绝不是“无功而厚禄”。苏轼能这样看，固然与其学养丰厚、态度公允有直接关系，但也不能否认这中间有“站着说话不腰疼”的成分。时间的确可以让人遗忘过去，淡化人们曾经有过的痛苦与愤怒。

话说回来，不管是对董秦全盘否定的卢仝，还是对其客观评价的苏轼，其实对董秦的背叛，都是十分鄙视的。只不过随着时空的转换，心境不一样而已。董秦从“即日赴难”的果敢，到背叛李唐的为人所不齿，都在告诉我们——只有不忘初心，方得始终！

张舜民——官军回答说「惭愧」

笔记原文

西征途中诗　张舜民通练西事，稍[1]能诗，从高遵裕西征回，途中作诗曰："灵州城下千株柳，总被官军砍作薪。他日玉关归去后，将何攀折赠行人。""青冈峡里韦州路，十去从军九不回。白骨似山山似雪，将军莫上望乡台。"为李察所奏，贬郴州盐税。舜民云："官军围灵州不下，粮尽而返。西人城上问官军汉人兀捺否？答曰兀捺。城上皆笑。"兀捺者，惭愧也。

词句简释

1 稍：稍微、略微。

原文我读

张舜民出生于今陕西彬州，入仕后在西北守边多年，所以他对西夏方面的军政大事十分熟悉并能恰当处置。经过多年的读书和习练，张舜民的诗已经能够写得很好了。宋神宗元丰四年（1081），他随高遵裕攻打西夏灵州无功而返，回途中曾作诗两首。

其一为：

灵州城下千株柳，总被官军砍作薪。
他日玉关归去后，将何攀折赠行人。

其二为：

青冈峡里韦州路，十去从军九不回。
白骨似山山似雪，将军莫上望乡台。

张舜民这两首诗被转运判官李察得知后，认为其中有不满情绪，遂向朝廷检举，张舜民因此被贬到郴州做了一个负责盐税征管的小官。

张舜民还说："官军包围灵州后久攻不克，因为粮草不继不得不班师撤回。西夏军士见了，站在城头问汉族官军将士，你们感到兀捺吗？汉军将士有人回答说兀捺呀，城上的西夏军士都笑了起来。"西夏人所说的"兀捺"，是汉语"惭愧"的意思。

一时谬想

苏轼这则笔记所记之事，让我们这些炎黄子孙，隔着千年时空，依旧感到脸上发烧。"西人城上问官军汉人兀捺否？答曰兀捺。城上皆笑。"寥寥数语，便仿佛让我们看到，一群站在城墙上的西夏军士，一个个乜斜着眼睛，望着疲惫不堪的大宋官兵，有的指手画脚，有的挤眉弄眼，一齐起哄："还征讨呢，哪儿凉快哪儿待着去吧，你们害臊不害臊啊?"

俗语说，兵熊熊一个，将熊熊一窝。宋神宗刚愎自用，根本无识人之明，元丰四年，他不听其母高太后"高遵裕只能作副将"的劝告，执意把他放在主帅位置，任命他为一路兵马主帅，率步骑五万，攻打屯扎于今甘肃临潭和宁夏灵武县境内的西夏军队。其实，这个战役一开始还是打得不错的，前锋刘昌祚率部首先破敌十万，之后又将驻扎在灵州西南一座城池中的敌人牢牢围困起来。就在宋军四面攻城，胜利指日可待的关头，高遵裕得报，顿起嫉心，决意抢立此功，命令刘昌祚停止进攻。待三日后高遵裕率军到灵州时，西夏军已做好准备，从灵州城南面，决开黄河七级大渠，霎时波涛汹涌，灌进宋营和数十里平川，淹死宋军不计其数。时值隆冬，大雪纷飞，给养又绝，而西夏十万骑兵从三个方面围攻上来，宋军无力抵抗，只得四路溃败，让眼看到手的胜利转瞬间化为乌有。唉！指望主帅不行，有一个通练西事的随从，又有什么用呢?

我们来看看当时的情况到底糟糕到什么程度吧！一个做主帅的，竟如此嫉贤妒能，不容别人有一点点比他强的地方，让这种人统兵，安有不败之理！转运判官李察，大事上是睁眼瞎，可就是小事上上心，人家张舜民写个小诗，发个小牢骚，他就立马去向朝廷告发，说这是对朝廷不满的"谤诗"。朝廷呢，也不问青红皂白，就一个懂点军事的张舜民，立马把他从作战前线撤了下来。再看看这部队的纪律，那些好不容易长成的柳树，竟然砍了拿来做柴烧！

我都纳了闷了，大宋那么多有本事的人，都去哪儿了呢? 仔细想想，恐怕根子还是在宋朝的政治制度上，在朝廷的用人理念上。想当年，一个狄青，那么大战功，那样地隐忍，一群文官尚且不容，到了神宗朝，怎么还会再出现能征善战的将领呢? 孙子曰："兵者，国之大事。"西夏兵的嘲笑，固然可恨，但按照当时大宋的治军之道，再遇上宋神宗这么一个志大才疏、刚愎自用的皇帝，宋军屡战屡败，那也是必然。

苏轼——能被虫蛀的木头必不腐烂

笔记原文

木蠹　木实之蠹者必不沙烂，烂者必不蠹[1]而能浮，不浮亦杀人。常考其理，既沙烂[2]散，则不能蕴蓄而生虫，瓜至甘而不蠹者，以其沙也。

词句简释

1 蠹：dù，同“蠹”。文中做动词用，蛀蚀、损害的意思。2 沙烂：指木材腐朽，即木材因真菌的侵害而引起糟烂、解体的现象。真菌分霉菌、变色菌和腐朽菌三种，前二种菌对木材影响较小，但腐朽菌（木腐菌）影响很大。腐朽菌寄生在木材的细胞壁中，它能分泌出一种酵素，把细胞壁物质分解成简单的养分，供自身摄取生存，从而致使木材腐朽而毁坏。

原文我读

一块木料，凡是能被蛀虫蛀蚀的，必定不是松散腐朽的；凡是腐朽的木头一定不会被蛀蚀而且可以漂浮在水面上，如果不能漂浮就是有毒性可以杀人。我很长时间以来都在考察其中的道理，终于发现，一件东西松散、糟烂、腐朽以后，就会失去了蕴藏蓄存的能力，不能再使蛀虫在它内部生长。瓜十分甘甜又不被虫蛀，就是因为它松散不实。

一时谬想

李廌在《师友谈记》中这样评价苏轼："东坡不惟文章可以盖代，而政事忠亮，风节凛凛，过人远甚。"我们读苏轼笔记，会发现苏轼不仅为文从政"过人远甚"，他对民间艺术、食事厨艺、种粮酿酒等都有深入的研究，且小有成就。从这则笔记里，我们可以看到，他在物理探究方面，也是下过一番苦功的。一个虫蛀木头的问题，他都能"常考其理"，问题搞清了，还专门记了下来。

我咨询了几位有经验的木工师傅，他们告诉我，确如苏轼所言，只有坚硬的木头才能生得蛀虫，才有资格被虫子蛀蚀；那些腐朽的，碰一下就掉碎末的木头，因为本身的性质发生了变化，已经"噙"不住虫子，所以它"不蠡而能浮"，连蛀虫都不会光顾了。为什么只有坚实的木头能够生出来蛀虫呢？其实道理很简单，因为它没有被细菌吃过，蛀虫才能获得赖以生存的养料。用苏轼的话说，硬实的木头可以蕴藏蓄存住这些蛀虫，给它们庇护，给它们食物，让它们得以生存。而那些已经朽掉的木头，细胞壁早已被木腐菌分解并作为食物享用，那里已经没吃没喝，蛀虫当然就不会去光顾了。

苏轼"考"清楚虫蛀实木而不蛀朽木的"物理"之后，在笔记临了又加了一句："瓜至甘而不蠡者，以其沙也。"哦，瓜很甜又不被虫蛀，就是因为它松散沙烂啊！这话真令人费解，瓜"性"完全不同于木料，两者根本就不是一类东西，苏轼拿这"至甘"的东西"不蠡"来证实自己的观点，我看由"此"很难及"彼"，并不能说明问题。是我理解能力不够，还是苏轼当年没有把物"理"考透呢？

在现代人的语词中，人们常常把那些腐败分子比作"蛀虫"，以示其危害。读苏轼这则笔记，似乎可以明白，那些腐败分子为什么大多都出现在"重点领域"和"重要部位"了。看来，反腐败斗争，真的是任重而道远。

苏颂——因为他没有私心

笔记原文[1]

梅询非君子（节选）　　真宗时，或荐梅询可用者，上曰："李沆尝言其非君子。"时沆之没，盖二十余年矣。欧阳文忠公尝问苏子容曰："宰相没二十年，能使人主追信其言，以何道？"子容言："独以无心，故尔。"

词句简释

1《梅询非君子》与《东坡志林》之《真宗仁宗之信任》内容相交，本段文字系后者前半部分。

原文我读

宋真宗时，有人向真宗推荐梅询，认为他可以重用。真宗说："李沆曾经说过他不是一个君子。"那时，李沆去世已有二十多年了。欧阳修曾就此事问苏颂："宰相李沆去世二十年后，还能使皇上记住并听信他的意见，这是为什么呢?”苏颂回答说:“只是因为李沆没有私心，所以才有这样的情况。”

一时谬想

读苏轼这则笔记，仿佛有声音顺着时间隧道远远传来，重重地击打着我的耳鼓。

“李沆曾经说过，梅询他人品不行，不是一个君子。”这是宋真宗的声音。听得出，他语气中充满着自信和坚定。

“宰相李沆离开人世都已经二十多年了，还能使一国之君记住他说过的话，并且仍然按他说过的意见办，这是一种什么样的力量在发挥作用啊?!”这是参知政事欧阳修的声音。在他半是疑惑、半是感叹的语气里，饱含着对前辈李沆深深的敬意。

“正是因为李沆没有私心，所以才有这样的情况。”苏颂的语调看似平静，但胸中显然正卷起阵阵波澜。

总听人说，历史是一面镜子，以史为鉴可以知得失。这段九百多年前的往事，便是关于这一论点的最好注脚!

李沆在去世二十年后，他说过的话还能让宋真宗牢记心间，这让欧阳修疑惑，也让我好奇，这个李沆究竟是个什么样的人呢?

李沆，出生于公元947年，在苏轼出生三十三年前，他已经离开了人间。李沆于太宗太平兴国五年(980)进士及第，是宋代著名的宰相、政治家，其名气和历史地位与赵普、王旦、寇准等人齐名，有“圣相”之誉。宋史里说，“沆性直谅，内行修谨，言无枝叶，识大体。居位慎密，不求声誉，动遵条制，人莫能干以私”。李沆因才德兼备，极受宋太宗信任，不仅任命他为太子宾客，让他教导未来的天子宋真宗，还令其执掌朝廷人事任免大权。李沆选官用人慧眼识珠，简练通达，受到了各方的一致赞誉。对于那些品行不端之人，他敢于坚持原则，“固执己见”，坚决予以反对。除了苏轼笔记提到的梅询外，在丁谓的使用上，也显现出他的远见卓识和无私无畏。丁谓与寇准交好，寇准屡次向李沆推荐丁谓，可李沆始终不向真宗提推荐。寇准向李沆询问其中缘由，李沆回答说:“你看丁谓为人处事的样子，能让他位居人上吗?”寇准反问道:“像丁谓这样的人,你又能一直压制着他,使其长期位居人下吗?”李沆笑着回答说:“当心你将来后悔的时候,就会想起我说的话来。”寇准后来果然被丁谓陷害,等失去了相位,才知道悔之晚矣。

都说世事纷纭,人心复杂,其实当你出于公心,抛却私心杂念之后,一切都会变得简单起来。大道至简,人生亦简。人一旦要学会了简单,能像李沆那样“无心”,冲破欲望的牢笼,生命就会进入一个新的自由的境界。

第三章 读《师友谈记》

《师友谈记》

《师友谈记》，宋李廌著。廌，zhì，古代传说中的异兽，能辨是非曲直，古汉字“灋”（法的古字）的重要组成部分。元丰中，李廌以文谒苏轼于黄州，受苏轼赞赏，誉为有“万人敌”之才。李廌再拜受教，故与秦观、黄庭坚、张耒、晁补之、陈师道一起，被时人称为“苏门六君子”。李廌举进士不第，苏轼曾和范祖禹一起商议向朝廷推荐之。因李廌这部书记载的是苏轼、范祖禹、黄庭坚、秦观、晁补之、张耒等人关于治学为文做人的言论，故名《师友谈记》。

李廌，字方叔，华州（今陕西渭南市华州区）人，父李惇嘉祐二年进士

及第，与苏轼为同年。北宋哲宗元祐三年（1088），苏轼以翰林学士朝奉郎知制诰兼侍读学士权知贡举，李廌也于本年参加考试。因为李廌以文章受知于苏轼，人们认为他定能名列榜首。然而放榜后，李廌非但未能高中，而且根本榜上无名。后再试又失利，遂绝意功名，归耕颍川，定居长社（今河南长葛），致力于撰文著书，因生活清苦，五十一岁即溘然长逝。

《师友谈记》所录，多谠言嘉论，非小说琐语所比。从书中文字可以推知，此书应成于元祐党人尽遭贬斥之后。书中所记内容，大都确实可靠，是学习、研究宋史的重要资料。

苏轼——他掌握了讲书的要诀

笔记原文[1]

东坡先生尝谓某曰："范淳夫讲书，为今经筵讲官第一。言简而当，无一冗字，无一长语，义理明白，而成文粲然，乃得讲书三昧也。"

词句简释

1 本段文字由李廌原笔记节选。

原文我读

东坡先生曾经对我说："范祖禹范淳夫讲解经书，在目前所有经筵讲官中排第一位。语言简洁精当，没有一个多余无用的字，没有一句冗长拉杂的话，意义道理说得明明白白，他的讲述就像一篇完整的文章，简洁明快，文采飞扬，他真是掌握了讲书的要诀啊。"

由衷地感谢李廌，感谢他记下了苏轼说过的这段话。

苏轼这几句话，读起来让人感到很温暖。满满的人间真情，耀眼的人性光辉，似乎都在里边。苏轼对范祖禹的赞许、推崇，范祖禹在经筵讲坛上的自信、飘逸，都在向我们诠释着生命的美好。

宋神宗元丰二年（1079），二十岁的李廌，一个没有功名的文学青年，只身前往黄州拜见苏轼。真可谓同声相应，意气相投，苏轼对李廌的文章极为赞赏，认为其笔墨翻澜，有飞沙走石之势，高兴地拍着李廌的背说："你的才能，可敌万人。"因受苏轼赏识，李廌与秦观、黄庭坚、张耒、晁补之、陈师道一起，成为"苏门六君子"。

范祖禹是北宋中期著名的史学家。据史料记载，范祖禹"平居恂恂（温和恭敬貌），口不言人过"，但遇到大是大非问题，往往能坚持原则，据理直陈所见，从不模棱两可。经筵，是指汉唐以来，朝廷为君主学习了解经史而特设的御前讲席。为君主经筵进讲的官员，称为经筵讲官，一般由翰林学士充任。宋代以每年二月至端午节、八月至冬至节为讲期，逢单日入侍，轮流讲读。范祖禹作为轮值置讲官，因授课时全身心投入，精神状态绝佳，言语简洁准确，能把道理讲得清晰明白，被苏轼美誉为"经筵讲官第一"。

作为同事，苏轼对范祖禹没有庸常的羡慕嫉妒恨，而是给予极高的评价，相知相惜之情，已然溢于言表。其实，通过简单的文字，我们就能感觉到，物以类聚，人以群分，这话一点都不假。苏轼、范祖禹、李廌原是一类人，或许他们地位有差别，人生际遇不太一样，但无一例外，都很真诚、坦荡、正直、博学。这世上，能多一些李廌、苏轼、范祖禹这样的人，该有多好！

在经筵席上，范祖禹"无一冗字，无一长语，义理明白，而成文粲然"，委实令人钦佩。但我们要知道，真正能"得讲书三昧"，需要多少年三更灯火五更鸡勤学苦读？那可是凉桌子冷板凳铁砚磨穿才换得来的呀！没有深厚的积累、扎实的功底，别说"无一冗字，无一长语""成文粲然"了，连准确无误都很难做到。所以，不管做什么，把自己分内的事情弄清、吃透、搞明白，即便成不了苏轼、范祖禹，至少是认认真真地"活"过一回，也算不负此生！

苏轼——当时之人皆有喜贤好善之心

笔记原文

东坡尝云：顷年文忠欧公荐其先君，荐章才上，一时公卿[1]争先求识面，交口推服，声名一日大振。盖欧公之言，既取重于世，而当时之人，亦有喜贤好善之心，无纷纷翕訿[2]之间言也。

词句简释

1 公卿：泛指文官。2 翕訿：xī zī，小人相互勾结。

原文我读

东坡先生曾经说，早年欧阳文忠公向朝廷推荐他的父亲，推荐的表章刚送上去，很快便有很多高官争先恐后要与父亲见面，并异口同声地表示赞许佩服，父亲的声名一天之间传遍京城。这既是因为欧阳文忠公的话在当时很有分量，能够得到人们的重视，也是因为那个时候的人，普遍有喜贤好善之心，而不像现在那些小人一样，相互勾结在一起，搬弄是非说人坏话。

一时谬想

读苏东坡这段话，不由得心生感慨，人这一辈子，能不能有所作为，个人的努力固然是第一位的，但生存的土壤和环境，也有着十分重要的作用。这就是我们现在通常所说的政治生态和人文环境。

在蒙学读物《三字经》里，有这么一句话大家都耳熟能详："苏老泉，二十七，始发愤，读书籍。"说的就是北宋著名文学家苏洵的故事。原来，苏洵年轻的时候，读书不是十分用功，十八岁那年去参加乡试，因为名落孙山，一怒之下，干脆连书也不读了。直到二十七岁时，才回心转意，重新拿起书本，十年后，尽管参加科举考试两次都铩羽而归，但学业猛进，识见日高，学问已成，尤其是笔下文章，博辩宏伟，粲然生辉。

苏洵的文章，最为突出的特点是"不为空言而期于有用"，他的政论文古朴简劲，纵厉雄奇，言辞锋利，对政治、经济、军事和用人等都有广泛全面的论述，具有纵横雄辩之风。苏洵的文章文风文名，首先引起了时任四川最高行政长官张方平的欣赏。张方平自感影响力不够，担心埋没人才，竟然折腰向以往与自己有嫌隙，当时已是文坛领袖的欧阳修写信力荐。欧阳修非常赞赏苏洵的《权书》《衡论》《六国论》等文章，认为可与贾谊、刘向相媲美，立即向朝廷推荐。正如苏轼所述，欧阳修的"荐章才上"，便出现"一时公卿争先求识面，交口推服"的喜人局面，使得苏洵"声名一日大振"。

儒家思想的核心是仁，孔子给我们树立的榜样是"君子"。所以，孔子有很多关于君子应有的思想和行为的表述，比如："君子成人之美""君子周而不比""君子坦荡荡""君子和而不同""君子不病人之不己知"等等，据说有五十多条。但我觉得，最具有实践意义的是这样一条："君子尊贤而容众，嘉善而矜不能。"意思是说，作为一个君子，他首先要做到尊重比他强的人，同时还要容纳下普通的人；要嘉许那些优秀的人，同时还要同情那些能力不够的人。在我看来，张方平、欧阳修，他们都是"尊贤""嘉善"的君子。没有他们的推举和奖掖，就没有后来的"三苏"横空出世；没有他们的引领和栽培，历史的天空就会少去许多闪烁的星；没有他们的耕耘和播撒，就没有这么多滋养我们内心的唯美文字。有他们，是文化之幸，是民族之幸！

诚如苏轼所言，苏洵能够“声名一日大振”，除了欧阳修的名气和极力推荐外，也与“当时之人，亦有喜贤好善之心，无纷纷翕訿之间言也”有关。由此看来，政治生态、人文环境也是人尽其才、物尽其用和社会进步的重要因素。

人和人之间因为才情、性情而交，丝毫无涉他事，这是一个多么美好的时代啊！苏轼怀念之，我心向往之！

苏轼——我有快速入睡的良方

笔记原文

东坡谓膺与李祉言曰："某平生于寝寐时，自得三昧。吾初睡时，且于床上安置四体，无一不稳处。有一未稳，须再安排令稳。既稳，或有些小倦痛处，略按摩讫，便瞑目听息。既匀直，宜用严整其天君[1]。四体虽复有苛痒，亦不可少有蠕动，务在定心胜之。如此食顷，则四肢百骸，无不和通。睡思既至，虽寐不昏。吾每日须于五更初起，栉发数百，颒面[2]尽，服裳衣毕，须于一净榻上，再用此法假寐。数刻之味，其美无涯。通夕之味，殆非可比。平明，吏徒既集，一呼即兴，冠带上马，率以为常。二君试用吾法，自当识其趣，慎无以语人也。天下之理，能戒然后能慧。盖慧性圆通，必从戒谨中入。未有天君不严，而能圆通觉悟者也。二君其识之。”

词句简释

1 天君：旧谓心乃思维器官，称心为天君。《荀子·天论》：“心居中虚，以治五官，夫是之谓天君。”2 颒面：洗脸。颒，huì。

原文我读

东坡先生对我和李祉说：“我平时在睡觉方面，经过认真琢磨，掌握了其中的要诀。我刚上床睡觉时，先把身体尤其是胳膊和双腿在床上安放稳当，做到所有的地方都舒展妥帖。如果有一个地方感到还不够稳当，一定要再挪动身体，务必使之安定平稳。等一切都安置好了，如果觉得身上有哪个地方有一点疲倦或者疼痛，就先给它稍微按摩一下，完了便闭上眼睛，静听自己的呼吸声音。

“等到呼吸均匀平直后，就应当让自己的心安静下来，别再胡思乱想。这时候，身体某处虽然出现奇痒难忍的情况，也不能有任何轻微的动弹，必须坚定意志，用定力来克服它。就这样经过一顿饭的工夫，身体的各个部位都会调和通畅起来。不大一会儿，便有睡意袭来，这样会睡得十分酣沉，醒来觉得神清气爽，没有一点头昏脑涨的感觉。

“每天早晨，一交五更我一定要起床，接着梳头，要梳到几百下方才停止，等洗罢脸，穿好衣服，再于一个干净利落一点的小床榻上，用以上我说的方法再小睡一会儿。虽然这小睡只是有三两刻钟的时间，但它的滋味是多么美好悠长啊，就是一整夜睡眠的感觉，也是无法与之相比较的！等天刚一放亮，所有的官员及其随从等，都陆续往金銮殿那边行进的时候，只需家人轻轻喊一声，我立即便可以从小榻上起来，迅速地戴上帽子，束好腰带，翻身上马就可以出发了。这样做，很久以来我已经成了习惯。

“你们两个如果能尝试一下我的方法，自当感受到其中的意趣，这些你们可不要轻易对别人讲啊！所有的事物都是一个理儿，能戒除杂念然后才能变得聪慧。一个人要达到聪明智慧，没有无明烦恼的障碍，恢复清净本性的境界，必须从舍弃和谨慎做起。从来就没有在内心不安、意识散乱时能做到通达无碍和清凉明白的。请你们两位记住这一点。”

一时谬想

我敢说，每一个长期被失眠困扰的人，读了苏轼的寝寐秘方，都会有拨云见日之感。这法子，可比数绵羊强多了！

苏轼的秘方，我梳理一下，应是五个要点：

第一，上床首事放松身体。上得床来，或仰卧，或侧睡，先要挪动四肢，放松身体。

第二，倦痛之处轻轻按摩。身体既稳，酸痛处，麻木点，自己轻微按摩，使之缓解。

第三，瞑目听息静候睡意。逐步放松，闭眼睛，听吐纳，睡意伴随气息声，悄然而至。

第四，如有苛痒定心胜之。睡思初至，会不时感觉身有痒处，万不可乱动胡挠。心力集中，定可胜之。

第五，早睡早起回笼觉美。早睡早起，利寝寐，益康健。回笼觉，一胜十。坚持下去，率以为常。

睡眠之难，难在入睡。以上五点，核心是如何入睡，可苏轼在怎样入睡后边，为什么又用那么多的语言来述说回笼觉的妙处呢？我猜想，他这是要告诉我们，早睡早起方是优质睡眠的关键所在，同时也是在用艺术的笔法，向弟子们夸耀自己的秘方。

话说到最后，苏轼又把睡觉和佛家的“圆通”联系在一起。圆通是佛家语言，圆是圆满周遍的意思，通是融通无碍的意思，所以，圆通说的是一种境界，当我们证悟了圆通之后，一切都会通达无碍，包括内和外，身和心，都没有什么分别。不过，东坡先生说得好，聪明智慧、通达无碍这样美好的境界，不是轻易就能实现的——“必从戒谨中入”，必须意志坚定，心无旁骛，长期修炼方能渐入佳境。同样的道理，想有一个好的睡眠，也需要从

“严整其天君”做起，通过长期坚持，才能达到上床一刻、“睡思”即至、“虽寐不昏”、优质睡眠的美好境界。

苏轼的睡觉秘方，核心技术是闭目静听气息之声，基本要领是忍住不要胡乱挠痒，长效机制是长年坚持早睡早起。苏轼说，这种睡觉方法，他已“率以为常”，已经坚持好多年了，估计十分有效。要不老先生不会一本正经地告诉李廌、李祉，我这睡觉秘方，你们可不要轻易说给别人啊！

感谢李廌，他明白老师最后说的是戏话，所以，一股脑儿地将老师的秘方传给了我们。这法子，咱不妨试试！

苏轼——可惜这事史书上没有记载

笔记原文

东坡云：郭子仪镇河中日，河甚为患。子仪祷河伯，曰："水患止，当以女奉妻。"已而河复故道，其女一日无疾而卒。子仪以其骨塑之于庙，至今祀之。惜乎此事不见于史也。

原文我读

东坡先生说：郭子仪任河中节度使的时候，黄河水患十分严重。郭子仪向河伯祈祷，说："如果能让水患停止下来，我就把女儿奉献给你做妻子。"不久，黄河水患停息，河流又复归故道，郭子仪的女儿身体好好的，那天突然死去了。后来郭子仪根据女儿的形象和神态，为其建庙塑像，至今，人们还在祭祀她。可惜的是，这件事在官方编写的史书上却没有记载。

一时谬想

每每读到这类涂满"唯心"色彩的故事时，其实我并不十分在意它是否真实，倒是心存敬意，为这种舍身成仁的精神所感动。苏轼讲的这个故事，唐代的正史上没有记载，郭子仪也未必就真的许过这样的愿。但我相信，郭子仪为治水辛苦操劳是肯定存在的。也许，是因为治水误了女儿的病，人们感激他，便演绎了这个故事。我还相信，此类的故事，老百姓是不会随便加到一个人头上去的。

历史上的忠臣名将，功成名就之后，结局大多是兔死狗烹，鸟尽弓藏，没有几个能得善终。但郭子仪是个例外，不仅封王建府，还和唐代宗结为儿女亲家，得寿终正寝，享年八十有五，追赠太师，谥号忠武，配飨唐代宗庙庭。《打金枝》这出戏，说的就是和郭家相关的宫廷喜剧。

公元762年，郭子仪平定河中兵变，册封汾阳郡王，逢黄河泛滥成灾。苏轼讲的这个故事，大约就发生在这个时期。当我看到戎马一生、披荆斩棘、殚精竭虑的郭子仪，在黄河水患严重，百姓流离失所，人力已不能及时，竟以舍弃女儿为代价，来祈求天命让黄河安澜，我眼睛湿润了！令人唏嘘不已的是，水患退后，他的女儿竟然真的“无疾而卒”。

如果，人世间真有因果轮回，我相信令公的女儿，肯定不会记恨父亲的。生命长短，自有天意。在历史的长河中，在某个时间段，一个女儿身，竟然能与国家命运共进退，此生足矣！

郭子仪的一生，有没有这个故事，都是功勋卓著，功德圆满。但苏轼为什么要对此念念不忘，“惜乎此事不见于史”呢？我想，和今天的我们一样，苏轼一定为郭子仪的家国情怀所感动。唐史臣裴垍称郭子仪：“权倾天下而朝不忌，功盖一世而上不疑。”郭子仪，在苏轼心中是一座丰碑，在无数做臣子的后来者心中，是一座只能远望而不可企及的高山。郭子仪的故事，还有很多，很多……

苏轼——新的文坛盟主在你们中产生

笔记原文

东坡尝曰：文章之任，亦在名世之士，相与主盟，则其道不坠。方今太平之盛，文士辈出，要使一时之文有所宗主。昔欧阳文忠常以是任付与某，故不敢不勉。异时文章盟主，责在诸君，亦如文忠之付授也。

原文我读

东坡先生曾经说：决定一个时期文章好坏的重任，将落到当时在社会上已经有了较大名气的文士身上；人们经过协商，推举出一个人来，由他主持大家共同结成的盟会，那样，良好的文风就会有人倡导，文章写作的主流方向就不会走偏，正确的规则就会得到坚持。如今正值太平盛世，优秀的士子层出不穷，应当使我们这个时代的文章写作有一个主导，知识分子中也应当有一个带头的人。当年欧阳文忠公把这个重任交给了我，所以我不敢一刻不勤勉努力。将来文坛的盟主，就要在你们各位中产生，就像当年欧阳文忠公把文坛盟主的重任交付给我一样。

一时谬想

苏轼“谈”话里说的“盟”，应当和现在的文联、作协一类的群众性团体类似，只不过它没有政府提供的专门办公地点，也不会有财政拨付的专门活动经费，班子成员自然也不是由上级领导机关下文件任命。

听苏轼的话音，他对成立会盟的事很重视，对盟主的期待也很高。我想，他这样的认识，一是源于他对历史事实的总结，二是出自他的切身体会。苏轼所处的时代，离盛唐不远，他所崇尚的散文大家韩愈就是唐代文坛领袖。韩愈主张文以载道，坚决反对无病呻吟、华而不实的文风，提倡学习先秦两汉古文，他的文章文字精练，语言生动，他和柳宗元共同领导的中唐古文运动，用苏轼自己的话说是“文起八代之衰”，韩愈带领唐代文人和唐代文学昂首阔步，跨入了一个崭新的文化天地。

苏轼的恩师欧阳修，不光是他本人散文创作取得极大成功，他正确的古文理论也得到宋代文人的普遍认可，成为一代文章宗师。欧阳修作为北宋文坛领袖，成功地领导了北宋古文改革运动，结束了骈体文从南北朝以来长达六百年的统治地位，为以后元明清九百年间提供了一种便于论事说理、抒情述志的新型古文。欧阳修还非常重视奖掖后进和大力扶持褒扬优秀的文学人才，他拔擢和培养了苏轼、苏辙、王安石、曾巩等一大批文学精英，成为那个时代名副其实的文坛盟主、士林领袖。

所以，回望过去，苏轼清楚文人学士“相与主盟”是非常必要的，苏轼更清楚他自己在文坛所发挥的作用，所以，他坚定地认为，每个时代的文章，都要“有所宗主”。现在，各种各样的纪念馆博物馆很多，我觉得，还应当有一个文学纪念馆，把历史上为中国文学事业发展做出过重大贡献的人，特别是各个历史时期的文坛领袖们都请进去，介绍他们的事迹，弘扬他们的精神，让后人学习他们，记住他们。因为没有他们，中华民族的历史可能就不是我们现在看到的样子，中华民族前行的道路就不会如此壮美！

苏轼向李廌等人讲这段话，还有一个重要用意，就是用“异时文章盟主”的重任，来鼓励和召唤“门下诸君”发奋读书，刻苦用功，悉心钻研著文技法，写出更多优秀作品，学习古人，超越古人。

欧阳修多次向人称赞苏轼的文才和文章，他曾说：“读轼书，不觉汗出，快哉快哉！老夫当避路，放他出一头地。”他还说：“汝记吾言，三十年后，世上更不道着我也。”欧阳修说对了，不久之后，苏轼成为一代文坛盟主。苏轼也赞扬过许多人，比如他赞扬秦少游的文章：“如美玉无瑕，又琢磨之功，殆未有出其右者。”他称赞谢民师的文章：“子之文，正如上等紫磨黄金，须还子十七贯五百。”可是，苏轼之后，大宋文坛便再没有出现过一个真正的核心人物。

看来，“文章盟主”之出，取决于好多因素，不是任谁说一句话，就可以算数的。一个时代，只有形成了有利于文化繁荣发展的优良环境，方能诞生出欧阳修、苏轼这样的文化精英来。

苏轼——韩魏公这是爱人以德啊

笔记原文

东坡云：顷[1]试制举[2]，中程[3]后，英宗皇帝即欲便授知制诰。相国韩公曰："苏轼之才，远大之器也。他日自当为天下用，要在朝廷培养之，使天下之士，莫不畏慕[4]降伏，皆欲朝廷进用之，然后取而用之，则人人无复异词矣。今骤用之，则天下之士，未必以为然，适足以累之也。"英宗曰："知制诰既未可，且与修起居注，可乎？"魏公曰："记注与制诰为邻，未可遽授，不若且于馆阁中择近上贴职与之，他日擢用，亦未为晚。"乃授直史馆。欧阳文忠时为参政，虑执政官中有不憙[5]魏公者喋[6]于东坡，坡曰："公所以于某之意，乃古之所谓君子爱人以德者欤！"

词句简释

1 顷：不久前。2 制举：封建社会为选拔“非常之才”而举行的不定期非常规考试，也称制科、大科、特科。制科非正常考试，必待君主下诏方可举行。3 中程：合乎要求、规格。4 畏慕：尊敬仰慕。5 憙：古同“喜”。6 喋：话多。引申为说闲话。

原文我读

东坡先生说：那年我参加朝廷特设的制科考试，评卷合格后，宋英宗马上就要把我召入翰林院，授予我知制诰一职。宰相韩琦韩魏公说：“以苏轼的能力，是一个有发展前途、能担当重任的栋梁之材。将来要担负管理江山社稷的大任，就要先在朝廷培养他，使天下的士人无不尊敬他、仰慕他、佩服他，进而都想让朝廷重用他，那时候再起用他委以重任，所有的人便都没有异议了。现在突然重用他，让他上来就担任很重要的职务，天下的士人未必都以为这就是正确的。这样做，恰恰会影响他的进步和成长。”宋英宗说：“既然授予他知制诰一职不恰当，就让他担任修起居注，这可以吗?”韩琦韩魏公回答说：“修起居注这个职务和知制诰紧挨着，只是比知制诰一职稍微低一点，还不能这么快就让他担任，不如就在馆阁中选择一个较高的职务（馆职）让他担任，等将来时机成熟了再提拔重用他，也不算晚。”于是，苏轼就被授予直史馆一职。

当时，欧阳修欧阳文忠公任参知政事，他担心知道此事的官员有不喜欢韩琦的人，在苏轼跟前传闲话，（便对苏轼讲了事情的原委和韩琦的良苦用心，）苏轼感慨地说：“韩魏公在我身上的良苦用心，就是古时候人们所说的君子‘爱人以德’啊!”

一时谬想

读苏轼这段话，我被深深地感动——被那个时代的主流风尚所感动，被韩琦、欧阳修们高尚的品格所感动，被苏轼的透彻和灵通所感动！韩魏公以如此的大爱来对待这个初出茅庐的青年才俊，欧阳文忠公是这样地顾全大局心细如发，苏东坡是这样地善于体察和领会老一辈的良苦用心，都好比一道道亮丽的风景线，闪耀在历史的天空。

一个人成长的过程，自身的天赋和努力固然重要，但如果想有质的飞跃，没有良师益友的奖掖引领也是万万不能的。“千里马常有，而伯乐不常有”，韩琦、欧阳修之于苏轼，就是难得的伯乐！没有他们，可能就没有后来我们所津津乐道的苏东坡。其实，在“伯乐不常有”这句话的后边，还有一句不太好记的话，更具有现实意义——“故虽有名马，只辱于奴隶人之手，骈死于槽枥之间，不以千里称也。”由此可见，前辈奖掖提携、个人施展平台等环境因素，对于一个人的成长是多么重要。

“苏轼之才，远大之器也。”早在仁宗时期就已德高望重的韩琦韩魏公，面对初出茅庐的苏轼，竟有如此高的评价，殷殷相期之情溢于言表。不过，这只是一位正直的朝廷重臣面对一个少年英才所应有的举动，虽然令人感动，说到底也只是一句本心话而已。最让我动容的，是韩琦在后面讲的这段话——“今骤用之，则天下之士，未必以为然，适足以累之也。”面对一个天才的横空出世，他既感到是国家之幸，又担心苏轼骤至高位，遭人妒忌，不能走远……在年轻的苏轼跟前，老相国就像一位饱经世事的老父亲，对涉世未深的幼子，寄予无限深情，“父母之爱子，则为之计深远”，韩琦之言，正是为苏轼的未来计，为苏轼的远大前程计。同样让人温暖的还有欧阳修，他作为苏氏父子的领路人，苏轼能觉得皇上厚爱，他应该是最为欣慰的。宰相韩琦的苦心，欧阳修当然是深深懂得的。但他担心苏轼不理解，抑或被人利用，便亲自去解释这件事情的原委。君子坦荡荡，当如是也！

“公所以于某之意，乃古之所谓君子爱人以德者欤！”有这一句话，苏轼已足以对得起韩魏公了！我爱读宋史，喜欢宋人笔记，在很大程度上是因为韩琦、欧阳修、苏轼这一群人的人格魅力深深地吸引了我。他们的精神，照亮了历史的天空，也时时照耀着我的心头，我衷心地感谢他们！

顺便交代一下，文中苏轼说的“顷试制举”，并不是他仁宗嘉祐六年参加的秘书阁制科考试，而是四年后真宗朝参加的学士院考试。

苏轼——祖父气量甚伟

笔记原文[1]

东坡新迁东阙之第，廌同李端叔、秦少游往见之，东坡曰："今日乃先祖太傅之忌。五月十一日。祖父名序，甚英伟，才气过人，虽不读书而气量甚伟。顷年在乡里郊居，陆田不多，惟种粟。及以稻易粟，大仓储之，人莫晓其故。储之累年，凡至三四千石。会眉州大饥，太傅公即出所储，自族人，次外姻，次佃户、乡曲之贫者，次第[2]与之，皆无凶岁之患。或曰：'公何必粟也？''惟粟性坚，能久，故可广储以待匮尔。'又绕宅皆种芋魁[3]，所收极多，即及时多盖薪蒭[4]，野民乏食时，即用大甑蒸之，罗置[5]门外，恣人取食之，赖以无饥焉。"

词句简释

1 本段文字由李廌原笔记节选。2 次第：依次，一个接一个地。3 芋魁：芋的块茎。亦泛称薯类植物的块茎。4 薪蒭：柴火和喂牲口的草。5 罗置：并排摆放。罗，排列，分布。

原文我读

东坡先生刚迁到皇宫东边那处宅第时，我和李端叔、秦少游一起去拜望苏东坡，东坡先生说："今天，五月十一日，是我祖父的忌日。祖父的名字叫苏序，长得十分英俊高大，而且才气远远超过一般的人，虽然没有读书但胸怀十分宽广。

"早年我家在远郊的乡下居住，家里旱地不多，但他只种谷子（去壳后称小米）。到了稻子收获的季节，还拿稻子跟人家兑换成谷子，然后用大仓把谷子储存起来，人们都不晓得他这样做的用意。

"就这样，祖父坚持年复一年地收储谷子，一直积到三四千石。这时候，赶上了眉州发生大饥馑，祖父便拿出他所储存的谷子，先从族人开始，然后是姻亲，接下来是佃户和邻里生活困难的人，都挨个儿送给他们，使大家都解决了灾荒年的困难。有人问：'您何必非要储存谷子不可呢？'祖父向人解释说：'粮食中只有谷子的物性坚硬，能放很久而不变质，所以可以多多地储存，能够等到粮食匮乏的时候食用。'祖父又在我家宅院周围所有的空地上都种上芋魁，收获也极多，天冷了便在芋魁上面盖上厚厚的柴火和干草，到春天乡下老百姓缺少食物时，用大蒸笼蒸熟了，并排摆放在大门外，让人们随意拿去食用，用这东西充当食物能使大家不至于受饥挨饿。"

一时谬想

有爷如苏序，有孙似苏轼，真是人间幸事！

苏轼十二岁那年，祖父苏序去世。"迁东阙之第"事应在宋神宗驾崩，苏轼回到京城任翰林学士的那一年，此时苏轼已经五十二岁，距祖父去世已经过去了整整四十年时间。早已名满天下的苏轼，在祖父忌日这天，向自己的学生，娓娓诉说爷爷的过往，深切地怀念爷爷，此情此景，让九百年后的我们仍然唏嘘不已。扪心自问，在我们当中，有谁还记得已经去世多年的爷爷的往事？有谁还记得爷爷去世的日子？甚至，有谁还记得爷爷的名讳？

史料上说，苏序，字仲先，排行第七，人称苏七君，兄弟九人唯一幸存者。他长大后容貌英伟，为人慷慨，“喜为善而不好读书”，乐善好施，不求报答。娶妻史氏，生子三人：苏澹、苏涣、苏洵。其中苏澹、苏涣分别进士及第，但长子苏澹因病早逝，苏涣进士及第后历知祥符、衡州，后擢升提点邢州路刑狱。曾巩在《赠职方员外郎苏君（序）墓志铭》中写苏序生平：“君读书务知大义，为诗务达其志而已，诗多至千余篇。为人疏达自信，持之以谦，轻财好施，急人之病，孜孜若不及。”苏序因二儿子苏涣登朝而赠大理评事，后累赠职方员外郎。

苏轼对祖父的感念之语，很清晰地传达出两条信息：其一，祖父虽读书不求精进，但乐善好施，略知时政，能做到未雨绸缪，防患于未然。第二，老人家还略懂些自然科学，对“物性”等有颇为精准的把握。“惟粟性坚，能久，故可广储以待匮尔”，这就告诉我们，苏序老爷子是一位有见识、明事理，不同于一般乡野村夫的乡里绅士。“眉州大饥，太傅公即出所储，自族人，次外姻，次佃户、乡曲之贫者，次第与之，皆无凶岁之患”，他以一己之见、一人之力，在承担社会责任，真是一位有力量的家族掌舵人！

想象一下，一个散淡、达观、宽厚、仁善，又带有几分侠气的人，一面能和田间劳作的农夫们大碗喝酒，一面又能亲善族人、姻亲、佃户和乡邻的长者；一面能培养出两个进士儿子，一面又能容忍小儿子的“二十七，始发愤”的老人，该是怎样地可亲可敬！苏序的形象实在是“英伟”，他有诗意，不，是有仙气。他的孙子苏轼人称“坡仙”，在此，我们可以很清楚地感受到基因遗传的神奇效应。难怪多年后，苏轼还在念念不忘自己的爷爷，苏轼的旷达、乐观、天真，似乎都脱胎于他的祖父。相对而言，爷爷虽比孙子少了些文采，却比孙子多了不少仗义疏财的豪气。

由苏序到苏洵，再到苏轼，这既是一条清晰的基因链条，同时也是家风传承的清晰脉络。我们不能希求能有苏序这样的爷爷，但我们可以努力争取让我们的子孙们以“爷”为荣。是吧，朋友们？

苏轼

只有见识高远的人才称赞他

笔记原文[1]

（东坡新迁东阙之第，鹰同李端叔、秦少游往见之，东坡）又曰："祖父嗜酒，甘与村父箕踞高歌大饮。忽伯父封告至。伯父登朝，而外氏程舅亦登朝。外祖甚富，二家连姻，皆以子贵封官。程氏预为之，谓祖父曰：'公何不亦预为之？'太傅曰：'儿子书云，作官器用亦寄来。'一日，方大醉中，封告至，并外缨、公服、笏、交椅、水罐子、衣版等物。太傅时露顶，戴一小冠子，如指许大[2]。醉中取告，箕踞读之毕，并诸物置一布囊中。取告时，有余牛肉，多亦置一布囊中，令村童荷而归。跨驴入城，城中人闻受告，或就郊外观之。遇诸涂，见荷担二囊，莫不大笑。程老闻之，面诮其太简，惟有识之士奇之。"

词句简释

1 本段文字由李廌原笔记节选。2 如指许大：像巴掌一样大小。唐孙思邈《千金翼方》有“坐导药方：皂荚（一两）五味子干姜细辛（各三两）……五味子……当归（各二两），右一十一味（药），捣筛，内（纳）轻绢袋子中，如指许大，长三寸，盛令药满……”条，由此可见“指许”之大小。

原文我读

东坡先生刚迁到皇宫东边那处宅第时，我和李端叔、秦少游一起去拜望苏东坡，东坡先生又说：“我祖父特别喜欢酒，经常腿叉巴得跟簸箕一样和村里的父老愉快地坐在一起，高声唱着喊着痛快地饮酒。忽然有一天，（有消息说，）任命伯父官职的诏书（马上就要）送到了。我伯父将要入朝为官，很巧，我一个姓程的舅舅也要入朝做官。我外祖父家十分富有，外祖父和祖父能结成亲家，是因为他们的儿子都已经有了功名能在朝为官。外祖父听说任职诏令很快就要送到了，立即开始做准备工作，并且对祖父说：‘你怎么还不做准备呢？’祖父回答说：‘我儿子来信说了，所有用作官员上任的器物，也都要随着任职诏令一同送来。’那一天，祖父正在大醉之中，传达任职诏令的官员到了，同时送来的还有任职所需要的外缨、公服、笏、交椅、水罐子、衣版等物。当时，祖父正光着头，只戴了一个跟巴掌一样大的小冠子。他在醉中领取了伯父任职的诏令，叉巴着腿坐在那儿读完后，连同伯父寄来的一堆做官所需器物，一起放入一个布袋中。在领取诏令时，桌上还有一些没有吃完的牛肉，祖父又收拾起来放入另一个布袋里，让村童拿起来往家走。祖父骑着驴往城里走，人们听说他接受了伯父任职的诏令，都来迎接他，有的人甚至跑到郊外去看他。人们在途中遇到祖父，见村童肩挑两个布袋子，都哈哈大笑。外祖父程老听说了这些情况，甚至当面讥笑爷爷太寒酸了。爷爷这样做，只有那些有远见卓识的人才赏识他。”

一时谬想

人们常说，有其父必有其子。其实，隔代遗传的现象在有的家庭他会很明显地表现出来，所以有其爷必有其孙有时也是成立的。苏序老爷子的旷达、豪放，早在苏轼还是个孩童的时候，已经传遍眉州城乡。

儿子高中进士，对于一位久居乡间的老人来说，该是多大的喜讯啊！搁一般的人，说不定早已舞之蹈之了，但苏序却毫不为意，恰如深水静流，无一丝声响。亲家儿子也要做官了，老亲家慌着做准备，也建议他抓紧行动，他却说，你忙你的吧，我这里不用！所有需要的，我儿子都会一应寄回！传达任职诏令的官员来了，他正和朋友们一起喝酒，于“醉中取告，箕踞读之毕，并诸物置一布囊中”。这份洒脱、自信、淡定，真让人为之击节叹赏。

“取告时，有余牛肉，多亦置一布囊中，令村童荷而归。”读着这句话时，一位既有见识，又精明可爱的邻家爷爷形象，便栩栩然立在眼前。天大的喜悦，老头子都能化为无形，就连喝酒剩下的一块牛肉，他都没有忘记，都要打包带回家去——我清楚着呢！

苏序爷爷“跨驴入城，城中人闻受告，或就郊外观之。遇诸涂，见荷担二囊，莫不大笑”。前边是挑着两个布袋子的村童，后面是醉醺醺骑驴的老头儿，围观的人哈哈大笑是理所当然的事情：这老头，儿子就要做大官了，咋还没有个正形呢？“程老闻之，面诮其太简。”在我看来，“甚富”的外祖当面数落亲家两句，也符合人之常情。但苏轼还是不太高兴的，四十年后回忆爷爷，还忘不了加上一句话，说爷爷这行为“惟有识之士奇之”，言外之意，粗陋之人是不能理解的。后来，苏轼、苏辙弟兄和舅舅家生分，互不往来，不知是不是由此种下的根苗呢？想想，有这可能。

苏序不仅能对大儿子二儿子进士及第入朝做官淡然处之，也能对小儿二十七岁之前的游手好闲放纵不问，他这些行为，是一种什么样的心态在支配着呢？苏序的见识真不一般！

后来苏洵的一鸣惊人、苏轼的豪放旷达、苏辙的淳朴无华，在苏序身上似乎都可以找到原因。由此可见，因果之说果然不虚！

吕大防——韩公品格令人倾慕

笔记原文

东坡云：国朝试科目，亦在八月中旬。顷与黄门[1]公既将试，黄门公忽感疾卧病，自料不能及矣。相国韩魏公知之，辄奏[2]上，曰："今岁召制科之士，惟苏轼、苏辙最有声望。今闻苏辙偶病未可试，如此人兄弟中一人不得就试，甚非众望，欲展限以俟。"上许之。黄门病中，魏公数使人问安否，既闻全安，方引试。凡比常例展二十日。自后试科目，并在九月，盖始于此。比者[3]相国吕微仲[4]，语及科目何故延及秋末之说，东坡为吕相国言之。相国曰："韩忠献其贤如此，深可慕尔。"

词句简释

1 黄门：苏辙别名之一。2 辄奏：立即上奏。3 比者：近来。4 吕微仲：吕大防，字微仲，北宋政治家、书法家。

原文我读

东坡先生说：由皇上亲自主持的制科考试，原来也是在八月中旬进行。我和弟弟苏辙就要去参加考试的时候，弟弟忽然患病卧床不起，他自己也已料到不能参加这次重要的考试了。宰相韩琦韩魏公知道了情况，马上向宋仁宗奏报，说："今年通知参加制科考试的士子，只有苏轼、苏辙弟兄最有声望。今天听说苏辙突然得病不能参加考试，这样他们两兄弟中就有一人不能参加考试，这会严重影响社会各界对他们所寄予的关注，我想延迟考试时间，等待苏辙病好以后再进行。"于是，宋仁宗同意了韩琦的奏请。弟弟苏辙生病期间，韩琦韩魏公多次派人来看望问安，听说他病好了，才进行考试。这样，这年的制科考试比往常推迟了二十天，变成在九月间进行。

从此以后，制科考试都在九月进行，这个规矩就是因这件事确定下来的。最近和宰相吕大防说到制科考试时间为啥拖延到秋末这件事，我对吕大防讲了事情的原委。宰相吕大防说："韩琦公如此贤达圣德，真是让人倾慕万分！"

一时谬想

韩琦建议改变制科考试时间，乍一看，有些过分，但仔细琢磨，还是可以的。因为制科考试，本身就是皇帝特批的，它和解试（宋代州府举行的考试)、省试、殿试不一样，这些叫常科，啥时间举行，都有明确的规定。而制科考试的考试时间和考试内容，都是皇帝根据需要临时决定的，只不过是考试的时间相因成俗，到后来有了相对固定的日子。所以，只要报请仁宗同意，往后推迟几天再考，别人也不好说什么。相反，韩魏公这种生怕失去优秀人才、千方百计成人之美的高尚情怀，让他厚重的"忠良"形象愈发显得高大，而且平添几分人情味。我们平常总爱说位卑不敢忘忧国，其实位高不忘来时路，才更能显露本心，更能显现出人格的高尚。

韩琦，相州安阳人，十九岁进士及第，北宋著名政治家、词人。宋夏战争爆发后，与范仲淹率军防御西夏，在军中颇有声望，人称“韩范”。韩琦与范仲淹、富弼等人共同主持“庆历新政”，于仁宗末年拜相，他为相十载、辅佐三朝，为北宋早中期的繁荣发展做出了重大贡献。欧阳修赞其“临大事，决大议，垂绅正笏，不动声色，措天下于泰山之安，可谓社稷之臣”。人们都说苏轼苏辙才华横溢，雄姿英发，但他们当年在韩琦跟前，不过是青涩少年、后生晚辈，韩琦早已饱经沧桑，他们不过“小荷才露尖尖角”。韩琦历经风雨，披荆斩棘，直至高位，文韬武略称雄于世。然而，就是这样的一个人，在苏轼苏辙跟前，不仅没有摆架子、显官威，而且还是呵护备至，礼遇有加。

制科考试是一种十分特殊的考试。一是参加考试的人须有优异的特质，且要由朝中重臣推荐；二是考试时间考试题目均由皇帝亲自审定；三是选拔非常严格，通过率极低。据说两宋三百年间，科举考试进行近百次，通过省试四万多人，而制科考试只进行过二十二次，成功通过的人只有四十一人。

一个年轻士子有病不能参加考试，一个宰相居然亲自出面请求朝廷为之延期开考。这是一份多么厚重的信任和期许啊！今天我们读来，都不能不为之动容！担心国家错失人才固然是一个方面的原因，但它更体现了一个身居高位者一心为公的政治担当：心底无私天地宽，我韩琦不畏人言，愿意为青年才俊发声！

张文潜——先生也当受罚

笔记原文

东坡帅定武[1]，诸馆职饯于惠济。坡举白[2]浮[3]欧阳叔弼、陈伯修二校理[4]与常希古少尹[5]曰："三君但饮此酒，酒釂[6]当言所罚。"三君饮竟。东坡曰："三君为主司而失李方叔，兹可罚也。"三君者无以为言，惭谢而已。张文潜舍人[7]在坐，辄举白浮东坡先生，曰："先生亦当饮此。"东坡曰："何也？"文潜曰："先生昔知举而遗之，与三君之罚均也。"举坐大笑。

词句简释

1 帅定武：监管定武军事。定武，今河北省定州市，唐时置义武军，宋时因避太宗赵光义讳，改名定武军。苏轼曾任定州知州八个月，监管定武军。2 白：古时罚酒用的酒杯，泛指酒杯。3 浮：罚人饮酒。4 校理：职官名。专掌校勘整理宫廷藏书。5 少尹：官名。州府副职的统称。6 釂：jiào。饮尽杯中酒。7 舍人：官名。张耒，字文潜，北宋诗人，官至起居舍人。

原文我读

东坡先生就要去担任定州知州时，在馆阁中任职的诸位官员在惠济设宴为他饯行。东坡先生举起罚酒用的酒杯对欧阳叔弼、陈伯修二位校理和少尹常希古说："三位请喝了这杯酒，等酒喝干了，我自当说明罚酒的理由。"三个人听罢端起酒杯把酒喝了。东坡先生说："你们三位当年作为科举考试的主试官却让李廌李方叔落选，这事可以处罚吧！"欧阳叔弼他们三个没有什么话可说，只能一个劲儿地羞愧谢过。当时张耒张文潜舍人也在坐，见此情形，便马上举起罚酒用的杯子对东坡先生说："先生你也应当喝了这杯罚酒。"东坡先生问道："为什么呢？"张文潜舍人回答说："先生你当时主掌那场科举考试，让李廌落选，你应当和欧阳叔弼他们三位一样接受处罚！"满屋子的人听罢，都哈哈大笑起来。

一时谬想

但凡喝酒的人，都有这样的体会：一些在清醒时说出来可能让人不快的话，放在酒桌上，借着酒劲调侃出来，大家哈哈一笑，目的达到了，还一团和气。即便有不妥之处，日后也可以解释说，那天我酒喝高了，净胡扯，你别往心里去，或者干脆说我记不得了，等等，很容易地搪塞过去。所以，我国的酒文化其实就是一种社交文化——客从远方来，无酒不足以表达深情厚谊；亲友远行，无酒不足以表达依依惜别之情；良辰佳节，无酒不足以显示欢快惬意；丧葬忌日，无酒不足以致其哀伤肠断；蹉跎困顿，无酒不足以消除寂寥忧伤；春风得意，无酒不足以抒发豪情壮志；心有芥蒂，无酒不足以得到化解消融。正如杨慎在《临江仙》中所言："一壶浊酒喜相逢。古今多少事，都付笑谈中。"

公元1092年，是苏轼仕途的顶峰。他以兵部尚书主持完皇家的郊祀大典后，进官端明殿学士、翰林侍读学士、礼部尚书。但是，好景不长，随着哲宗亲政，支持"元祐更化"的高太后让权，一场政治斗争的暴风雨骤然而起。苏轼意识到国事突变，自己必是首当其冲的受害者。迫于无奈，苏轼要求外放离开京师，获准后于1093年十月二十三日赴定州任知州，监管定武军事。文中的喝酒场景就是发生在苏轼即将赴定州上任之时。

李廌第一次落选是在宋哲宗元祐三年（1088），当年主持科考的是苏轼，主试官就是欧阳叔弼、陈伯修二位校理和常希古少尹。元祐六年（1091），再应试，又落第。李廌从此绝意仕进，致力于撰文著书。李廌进士不第，苏轼与翰林学士范祖禹欲向朝廷推荐，后因苏、范二人相继遭贬而未果。在此期间，黄庭坚、秦观、晁补之、张耒同在秘阁任职，一同集于苏轼门下，被后世称为"苏门四学士"。后来又增加李廌、陈师道，六人合称为"苏门六君子"。

李廌文中讲到的张文潜舍人就是四学士之一的张耒，这是一个非常通透的人，当他看到老师为李廌鸣不平，罚过欧阳叔弼、陈伯修、常希古三人酒后，又说出那样的话来，搞得三个人无言以对，既怕老师的话拂了欧阳叔弼等人设宴相送的一片好意，更担心因此伤了和气，又添一群人记恨老师，就出来打圆场：说这罚酒东坡先生你也得喝。"先生昔知举而遗之，与三君之罚均也。"你是那次考试的总管，也脱不了干系，得和他们同样受罚，妙哉！一句话，不仅化解了现场的尴尬氛围，又让那三人知道，你们明明知道我老师是在"知贡举"，老师如此看重李廌，你们竟然还让他落榜，既替苏轼说出心中的不快，还引起"举坐大笑"；既不显山不露水地和老师站在一起，又不让他人一直处于"惭谢"之中。此时，酒桌是舞台，酒就是演戏的道具。

不得已要求外放的苏轼，在临行时，依然对李廌的落第耿耿于怀，个中情谊，好深，好长！

酒浓，水清，茶香，谁解其中味？其实真心就好。

苏轼——他不学佛却能达佛的境界

笔记原文[1]

东坡公曰："范景仁平生不好佛，晚年清慎，减节嗜欲，一物不芥蒂于心，真却是学佛作家，然至死常不取佛法。某谓景仁虽不学佛而达佛理，虽毁佛骂祖，亦不害也。"

词句简释

1 本段文字由李廌原笔记节选。

原文我读

东坡先生说："范镇一生不信佛，也不参与佛事，到了晚年，清心寡欲，谨慎勤勉，戒除不良嗜好，节制各种欲望，不管啥事都丝毫不萦记心上，他倒可称作是一个学佛坐禅有成就的人。然而，他到最后去世也没有学习过佛家的教义和戒律。所以，我说范镇虽然不学佛却能达到佛所要求的境界，虽然对佛祖说一些诋毁辱骂的话，对他本人也不会造成什么不好的影响。"

一时谬想

人这一辈子，有的人是只说不做，净来虚的；有的人很少说甚至不说，却一直都在默默地践行理想修炼自我。范镇范景仁的一生，就是脚踏实地、积极上进，从没有任何懈怠的一生。有不少人年轻时努力上进，但到了老境儿，却放松了对自我的要求。而范镇却一直都在坚守，如苏轼所言，“晚年清慎，减节嗜欲，一物不芥蒂于心”，晚年的范镇反倒比年轻时愈发显得洒脱、简约，超然物外，使自己的人生进入了一个新的更高的境界。

范镇，字景仁，今四川双流人，于仁宗宝元元年举进士第一，是北宋政治家、文学家、史学家。中国史学界有“三范修史”的佳话，三范指范镇、范祖禹、范冲，他们仨是一家人，数范镇辈分最长，范祖禹是范镇侄孙，范冲是范祖禹长子。顺便交代一句，范祖禹在仁宗嘉祐年间中进士甲科，范冲在哲宗绍圣元年进士及第。当然，这是后话。

范镇一生以直言敢谏闻名，生平不信佛事，以一个儒生的认知，践行了孟子“仰不愧于天，俯不怍于人”的人生信条。范镇虽终生不信佛法，但其一生的言行都在端庄内心，修养性情。史书上说，范镇清白坦荡，待人以诚，恭俭慎默，从不褒贬评论他人，遇到重大问题时镇静从容，立场坚定，态度柔和而语气庄严，从不畏首畏尾，左顾右盼，即使在君主面前也能坚持自己的正确意见。

佛即觉者。因为范镇时常用自己的眼睛看自己，所以，他虽不信奉佛法，但他已经觉悟，他是自己的佛。

苏轼——陛下进学可从喜欢处入手

笔记原文[1]

元祐癸酉正月二十六日，见东坡先生。公曰："近因讲筵，从容为上言人君之学与臣庶异。臣等幼时，父兄驱率读书，初甚苦之，渐知好学，则自知趣向，既久，则中心乐之，既有乐好之意，则自进不已。古人所谓知之者不如好之者，好之者不如乐之者。陛下上圣，固与中人不同，然必欲进学，亦须自好乐中有所悟入。且陛下之学，不在求名与求知[2]，不为章句科举计也。然欲周知天下章疏，观其人文章事实，又万机之政，非学无所折衷[3]。"

词句简释

1 本段文字由李廌原笔记节选。2 求知：希望被人了解。3 折衷：调和各方的意见使之适中。

原文我读

我在元祐八年（1093）正月二十六日去见东坡先生。东坡先生对我说："近来给皇上（哲宗）讲课的时候，我很耐心细致地给他讲了君主的学习和一般臣民学习的区别。我们这些人在幼年的时候，由父亲和兄长督促带领着读书，起初的时候感到十分艰苦，慢慢地才知道好好读书，进而也知道了自己读书的兴趣和方向，时间久了，心中就会感到读书的快乐；既然有了喜欢和快乐的感觉，就会主动用功，奋力向前迈进。这就是古人所说的，懂得学习的人不如喜爱学习的人；喜爱学习的人不如以学习为乐的人。

"陛下你处于万人之上，本来就和一般人不同，如果必定要丰富知识、增进学问，也应当从你自己喜欢觉得有乐趣，并且已经有所感悟的地方入手。况且陛下的读书学习，不在博取名誉，也不是希求被他人了解，更不需要剖章析句以应对科举考试。然而，要想完全弄明白所有的奏疏，搞清楚臣下奏折所要表达的意思，同时还要应对复杂纷繁的各种政务，不通过读书学习，是不能有效调和各方的意见使问题得到恰当处理的。"

一时谬想

苏轼对宋哲宗说的这番话，有两层意思。一是向哲宗讲解有效学习的方法，二是督促哲宗读书并指导其进学路径。

苏轼以自己的亲身经历，详细说明了读书学习由低到高的层次变化。最低层次是把学习当作一种任务，有"父兄驱率"方能读书；然后稍高一个层次是把学习当作一种需要，古代很多读书人刻苦用功的基本动力都是为了考取功名，因为知道读书有用才读书；第三个层次是不再以读书为苦事，对学习有了一些兴趣，变得喜欢读书了；最高层次是把学习当作一件十分快乐的事情，这种情况下读书学习就会变得轻松愉快，并且愿意去下功夫钻研，成绩也会突飞猛进。苏轼说，这就是孔夫子所说的"知之者不如好之者，好之者不如乐之者"。

苏轼作为宋哲宗的经筵讲师，他对宋哲宗的读书精进是高度负责的。他告诉宋哲宗，你作为人主，居亿万人之上，尽管不需要因求名求知和科考登第下苦功夫读书，但要做一个优秀的君主，要想把纷繁复杂的政务处理得恰到好处，有利于国泰民安，就决不能放松了读书学习。苏轼又同时鼓励宋哲宗，正因为你学习不是为了功利，所以，你读书学习不用死记硬背，也不用拘泥于书经章句的辨析和记忆，而应该从自己喜欢觉得有乐趣，并且有所感悟的地方入手来用功。

苏东坡给宋哲宗讲的这两层意思，我们现在听来，也是应当有所裨益的。年轻人，包括还要在工作岗位上服务较长时间的人，应当知道学习、读书不是件轻松的事，须经过“父兄驱率”加压紧逼的阶段。所以，一定要吃得了苦，过了这个阶段，还要继续坚持下去，“既久”才会出现“中心乐之”“自进不已”的新局面。已经从工作岗位上退下来的人，包括职业自由度较高的人，因为也不需要“为章句科举计”了，不妨听听苏轼的话，“自好乐中有所悟入”，在自己喜欢、高兴又有心得的领域花一些工夫，读一些书籍，做一些研究，兴许，它会使我们的生命得到升华呢！因为苏轼还说过，人老了，得“勾当”一点“自家事”。

苏轼——这诏令我不敢执行

笔记原文

东坡为礼部尚书，宣仁[1]上仙[2]，乃与礼官与太常诸官直宿禁中，关决诸礼仪事。至七日，忽有旨下光禄[3]供羊酒若干，欲为太后、太妃、皇后暖孝[4]。东坡上疏，以暖孝之礼出于俚俗，王后之举当化天下，不敢奉诏。有旨遂罢。

词句简释

1 宣仁：即北宋宣仁太后，也称高太后。英宗皇后，神宗时尊为皇太后。元丰八年（1085）宋哲宗即位，尊为太皇太后，因哲宗年幼而秉朝政，改号元祐，起用司马光等为相，废除王安石新政，放逐变法派，史称元祐更化。高太后廉洁自奉，处事公正，她垂帘听政期间，朝政比较清明，因此也被称为女中尧舜。2 上仙：死亡的婉词。多用于帝王一类人物。3 光禄：官署名，宋称光禄寺，管皇室酒醴膳馐之政。4 暖孝：旧俗丧家于出殡前夕鼓乐宴客称“暖孝”。

原文我读

东坡先生做礼部尚书时，太皇太后高氏去世了，他和各位主事的礼官，以及掌管郊庙礼乐的所有官员都住在皇宫内值班，以便随时研究决定有关太皇太后丧葬礼仪的重大事项。到了第七天，忽然有圣旨颁布下来说，光禄寺将送来一些羊、酒等礼物，给太后、太妃、皇后“暖孝”。东坡先生知道后给宋哲宗上疏，说暖孝之礼，来自民间陋俗，作为王后，一举一动包括丧葬仪式都应做出榜样，以教育、影响、感化天下，使天下所有人的行为都符合道德礼仪。这个“暖孝”的诏令，我实在是不敢执行。随即就有旨意让停止了“暖孝”的相关事宜。

一时谬想

这则笔记中说的“宣仁”，即指宋英宗皇后、宋神宗皇太后高氏，宋哲宗即位后被尊为太皇太后，死后被宋哲宗谥为宣仁圣烈皇后。因哲宗登基时只有九岁，群臣奏请高太后垂帘听政。于是，五十四岁的高氏以太皇太后身份掌握国家权柄。高太后具有十分优秀的个人品格和执政才能，她性情贤德，从善如流，被后人誉为女中尧舜。高太后执政后，果断废除王安石新法，任用司马光为相，并带头厉行节约，勤俭办事，使得哲宗朝前期，北宋出现了最后一个经济繁荣、天下小康、政治清明、国势较强的时期。

高太皇太后是苏轼政治生涯的保护神，苏轼一生对高太后感恩戴德、崇敬万分。高太后死了，他强忍着内心的巨大悲痛，以礼部尚书身份率领所有管事的官员，每天就住在皇宫之内，所有丧葬事宜他都亲自过问、精心安排，以确保做到万无一失。当他听说宋哲宗下旨，要光禄寺送来酒肉菜肴给太后、太妃、皇后“暖孝”时，便再也忍不住了，立时给宋哲宗上疏，说这暖孝之礼来自民间陋俗，与国家礼制不合，与太皇太后上仙的氛围不合，与朝廷化成天下的使命不合，陛下您这个“暖孝”的诏令，为臣我实在是不敢执行！看，东坡居然抗旨了！

“暖孝”到底是一个什么样的活动，能惹得苏轼这么反感呢？尽管资料有限，但还是查到以下几个基本信息：第一，这一习俗起自民间，皇宫里搞暖孝是跟老百姓学的；第二，它具体的内容是在亡者出殡前夕，丧家邀请前来参加丧礼的客人饮酒吃饭，同时还要演奏鼓乐请人跳舞以助酒；第三，民间参加演艺的“歌舞俳优”，在现场“连笑伎戏”，与亡人悲戚气氛颇不相合。

在苏轼心中，太皇太后无疑是神圣的，她活着是尧舜，死了也要以她的丧礼化成天下。什么“暖孝”！他决不允许用这种低俗的形式来破坏丧礼的严肃氛围，也坚决反对任何人对高太后有丝毫不恭。

高太皇太后升仙了，自己的靠山就倒塌了，人生的悲剧马上也要开演了。这一点，苏轼比谁都清楚。但就是在这样的情势下，他不仅不向马上就要亲政的宋哲宗示好，而是对人家所下的旨意公然抗着不办，还以教训人的口吻说出一大堆道理来。不知道苏轼想过没有，这样做会有什么样的后果呢？扪心自问，苏轼能这样做，假如是我们呢？我们谁有这样的勇气呢？

每当我读到苏轼上疏说“臣不敢奉诏”这一行字时，我就仿佛看到了苏轼硬着脖子那种“二别子”劲儿，“明知山有虎，偏向虎山行”十个大字，就会飘然出现在我的脑海里。

李廌——他应当听听东坡先生这话

笔记原文

（苏过苏）叔党又曰：蒲公有大洗面、小洗面、大濯足、小濯足、大澡浴、小澡浴。盖一日两洗面、两濯足，开日[1]则浴焉。小洗面、一易汤，用二人，惟颒其面而已。大洗面、三易汤，用五人，肩颈及焉。小濯足、一易汤，用二人，惟踵踝而已。大濯足、三易汤，用四人，膝股及焉。小澡浴，则汤用三斛[2]，人用五六。大澡浴，则汤用三斛，人用八九。口脂、面药、熏炉、妙香次第用之，人以为劳，公不惮也。盖公以文章显用，为时大臣，志气磊落，奉养雅洁故也。顷公有书与东坡，自云晚年有所得。东坡答之曰："闻所得甚高，固以为慰，然复有二，尚欲奉劝，一曰俭，一曰慈。[3]"此言，真蒲公之所当闻也。

词句简释

1 开日：黄历中的特有词汇，十二值日之一，每月有开日二至三个。此日开通顺利，百事可行。四库全书本“开日”作“间日”。2 斛：旧量器名，亦是容量单位，一斛本为十斗，宋代改为五斗。一斛粮食约六十斤。3 一曰俭，二曰慈：《老子》第六十七章：“我有三宝，持而保之：一曰慈，二曰俭，三曰不敢为天下先。慈，故能勇；俭，故能广；不敢为天下先，故能成器长。”

原文我读

（苏过）苏叔党还说：资政殿学士蒲宗孟先生平时洗漱十分讲究，有大洗面、小洗面、大濯足、小濯足、大澡浴、小澡浴之分。一般是一天洗两次脸，洗两次脚，逢开日要洗一次澡。小洗面时中间要换一次热水，需要两个人伺候，只是洗一下面部罢了。大洗面时要换三次热水，用五个人帮忙，脖子和肩部都要洗到。小濯足时中间换一次热水，由两个人侍奉，只是洗到脚后跟再到踝骨处。大濯足时要换三次热水，由四个人侍奉，要洗到膝盖以至大腿处。小澡浴需用热水三斛，要五六个人帮忙；大澡浴也是用热水三斛，但是得八九个人伺候。每次洗漱完毕，口脂、面药、熏炉、妙香一样接着一样地使用，人们都以为这太劳烦人了，但蒲宗孟却一点儿也不在意。这大概是因为蒲宗孟学问精深，见识广博，朝廷重用，志向远大，风度英武，在保养上格调清雅、注重清洁的缘故吧！早些时蒲宗孟给东坡来信，说自己晚年保养精致日子过得惬意。东坡回答他说：“听说你很注意保养，自然是感到十分欣慰。然而，我还要给你提出两条意见请你注意，一条叫勤俭，一条叫慈善。”这话，蒲宗孟先生应当认真听听的啊！

一时谬想

蒲宗孟是北宋历史上一个颇有争议的人物，年轻时为人正直，踏实上进，但晚年却以“酷吏”和“侈汰”形象闻名于北宋朝野。史书上说，蒲宗孟任地方官期间，喜用苛政峻法，知郓州时，因“郓素多盗”，“虽小偷微罪”，抓获后“亦断其足筋”。由此，可见其残忍程度。史书上还说，“宗孟趣尚严整而性侈汰”。侈汰，就是奢侈无度的意思。苏过所说的“蒲公有大洗面、小洗面、大濯足、小濯足、大澡浴、小澡浴”，便是蒲宗孟穷奢极欲、挥霍无度的一个具体例证。

蒲宗孟调入京师后，主管朝廷账司，得以“藏帑丰”，其铺张行为，不仅苏过记下了，连惜墨如金的《宋史》对此也有具体的记载。一个大宋的州府级官员，居然能享乐到如此程度，老百姓焉能不苦？国家怎能不穷？由此，对王安石变法的艰难和阻力，我们也可以得见一斑。像蒲宗孟这样过着享乐日子的官僚阶层，他们容许你剥夺他的特权吗？他们会心甘情愿地放弃已有的“美好”生活吗？

蒲宗孟当年也曾是一个有情怀的人！他二十五岁中进士，先在四川奉节掌管司法事务。宋英宗治平年间，全国多处发生严重的水灾和地震，这原本和他没什么关系，但他坐不住，给朝廷上疏，谴责相关官员救灾不力，给年轻的宋神宗留下了深刻印象。宋神宗即位后，立刻将其调入京师委以重任。我想不明白，同样一个人，在地位和环境发生变化之后，为什么会一下子变得又狠毒又腐化了呢？

苏、蒲两大家族，有着多重的姻亲关系和世代友谊，“三苏”出川来京，多在蒲家落脚停留。苏轼和蒲宗孟，在文学上颇有共同语言，但在为官和修为上，两人却大相径庭，完全是两类人。不过，苏轼还是很在意两人之间的感情的，当他看到蒲宗孟来信“自云晚年有所得”时，便想起了他过去的种种作为，于是，引用老子在《道德经》里说过的话，奉劝蒲宗孟“一曰俭，二曰慈”。“俭”“慈”二字，于蒲宗孟来说，真可谓是对症下药，正中要害。只是不知道，苏轼这番苦心，是不是起到了作用。我估计，苏轼这话怕是白说了！

据《南部县志》记载，宋哲宗元祐元年，已经五十八岁的蒲宗孟，在家乡建“清风楼”藏书，并告诫子弟：“寒可无衣，饥可无食，书不可一日无。”说这话的人，和洗浴时大肆铺张的蒲宗孟，他是一个人吗？

苏轼

请每日五更起床

笔记原文

东坡公云：日者王实、王宁见访。实，韩持国少傅之婿也。因问："持国安否？"实、宁皆曰："自致政，尤好饮。尝自谓人曰：'吾已癃老，且将声乐酒色以娱年，不尔无以度日。'"东坡曰："惟其残年，正不当尔。君兄弟至亲且旧，愿为某传一语于持国，可乎？"实、宁曰："诺。"坡曰："顷有一老人，未尝参禅，而雅合禅理，死生之际极为了然。一日，置酒大会亲友，酒阑，语众曰：'老夫即今且去。'因摄衣正坐，将奄奄焉。诸子乃惶遽呼号，曰：'大人今日乃与世诀乎？愿留一言为教。'老人曰：'本欲无言，今为汝恳，只且第一五更起。'诸子未喻，曰：'何也？'老人曰：'惟五更可以勾当自家事，日出之后，欲勾当则不可矣。’诸子曰：‘家中幸丰，何用早起，举家诸事，皆是自家事也，岂有分别？’老人曰：‘不然，所谓自家事者，是死时将得去者。吾平生治生，今日就化，可将何者去？’诸子颇悟。今持国果自以谓残年，请二君言与持国，但言某请持国勾当自家事，与其劳心声酒，不若为死时将去者计也。”

原文我读

东坡先生说：最近，王实、王宁兄弟一起来访。王实是韩维（字持国）的女婿。谈话之际，我问他俩：“持国最近的生活起居怎么样啊？”王实、王宁兄弟回答说：“老人自从辞官退休以后，就特别喜欢热闹。他曾对别人说：‘我已经很老了，身体也不好，姑且靠声乐酒色来使晚年生活过得快乐一点，如果不这样的话，日子简直就没法过下去。’”东坡先生说：“正因为他此生所余时光不多，所以这样做就更错了。你们弟兄跟持国先生，既是至亲，还是世交，请你们替我传一句话给持国先生，可以吗？”王实、王宁回答说：“当然可以！”

东坡先生接着说：

“不久前，有一位老人，他虽然未曾学佛参禅，但他的所作所为却颇合禅理，尤其对生死之事看得非常透彻，去世之前思维非常清晰。一天，他设置酒宴，把所有的亲朋好友都喊来聚会，酒宴将要结束时，他对众人说：‘老夫我今天就要离开你们了。’于是，老人穿戴整齐，正襟危坐，一会儿气息便微弱了。几个儿子见状，惊慌害怕起来，哭喊着央求老人：‘大人今天您是不是就要与世长辞了？恳请您能留下一些话作为给儿孙们的教导。’老人慢慢睁开眼睛说：‘本来，我已经不想再说什么了，今天看你们这样诚恳地要求，就说一句吧：第一要紧的事就是五更起床！’几个儿子都不明白父亲这话是什么意思，便问：‘为什么呢？’老人回答说：‘只有五更起来，才可以打理自己的事情，日出之后，就是想干也干不成了。’孩子们还不明白，说：‘咱家日子过得快乐、富裕，哪里还用得着早起呢！况且所有家中的事，都是自家事，难道还有什么区别吗？’老人说：‘不是这样的。所谓自家事，就是在自己死的时候，为能够携带到另一个世界的东西所做的事情。你们看我一辈子经营得这么大的家业，今天我就要死去了，能把什么东西带走呢？’老人说到这儿，孩子们终于领悟了父亲说的‘第一五更起’这句话的深意。

“现在，持国先生如果真的认为自己已经到了晚景，请你们两位捎话给他，就说我苏轼请他今后一心一意‘勾当自家事’，与其劳心于声色酒乐，不如在自己死去时能带走的东西上花一点工夫。”

一时谬想

看来，王实、王宁两兄弟当真和苏轼关系不错，一则两兄弟相伴专程来访问苏轼，二则苏轼能推心置腹、不厌其烦地讲给王实岳父那么多话。两个方面，都很感人。

闲谈之中，苏轼专门向王实兄弟打问韩持国的生活起居，当得知持国老人致仕后以“且将声乐酒色以娱年，不尔无以度日”时，苏轼当即就向兄弟俩表明自己的态度：“惟其残年，正不当尔。”——正因为他已经风烛残年，才更不应该这样做！然后带着恳切的语气请求王实弟兄：“你们弟兄和持国先生既是至亲，又是世交，请你们替我传一句话给持国先生，可以吗？”苏东坡说话，真个是立场鲜明、干脆利落！无怪乎弟弟苏辙说他：“兄长见善称之，如恐不及；见不善斥之，如恐不尽。”

苏轼在文中批评的韩持国，可是一个不简单的人物！韩持国本名韩维，字持国，许昌人，标准的名门之后，外祖父是宋初名相王旦，父亲韩亿官至参知政事，兄长韩绛官至宰相。韩维以父荫入仕，因学识出众，经欧阳修举荐，升任龙图阁学士兼经筵侍讲。后因与王安石政见不合，加之其兄韩绛已担任宰相，被屡放外任。宋哲宗时，拜为门下侍郎，封南阳公，以太子少傅致仕。享年八十二，有《南阳集》三十卷行世。

老话说，自古难保是晚节。古往今来，多少英雄豪杰、多少文人雅士，因为晚节不保，让后来人为之扼腕叹息。唐代著名大诗人白居易，晚年沉湎于女色，曾蓄养大量家伎，且在十年内三次大批予以更换，因此而使其形象大受损害。苏轼笔记中多次提到的北宋名臣寇准，为人刚直，敢于言事，在抵抗辽国时功勋卓著，受到万民景仰。但晚年的寇准，个人生活上追求新潮时尚，喜好歌舞酒宴，且极度铺张浪费，他府上连厕所、马厩都要燃上在当时价格非常昂贵的蜡烛，因而也常常被人诟病。李廌笔记里说到的这个韩持国，要不是苏轼及时予以提醒，差点也因“且将声乐酒色以娱年”而葬送了他一世英名。

在苏轼讲给王实、王宁弟兄的故事里，那位在“死生之际极为了然”的“老人”，于“将奄奄焉”中回过神来之后，给儿子们讲了两个观点，一是必须五更起床，只有五更起床才能“勾当自家事”；二是所谓自家事，就是人为了在自己死亡时能带走的东西所做的事。“老人”话说完了，苏轼后边还加有四个字：诸子颇悟。看来，这老人的儿子也不简单：父亲寥寥数语，大家便都听明白了。

“老人”说的这两点，我琢磨了好些天，有时似乎明白一点，可往深处再一想，还是觉得十分茫然。比如这要勾当的“自家事”，它到底是什么样的事呢？“老人”说给我们有答案：“是死时将得去者。”按字面意思理解，就是“死亡时可以携带到另一个世界的东西”，可这不对呀，“东西”是物，怎么可以称“事”呢？是不是可以这样理解，所谓自家事，是在自己死了的时候，为自己能够携带到另一个世界的东西而做的事情？可这人死的时候，能带走什么东西呢？金钱带不走，房子带不走，子女更带不走，算来算去，真的是什么也不能带走的！但是，又觉得“老人”说的似乎也有道理。要不然，谁还珍视生命呢？

和生命密不可分的，首先是我们的身体。人在死亡的时候，如果能有一个“健康”的身体，经过一辈子的奔波，最后无疾而终，寿终正寝，那就是一个高质量的生命，一个不给家人和社会增加累赘的生命。所以，要身体健康，把身体调养好，应当是我们每个人，尤其老年人必须认真“勾当”的事情。老了，仍然“且将声乐酒色以娱年”，身体肯定是好不了的。

唯心主义者认为，灵魂是不灭的。人死了，能够带走的，自然还有灵魂，安顿好自己的心灵，给灵魂营造一片清澈的世界，也应当是每个人要“勾当”的事情。在我们唯物主义者看来，灵魂是不存在的，但我们仍然可以从另外一个角度来理解和认识“老人”所说的“自家事”，那就是让自己“心安”，就是做到“无愧”，就是奥斯特洛夫斯基所说的，“当他回首往事的时候，不因虚度年华而悔恨，也不因碌碌无为而羞耻”……

苏轼故事中的那位“老人”，还叮嘱儿子们必须五更起床，说“惟五更可以勾当自家事”，而“日出之后，欲勾当则不可矣”，这又是为什么呢？其实，苏轼讲这个故事，最令我感到震撼的，就是故事里的“老人”嘱咐“诸子”必须五更起床这句话。交五更，是凌晨三点；五更尽，是凌晨五点。三点到五点，由万籁俱寂到东方渐渐露出鱼肚白，多么美妙的一段时光啊！书桌前，晨曦里，捧一本书，没有电话响，不听孩子闹……想想，就很美！

“五更起床”“勾当自家事”，苏轼拿来说给持国老人听的，而故事中的“老人”原本是说给“诸子”听的。看来，这话对于哪个年龄段的人都适应，是否真管用，不妨一试。

第四章

读《梦溪笔谈》

《梦溪笔谈》

沈括，《梦溪笔谈》，人和书大家都熟悉，因为中学课本里那篇关于活字印刷术的课文，就选自沈括的《梦溪笔谈》。在很多人的印象里，《梦溪笔谈》是一部关于古代中国自然科学和工程技术的专著。其实，在这部书里，记述并阐发自然科学和工程技术的内容，只占三分之一多一点，大量的还是关于政治、权智、音乐、书法、文学、历史等方面的内容。所以，《梦溪笔谈》是一部兼具考据辩证和历史琐闻的综合性笔记。

宋神宗元丰五年（1082），沈括被贬官后隐居润州梦溪园，专心著述。因每日“所与谈者，唯笔砚而已”，书成之后，遂将园名“梦溪”二字与“笔谈”串列作为书名。大概是作者受当时的“罪臣”身份影响，该书所记内容大都是“不系人之利害者”，凡帝王私事、朝政得失、人事毁誉，包括作者

自己的仕途遭遇等，书中都刻意予以回避。

沈括（1031—1095），字存中，北宋科学家、政治家。杭州钱塘人，嘉祐八年（1063）进士及第，熙宁九年（1076）任翰林学士，权三司使。后知延州（今陕西延安），任鄜延路经略安抚使。元丰五年（1082），受徐禧失陷永乐城（今陕西米脂）牵连被贬。晚年居润州，筑梦溪园（在今江苏镇江东），举平生所见，撰《梦溪笔谈》。沈括博闻多学，于天文、地理、律历、音乐、医药等都有研究。

包括祖本在内的《梦溪笔谈》宋刻本早已散佚，现在所能见到的最古版本是元大德九年（1305）东山书院刻本，该本是为善本，其流传清晰，版本有序，历经各朝代，数易藏主，1965年，在周恩来总理主持下，于香港购回，现收藏于中国国家图书馆。

沈括——我曾亲眼见到这事

笔记原文

学士院第三厅学士阁子，当前有一巨槐，素号“槐厅”。旧传居此阁者多至入相。学士争槐厅，至有抵彻[1]前人行李而强据之者。余为学士时目观此事。

词句简释

1 抵彻：扔弃。

原文我读

学士院第三厅学士居住的小阁子前面，长有一棵巨大的槐树，所以，第三厅一向被人们称为“槐厅”。很久以前就有传言说，住过这个小阁子的学士，大多都能当上宰相，因此学士们都争着要住到槐厅里去，甚至出现了一到任就马上搬出前边学士的行李而强行占据此厅的人。

我做翰林学士时，曾亲眼看到过这样的事情。

一时谬想

槐厅之贵不在槐，在乎旧传之验也！读沈括这则小记，欧阳修《醉翁亭记》中的名句便立刻涌现在脑际。偷梁换柱，“谬想”开头这句话便“得来全不费工夫”了。

一个大宋王朝，在“槐厅”住过的学士究竟有多少人，最终到底有几个当上了宰相，沈括没说，估计编纂《宋史》的脱脱也没有顾得上统计。我想，肯定会有不少，甚至还可能会有两三个相继都当上宰相的。不然，就不会有“居此阁者多至入相”的传说了，这个“槐厅”便没有学士去“争”着入住了。不过，这“槐厅”也绝不会任谁住进去就指定能当上宰相的。要真是那样，这间学士阁的床铺，朝廷是不会让学士们随意去争抢的。

为什么会有在槐厅里住过的学士就能当上宰相这样的传说呢？在我看来，这不是那小房子有什么灵验之处，也不是那棵神槐在护佑住在“槐厅”的人，而是能来这屋子里住的学士，原本都已经是时代精英，都已经具备了做宰相的基本条件。可能的情况是，一开始，有一个在槐厅里居住的学士当上了宰相，后来，新住进去的学士想着这个地方神奇，在这里住上一段时间就能当上宰相，便也要努力工作，争取也当上宰相。这样一使劲，人的潜能发挥出来了，朝廷的差遣便会做得更加齐整，最后自然会得到重用。所以，与其说这是一种迷信，倒不如说这是一种心理因素在起作用。

想往槐厅里住不是一件坏事，但是性子太急了不好。强行把人家的行李搬出去，更不好，有辱斯文。其实，只要肯努力，住哪里都一样。反过来，你要没那两把刷子，就是让你住进去了，到后来你还会自己把自己的铺盖卷悄悄搬走的！

沈括——桂树碎屑可以杀草木

笔记原文

杨文公《谈苑》[1]记江南后主[2]患清暑阁前草生，徐锴令以桂屑布砖缝中，宿草[3]尽死。谓《吕氏春秋》云“桂枝之下无杂木”，盖桂枝味辛螫[4]故也。然桂之杀草木，自是其性，不为辛螫也。《雷公炮炙论》云：“以桂为丁，以钉木中，其木即死。”一丁至微，未必能螫大木，自其性相制耳。

词句简释

1 杨文公《谈苑》：中华书局本为《杨文公谈苑》，本书据大象出版社本改。2 江南后主：即南唐后主李煜。3 宿草：隔年的草。4 辛螫：xīn shì，毒虫刺螫人。

原文我读

杨亿杨文公的《谈苑》中有这样的记载：南唐后主李煜讨厌清暑阁前长

草，徐锴便命人把桂树枝子碾成碎屑，撒到地上的砖缝里，很快，连隔年生长的杂草都全部死掉了。有人认为《吕氏春秋》中讲的“桂枝下面没有其他树木生长”，很可能是桂枝的气味能螫死草木的缘故。然而，桂树之所以能杀死草木，自然是它本身固有的特性造成的，并不是用它的气味去刺螫草木的。《雷公炮炙论》上说：“把桂木做成小丁子状，钉在其他树木上，那棵树很快就会死掉。”一个木丁是极其微小的，未必能有足够的气味去螫死一棵大树，这应当是它们的特性相互制约罢了。

一时谬想

夜读《梦溪笔谈》，至“桂屑除草”一节，忽然记起寓所小楼之前，就有老桂十株。抬腕看表，方交子时，遂持手电筒下楼往树下查看，真的寸草不见。但仍是疑惑，或许是树下条件恶劣，未必就真的如杨文公《谈苑》所记。

第二天早上，匆匆进得寓所附近游园，望见一排小桂，每一棵都鸡蛋般粗细，树上的叶子簇拥着油光闪亮，而树下杂草如常。正在庆幸昨晚所疑不差，无意间往远处瞟了一眼，见半山坡上，两棵老桂蓊蓊郁郁，那树下，竟也是光秃秃一根杂草都没有。这是怎么回事呢？走近两棵老桂，见树下满地枯枝，突然间明白了：这小桂树正青春年少，津脉旺盛，尚无枯枝落地，那“割草的刀子”还悬在树上呢！

早在两千多年前，我们的先人已经发现了“桂枝之下无杂木”的现象；九百多年之前，沈括已经猜测到了“其性相制”的杀灭机理。而今天的我们，又有多少人注意到这个问题了呢？想想，真是应该为自己的马虎和孤陋感到羞愧！

无论是月宫中可以开花酿酒的月桂，还是人世间能够入药医病的木樨，在我心目中，尽是清爽、香绝、高雅、温润、敦厚、赏心、香郁等美好的形象，忽然间得知它还有这样凶狠的一手，心里一时还转不过弯来，竟有些不是滋味。

沈括——“除”字此处作“易”讲

笔记原文

除拜官职，谓“除其旧籍”，不然也。“除”，犹“易”也，以新易旧曰“除”，如新旧岁之交谓之“岁除”。《易》：“除戎器，戒不虞”，以新易弊，所以备不虞也。阶谓之“除”者，自下而上，亦更易之义。

原文我读

不少人认为除拜官职是“解除其原任职务”的意思，这种理解是错误的。这个“除”犹如当交换讲的“易”，以新换旧叫作“除”，如新旧岁之交的那一天就称为“岁除”。《易经》上说“除戎器，戒不虞”，意思是用新的兵器更换掉旧的兵器，以防备出现意料之外的灾祸。而台阶之所以被称为“除”，是因为登台阶要自下而上，也是更换的意思。

一时谬想

以前读王安石的《元日》，对“爆竹声中一岁除”的“除”字怎么解释，一直心中都非常纠结。因为隔一句便是“千门万户曈曈日”，既然太阳已经普照大地，旧的一岁已经过去三四个时辰了，怎么会是在刚刚听到的“爆竹声中”才“除去”的呢？王安石是文字大家呀，他怎么会搞错呢！沈括这一讲好了，这里“除”字的本意是“交换”，原来王安石看到的是旧年新岁的变换过程啊！文天祥的《指南录后序》和朱柏庐的《治家格言》中，都用到了这个“除”字：

> ——德祐二年二月十九日，予除右丞相，兼枢密使，都督诸路军马。（《后序》）
>
> ——黎明即起，洒扫庭除，要内外整洁，既昏便息，关锁门户，必亲自检点。（《格言》）

两处使用的“除”字，你原来是怎么理解的呢？现在不妨按“改任”和“台阶”来解释一下，看看是不是更合乎情理呢？

宋寇准可比晋谢安

沈括

笔记原文

景德中，河北用兵，车驾欲幸澶渊，中外之论不一，独寇忠愍赞成上意。乘舆方渡河，虏骑充斥，至于城下，人情恟恟[1]。上使人微觇[2]准所为，而准方酣寝于中书，鼻息如雷。人以其一时能镇物[3]，比之谢安。

词句简释

1 恟恟：通“汹汹”，形容人心浮动，混乱不安。2 微觇：暗中偷偷窥视。觇，chān，窥视、观察。3 镇物：谓使众人镇定。文中指能控制局面，稳定人心。

原文我读

宋真宗景德年间，大宋和辽国在黄河以北地区交战，宋真宗准备御驾亲征澶渊，朝廷内外意见不一，唯独寇准寇忠愍公赞成真宗的想法。

宋真宗的车驾刚刚渡过黄河进入澶渊城中，敌人的骑兵便蜂拥而至，很快便冲到澶州城下，一时间人心浮动，一片混乱。宋真宗让人暗中悄悄观察寇准的活动，而寇准这时候正在帐中酣睡，鼻息声如打雷一般。

人们因为寇准在关键时刻能镇定自若、稳定军心，把他比作东晋的丞相谢安。

一 时 谬 想

有史料记载，宋真宗这次御驾亲征，并不是他自己的主意，而是被寇准逼着来到澶渊的。

自宋太宗两次征辽失败后，整个大宋朝，从君主到文武大臣，以至普通百姓，都患上了“恐辽”症，一说辽兵来了就腿肚子转筋吓得要死。宋真宗景德元年（1004），当辽军南下的消息传到汴梁，宋廷朝野震动，真宗畏敌，欲迁都南逃，大臣王钦若和陈尧叟甚至为逃往何处争吵起来。宰相寇准力请宋真宗赵恒御驾亲征，才稳定了大宋军民；后来，面对来势汹汹的辽兵，是寇准在中军大帐如雷的鼾声才又让惊慌失措的宋真宗镇静下来。这样，才有了澶渊之盟，才有了宋辽边境近百年间的安定。

当时，大宋是比较弱，不过辽国也不是特别强大，它正希望宋朝不抵抗早点投降呢！可是，如果没有寇准的力挺，中国的历史就会是另一个样子了。诚然，历史是人民创造的，但关键时刻关键人物的作用，也是十分重要的。

外有大军压境险情，内有护驾重任在肩，好一个寇准，居然能够酣然入睡，非胸中有万千丘壑，是断然做不到的。

王旦——我今天不想吃肉

笔记原文

王文正太尉局量宽厚，未尝见其怒。饮食有不精洁者但不食而已。家人欲试其量，以少埃墨[1]投羹中，公唯啖饭而已。问其何以不食羹？曰："我偶不喜肉。"一日又墨其饭，公视之曰："吾今日不喜饭，可具粥。"其子弟愬[2]于公曰："庖肉为饔人[3]所私，食肉不饱，乞治之。"公曰："汝辈人料肉几何？"曰："一斤，今但得半斤食，其半为饔人所廋[4]。"公曰："尽一斤可得饱乎？"曰："尽一斤固当饱。"曰："此后人料一斤半可也。"其不发人过皆类此。尝宅门坏，主者彻屋新之。暂于廊庑下启一门以出入。公至侧门，门低，据鞍俯伏而过，都不问。门毕，复行正门，亦不问。有控马卒，岁满辞公，公问："汝控马几时？"曰："五年矣。”公曰：“吾不省有汝。”既去，复呼回曰：“汝乃某人乎？”于是厚赠之。乃是逐日控马，但见背未尝视其面；因去见其背方省也。

词句简释

1 埃墨：烟灰。《孔子家语》：“颜回仲由炊于坏屋之下，有埃墨堕饭中……”2 愬：sù，同“诉”，投诉、告状之意。3 饔人：古官名，掌切割烹调之事。泛指厨师。饔，yōng。4 廋：sōu，藏、隐藏。

原文我读

王文正公王太尉为人宽厚有度量，从没有人见他发过脾气。

遇到饮食有不干净的情况，王旦只是不吃罢了，从不多说什么。有一天，他的家人想试一下他的度量，就拿一点烟灰放到肉羹中，他察觉到不对，却什么也没说，只吃米饭而已。有人问他为啥不吃肉羹，他答道：“我今儿个不知啥原因，就是不想吃肉。”又一日，家人在他吃的米饭里弄了些烟灰，他看见饭不干净后说：“我今天不想吃米饭，给我送过来一点粥吧。”

他的子侄们向他告状说：“送到厨房的肉都让厨子私吞了，我们吃的肉不够数，大家都吃不饱，请你惩治一下这些厨子。”王旦问说：“每人每天应给你们吃的肉是多少？”大家回答说：“每天一斤。但现在每天只能吃到半斤，另外一半都让厨子给藏起来了。”王旦说：“让你们每人每天吃够一斤可以吃饱吗？”子侄们回答说：“吃足一斤当然可以吃饱了。”王旦说：“今后每人每天按一斤半买肉给你们不就行了。”他不去揭露别人过错的好些情况都和这差不多。

有一次，王旦家院子的大门坏了，管事的人拆掉门房进行整修。暂时从门廊下开了一个侧门让大家出入。王旦到了侧门跟前，因为门太低，他就在马鞍上俯下身子走了进去，竟然一句话都没有问。等大门修好了，仍改由正门进出，还是什么也没有问。

有个为王旦牵马的小卒，服役期满向他辞行，他问：“你牵马多长时间了？”那小兵卒回答说：“已经五年了。”王旦说：“我不记得有你。”士卒转身离去时，王旦又把他叫了回来，说：“你就是为我牵马的某某吧？”于是让人拿了好多财物赠送给这个士卒。王旦开始没有认出他是因为士卒每天牵马，王旦只看见他的脊背，不曾看见过他的面目；当士卒转身离去时又看见了他的背部，这才醒悟过来。

一时谬想

饭菜脏了，不吃而已。有人克扣，多供可矣。拆房改门，随你弄去！控马五年，只记其背影。由此四个故事，王文正公的宽厚、大度、仁慈、专注，便都清清楚楚了。

沈括所记的这几件事，都应发生在王旦在朝廷里已经有了很高的职位之后。要是换作一般的人，饭菜里你给我一疙瘩黑灰，非得大发雷霆不可；给家人吃的肉你当厨子的竟敢隐匿一半，你不想活了吧！可王旦呢？不仅没有生气，还很轻松地替人家开脱。拆门的事不管不问，控马卒跟了五年竟不认识，表面上看起来是马虎，不用心，而实质上这正是王旦超凡脱俗之处。

“春有百花秋有月，夏有凉风冬有雪。若无闲事挂心头，便是人间好时节。”宋代无门慧开禅师这四句诗，就是在劝诫人们不要把那些鸡毛蒜皮的小事放在心里，凡是无关原则的错谬，都不要去刨根问底；所有与大局无干的小事，看见都只当没看见。如能这样，人就会省却许多烦恼，心胸自然会宽阔起来，就会觉得这世界随处都是令人赏心悦目的好风景。

心里啥时候要是觉得不自在，就想想王旦王文正公的这几个小故事，念念无门慧开禅师的这首诗，也许就会好一些的。

沈括

这些事他都没放在心上

笔记原文

李士衡[1]为馆职，使高丽，一武人为副。高丽礼币[2]赠遗之物，士衡皆不关意，一切委于副使。时船底疏漏，副使者以士衡所得缣帛[3]藉[4]船底，然后实己物以避漏湿。至海中，遇大风，船欲倾覆，舟人大恐，请尽弃所载，不尔船重必难免。副使仓惶，悉取船中之物投之海中，更不暇拣择。约投及半，风息船定。既而点检所投，皆副使之物。士衡所得在船底，一无所失。

词句简释

1 李士衡：北宋人，当时在昭文馆任编校。2 礼币：用作馈赠、贡献的礼物。3 缣帛：丝织品、绸缎。4 藉：垫。

原文我读

李士衡在昭文馆任职时，朝廷派他出使高丽，还安排一名武官做他的副手。

作为外交使节，高丽国按照外交礼仪赠送给他们一些礼物，对此，李士衡压根儿就没有当回事儿，一切都委托给副手去处理。他们回国所乘的木船底部船板不够严密，感觉有些渗水。装船时，副手把高丽送给李士衡的细绢等丝织品都垫在舱底下，然后才放自己所得的东西，以避免被海水浸湿。

木船航行到海里之后，遇到了大风，眼看木船将要倾覆，船工非常恐惧，请求把所装载的东西全都丢弃到海里去，还说如果不这样做，船太重了，必定要翻船死人。这个副手听了，仓皇不知所措，抓起船里的东西便往海里扔，也没有顾上去挑选。大约投到一半的时候，风停了，船又稳定下来。

过了一会儿，他们清点船上的货物想看看刚才投到海里的都是什么东西，一看竟都是副使的物品，而李士衡的东西因为都在船底，一点也没受损失。

一时谬想

“高丽礼币赠遗之物，士衡皆不关意”，是这篇短文最精彩的一句话，尤其是“皆不关意”四个字，一下子就把一个谦谦君子的形象给烘托出来了。

在李士衡看来，我的任务是出使，不辱使命、报效朝廷是头等大事，至于那点东西，有它五八，没它四十，压根儿就没有看到眼里。我想，那李士衡自完成使命之后，一定是全身舒泰，气定神闲的。风浪起来时，可能会紧张一会儿，但很快便又归于平静。孔子说：“君子坦荡荡，小人长戚戚。”估计那位副使先生从听到高丽国有礼品相赠开始，心里便“戚戚”起来：给我多少，给他多少？给我的好，还是给他的好？是把我的东西放船底，还是把他的东西放船底？等到发现自己的东西都扔到了海里，连肠子都悔青了，在一遍又一遍责骂自己的同时，一路上或许还会成百上千次地想：姓李的那么多东西，会不会分给我一些呢？

程子曰：“小人役于物，故多忧戚。”这副使，为一点礼品，“戚戚”一路，多难受啊！可这，又怨谁呢？

孙之翰——再好我也不要

笔记原文

孙之翰人尝与一砚，直三十千。孙曰："砚有何异而如此之价也？"客曰："砚以石润为贵，此石呵之则水流。"孙曰："一日呵得一担水，才直三钱，买此何用？"竟不受。

原文我读

有人曾经送给孙之翰一方砚台，并说这砚台可值钱三十千。孙之翰问道："这砚台有什么特别之处，竟然能值这么多钱？"来人说："砚台以石料的润泽为贵，对着石料呵口气，就会有水珠在上面流动。"孙之翰回答说："就是一日呵得一担水，不过才值三个钱，买这玩意儿有什么用呢？"最终坚决不接受这方砚台。

一时谬想

我们先看看这方"神砚"是怎样出场的——"孙之翰人尝与一砚，直三十千。”这里，沈括用了一个“与”字，它是什么意思呢？许慎在《说文解字》里这样写道：“与，赐予也。一勺为与。”原来，有人是要拿这方“神砚”贿赂孙之翰啊！

孙之翰大概是看透了“与”砚人的目的，才故意问他“砚有何异”，然后说出既是揶揄，又清楚表明态度的话来：“它就是一日能呵得一担水，又该值几个钱？不要，就不要！”孙之翰同时也体谅“与”砚者的处境，在坚决不要的同时，巧妙地使用了一个“买”字：“你是想卖给我的啊，我买它真的没有用处！”

人在仕途，拒绝也是一个基本功夫。有好多人吃亏，就是因为缺乏拒绝的勇气，甚至是缺乏拒绝的能力，不得已收下东西而最终受到处理的。学学孙之翰，再好的东西，都是身外之物，全没用；再黏缠的送家儿，都要抱定了主意，反正我不要！同时，还没学会一些拒绝的方法和技巧，尽量把“不要”的副作用降低一点。

王安石——你说破天我都不要

原文照抄

王荆公病喘，药用紫团山人参[1]，不可得。时薛师政[2]自河东还，适有之，赠公数两，不受。人有劝公曰："公之疾非此药不可治，疾可忧，药不足辞。"公曰："平生无紫团参，亦活到今日。"竟不受。公面黧黑，门人忧之，以问医。医曰："此垢汗，非疾也。"进澡豆[3]令公颒面[4]。公曰："天生黑于予，澡豆其如予何！"

词句简释

1 药用紫团山人参：药方中需要用到紫团山出产的人参。2 薛师政：即薛向，字师政，宋元丰年间知枢密院，书称其善于经商和管理财务。3 澡豆：魏晋南北朝时期发明的一种高档卫生清洁用品，以豆粉添加药品制成细丸状，开始只有达官贵族方可用起，所以，当时说一个人不懂上流社会的卫生习惯叫"不识澡豆"。4 颒面：洗脸。颒，huì。

古文今读

王荆公王安石患有很重的哮喘病，治这种病的药方中需要用到紫团山出产的人参，但这个药很难买得到。正在家人为此作难的时候，薛师政自河东回到京师，他手里恰好就有这个药，听说后要送给王安石几两，王安石却坚决不接受。有人劝王安石说："您的病没有这味药不能治好。你的病很叫人担忧，这点药并不值得推辞。"王安石回答说："我一辈子没有用紫团参，也活到了今天。"最终也没有接受。王安石面色粗黑，他的门生们很忧虑，去问医生。医生说："这是汗水混合污垢造成的，不是病。"门生又进献澡豆请王安石洗脸，王安石竟回答说："这是上天让我生成这么黑的，澡豆又能拿我有什么办法呢?"

一时谬想

蒋介石说："我对中国古代的政治家，在秦汉以前则推周公，至于秦汉以后的政治家，所最佩服的就是王安石。"

王安石在个人修为方面的固守与坚持的确让人敬重。他一生严守"分外之财，分文不取"的信条，连别人送来治病的药物和洗脸用的澡豆都不要，而且生活俭朴，不迩声色。所以，他尽管政敌很多，曾被两度罢相，但没有人敢攻击他贪腐，在世人面前，他自始至终都是一副正人君子的形象。

王安石在推进改革上的顽强与执着令人钦佩。王安石从少年时代起，就以"不做大官，但做大事"定位自己的人生。在推进改革的过程中，他面对保守派的激烈反对，像一个手持长矛的斗士一样，催动胯下战马，奋力冲突，勇往直前。对王安石的改革，尽管有很多不同的声音，但他的坚守和顽强，就是他的政敌也不得不表示佩服。

王安石在治学、作文上的较真与严谨催人奋进。古代传奇小说中讲，王安石为挫杀苏东坡的傲气，指其书房满架书籍对苏东坡说，你随意抽出一本，然后任意翻一页，无论读出其中任何一句，我都可以背出下面的内容。

苏东坡一试果然，方知王安石读书做学问远胜自己，遂刻苦读书，终成一代文豪。王安石作《泊船瓜洲》，第三句最初写作“春风又到江南岸”，觉得不好，后来改为“过”字，读了几遍，还嫌不好；然后又改为“满”字，前后换了十多个字，最后才确定为“绿”字。

明代冯梦龙在《警世通言》中写道：“因他（王安石）性子执拗，主意一定，佛菩萨也劝他不转，人皆呼为拗相公。” 固守与坚持、顽强和执着、较真与严谨，浓缩到一起，便是一个“拗”字。“拗相公”的绰号没有错取，一个“拗”字，就是王安石一生的真实写照。

看来，要做成大事，就得有几分拗劲儿！

郭进——他们都是卖我宅第的人

笔记原文

郭进有材略，累有战功，尝刺邢州。今邢州城乃进所筑，其厚六丈，至今坚完。铠仗精巧，以至封贮亦有法度。进于城北治第既成，聚族人宾客落之，下至土木之工皆与。乃设诸工之席于东庑，群子之席于西庑。人或曰："诸子安可与工徒齿?"进指诸工曰："此造宅者。"指诸子曰："此卖宅者，固宜坐造宅者下也。"进死未几，果为他人所有。今资政殿学士陈彦升宅，乃进旧第东南一隅也。

原文我读

郭进有才能有谋略，多次立下战功，曾经当过邢州刺史。现在的邢州城即郭进所筑，城墙厚六丈，至今坚固完好。城中铠甲兵器精致，包括封存贮备也有具体的法度规矩。

郭进在城北给自家建宅第，施工结束后，聚集族人和宾客举行落成典礼，连建房的土木工人都请来参加宴席。同时，还把土木工人的宴席放在东厢房，儿子们的宴席放在西厢房。有人问郭进："大人怎么能让各位公子和工匠们比邻而坐，还让公子们坐在工匠的下边呢?"郭进指着工匠们说："这些是造宅子的人。"又指着儿子们说："这些是卖宅子的人，当然应该坐在造宅子的人下边。"

郭进死后没多久，他所造的宅子果然就被儿子们卖掉，成了别人家的财产。现在资政殿学士陈彦升住的宅子，就是郭进旧府第的东南角那一部分。

一时谬想

资政殿学士陈彦升，一个副宰相级的官员，其住宅仅是郭进旧第之"一隅"，由此足见当年郭宅规模之巨。问题是，宅第的主人为什么会在新宅落成之际，指着自己的儿子们说出这样不吉利的话呢?

我想，建这处宅院，对郭进来说，并不是一件多么困难的事情。郭进很早就投身行伍，早在后晋时已经担任乾、坊两州刺史，后来，又跟随宋太祖南征北战，因功勋卓著被封为马步军都监，其官职应在三品之上。大宋朝实行高薪养廉制度，且大小官员之间薪俸所差极大，以郭进的资历和官职，建一处宅院是不需要打饥荒的。

建这处宅院，对郭进来说，估计也不是一件多么在意的事情。郭进历仕三朝四代君主，经战阵无数，见过多少世事变迁，何尝不知道好东西终将易人的道理。他之所以还要造这院落，在我看来，也就一个原因：随俗浮沉。全社会都这样，当父母的要给孩子留点家产，我郭进也不能免俗，那就造栋房子给他们吧!

《增广贤文》有言："儿孙胜于我，要钱做什么；儿孙不如我，要钱做什么。"刻意给子孙留下财富是没有必要的，儿孙就是资质一般，当今社会，也不致有冻馁之忧；儿孙如果不走正道，你就是给他万贯家财，那也会像郭进的城北大宅一样，"死未几，果为他人所有"。

其实，随缘就好。有能力了，不拘买或造，留几间房子给儿孙也算是正事。要没有这条件，千万别刻意追求，剜窟窿打洞去弄钱，更不要自怨自艾，好像欠了谁什么似的，儿孙自有儿孙福嘛!

沈括 | 事情做过头了反而不好

笔记原文

淮南孔旻，隐居笃行，终身不仕，美节甚高。尝有窃其园中竹，旻愍[1]其涉水冰寒，为架一小桥渡之。推此则其爱人可知。然余闻之，庄子妻死，鼓盆而歌，妻死而不辍鼓可也，为其死而鼓之，则不若不鼓之愈也。犹邴原耕而得金[2]，掷之墙外，不若管宁不视之愈也。

词句简释

1 愍：同“悯”，怜悯。2 邴原耕而得金：疑为沈括笔误，按《世说新语》，“得金”者应是管宁好友华歆。

原文我读

淮南的孔旻坚持隐居的志向非常坚定，终生都没有出来做官，他节操完美，品德高尚，心地善良。曾有人偷窃他家园子里的竹子，孔旻怜悯偷竹子的人来回蹚水过河太冷了，就在河上架了一座小桥让偷窃的人通过，由此可以推知孔旻的仁爱之心。然而，我听说过这样一件事，庄子的妻子死了，庄子却敲起盆子唱起歌来。（我认为，）如果庄子原来就在敲盆歌唱，知道妻子死了而仍然不停止敲盆子是可以的，但如果是因为妻子死了而专门去敲盆，反而不如不敲的好。就像邴原锄地捡到一块金子后又扔出墙外，这不如管宁看都不看那样好。

一时谬想

细心的读者会发现，沈括这段文字，稍稍有点瑕疵。那个在锄地时看到金子捡起来又“掷之墙外”的不是邴原，而是管宁的好友华歆。邴原与华歆、管宁齐名，都是东汉末年著名的隐士。他们三位被时人并称为“一龙”，歆为龙头，原为龙腹，宁为龙尾。三人因天下大乱至辽东避难。据《世说新语》记载，管宁、华歆一起在菜园锄地，见地里有一块黄金，管宁照常挥锄劳作，与见到瓦石没有两样，而华歆把金子捡起来看了看又扔了出去。在这条笔记里，沈括将“得金而掷之”一事记在了邴原账上，可能是所据资料有误吧！

读沈括这则笔记，我首先想到的一个词：过犹不及——好多事，要是做过了头，其危害和没有做到位是同样的。这个孔旻先生，竟怕盗贼受冷，专门为方便其窃取而为之架桥，这种行为和抓获盗贼后私刑毒打一样，都做过头了。他这样做实质上是在鼓励偷盗，会让人滋长不劳而获的私欲，对盗窃之人，不是去挽救，而是让其在邪路上越走越远。所以，孔旻的做法不仅害人，而且还败坏社会风气，难怪沈括不赞成，要发表一番议论。

沈括的议论，核心思想是顺其自然为贵。首先他认定孔旻的做法不仅非为善举，反而是不自然不合情理的。然后，用庄子和华歆的故事继续阐发自己的观点：庄子如果原本是在敲盆，听说妻子死了，仍继续敲击不停，说明庄子专注，或者是他把死看得很淡，甚或是他把妻子的死，看成了符合他心中的那个道的极平常的事情。这些都好理解，但要是庄子听说妻子死了，才想起拿盆子来敲，就有悖常理，甚至会让人怀疑其敲盆的动机了。同样，华歆拿起了那块金子，说明他心旌已经为之摇动，再抛出去无非是怕别人笑话，怕别人认为自己是一个喜爱钱财的人。所以，他的做法被管宁鄙视，也成了后人认为其德行不及管宁的重要证据。

孔旻为盗贼架桥，沈括不认为是仁爱之举，我不仅不认可这是仁爱行为，还觉得很别扭，与其架桥方便行窃，何不拱手相送呢？对这位隐者的行为，我咋忍不住老往沽名钓誉这个词上想呢？

狄青——我怎么敢攀比狄梁公

笔记原文

狄青为枢密使，有狄梁公之后，持梁公画像及告身[1]十余通，诣青献之，以谓青之远祖。青谢之曰："一时遭际，安敢自比梁公[2]？"厚有所赠而还之。比之郭崇韬[3]哭子仪之墓，青所得多矣。

词句简释

1 告身：古代委任官职的凭信，类似后世的任命状。2 梁公：即狄仁杰，唐朝武则天时期的著名宰相，死后被封为梁国公。3 郭崇韬：五代时期后唐宰相、著名将领，自称为唐朝名臣郭子仪后人，曾到郭子仪坟墓上哭祭。

原文我读

狄青任枢密使的时候，有个狄仁杰狄梁公的后人，拿着狄梁公的画像和十多份授官凭信，去拜见狄青并说要献给他，说狄仁杰是狄青的许多年以前的祖先。狄青推辞说："我不过是一时有了好的际遇才有了今天，怎么敢去与梁公攀亲呢?"随后，狄青赠送给来人很多礼品，让他回去了。与郭崇韬哭郭子仪墓这件事相比，狄青的品行更高，他得到的评价也更好。

一时谬想

中国人现在的姓，主要来源于两个方面。一是由部族图腾演变的"姓"。由于同一原始部族共同崇拜相同的图腾，随着时间的推移，图腾名称逐步演变成为同一部族全体成员共有的"姓"。二是由封赐或所任官职形成的"氏"。夏商周三代，由君主给贵族的封地、赏赐的爵位，以及其所任的官职等形成的"氏"，成了贵族特权和地位的标志，人们对那些有"氏"的人只称其"氏"，反而不称其原有的"姓"。慢慢地，当初的"氏"，就变成了人们口中呼之的"姓"。

现在我们通常所说的姓，如果是源于由部族图腾演变的"姓"，那么，同一"姓"的人，在原始社会已经是一个族群，到后来肯定会形成许多分支；如果是源于被封赠的"氏"，首先被封赠的可能不只是一个人，即使是一个人，也存在和"姓"一样出现分支的问题。所以，现在的人，说自己是某个古人的后代，尤其是商周之后某个人的后代，不能因为自己和那个古人同"姓"，就轻易得出结论。

时下，不少姓孔的人都说自己是孔子的后代，我倒觉得未必。孔子的六世祖已有史料记载，到孔子成家立业的时候，且不说还有没有其他人氏孔，单是与孔子血缘关系较近的就已经是一群人了。不要忘了，孔子行二，他老人家还有个兄长呢！笔者有个朋友姓孔，别人说他是孔子的后人，朋友笑了笑说："一家子，一家子！"真是睿智之语。

至于那些姓郭的同胞说自己是郭子仪的后代，就更不靠谱了。郭子仪是唐代人，那时候，全中国姓郭的人又何止千万呢?！如果硬要觍着脸皮去说，甚至像后唐的郭崇韬那样，趴到郭子仪坟前哭祭，也无济于事，只能是落得个让人耻笑的结果罢了。

还是狄青头脑清醒，狄仁杰的后代都找上门来了，还不敢和梁公攀亲，真个是有个性、有立场，单凭这一点，就得为他点赞！

有一个流传很广的故事，说孔祥熙当年主政国民政府财政部时，马寅初曾在大庭广众下质问其经济问题，孔祥熙无言以对，竟然结结巴巴地辩解说："我是孔圣人的后代，我怎么会贪污！"

见到那些热衷于讲述自己高贵血统的人，不妨给他讲讲狄青、郭崇韬和孔祥熙的故事。

时人——柳开千轴，不如张景一书

笔记原文

柳开少好任气[1]，大言凌物。应举时，以文章投主司[2]于帘前，凡千轴，载以独轮车；引试[3]日，衣襕[4]自拥车以入，欲以此骇众取名。时张景能文有名，唯袖一书，帘前献之。主司大称赏，擢景优等。时人为之语曰："柳开千轴，不如张景一书。"

词句简释

1 任气：纵任意气，不加约束。2 主司：主考官。3 引试：面试。4 衣襕：穿着长衫。衣，动词。襕，古代上下衣相连的大袖外套。

原文我读

柳开年轻时爱意气用事，言辞虚夸，盛气凌人。参加科举考试时，拿一千轴文章投送到主考官办公室，因为文章太多了，只好用一辆独轮车装着。面试那天，柳开穿着圆领大袖外套，亲自护拥着车子进入考场，他想要用这方法惊骇众人以博取功名。当时有个叫张景的人很能写文章，在士林中颇有名气，他只在袖子里藏了一篇文章，走到考官办公室门前进献给主考官。主考官看了，对张景大加赞赏，遂擢升张景为优等。当时人们为这件事四处传扬说："柳开千轴书卷，不如张景一篇文章。"

一时谬想

首先，和大家一起学习一点文言文知识。在文言文中，"物"字所包含的内容很多，凡宇宙中客观存在的都可称"物"。山、水、书、车、衣、树、房等，甚至"人"都可以称为"物"。笔记中"大言凌物"中的"物"字，即指人，大言凌物意为说大话傲视他人。"物"指人，在现代汉语中也有不少例子。比如，我们平时所说的招致"物议"，即引起他人议论批评；成语"待人接物"中的"接物"二字，是"接待别人"的意思；小说、戏剧中的"人物"的"物"，指的人而不是"物件"。在"人物"一词中，"人"与"物"同义，修辞学里叫双音同义词。这是古代汉语和现代汉语的一个重要区别，类似的词语很多，如逃亡、恭敬、寒冷、饥饿、旗帜等。

这个喜欢"大言凌物"的柳开，真是个让人鄙视的家伙！如果说想用上千轴的文章来证明自己的学问是愚蠢的话，那么，穿着圆领大袖外套，护拥着独轮车，耀武扬威似的一步步走进面试考场的行为，就叫人十分恶心了。谁当的主司啊？沈括咋不说呢？这老先生真是棒极了！对柳开这样的人，就得给他兜头一盆冷水，好好指教指教。不然的话，要是考过了，有了出身，当上大官，主政一方，不定怎么摆治老百姓呢！

"衣襕，自拥车以入……"哼！这副嘴脸，想想就气，不说了。

蒋堂——由此可知那县令很能干

笔记原文

蒋堂侍郎为淮南转运使日，属县例致贺冬至书[1]，皆投书即还。有一县令使人独不肯去，须责[2]回书；左右谕之，皆不听，以至呵逐亦不去，曰："宁得罪；不得书不敢回邑。"时苏子美在坐，颇骇怪，曰："皂隶如此野很[3]，其令可知。"蒋曰："不然，审必健者，能使人不敢慢其命令如此。"乃为一简答之，方去。子美归吴中月余，得蒋书曰："县令果健者。"遂为之延誉，后卒为名臣。或云，乃天章阁待制杜杞也。

词句简释

1 贺冬至书：下级官员向上级官员祝贺冬至节的书信。2 责：索取、要求。3 野很：顽真、蛮横。

原文我读

礼部侍郎蒋堂担任淮南转运使的时候，每到冬至下属各县按惯例都要送来祝贺的书信，送信的人都是递上贺信后就回去了。只有一个县令派来的人却不肯离去，一定要索取回执，属员们过来劝他他也不听，以至呵斥驱赶他也不走，还说："宁可得罪在座诸位，拿不到回执我也不敢回到县里去。"当时苏舜钦也在现场，见了很吃惊，也觉得奇怪，就说："做差役的这样蛮横无理，那县令的作风就可想而知了。"蒋堂说："恐怕不是这样的，由此可以想见，那位县令一定是个能干的人，这样才能使人不敢怠慢他提出的要求。"于是，就写了一封短笺给他，那差役拿到短笺后才走了。苏舜钦回到吴中一个多月后，收到蒋堂的来信说："那县令果然是一位能干的人。"于是便为那位县令传扬声誉，后来那位县令终于成为一代名臣。有人说，那位县令就是后来的天章阁待制杜杞。

一时谬想

一滴水可以映出太阳的光辉，从一个皂隶的行为，可以看到一个县令的工作作风。汪曾祺在纪念老舍先生的文章中回忆说，老舍先生在担任北京市文联主席的时候，选拔培养了一大批人才。老舍先生识人，"不看档案，也从不找人个别谈话，只从平常的谈吐中就能了解一个人的水平和才气"。宋代的蒋堂和今天的老舍，虽然着眼点不一样，但殊途同归，都是识人之有效方法。

为了拿到能证明自己圆满完成任务的回执，你看那皂隶，任谁说叫走都不听，你就是呵斥驱赶也不行，他已经抱定了主意：宁肯让你们怪罪，拿不到回信我也绝不敢回到县里去！那个县令究竟用了什么手段，能让这送信的皂隶如此执着呢？是重奖？是严惩？还是德行的感召？我想，不管用什么方法，那县令一定是一个严整的人，一个有材料的人。用蒋侍郎的话说，一定是一个"健者"。他治下的县衙，一定会令行禁止、法度严明。

"子美归吴中月余，得蒋书曰：'县令果健者。'遂为之延誉，后卒为名臣。”文末沈括加上这一笔，看似多余，实则意味深远。蒋堂、苏舜钦当时都是朝廷高官，沈括认为，修书推介、“为之延誉”，都是为朝廷招揽人才，都是做高官者的本分。命途多舛的沈括，这里是不是也在提醒高位诸君，莫忘使命啊？

那位县令，九百多年前的“健者”，我们向你致敬、学习！

林逋——我只有两件事不会干

笔记原文

林逋[1]隐居杭州孤山，常畜两鹤，纵之则飞入云霄，盘旋久之，复入笼中。逋常泛小艇，游西湖诸寺。有客至逋所居，则一童子出应门[2]，延客坐，为开笼纵鹤。良久，逋必棹[3]小船而归。盖尝以鹤飞为验也。逋高逸倨傲，多所学，唯不能棋。常谓人曰[4]：“逋世间事皆能之，唯不能担粪与着棋。”

词句简释

1 林逋：字君复，钱塘人。早年游历江淮间，后归隐杭州西湖孤山，种梅养鹤，终身不娶。2 应门：当门，在大门口。3 棹：划水行船。4 常谓人曰：曾经对人说。常，通“尝”。

原文我读

林逋隐居杭州西湖旁的孤山，在住处经常养着两只仙鹤，放出笼子后便飞入云霄，在天空长时间盘旋飞翔，然后再飞回笼中。

林逋常常驾着小舟到西湖各个寺院游览，如果有客人到了林逋的住处，就有一童子出来，在大门口招呼客人坐下，然后打开笼子让仙鹤飞上天空。一段时间过后，林逋一定会划着小船回来。看来，他是经常以仙鹤飞上天空为信号的。林逋高雅脱俗，俊逸跌宕，倨傲不群，多才多艺，唯独不会下棋，曾对人说："我世间事都能做，只是不能担粪和与人下棋。"

一时谬想

大凡名人，都是要有一些怪癖的。这个故事的主人翁林逋，在北宋时就是响当当的名人，所以，他自然也是要有一些与众不同之处的。据史料记载，林逋终生未娶，最大的喜好是种梅养鹤。"梅妻鹤子"便是对他一生恬然自适生活状态的生动写照。

林逋是北宋著名诗人，早年游历于江淮之间，晚年归隐杭州西湖孤山，他的诗《山园小梅》脍炙人口，读来使人感到口齿噙香，忍不住击节赞叹，所以，被称为咏物诗中的上品。其中"疏影横斜水清浅，暗香浮动月黄昏"两句，已经成为古往今来赞美梅花的标杆和千古咏梅的绝唱。欧阳修曾感叹道："前世咏梅者多矣，未有此句也！"

想想林逋的生活，真是如同神仙一样飘逸洒脱。每日泛舟西湖之上，遍访湖岸名寺仙观，或与高僧云诗答对，或与名士谈玄讲道，每见天空有仙鹤飞翔，便知有贵客到家，遂棹舟归来。想那夕阳西下之时，一湖红遍，渔舟唱晚，不就是人间仙境吗！即便如此高妙，但在我看来，林逋依然没有摆脱尘俗，依然不是神仙！他虽然"多所学"，但太"倨傲"，他不懂得天生万物，各有禀赋，一棋不能，即拿那种话来贬损之，亏了他一辈子种梅养鹤，还是没有修炼到家。

忽然想起来一件事，这位整日里种梅、养鹤、吟诗、访友、泛舟西湖的林逋，他靠什么来穿衣吃饭呢？

盛度

他当这个官就到顶了

笔记原文

盛文肃为尚书右丞，知扬州，简重少所许可[1]。时夏有章自建州司户参军授郑州推官，过扬州，文肃骤称其才雅，明日置酒召之。人有谓有章曰："盛公未尝燕过客，甚器重者方召一饭。"有章荷其意，别日为一诗谢之，至客次，先使人持诗以入。公得诗，不发封即还之，使人谢有章曰："度已衰老，无用此诗。"不复得见。有章殊不意，往见通判刁绎，具言所以。绎亦不谕其由，曰："府公性多忤，诗中得无激触否？"有章曰："无，未曾发封。"又曰："无乃笔扎不严？"曰："有章自书极严谨。"曰："如此，必是将命者有所忤耳。"乃往见文肃而问之："夏有章今日献诗何如？"公曰："不曾读，已还之。"绎曰："公始待有章甚厚，今乃不读其诗，何也?”公曰：“始见其气韵清修，谓必远器[2]。今封诗乃自称‘新圃田从事’，得一幕官，遂尔轻脱。君但观之，必止于此官，志已满矣。切记之，他日可验。”贾文元时为参政，与有章有旧，乃荐为馆职。有诏候到任一年召试[3]，明年除馆阁校勘。御史发其旧事，遂寝夺[4]，改差国子监主簿，仍带郑州推官。未几卒于京师。文肃阅人物多如此，不复挟他术。

词句简释

1 许可：赞许。2 谓必远器：认为他一定是前途远大的优秀人才。3 召试：皇帝召来面试。为选拔官员的一种特殊方式。4 寝夺：停止任命，免官。

原文我读

盛度以尚书右丞为本官担任扬州知州，他平时严肃持重，对人很少有赞许的时候。

这期间，夏有章从建州司户参军升任郑州推官，路过扬州，盛度很是看中他的才干和风度，第二天专门设酒宴招待他。有人对夏有章说：“盛公从未曾宴请路过的客人，只有他特别器重的人才款待一顿饭吃。”夏有章承蒙盛度的深情厚谊，临别那天专门作了一首诗来感谢盛度，到旅店一住下，首先让人拿着他写好的诗给盛度送了过去。盛度拿到诗函后，没有拆开看就还给了送信的人，让其回复夏有章说：“盛度我已经老迈无用了，不需要这样的诗了。”这样，夏有章就不能再见到盛度了。

夏有章感到十分意外，完全没有想到会出现这样的情况，就去见通判刁绎，详细说明事情的经过。刁绎也不明白其中的缘由，便对夏有章说："盛公脾气不是太好，多与人合不来，诗里该不会有什么地方触怒他了吧？"夏有章说："他连信都没有拆开。"刁绎又问："恐怕是你信封写得不够严谨吧？"夏有章说："信封是我亲笔书写的，非常严谨。"刁绎说："这样看来，一定是奉命给你办事的人对盛公有所冒犯了。"

夏有章走后，刁绎越想越觉得蹊跷，就亲自去见盛度并问他："夏有章今天献的诗怎么样啊？"盛度说："就没有看，已经退还给他了。"刁绎又问道："您先前十分厚待夏有章，现在却连他献的诗都不看，为什么呢？"盛度回答说："起初见他风度不俗，以为他一定是个有远大抱负的人才。今天见他诗封上竟自称'新任圃田从事'，当个幕僚就这样轻佻不稳重！你只管往后看吧，他的官职当到这一级就一定不会再往上提升，现在他已经志得意满了。你千万记住我的话，今后可以验证。"

贾文元当时任参知政事，与夏有章是老关系，过去曾有很多交往，就荐举他到三馆任职。皇上有诏令说，需要馆阁工作一年，参加过召试才能任命职务。第二年，夏有章被任命为馆阁校勘。随即有御史揭发他过去所犯的错误，朝廷便取消了对他的任命，将他改任国子监主簿，仍兼带郑州推官的职名。没过多久，夏有章就在京城去世了。

盛度公观察人物多像这样，通过一些细节来看一个人品德修为并预测他的将来，并不是依仗什么特殊的法术。

一时谬想

蒋堂蒋侍郎通过观察一个衙役的行为，精准判断出一位县令是一个了不起的"健者"；盛度盛文肃公通过一个信封上的署名，准确预测到一名新锐的仕途必然"止于此官"。正如沈括所说，他们"阅人物多如此"——从一片落叶预知秋天的到来，并没有什么窍门，也不是依仗什么特殊的法术。

尚书右丞位同副相，与参知政事同为执政官，职级为从二品；州衙推官系知州属官，职级为从六品。夏有章，一个新任的小小推官，不过是个知州的僚属，竟大言不惭，在一位德高望重的重臣面前自称官衔！估计是刚刚提拔，被喜事冲昏了头脑，忍不住嘚瑟起来。

夏推官这种做派，盛文肃公斥之为“轻脱”，在现代汉语中，我找不到更合适的词语来替代它，只有勉强译作“不稳重”。在豫南方言中，倒是有两个字用来形容它十分传神：张闹（zhāng náo）！

现在，和夏有章一样“轻脱”的先生还大有人在。家里经营一爿小作坊，便敢以企业家自居；和几个名人一起照了几张相片，便在名片上印上一大堆世界级的头衔。我在县里工作的时候，有一天上面来了一位领导同志。我知道他很早以前是一个正处级干部，后来因事给免了职，事情过去之后，组织上又安排他在一个没有多少事可干的办公室当了一名副主任。他递给我的名片上，那某某办副主任职务后头，竟加着一个括号，里面赫然写着三个字：正处级！

一般来说，自称企业家的人企业都办不大；名片上印一大串名头的人，大都是没有一样东西是能撑得起门面的。顺便交代一下，那位正处级副主任，最后也是在那个副主任岗位上退休的。

吴正肃——这画的是正午牡丹

笔记原文

欧阳公尝得一古画牡丹丛，其下有一猫，未知其精粗[1]。丞相正肃吴公与欧公姻家，一见曰："此正午[2]牡丹也。何以明之？其花披哆[3]而色燥，此日中时花也；猫眼黑睛如线，此正午猫眼也。有带露花，则房敛[4]而色泽[5]。猫眼早暮则睛圆，日渐中狭长，正午则如一线耳。"此亦善求古人心意也。

词句简释

1 精粗：精细或粗陋。2 正午：太阳当顶之时为正午。3 披哆：展开、散开。4 房敛：花房缩敛未开放。5 色泽：颜色润泽。

原文我读

欧阳修曾经得到一幅古画"牡丹丛"，花丛下画着一只猫，但他不知道这幅画是精美还是粗劣。

丞相吴正肃公，与欧阳修是儿女亲家，一见这幅画就说：“这画的是正午牡丹。何以见得呢？牡丹花朵松散下垂，颜色发干，这是太阳当顶时的花；猫眼中的瞳孔像一条线那样细，这是正午时猫眼的样子。如果是带着早晨露珠的花，那花房一定会紧紧收敛，而且色彩鲜艳润泽；猫眼在早晨和傍晚，瞳孔都是圆的，接近中午时就会变得又窄又长，等到太阳当顶时就成了一条线了。”

吴正肃丞相这番话，是他善于探求古人的心意才能讲出来的。

一时谬想

正所谓会看看门道，不会看看热闹，只有真正的行家，才能说出像吴正肃吴丞相这般体察精微的话来。吴丞相这样一分析，相信欧阳亲家心中，对这幅画的“精粗”已经没有疑问了。

中午光照强烈的时候，“花披哆而色燥”，这个道理大家都懂。正午“猫眼黑睛如线”的道理其实也不深奥。猫因为夜间活动比较多，一代一代地进化，使猫眼的瞳孔变得很大，瞳孔“括约肌”的收缩能力也变得极强，在不同的光线下，括约肌能很好地对瞳孔进行调节，使瞳孔与光线相适应。早晨阳光强度一般，瞳孔就成了枣核状；中午阳光强烈，瞳孔便缩成一条线；夜晚光线昏暗，瞳孔放大成珠子一样圆亮。正因为猫眼的瞳孔可随光线强弱而变化，所以它在光线过强或过弱的情况下，猫都能很清楚地看到东西。

真正的艺术家在创作时，对每件作品的态度都是十分严肃认真的。据说有一年春节，老舍先生选诗人苏曼殊的四句诗请白石老人作画。这诗中有一句是：“芭蕉叶卷抱秋花。”老人见到这句诗后不禁一怔，“芭蕉叶卷”，是怎样卷的呢？是从左卷到右，还是从右卷到左？他自己不记得，问了许多人，大家平日都未曾仔细地观察过，谁也说不出准确的答案。当时又恰是北国严冬，无实物可证，结果，白石老人的这幅画上最终也未曾画上卷叶的芭蕉。

其实，自然界还有很多有趣的现象，我们也是应该知道的。比如，在柏树的最顶端，树梢儿总是要往西侧歪上一点点；山里林木的树皮，总是南面光滑北面粗糙；葵花籽在花盘上的排列，总是向相反的弧线方向延展；水牛在抵架时，尾巴总是紧紧地夹在两条后腿之间；天上银河的走向，总是冬季东西夏季又成南北。无论是作画还是讲故事，都要多一分细心，千万别把事情弄翻个了。俗话说，艺多不压身，多知道一些这样的“冷知识”也不是坏事，不定什么时候用得着！

沈括——我认为这不错

笔记原文

相国寺旧画壁乃高益之笔。有画众工奏乐一堵最有意。人多病[1]拥琵琶者误拨下弦，众管皆发“四”[2]字。琵琶“四”字在上弦，此拨[3]乃掩下弦，误也。余以谓非误也。盖管以发指为声，琵琶以拨过为声，此拨掩下弦则声在上弦也。益之布置尚能如此，其心匠可知。

词句简释

1 病：以之为病，即认为……有毛病。2 四：古代工尺谱中的一个音。3 拨：拨弦的工具。

原文我读

相国寺里原先的壁画，是高益的手笔。

有一面墙上，描绘了众多乐工奏乐的场面，非常有意思。很多人都指责说，弹琵琶的人手中拿的拨子位置画错了，不应该把拨子掩在下弦上。因为其他所有的乐管都发出“四”音，琵琶的“四”音应在上弦，而这里的弹奏者却把拨子掩在下弦上，这显然是画错了。

我认为这并不错。所有的管乐器都是按孔的指头抬起发出相应的声音，而琵琶是拨子拨过琴弦后才发出声音，这里拨子尽管掩在下弦上，但是声音却是发自于上弦。

高益对画面的安排居然能达到这样精细的地步，我们可以从中看到，他在绘画上是独具匠心的。

一时谬想

历史的事实可能是这样的——

相国寺扩建工程结束，新修整过的照壁很漂亮，僧人们都说，这上面可以画一些壁画。于是，住持差人请来了丹青国手高益。画什么呢？太平盛世嘛，我就画一幅歌舞升平图吧！

高益很用心，埋头干了一个多月，终于画好了。画面上几十个乐工，有的吹，有的拉，有的弹，场面十分隆重，画工自然也很精妙。每天来相国寺的善男信女和游人很多，大家看了以后，交口称赞，都说画得好。

忽一日，来了一位高人，先拜佛，然后看画，看着看着说话了：嗯，有意思，吹管的人指头都抬起在“四”字音上，弹琵琶的却拨在下弦上，琵琶的“四”字音在上弦啊！然后，一边用手比着拨弹琵琶的架势，一边嘀咕着走了。

凑巧，这位“高人”自言自语的两句话，被两个进京赶考的举子听到了。两个举子似乎也懂得一点点音乐，俩人听完“高人”语，又仔细往照壁上瞧瞧，是啊，人家说得对啊！高手原来也有失手的时候，高益他画错了！俩人因为有了新发现，高兴得手舞足蹈，说话声音不由得也提高了八度。于是，更多的人围了上来，一传十，十传百，高益画错画的消息长了翅膀似的，很快传遍了京师。很多人来相国寺不是烧香拜佛，而是要来专门看看这幅画错了的画，看看这幅画上弹琵琶的拨子到底是放在上弦上还是下弦上。大家一边看，一边议论，好像每个人一下子都成了音乐方面的行家。

这时候，高益先生早已离开了东京，没有人替他解释，也没有人请他解释。

得亏有一个沈括在！

沈括

小人为奸确实难防

笔记原文

包孝肃尹京[1]，号为明察。有编民[2]犯法当杖脊。吏受赇[3]，与之约曰："今见尹，必付我责状[4]，汝第[5]呼号自辩，我与汝分此罪。汝决杖，我亦决杖。"既而包引囚问毕，果付吏责状。囚如吏言分辩不已。吏大声诃之曰："但受脊杖出去，何用多言！"包谓其市权，捽[6]吏于庭，杖之十七[7]。特宽囚罪，止从杖坐，以抑吏势。不知乃为所卖，卒如素约。小人为奸，固难防也。

词句简释

1 尹京：做京城的行政长官，指包拯知开封府事。尹，都城的行政长官，这里作动词用。 2 编民：编入户籍的平民。3 赇：贿赂。4 责状：由过错人或犯人签字画押的具结书、保证书。5 第：但、只管。6 捽：zuó，方言，揪。7 杖之十七：大象出版社本为"杖之七十"，本书据中华书局本改。

原 文 我 读

包拯任开封知府的时候，以明察秋毫而远近闻名。

有个在籍的平民犯了法，应当受杖脊之刑。府中有个胥吏，因收了那个囚犯的贿赂，便吩咐囚犯说："今天见到知府，他一定会把办理具结书签字画押的事交给我办。到时候你只管呼天抢地地喊冤为自己辩解，我来给你分担罪责，这样你就会被改判为杖刑，我也会跟着被判杖刑。"

很快，包拯让人押囚犯上堂，审讯完了，果然叫那个胥吏办理案件的具结书，囚犯即按吏人事先的嘱咐，为自己辩解不停。那个胥吏见状，便故意大声呵斥囚犯道："滚出去受你的脊杖去，何必在此啰唆！"包拯见了，以为这个胥吏越职卖弄职权，就让人把他揪到公堂上，照他屁股打了十七板子，同时又特地宽减了那囚犯的罪行，只判他受臀杖。包拯以为这样办，可以抑制胥吏的权势。其实他不知道自己已为胥吏所卖，判决的结果最终和胥吏事先与犯人的约定一模一样。小人做奸诈的勾当，确实是很难防范的。

一 时 谬 想

看罢这则故事，大家可能会觉得，这胥吏怪丢身儿（舍得投入）的，为了那几个"赇"（贿赂）钱，竟不惜自己的身子，甘愿屁股上挨十七大板，划得来吗？

有这样的疑问，主要是受影视剧误导。影视剧中的刑杖都五六尺长，看着跟成年人的胳膊一般粗细，受刑的人趴在铺着砖石的地面上，两个衙役抡圆了手中的大棒，一下，两下，接着便是杀猪般的嚎叫……

实际上，用于执行杖刑的法杖，既没有那么长也没有那么粗。历代王朝对于法杖的长度、直径与重量都有严格的规定。宋代的法杖"长三尺五寸，大头阔不得过二寸，厚及小头径不得过九分，重量不得超过十五两，木质"。过去，一斤是十六两，宋代的法杖还不到一斤的重量，和泥瓦匠手里的木尺差不多。影视剧里衙役手中的黑红大棒，那叫水火棍，是一种仪仗，是让衙役们拄着喊“威武”吓人用的，并不是执行刑罚的刑具。

还有一点也很重要，古代杖刑执行的方式，和小说、戏剧里面讲的也大不一样。杖刑分为杖脊和杖臀两种，杖脊是让犯人坐着以杖挞脊背，而杖臀则是让犯人站着以臀部受刑。这和让犯人伏在地上受刑身体所承受的力度差别是很大的，不仅施刑的衙役很难用尽全力，而且受刑的犯人在刑杖到来时也可以顺势前倾，这又可以消解掉一部分力道。

很显然，杖脊远重于杖臀。大宋律法规定，杖脊之刑可用于折抵徒刑和流刑，并且杖脊的次数不得超过二十，就是为了防止杖脊打死人犯。

说到这里，大家可能已经明白了，为什么被判处杖脊的囚犯舍得花钱给胥吏行贿，而受贿的胥吏又甘愿拿屁股去享受那十七板子。估计，这小子做这类事已经不是一次两次了，挨罢板子，晚上回到家里，顶多让老婆拿热毛巾在屁股上敷一下，第二天是可以照常上班的。

《孟子》里有个管理池塘的小吏，曾经说过一句流传千古的话，叫“君子可欺以其方”。意思是说，君子人品正直，可以利用这点来欺骗他们。这个胥吏，大概是早已摸透了包拯的脾气。你不是号称明察秋毫吗？你不是最讨厌胥吏弄权吗？好，我就在你面前“市权”，就专门让你“明察”出来，你如果生气惩罚我，那你就得“特宽囚罪”。哈哈，你老先生可就上当了！

其实，胥吏的计谋之所以能够得逞，还是因为大宋律法有漏洞：法官的自由裁量权太大！看看，包大人一生气，就要立即执行的刑事判决，立马改变！而且是什么程序也不用经过，就包大人一念之间便成！

看来，防止小人为奸，既需要“善治”，也需要“良法”。

沈括——欧阳修大称其才

笔记原文

欧阳文忠好推挽后学，王向少时为三班奉职[1]，干当滁州一镇[2]，时文忠守滁州。有书生为学子不行束脩，自往诣之，学子闭门不接。书生讼于向，向判其牒曰："礼闻来学，不闻往教。先生既已自屈，弟子宁不少高？盍二物[3]以收威，岂两辞而造狱[4]！"书生不直向判，径持牒以见欧公。公一阅，大称其才，遂为之延誉奖进，成就美名，卒为闻人。

词句简释

1 三班奉职：宋代武职名称。宋代武职分东、西、横三班，入仕者先为三班借职，转三班奉职，依次递迁。2 干当滁州一镇：管理滁州下属一个镇上的公事。干当，即勾当，管理之意。南宋人避高宗赵构讳，改"勾当"为"干当"。镇：小工商业聚集的地方。3 二物：古代学塾用以处罚学生的械具。《礼记·学记》："夏楚二物，收其威也。"夏、楚：梗条和荆条。4 造狱：打官司。

原文我读

欧阳修喜欢提携好学有前途的年轻人。王向年轻的时候，以三班奉职的衔名，管理滁州一个镇的公事，当时欧阳修任滁州知州。

有个教书的儒生因为学生不带着礼物来求学，就亲自到学生家里去授课，结果学生紧闭大门不见他。教书的儒生找到王向，递状子告这个学生，王向在他的状子上批写判词说："我只听说礼法规定弟子应当登门来求学，没有听说过先生主动往弟子家教学。先生既然已经自己屈尊前往，弟子又怎能不傲慢对待先生呢？何不行使你的处罚权来收回你做先生的尊严，怎么能双方各执一词来打官司呢！"

告状的儒生认为王向的判词不公正，拿着状子去找欧阳修。欧阳修一看王向的判词，对他的才华大加赞赏。于是，为他传布名声，鼓励他进取，成就他的美名，最终使他成为一个远近闻名的人。

一时谬想

难道宋代跟现在一样，府县以下还有镇？带着这个疑问，我们来进一步研究宋代的政治制度。

宋代实行路、州、县三级行政体制。最高一级的路，为中央直属机关；州级单位有府、州、军、监四种，府地位最高，州次之，军为驻军之地，监为工矿业集中之区；县级的基本单位也有县、军、监三种，性质、作用和州级单位一样，镇是集市贸易集中的地方。从唐代开始，作为商业集散地的"镇"有了重大发展，北宋后期在诸州管下人烟繁盛处置镇，设监官或知镇主管，掌火禁或兼酒税之事。在沈括讲的这个故事里，滁州辖区里面这个由"三班奉职"王向管理的"镇"，可以受理民事官司，说明它已经享有一定的司法权了。

教书的书生本来是找欧阳修投诉王向的，没想到状没告赢，反而给王向办了个好事。那么，王向写的判词究竟好在哪里，会让欧阳文忠公"一阅"

便“大称其才”呢?

第一，引经据典，说理透彻。“礼闻来学，不闻往教”，这话是《礼记》上讲的话，也是人人都知道的理儿。你自己不按规矩办，没有把师道尊严当一回事，人家能抬举你吗?

第二，驳回诉讼，指出方法。王向的判词，在告诉儒生不要妄打官司的同时，也给他指出了解决问题的方法：拿起你有权使用的“二物”，去处罚他，就可以收回你的威严!

第三，条理清晰，层次分明。王向的判词，使用三个对偶句，不光对称严整，而且依次展开，层层递进，读起来让人既清楚明白，又可以体味到文辞的优美。

这样好的判词，那书生却认为其“不直”，用老百姓的话说，就叫书读“迂”了，读得连简单的道理也不懂了。这样颟顸不懂事的人，见了“学子不行束脩”，他自然是要“自往诣之”的，要不，就没有自取其辱这一说了!

沈括——蜘蛛能自我解毒

笔记原文

处士刘易隐居王屋山。尝于斋中见一大蜂，罥[1]于蛛网，蛛搏之，为蜂所螫坠地。俄顷蛛鼓腹欲裂，徐行入草。蛛啮芋梗微破，以疮就啮处磨之，良久腹渐消，轻躁如故。自后人有为蜂螫者，挼[2]芋梗傅之则愈。

词句简释

1 罥：juàn，挂，缠绕。2 挼：ruá，揉搓。

原文我读

一个叫刘易的处士，隐居在王屋山里，曾经在住处看见一只大蜂被缠挂在蜘蛛网上，蜘蛛过来与大蜂搏斗时，被蜂蜇住掉在了地上。不一会儿，蜘蛛的肚子胀得像快要裂开似的，它慢慢地爬进草丛中。蜘蛛用牙齿把芋梗咬开一个很小的口子，然后用被蜇住的地方摩擦芋梗，过了一阵子，蜘蛛腹部的肿胀逐渐消了下去，行动也恢复得和先前一样。从那以后，如果有人被毒蜂蜇住了，便把芋梗揉搓后敷在被蜇的地方，很快就能痊愈。

一时谬想

沈括这个故事说，蜘蛛不怕马蜂蜇，这一点也不错。

我小时候，曾经见过蛛网粘住马蜂的情景。那一天，在我家院外的刺林里，我看到一只马蜂，被粘在一个草筛子一般大小的蛛网上，开始，那马蜂还一个劲儿地挣扎，后来，便只看见两片翅膀微微地扇动了。我很想看看蜘蛛是怎样打败马蜂的，就站在蛛网下盯住那马蜂看，可是，等啊，等啊，下巴颏都仰酸了，就是不见蜘蛛出来。这时，母亲喊我吃饭，我只得悻悻地离开了。

第二天，我再次来到蛛网下，只见那只马蜂孤零零地被缠在蛛网上，一动也不动，我攀住附近的一棵树往上爬了爬，伸头想看看马蜂死了没有。忽然间一阵风吹来，那马蜂竟轻飘飘的，像一小片干草叶一般。显然，马蜂已经被蜘蛛干掉了。但马蜂囫囫囵儿的，它的肉是怎样被蜘蛛吃掉呢？那时，我父亲是生产队的棉花技术员，他经常抱着病虫害防治的书本子看，我问他这是咋回事，父亲告诉我说，等马蜂折腾够了，不能动弹了，蜘蛛就会轻轻走到马蜂身边，先用它那针头一样的口器给马蜂注入一种特殊的液体，这种液体能使马蜂体内的东西腐化成汁液，然后蜘蛛再用它的口器把马蜂体内的东西吸食个精光，只剩一个空壳挂在蛛网上，以吸引更多的马蜂、苍蝇等昆虫落到网上。

我被马蜂蜇过，知道那家伙的厉害。当时我虽然还不知道蜘蛛有解毒自救的方法，但我知道它肯定有战胜马蜂的本领。不然，那个家伙怎么会变成空壳了呢？

小时候，对蜘蛛织网充满了好奇，尤其是那第一根线怎么拉起来的，百思不得其解。我要把一根绳子从一棵树的上边拉到另一棵树的上边，最常用的方法是拿着绳子爬上第一棵树，拴好了绳子，溜下来走到另一棵树前，再爬上去拉紧绳子然后绑住。蜘蛛是怎么做的呢？它也要从第一棵树上下来再爬到第二棵树上，那它屁股后吐出的丝线黏唧唧的，不都粘到了地上了吗？它能再扯起来吗？记得当年，我为这件事惆怅了好些时间，问了不少有学问的人，大家都说不知道。

后来，直到上高中了，才在同学家里看到一本叫《十万个为什么》的书，书中说，蜘蛛开始结网时，要选一个迎风的地方伏好，先吐出一根丝来，那根丝就随风飘荡，随着丝的延长，就会碰到某一个物体，比如一个树枝，然后便牢固地粘上……

现在，读沈括的笔记，知道蜘蛛是用芋梗的汁液解毒的，但我还是觉得奇怪，一只蜘蛛一生也就那么短短的十几天的时间，它们是怎样发现芋头的汁液能解毒呢？这种知识又是怎样一代代传下来呢？

这世界，真美好，仔细观察，处处都有谜一般有趣的东西。

蔡君谟——买此书成他终身之恨

笔记原文

蔡君谟尝书小吴笺[1]云："李及知杭州，市《白集》一部，乃为终身之恨。此君殊清节，可为世戒[2]。张乖崖镇蜀，当遨游时，士女环左右，终三年未尝回顾。此君殊重厚，可以为薄夫之检押[3]。"此帖今在张乖崖之孙尧夫家。予以谓买书而为终身之恨，近于过激，苟其性如此，亦可尚也。

词句简释

1 吴笺：吴地所产之笺纸。常借指书信。2 戒：警戒。3 检押：规矩，法度。

原文我读

北宋大书法家蔡君谟曾经在一小幅吴地生产的笺纸上写道："李及任杭州知府期间，在那里买了一部《白居易集》，竟成了他一辈子都悔恨的事情。这位李及节操高洁，可为世人警示自己的标尺。张乖崖镇守蜀中，每当他出来游览时，淑女环绕在左右，但他三年来从来没有回过头顾盼过，此君为人特别厚重，可以成为轻薄之人用来检视和规范自己言行的法度。” 这张笺至今还在张乖崖的孙子张尧夫家中。

我以为因为买了一部书而成为终身的悔恨，太过激了，但要是他生性便是如此，也还是值得推崇的。

一时谬想

一张短笺，说了两个故事，树了两个榜样：李及因在任所买书而悔恨，张公美女环绕左右不动心。蔡君谟认为，前者“殊清节，可为世戒”；后者“殊重厚，可以为薄夫之检押”。蔡襄蔡君谟是北宋名臣，大书法家，书法浑厚端庄，淳淡婉美，自成一体。张乖崖收藏这张小吴笺，孙子张尧夫依然视如珍宝，大概是因为这短笺书法和内容都好的缘故吧！

李及是北宋有名的清官，河南新郑人，官职最后做到御史中丞。《宋史》里说，他资质清介，所治简严，为官除饮食外，不市一物。在杭州任知府数年，直到卸任离职时，才在当地书市购得《白居易集》一部，旋即便后悔了。因此，在蔡君谟的小吴笺里，才有李及“终身之恨”一说。对李及把在任所买书作为“终身之恨”，蔡君谟认为这是他与众不同的“清节”，而且可以作为世人严格要求自己的标尺。但沈括并不十分赞成，认为这样太偏激、太过分了。

我想，李及的“不市一物”，应当指的是不在任所购买大件货物。他之所以为买一套《白居易集》而抱恨终身，是因为一套书的价钱在当时不是一个小数目，不像现在人人都可以买得起几本书这样简单。一个知府，出巨资在自己辖区的商铺买一套大书，负面影响还是存在的。这样一想，李及因此而成“终身之恨”还是有道理的。现在的官员，要办私事的时候，拿起李及这个标尺卡一下，兴许会有些好处。

张乖崖的故事有点怪怪的。既然是镇守蜀中的大王，又那么拒绝美色，三年了连回过头看一眼都没有，为什么出行时，还总让美女环绕在身边呢？蔡君谟在这段文字里，使用了一个很好的词——薄夫，这是一个十分精妙的字眼，我想了很久，都找不到合适的词来替换它，最后虽然翻作“轻薄之人”，但总觉得没有人家那词儿传神。你可以闭上眼睛试试，看需要多大一会儿，才能有一个你心中的“薄夫”在你跟前蹦跶出来？

人可以没本事，但切不可以薄夫。薄夫之人没人喜欢，你越是在人家面前献殷勤，人家越讨厌你。

宋绶——校书就和打扫灰尘一样

笔记原文

宋宣献[1]博学，喜藏异书，皆手[2]自校雠[3]。常谓："校书如扫尘，一面扫，一面生。故有一书每三四校，犹有脱缪[4]。"

词句简释

1 宋宣献：即宋绶，宋代赵州人，家中多藏书，精于校勘，死后谥宣献。2 手：亲手。3 校雠：校对，核对书籍文字，纠正错误。一人独校为校，二人对校为雠。雠，chóu。4 脱缪：脱漏和错误。

原文我读

宋绶学识渊博，喜欢收藏奇异的书籍，对收藏到的书他都要亲手进行校对。他经常说："校对书籍就像清扫灰尘，一边扫，一边还会生。所以有时一部书经过三四次校勘以后，还是会有脱漏和错误的地方。"

一时谬想

宋绶“校书如扫尘”的理论，同样适用于文章修改。经常写文章的人都有体会，再得意的作品，只要你回过头来重新审阅，每读一遍，都能发现一些不太妥当的地方，甚至是谬误的字词，真的就像扫地一样，一面扫，一面生。

老话说，文章不厌千回改。很多优秀作品，都是经过反复修改才逐步完美起来的。俄国大文豪托尔斯泰的《战争与和平》修改过七遍，《安娜·卡列尼娜》总共写了五年，仅开头部分就修改了二十多次。据说，欧阳修写文章，成稿之后，总要用大字抄纸贴在墙上，然后高声朗诵，逐字逐句推敲进行修改完善。《朱子语类》记载说，有人买得欧阳修《醉翁亭记》草稿，开始说滁州四面有山等，前后用了几十个字，最后才确定为我们现在读到的“环滁皆山也”五个字。

一面扫，一面生，这个“生”字用得好。文章经过几次修改以后，明显属于差错的地方已经不像浮灰那样容易看到了，需要在字斟句酌中逐步发现和找出存在的瑕疵。这实质上是一个以自我为参照系的活动，是一个往深处查找问题的过程，这中间，我们会看到一棵棵稗草悄悄地从稻田里生长出来。

曹雪芹写《红楼梦》，说“于悼红轩中，披阅十载，增删五次”，我们捣鼓的那点豆腐块小文，难道还没有工夫去好好改一改吗?

关中人以干蟹吓鬼

沈括

笔记原文

关中无螃蟹。元丰中，余在陕西，闻秦州[1]人家收得一干蟹。土人怖其形状，以为怪物。每人家有病虐[2]者，则借去挂门户上，往往遂差[3]。不但人不识，鬼亦不识也。

词句简释

1 秦州：州名，治所在今甘肃省天水市。2 病虐：病情严重；暴病。虐，暴烈，险恶。3 差：病愈。同“瘥（chài）”。

原文我读

自古以来，关中一带就没有螃蟹，人们从没有见过螃蟹的样子。

元丰年间，我在陕西听说秦州有户人家收藏有一只干螃蟹。当地人都害怕它的样子，认为它是怪物。每当谁家有人得了重病，就借去挂在门上，那病往往也就痊愈了。

这东西不仅人不认识，大概鬼也不认识啊！

一时谬想

“因为未知，所以恐惧。”是谁说的这句话，已经记不起来了，不过，说得还是很有道理的。在上古时代，有很多自然现象，由于先民们还弄不清楚其中的奥秘，便臆造出了很多令人望而生畏的神祇。比如雷公、火神等等。关中的老百姓因为都没有见过螃蟹，不知道这个样子怪异的家伙有什么来头，不光自己感到恐惧，甚至认为连让人患病的恶鬼也不敢近它跟前。

在民间，人们对一物一地一人的迷信，其发生发展大体上都是这样一个过程。开始是机缘巧合，发生了一两个偶然的事件，随后，由于心理暗示等作用产生了一些效果，其影响被逐步流传、放大，达到一个峰值后开始降温，最终一定归于沉寂。比如，一个病人不知听了谁的话，在一个寺庙里包了一包香灰，说可以治病，原本他的病就是很快要痊愈的，回去服用了以后，一下子觉得清凉起来。接着，有人得知了消息，也去包了一包香灰，心里想着人家的病都会好，这神药在自己身上肯定也有效，体内对抗疾病的机制便运转起来，果不其然，他的病情就真的有了起色。这样一传十，十传百，那个寺庙就成了包治百病的宝刹。但好景不长，最终在一个又一个失望的打击下，那阵风便吹过去了。所以，对老百姓的迷信问题，不能简单地以愚昧一言以蔽之。

在门口挂上一只干螃蟹，能让很严重的疾病马上好起来，其实就是上面说的这个理儿。那只干螃蟹如果能多治好几个“病虐”的人，才真叫功莫大焉！不过，它能管用多长时间，沈括没有说，我估计，要不了多长时间这神话就会破灭的。因为要不了几年，干螃蟹就会少胳膊缺腿。这么神奇的宝贝，连自身都保不住，还能打鬼吗！

越是样子可怖的东西，其实等你看清楚了，越是稀松平常。所以，对任何东西，都不要被其表面现象所迷惑，更不要被其凶恶的面部表情所吓倒，要拿出古人“格物”的精神去研究它，认识它。

百姓「三不得」丞相建房

笔记原文

丞相陈秀公[1]治第于润州，极为闳壮，池馆绵亘数百步[2]。宅成，公已疾甚，唯肩舆一登西楼而已。人谓之“三不得”：居不得，修不得，卖不得。

词句简释

1 陈秀公：即陈升之。神宗熙宁初年为宰相，善附会。2 步：古代度量单位，六尺为步。

原文我读

丞相陈升之陈秀公在润州修建的宅第，极为宏阔雄壮，池苑馆舍绵延数百步。宅第建成后，陈升之已经病得非常严重，只能让人用轿子抬着登上西楼看了一回便完事了。人们说这宅第有“三不得”：居不得，修不得，卖不得。

一时谬想

这“三不得”，是唱给陈秀国公的挽歌，也是唱给所有老辈中国人的挽歌。几千年来，不光是官僚士大夫、大地主、大商人阶层，穷其一生积蓄，孜孜于宅第的营造，就是面朝黄土背朝天的农民，也是梦寐以求，想有两间属于自己的瓦屋。衣食住行四件事，“住”在先辈们心中的位置太重要了。陈升之苦心营造宅第的行为，不过是国民集体意识的极致表现罢了。

如今，在人们平时的言谈中，包括很多文学作品中，对过去人们千方百计攒钱造屋的行为都持讥讽态度。对此，我并不完全赞成。如果那造房的钱物来路不正，别说嘲笑了，就是骂上两句粗话我也不会反对的。但是，对那些引车卖浆的小民，或者土里刨食的农人，当你知道他们是如何省吃俭用，如何从牙缝里挤出钱来，一砖一瓦地计算着起房盖屋的时候，我相信，很多人都是笑不出来的。在过去，多少人苦了一辈子，临死连个遮风挡雨的地方都没有。

陈升之丞相被人拿“三不得”来耍笑，倒是一点儿也不亏他。他在润州建那宅第，也未免太“闳壮”了。沈括说，他那院子“绵亘数百步”，你算算，占地恐怕少说也得有一百亩上下。这哪是住人啊？这不是宫殿嘛！

中国人把房子看得重，源于历史深处的苦穷。也许是这种苦穷给我们留下的记忆太深刻了，以至于到了今天，不少人都已经忘记房子是干什么用的了，竟学着陈升之的样子狂买猛建起来。

对陈升之这样的结局，我并不同情。

李士衡——今日方知孤立无援的窘迫

笔记原文[1]

李学士士衡喜藏书。有一晋人墨迹，在其子绪处。长安石从事[2]尝从李君借去，窃摹[3]一本以献文潞公，以为真迹。一日，潞公会客，出书画，而李在坐，一见此帖，惊曰："此帖乃吾家物，何忽至此？"急令人归取验之，乃知潞公所收乃摹本。李方知为石君所传，具以白潞公。而坐客墙进[4]皆言潞公所收乃真迹，而以李所收为摹本。李及叹曰："彼众我寡，岂复可伸[5]？今日方知身孤寒[6]。"

词句简释

1 本则笔记录自《梦溪笔谈·补笔谈卷二》。2 从事：官职名，辅助人员。3 窃摹：私下临摹。4 墙进：众人一起进逼的阵势。5 伸：表白。6 孤寒：家世寒微，无所依恃。文中为孤立、孤单之义。

原文我读

李士衡学士，喜欢收藏各种图书字画。他收藏有一幅晋代名人的书法作品，放在他儿子李绪那里。长安有一个姓石的从事（官名），曾经从李先生那里借走这幅字，偷着描摹了一本，并把它献给了潞国公文彦博。文彦博看后，认为它是真迹。

有一天，文彦博招待客人，拿出了这幅所谓的晋人墨迹给大家观看。当时，李学士恰好也在场，一看到这幅字，就吃惊地说：“这帖子是我家的东西，怎么会突然到这儿来了呢？”于是急忙让从人到他家中，取来自己家收藏的帖子，和文彦博的帖子一对比，便知道潞国公所收藏的乃是描摹本。

李士衡明白了，是那个姓石的临摹了自己的藏品，然后把摹本作为真品送给了文彦博。李士衡把这些情况如实告诉了文彦博。这时候，众宾客七嘴八舌，像一堵墙似的逼了过来，纷纷指责李士衡，都说文彦博收藏的是真迹，他李士衡收藏的才是摹本。

李士衡很无奈，不由得感叹道：“他们人多势众，我一个人势单力薄，怎么能再去申辩呢？今天我才体会到自己官小势微，是多么地孤立和窘迫啊！”

一时谬想

一堵大墙似的人群，面目狰狞地向一个人压过来的时候，那个人会有什么样的感觉呢？——孤寒。多么传神而又冷酷的一个字眼啊！我猜想，在那一刻，严冬、旷野、黄沙万里、漫漫长夜、朔风呼啸、黑云压城……这些字眼都会一股脑儿地泛起在那个人的心头。

明明一片真心，明明真理就在手中，就是说了没人听，甚至不让你开口说话，为什么呢？如果你们真的是认为自己意见正确，那倒是可以激发我斗争的勇气。可是，你们明知道我说的是对的，却硬要颠倒黑白，而且还众口一词。为了在宰相那里讨来一点点笑容，难道什么都可以不要了吗？李士衡感觉到的是孤寒，而沈括咂摸出来的，却是无限的悲哀——中国古代知识分子独立人格之缺乏，在此淋漓尽致地表现出来了。曾听人说，封建社会的读书人，仅仅是附着在皇权体制上的毛发，是历史在拖着他们走，他们在推动历史的车轮向前运行中所起的作用是十分有限的。想想，这话似乎有些道理。

也许，类似的事情今后还会有，但毕竟是越来越少了。

老军校——那时谁还顾着杀我

笔记原文[1]

宝元元年，党项围延安七日，邻于危者数矣。范侍郎雍为帅，忧形于色。有老军校出，自言曰："某边人，遭围城者数次，其势有近于今日者。虏人不善攻，卒不能拔。今日万万无虞，某可以保任[2]。若有不测，某甘斩首。"范嘉其言壮人心，亦为之小安。事平，此校大蒙赏拔，言知兵善料敌者首称之。或谓之曰："当敢肆妄言，万一言不验，须伏法。"校笑曰："君未之思也。若城果陷，何暇杀我耶？聊欲安众心耳。"

词句简释

1 本则笔记录自《梦溪笔谈·补笔谈卷二》。2 保任：担保；担保者。

原 文 我 读

宋仁宗宝元元年（1038），党项人围攻延安城七天，有好几次几乎就要破城。守城的宋军统帅是礼部侍郎范雍，他非常忧虑，愁容满面。

这时候，有个老军校站出来对范雍自我介绍说："我是一个在边境上长大的人，延安城以前遭到敌人围攻已经有好几次了，其危急的情势也有和今天差不多的。党项人并不善于攻城，最后他们一定破不了我们的城防，今天也不会有任何危险，我可以立军令状担保。如有任何意外情况出现，我甘愿被主帅你砍掉脑袋。"

范雍认为老军校这一番话鼓舞了士气，对他大加赞赏，同时他自己悬着的一颗心也稍稍安定一些。党项人退走后，老军校得到赏赐和重用，人们说起能知兵、善应敌的人，首先都要称道他。

事后，有人对老军校说："你当时那样放肆胡说，万一说的话不应验，你可要受军法处置了。"老军校笑着回答说："并没有好好思考呀。假使城池真的被敌人攻破了，谁还有闲工夫顾着来杀我呢？当时说那番话，不过是要姑且安定人心罢了。"

一 时 谬 想

延安城保住了。

有人问老军校："你当时信口胡说，不怕城破了范大帅杀你？"

老军校反问道："要是真的城破了，谁还有工夫顾着来杀我呢？"

这一问一答，给读者造成了一个错觉，好像老军校说话时真的毫无根据，纯粹是为了稳定军心，才故意说一定安然无事的。其实，在我看来，这老军校所说的话，正是建立在对敌我情况做认真分析之上的。对于长途征战的游牧民族军队来说，粮草等后勤补给始终是制约其战斗力的重要因素，党项人已经围城七天，这可能已经是他们所能坚持的最长时间了。别看他们一开始攻势凌厉，延安城"邻于危者数矣"，而现在他们已经是强弩之末。这时候，拼的就是毅力，就是坚持、再坚持。老军校凭着以往的经验，知道只要守城部队军心不散，就一定能坚持到最后胜利。

我不明白的是，老军校都立功受奖被提拔重用了，大家都一致认为他是最“知兵善料敌者”，他为什么不就坡下驴，说自己真的是认真分析了敌情后才做出的判断呢？他倒好，竟然说自己那样讲仅仅是为了稳定军心，多好的给自己脸上贴金的机会，怎么就不要了呢？

想了许久，也没有想出个子丑寅卯来。这故事怕是沈括杜撰的吧？不过，要是老军校果真说，我就是这样判断的，我就是有百分之百的把握！那样，这故事讲起来还有什么趣味呢？